生《しょう》々《じょう》流転

Kanoko
Okamoto

岡本かの子

P+D
BOOKS
小学館

目次

遁《のが》れて都を出ました。鉄道線路のガードの下を潜《くぐ》り橋を渡りました。わたくしは尚《なお》それまで、振り払うようにして来たわたくしの袂《たもと》の端を摑む二本の重い男の腕を感じておりましたが、ガードを抜けて急に泥のにおいのする水っぽい闇に向き合うころからその袂はだんだん軽くなりました。代りに自分で自分の体重を支えなくてはならない妙な気怠《けだ》るさを感じ出しました。これが物事に醒《さ》めるとか冷静になったとかいうことでしょうか。

道は闇の中に一筋西に通っております。両側は田圃《たんぼ》らしく泥の臭いに混った青くさい匂いがします。蛙が頻《しき》りに鳴いております。フェルト草履《ぞうり》の裏の土にあたる音を自分で聞きながらわたくしは足に任せて歩いて行きました。わたくしの眼にだんだん闇が慣れて来ますと道の両側に几帳面《きちようめん》な間隔で電柱の並び立っているのや、青田のところどころに蓮池のあるのや、おぼろに判って来ました。もう一層慣れてきますと青田の苗の株と株との間に微《かす》かに水光りのしていることや、そういえばわたくしの行く手の街道の路面も電信柱もわたくしの背後の空から遠い都の灯の光の反射があるので僅《わず》かに認められるのです。おお、都の灯——

わたくしは顧《ふりかえ》るのを何度、我慢したか知れません。それを、なお背後に近い電車の交叉点でポールを外《は》ずしでもするのでしょうか、まるでわたくしを誘惑するようにちらちらとあのマグネシューム性の光りが闇の前景に反射します。では口惜しい東京ながら一度だけゆっくり見納めて置こう——わたくしは哀しい太々しい気持を取出して道端の草の上に草履を並べ、その上へハンカチを敷き、白足袋の足を路面に投げ出しました。膝がしらに肘《ひじ》を突き、頰杖の掌の間に挟んで東北の方、東京の夜空に振り向かしたわたくしの顔には、左様——たぶん娘時代のモナ・リザの表情でも浮んでいたことでしょう。

三月《みつき》越しの母の看病で、月も五月の末やら六月の始めに入ったのやらまるで夢中で過しました。けれども兎に角、夏の始めの闇の夜空です。墨《すみ》の中に艶《つや》やかな紺が溶かし込まれています。その表に雨気のあるきららが浮いています。星は河豚《ふぐ》の皮の斑紋《はんもん》のように大きくうるんで、その一々の周囲の空を毒っぽく黄ばんでみせています。

下の方は横一文字の鉄道線路の土手で遮《さえぎ》られているから見えません。それを熔鉱炉《ようこうろ》の手前の縁にして、その向うに炉中の火気と見えるほど都の空は燃えています。心臓がむず痒《がゆ》くなるような白熱の明るさです。ああ、また其処を見る眼が身に伝えて来て袂の端に重たく感じる。訣《わか》れて来た男の二本の腕の重み。それを振り切ったときの微かな眩暈《めま》い。いやになる、またしても。——そして扇形に空に拡がる火気の中にちろちろと煌《きら》めくネオン。捲けども捲けども尾が頭に届かない蛔虫のような広告塔の灯。そうだ都はまだ宵《よい》なのだ。前景の闇に向っては深夜のつもりでいたわたくしの気持がまた、ぱっと華やいで来たとは何という頼もしくない自分の気持でしょう。

訣《わか》れに池上は昼、霞ケ関の茶寮で会席料理を御馳走して呉れました。葛岡は晩、下谷の腰掛け店で厚揚げのカツレツを御馳走して呉れました。いずれも身分相応です。そして母は一昨日の朝、嫌な人生のお芝居を遺身《かたみ》に残して呉れました。実は母は一昨日死んだのですけれども、どうしても死んだとは思えません。この世界の何処かにいて、またぺろりと舌を出しているような気がしてなりません。「わが母」はそういう性分の女でした。

わたくしが物ごころついた六七歳時分の、家の事を考えてみますと、小ぢんまりしたしもた屋で細い川の河岸に在りました。家の中は綺麗《きれい》に片付いて長火鉢なぞぴかぴか拭き込んでありました。しまという女中とコロという赤砂糖色の猫が一匹いました。

母は眼は少し窪んでいましたが瓜実顔《うりざねがお》に肉附きのよい美人で、その当時はやりの花月巻というのを結って黒襟の小紋縮緬《ちりめん》の袷《あわせ》でも着たら品もあり仇っぽくもあり、誰でもみな顧りました。父というのがときどき来て泊って行きました。わたくしはどちらかというと母をあまり好きませんでした。剝《は》いでも剝いでも本心の判らない、それでいてその場限りで利の行く方に就《つ》くという軽薄な愚かさがありました。それに引《ひき》かえ父というのは、何か思い入ると大きい黒い瞳がじっと凝って来て、間違ったことは許さぬという代りに相手を庇《かば》えばどこまでも庇い切る一徹さを備えた人でした。髪の毛も髭も濃く縮れて高い額は蒼白うございました。ときどき母は打たれて泣真似をしました。

「先生は、肺病で気狂筋と来てるんだから始末が悪いよ」

母はこう言って、しまと眼顔で冷笑し合いました。しまの言うところに依ると父は大変な学者で大学の先生もしている。母は下谷の雛妓だった時分に父に見染められて、それからずっと囲《かこ》われている。父は母の美人を愛してはいるが、母の諂曲《へつらい》の性質が嫌いでそれで打つ。しかし打てども打てども諂曲が母の本性である以上、打ち直される時期があるだろうか。

わたくしが十三になった頃、父はぱったり来なくなりました。父は肺病で死にました。

そのずっとまえ、わたくしのごく幼い頃から母はわたくしに気に入らないことがあると妙なことを申すのです。

「へん、お菰《こも》の子の癖に」

するとしまは、むっとした様子を見せ、

「お新造さん、いくら何でも、それだけはおよしなさいませ」

母は「なに関《かま》うものか」と言いますが、多少の後悔の色は見せます。しかしこれをはしたないとでも申すのでしょうか、そういう口の下からまた罵《ののし》ります。「お菰の子はやっぱりお菰だ」

そのわけはしまの口からだんだん判って来ました。この中老の女とて終始、子供のためを想うとか幼なごころを飽くまで労《いたわ》るとかそういう筋目の徹《とお》った性質ではございません。母がぱっぱという出任《でまか》せのわが子に対しても見境いない憎悪の言葉を耳に咎《とが》めて、反射的にたしなめるそのことが一時の忠義立てや俠気《きょうき》の做《な》す業にしても、も一つその底の慾には朝夕虐げられつけている母に向って一ときでも立優った気持になり姐御《あねご》になり度いのでございましょう。で、ございますから、しまはこれをいうとき右手で袖口をちょっと掻《か》い繕《つく》ろい、取り仕切った薄笑いを片唇に泛《うか》べながら気取った首の振り方をいたします。

「お蝶さまはご自分のお腹をお痛めなすったお子さまじゃございませんか。何が憎くてそうも酷いことが仰しゃられるんでございましょう」

このしまという女は小さいときから父の本宅、豊島家に雇《やと》われていて、父がわたくしの母を囲ったのを夫人が知った時分に「若い女あるじに不慣れな女中では不取締でしょう。しまをやりましょう」と言って夫人の手元からわたくしの母の家へ譲られた女なのですが、始めは夫人からの目付役の意味もあったのでしょうけれども、永い月日のうちにはその役目気も鈍ってしまって、わたくしの母の方へついてしまったり、また夫人側に立戻ったり、わたくしの家へ来てからも豊島家へは自由に出入りしていました。そんなわけで豊島家のことはわたくしたちに何もかも手に取るように知れるのでした。

おなじ取仕切った微笑の唇から彼女は楽しそうに、またわたくしの父の身の上の秘密をまるで物語のようにして話すのでした。

憲法発布の明治の頃、日暮里の貧民窟《ひんみんくつ》の東西長屋に住んでいて、日々、市中の山の手を貰って歩く子連れの乞食がありました。扇を半扇にひらいて発明節というのを唄って門に立ちました。

もとは伊勢藩の儒者《じゅしゃ》の子とだけ判っていて、発明に凝《こ》ったため頭がおかしくなっていると当時噂されていました。むっつりして眼鼻立ちが立派についている。そのあまりに完全な立派さが却《かえ》って悲運を想わせるような顔立ちでした。子供は癇《かん》持ちらしい鋭く羸弱《るいじゃく》な子でした。

当時赤坂の竜土町に甲州出で天下の豊島と呼ばれている事業家がいました。もっともその頃は天下の糸平をはじめ少し剛腹で山気のある人間には天下という名をつけて呼び慣わす癖がありましたから、この豊島もそれほどの商人ではなかったかも知れませんが、三方窓の張出し玄関の広間の中央に大火鉢を据えつけ、その前に胡床《あぐら》を掻き、赤銅の煙管を火鉢の縁にうち付けながら早朝から誰でも引見して談論風発するという豪傑肌でした。

発明節の親子乞食は一週間に一度ぐらいずつこの方面へ立廻って来て、豊島の応接間の窓に立ちます。すると豊島は煙草入れの中に入っている小銭を与えながら、乞食の仲間の貰いの様子、家々の屑の捨て方の塩梅《あんばい》、盛り場の食物店の仕込みの多寡《たか》――そんなことを小さい声で訊ねます。発明節の乞食は鬚《ひげ》だらけの顔をさも億劫そうに動かしながら、ごく簡単に返事を致します。しかし、これだけぐらいのことでもこの商人に取っては世間の景気の機微は摑めるのでもございましょう。豊島は人に向うと「乞食を三年、幇間《たいこもち》を三年、モグリ弁護士を三年やって来てからでなくちゃ、本当の仕事師には成れねえ」こんなことをしょっちゅう言い放っていたような処世哲学を持っていた男だそうでございますから。

ある朝、親子乞食が来たので豊島は窓へ来ますと、子供が紙片れを差出しました。それは同じ長屋に住む浮浪人たちの毎度の食べものを表に作って記したものでありました。ヅケとか川越チャブとか鮒チャブとか、それは子供が僅に同宿者に教えて貰った片仮名と数字だけで印づけられたものであって、かなり口の説明を添えねばならぬものがありましたけれども、豊島が、親に向って一番煩《うるさ》く聴き度《た》がる貧窮者の景気の状態を食事の種類で見て取ろうとするその要領を幼く整理図計して呉れたものでありました。豊島は喜んで訊《き》きました。

「これ、おまえ一人で考えて書いたのか」

「ああ、そうだよ、おじさん」

豊島は、うーむと唸りました。

「この小僧、見どころがあるぞ。おやじ、この小僧を俺の家へ置いて行け」

発明乞食の父親は眼を放心したように瞠《みは》っていましたが、やがて雑嚢の中から子供の巾着《きんちゃく》を取り出し窓框の上へ置き、億劫そうに一つお辞儀をすると立去りました。この親乞食の行衛はその後まったく知れません。巾着の中には戸籍抄本と子供の臍の緒が入っていました。

子供の蝶造は利発《りはつ》に育ちました。豊島家の玄関番から給費生、大学の秀才、天下の豊島の眼がねに叶《かな》って娘の婿《むこ》、大学教授、まずとんとん拍子でございましたでしょうか。豊島が乞食の子でも婿にするところに彼の肚の大きさがあり、褒《ほ》めるもの、くさす者、相半《あいなか》ばしましたがその範囲も広くなく、やがて少数の人の外、蝶造の身分に就ての記憶も残りませんでした。

豊島家には元来、姉と弟とありまして、弟が相続人です。で娘は婿につけて目黒の別邸の方へ家を持たせられました。この姉娘の婿——すなわち蝶造がわたくしの父だったのでございました。

父はこの結婚に満足したのでしょうか。しまに言わせると満足していたと言います。なにしろ淑《しとや》かで底がしっかりもので恵み深い夫人だったそうですから。ではなぜ父がわたくしの母のようなものを別に持ったのでしょうか。しまに言わせると父は大学時代から大酒飲みで遊びが好きだった、その上、面食いだから遂に美人の母に引っかかってしまったのだと申します。

もちろん、それもございましょう。しかし、それだけではああまで永く母のような女を持ち切れるものではございません。わたくしに言わせますれば——これはわたくしがずっと育った後の観察ですけれども——父は母に妙なものをあさっていたのではないかと思います。母は浅《あさ》墓《はか》ですけれども、その浅墓さが幾枚も重なり合っていて、剝《む》く骨折さえ厭《いと》わなかったら、その芯《しん》に何かありそうにさえ見える女でございました。父はそれに引っかかった。頭が鋭くて穿鑿《せんさく》症《しょう》にまで意固地が募って、知性の過剰に苦しむ性質の男は、えて、このらっきょのような女に引っかかるようです。殊にその上皮が美人であったなら尚更《なおさら》のことでしょう。賢夫人といわれている豊島の娘のような女の底は父のような男にはすぐ見破れます。却って浅墓なものに謎をつけて自分から引っかかったのでしょう。父の悲劇の渦紋はまだこの先わたくしの身の上にかかって波打ちますけれどもあまり筋がもつれて判らなくなるといけません。ほんの序の口にこれだけ申上げて置きましょう。それから父は自分の幼ない時の身分に就てはどう考えていたかと申しますと、却って大ぴらに公表して得意になっていたとさえ申します。「俺の身元は巷《ちまた》のベッガーでね、」すると賢夫人も気さくに笑って「ええ、ええまた落魄《おちぶ》れたらいつでも二人でお菰《こも》を着て門に立ちますよ」。何の拘泥《こだわ》りもない夫妻の掛合い話は、その夫の立志美談を語るように聞こえて傍にいる者達の間の好評をさえ受けるのに充分でございました。

ただ、わたくしの母だけは、父から面と向ってその話の出るのを極端に嫌いました。話の緒口《いとぐち》だけでも聞くと母は真っ蒼になって怒りに慄えました。「止して下さい、貧乏くたい話は」それで流石の父も口を噤《つぐ》みました。

母は父が言うのを嫌う癖にわたくしに向ってはときどき自分の口からずばずば洩して罵《ののし》るのでした。わたくしは母の罵る口から洩れ、また、しまから説明され、自分の血が乞食に繋《つな》がりのあるのをしみじみ悲しいと思いました。一方、何だか落着いて解き放された気持もありました。わたくしは小学校でも女学校でも科学や数学めいたことはとても成績がいいのです。けれども趣味性に係《かかわ》る学科、習字とか手芸とか図画とかはまるでゼロです。そのとき一方の気持がすーうと寄せて来て、わたくしの悩みを器用に浚《さら》って行きます。「ああ、どうせ自分は乞食の子だから」

だが、そのうちにも何としても堪え難い目に遭ってつくづく身の薄倖《はっこう》を嘆かずにはいられなくなりました。それはこうです。

秋の日曜の朝、目黒の父の家の夫人からわたくしに秋祭りがあるから遊びに参れとの使いです。こんなことはわたくしが生れて以来始めてです。もっともしまの言うところによると、自分に子供がないせいか夫人はたびたびわたくしを自邸へ呼び寄せるよう父に申し出たそうですが、父は断然、反対して遂にそのことが無かったのだと言います。

「おや、珍しい。旦那さまのお気がお弱りになったのじゃないかしら」

この一月半ほど前から父がわたくしの母の家に姿を見せなかったのなぞも考え合せてしまはこんなことを言いました。

「きりりしゃんとして」

母はわたくしに十二分の粧《よそお》いをさせて帯を結び終えるとこう言って背中を一つ叩きました。

「ほんとに、いいかよ。ぼやぼやしているんじゃないよ。おっかさんの恥にまでなるんだから」

また、一つ背中を叩きました。わたくしはその度びに頸ががくりとなって「あうん」と返事いたしました。「わたくしもあとからお手伝いに行きますよ」というしまに見送られ、自動車の広い座席にわたくしはお土産の栄太楼の最中《もなか》の折箱とちょこなんと並んで目黒に向いました。

別邸といいながら本邸造りです。四五段の石段を上ると玉石を敷き詰めた広場があり、蘇鉄《そてつ》の植込を前に控えてポーチの玄関という洋館でした。書生に迎えられて、つるつる滑る嵌木《はめぎ》細工の床の上を気をつけて股を拡げて足を運びながら天井を眺めますと夏蜜柑の皮の裏のように丸くぽっこり抉れている真ん中に大きな水晶の簪《かんざし》のようなシャンデリアが沢山のぴらぴらを垂らして釣り下っています。

絨氈《じゅうたん》が敷きつめられて昼間でも電灯のついている応接間から子供の騒ぐ声が聞えて来ました。その部屋の入口で女中を連れた一人の婦人に会いました。

「蝶ちゃんでしょう。まあまあまあよくね」と言いました。わたくしは直ぐこれが夫人だと判りましたので一つお叩頭《じぎ》をしました。すると婦人は私の肩に手をかけて、

「綺麗におけいけい（お化粧）が出来て、おべべ（着物）もよくお似合い」

そう言って夫人はわたくしの袂の八ツ口の根元を指先で抓《つま》み、指先の早業で下着の裏や襦袢《じゅばん》の地質を検《あらた》め見ました。

「ほんとによいおべべ」

夫人は何の失態も見出せなかったらしく、こう言って素気《そっけ》なく袖口の抓みを放しました。運転手から受取って書生が差出した土産ものの包みに向っては「こんなことをしないでもいいのに」と言って愈々《いよいよ》素気なく包を女中に引渡すよう顎で書生に示しました。

わたくしは、きょう逢う人は本家の正妻、そして自分の母は妾《めかけ》。いくらこどもでも自然とこの間の敵対意識があって、わたくしには何か息を詰めるぎこちない感情が喉元につかえていて、夫人に向っても打ち融け兼ねていました。しかし、夫人は何も気付かないらしく、わたくしを抱えるようにして部屋の中へ誘い、

「さあさあみなさん、おばさんが可愛がっている親類の子が来ました。名前は蝶ちゃんと言い

ますよ。みんな仲好く遊んであげて下さい」

わたくしを遊びの席のまん中へ割り込まして呉れました。それから成るべくわたくしに附き添うようにして遊びの判らない仕方は手伝って教えて呉れたり、お不浄場へも自分で連れて行って裾を捲《まく》って呉れたり親切にして呉れます。

遊びに夢中になっていた子供たちは新入りのわたくしに向ってたいした関心も払わず「君の番だよ」とか「あんた、そいじゃ駄目よ」とか忽《たちま》ち仲間扱いにして呉れました。男の子まじりにわたくしと同じ年頃の少女が四五人いて、どこかこの近所の富裕な家の子たちと見え、少し遠慮が無さ過ぎるくらい活潑で人慣れています。遊び道具は豊富で、コリントゲームだのルーレットだのわたくしには始めてで珍しいものの外にいろはかるたやトランプのような馴染《なじみ》のものもありました。

面白さに融け、親切に融け、わたくしの中に鯱《しゃちほこ》張《ば》っていた夫人に対する敵対感情もいつか忘れて、わたくしはわたくしの傍にいて呉れるただ確かりしてすべっこい大理石の柱のようなものを感じました。わたくしは勝負に勝ち続けます。嬉しい気持が手足の尖《さき》にまで漲《みなぎ》って身体をどうにかしなくてはいられなくなります。わたくしは傍の大理石の柱に飛び付きます。それは夫人の胸です。わたくしは鬼ごっこをして誰かに追われます。快よい不安がわれを忘れさせて思わず大理石の柱を掻き抱いてその蔭に身を交します。それは夫人の肩と頸です。そういうときです、すべっこい大理石の柱のように思ったものが何か意趣《いしゅ》を泛《うか》べて来て、「おお、おお」と言いながらわたくしの手を握り締め、それから象牙《ぞうげ》細工のような磨かれた顔がすっと寄って来て、わたくしの頬に頬ずりをするのでした。わたくしは光栄という気持ちが浮ぶと同時に、何か企らみのある嫌な暖昧がわたくしを襲うので思わず身慄《みぶる》いが出そうになるのでした。ほのかに薫《かお》る香水の間から三日月のように笑い和めた眼が、世にも冷厳な、そうして刺すような鋭さでわたくしの表情を観察しているではございませんか。わたくしは子供ごころに脅《おび》えを感じながら、受けた感じの不快をそのまま卒直に身振りや表情に現すことは何か自分に損のように思いました。わたくしはあり丈《たけ》の力を籠《こ》めて嬉しそうに笑い返すのに骨を折りました。どんな笑いでしたろう。さぞ醜いこましゃくれた笑いでしたでしょう。いま思い出しても、ひとり「あ」と叫ぶほど自己嫌悪に陥ります。すると夫人はしっかり握ったわたくしの腕と背の手を離して呉れるのでした。

けれども子供というものは仕方のないもので、この身慄いするほど嫌なお務めを今度もしなくてはならないのを直ぐ忘れて、また夫人に掻きつくのでした。また襲って来る象牙の面の頬ずり——

こういうことが四五回もあってお昼のご飯になりました。食堂と呼ばれる別の部屋でそこも昼に電灯がついていました。鏡板や食器棚などがあってまるで西洋料理店みたいな部屋でした。夫人がテーブルの端に坐って、わたくしは直ぐ隣の角、それから左右の他の子供たちも並びました。チキンサンドイッチが出るかと思えば玉子焼やら蒲鉾《かまぼこ》にきんとんやら、如何にも子供向きのご馳走が運ばれました。食事の途中まで夫人はハンカチをわたくしの頸に宛《あて》がって食事の面倒を見て呉れましたが、ふと時計をみて、

「さあ、おばさんは御病人のお食事の面倒を見て来なくちゃ、蝶ちゃん一人で食べていらっしゃい。直ぐ来ますから」

と言って立って行きました。

あとで目黒名物の栗のご飯が出ました。わたくしはこういう炊《た》き込んだご飯が大好きです。一たいわたくしは物の食べ方が遅い上、何か物を食べかけると屹度《きっと》考えごとをする妙な癖がございます。好きな食べものが前に出るほどうつらうつら考えごとを致します。いまも今とて、離れて見ればなつかしい自分の河岸の家のことを考えたり、紅い丹波酸漿《ほおずき》を売る店の出る水天宮の縁日を想い出したり、擒《とりこ》になった影画芝居の王子さまのことを考えたり、どうしても箸は遅くなります。他の子供たちは咽喉へ嚥《の》み下すのもまどろこしいようにせっせと食べ放って、遊び半ばで置いて来た応接間の方へ駆け出して行きました。それと気がつくとわたくしは周章《あわ》てまして、急いで食べ進みました。メロンに匙《さじ》がついています。ちょうどそこへ夫人が引き返して来たのでしたが、席はわたくし一人を取巻いて二人の給仕女中が辛気《しんき》臭そうに立っているのを見ますと、「おや」と言った後、夫人は「ちょいとちょいと」と女中を自分の方へ呼び付けました。潜めた声が聞えます。

「まだ、食べてるのかい。あの子は」

「食ものにがつがつしてるね。他の子に対しても見っともないじゃないか」

「はあ」

「でも」

「お里を出すね、やっぱり」

夫人の声は決定的な辛辣味《しんらつみ》を帯びていました。それで女中等も所在《しょざい》ない苦笑で相手するより仕方がないようでありました。

わたくしはこれを聞くと、意味は充分には判らないながら辱《はず》かしめの爛《ただ》らす熱湯のようなものが胸のまわりから頸筋へ突き上げて来て、これを我慢をするため唇を屹《きっ》と噛み締めますと、べべべと不可抗の力が唇を上下に破りまして、箸と茶碗をそこへ投げ捨てると同時にわっと泣き出しました。そして胸をわれと、ばら搔きに搔き挘《むし》りながら、

「おうちへ――帰るう――」

と唱えました。二人の女中は周章て飛んで来て宥《なだ》めつ賺《すか》しつしましたが、わたくしは極度の恐怖が身体も手も慄えさしまして、遮二無二《しゃにむに》この茨《いばら》の館から遁れ度く、女中の腕から放れようと懸命に捥《もが》きます。それをじっと見詰めていた夫人は一言いい捨てて身を反らしながらすーっと去りました。

「勝手におしな」

代って、ひょっこりうちのしいまが現れました。しいまはわたくしの後から電車で来てお勝手の

手伝いをしていたのだそうです。しまはかなりわたくしを静めるこつを知っているので、わたくしはどうやら慰められ、抱きかかえられて機嫌直しに裏の田圃へ連れ出されました。

小川が流れています。その片側に蓋の無い大きく四角い樋が通っていて綺麗な水が早瀬のように流れています。樋は錆び朽《く》ちていると見え、途中の板の合せ目からも穴の個所からもざあざあ水は小川の中へ零《こぼ》れています。そのくらいな洩れはちっとも影響しないように水は樋のふちの青苔《あおごけ》に溢れて流れています。

みそ萩、露草、猫じゃらし、そういった雑草がわたくしの立つ道端から樋の水を覆って乱れ伏しています。

「蝗《いなご》がいますよ。取ってごらんなさい、お蝶さま」

取ろうとすると、あの小舟のような形をした虫の舳のようなところについている橡《とち》の実いろの眼が急に大きく目立ってわたくしを睨んでいるようです。怖々《こわごわ》、手を近づけて行くと、蝗はそろそろ葉裏へ移り廻って行き、わたくしが思い切って眼をつぶって葉を握ると、露が冷たく掌に握られて蝗は樋の水に斜に落ち込んだまま、ぐいぐい水に流されて行きます。途端に樋の向い側の縁から小川へ飛び込んだらしい背に一疋《ぴき》を負うた二疋のつながりの蝗が水に落ち込んで、見ているうちに、樋の水の蝗も小川の蝗も櫓《ろ》のように脚を跳ねて游ぎ出しました。けれども縁に到かないうちに樋の水の蝗は先に姿が見えなくなり、小川の蝗も小川に打ち冠さっている竹林の蔭の黒味に隠れて見えなくなりました。ゆるい水車の音が聞えます。

わたくしはほっと息を吐いて立上り、水音を背にして田圃の方を眺め渡しました。いまは「仏さまの花、仏さまの花」と言って頻《しき》りに野の花を蒐《あつ》めています。わたくしは今立っている小川の縁の道の赤土が、昼過ぎの陽に照され、にちゃにちゃして茜色《あかねいろ》の雲を踏んで立っているような気持のするのに、眼の前一面に実のり倒れた金色の稲田を見渡して蹋跲《かが》んだ気持は何もかも何処かへ持って行かれました。

わたくしはまた「はーっ」と今度は息をもっと深く吐きました。ここは一たいどこであろう。そして自分はどうしてこんなところへ来ているのであろう。

三月の雛祭りに漆塗《うるしぬ》りの盃《さかずき》で飲まされる白酒のにおいと麦こがし菓子のにおいと混ぜたような、子供をもうとうとさせる香気が天地に充ち満ちている、その上、ときどき風がその香気の濃い塊を頬に吹きつけます。のぼせるような気もするが、あとは白々と寂しいガーゼのタオルで撫《な》で拭《ぬぐ》われたように何だかしーんと気が澄む気持ち。

田圃の外《はず》れは花畑らしく緑色の框《かまち》のフレームも見えます。刈り残された紅や黄の花の向うに松林が取巻いていて、神楽《かぐら》の囃《はや》しが響き出しました。右の方で聞えるかと思えば左の方で聞えます。

わたくしは三度目の息をほーっと吐きました。するとどこに残って溜っていたのでしょうか、悲しみに少し甘酸っぱい味がついて、それが胸を蜜柑の房のように絞るとその悲しみは嵩《かさ》を増して来て、くいくいとまた泣き歔欷《すす》りが二つ三つ立て続けに出ます。出そうで出ない泣き歔欷が一つ咽喉元につかえます。これを催し出すには顔を泣顔にすると気持よく出そうな気がしますので、うえーという顔を拵《こしら》えて待っていると、誘われてくいくいと出て来ます。そのときの気持といったら世にもなつかしい感じが致します。

　このとき、しまが手に一ぱい秋の野の花を抱えて戻って来まして「さあ、うちへ入って、みんなと一緒に神社のお祭りへ行くんです」と言って自分でそこにいた蝗を巧に捉えてわたしの手に一疋握らして呉れました。私は少し脅えにぎゅっとそれを握りながら、もう、あんな茨の館へは帰り度くない。おうちへ帰ると言い張りました。

　するとしまはちょっと考えていたが、

「そりゃそうかも知れませんね。やっぱり相手がなさぬ仲の奥さまですからね」

と言いました。それから、急に声を落して、

「じゃ、ま、おうちへ帰るとして、そのまえ、内密でちょっと、おとうさまにお逢わせしてあげましょう」と言いました。

　しまに手をひかれて、物置と古びた南京羽目との間の細い道を入って行きますと、別棟《べつむね》の小さい平屋建の入口へ母屋から渡板が架《か》かっています。しまは、ちょっと母屋の気配いを覗う様子を見せましたが、わたくしに目まぜすると、わたくしを抱き上げて手早く部屋の中へ入れ、自分は外へ気を配りながら、わたくしの後に控えました。

　うす暗くて床が低く妙に湿っぽい感じのする部屋でしたけれども、二間ほどの窓が開いてい

て、明りがそこから射し込むのですからその前にいる人の姿は明暗の影を帯びてはっきり見えます。

痩せて肩が尖っている中老人です。部屋の中にいながら長い釣竿を出して小さい池に向って立て膝をして綸《つりいと》を垂らしています。手も竿もぶるぶる慄えています。わたくしたちが入って行くと脅えたような顔をして、こっちを屹《きつ》と見ました。鼻は峰だけ特に目立ち、頬骨の下はげっそり落ちて、濃い髭は椀の上に植え付けられたように上唇に盛り上っています。眼はどんよりしながら剝《む》き出されています。しまは少し躙《にじ》り出すと、「旦那さま、お蝶さまですよ」と言いました。

父は「うむ」と返事をしましたが、顔には脅えだけ除かれて、ただ張り拡がったまま縮まない無気味に鯱張《しやちほこば》った表情だけ残されて、そのままこっちを向いています。しまはもう一度声をかけました。

ちょっと間を置いて、父の手から竿はぽたりと落ち、ぎこちない立て膝はきちんと坐り直され、左手を内懐へ入れたいつもの父の坐り方になりました。

「どうも、この頃はうちで酒を飲まさんで困る。酒を飲まさんじゃ――」

そう言って首を二つ三つ振りました。

しまが何か言おうとするまえに、父はにやりと笑って、

「おまえ、内密で――」

これだこれだといって左の手でコップを煽《（ママ）》る手附をしてみます。

「困りますですね」と言ったしまは、それでもどっかへ出て行って台附コップへ赤葡萄酒を八分目ほど入れたものを運んで来ました。

父はそれを受取ると震える手で酒を零《こぼ》すまいとして大事そうに右の手をも持ち添えて口へ持って行きましたが、コップの縁が唇に触れると、歯にうち当てる音と共にまるで砂糖水をわたくしが飲むようにごくごくと九分通り一気に飲み乾しました。そこでちょっと一息入れ、黒い瞳でしばらく残りの液を見詰めていましたが、今度は全く一息にがぶりと飲んでしまい、ちょっと戸口の方を盗み見るとコップは池の向側の棕梠竹《しゅろちく》の林の中へ無慈悲に手早く投げ込んでしまいました。

この間の父は全く自分の気持だけを相手とした所作であって、前に私たちがいるのを感じていない様子でしたが、それが済むと膝の上へ突立てた腕の肘を右の手で揉《も》みながらわたくしの方へ頸を伸ばしました。

「お蝶か、よく来たな」

そして遠視眼の人のするように眼を眇《すが》めてわたくしの顔をじっと見ました。

「大きくなったな」

さも懐かしみ慈しむように顔を交るがわる右左にやや傾けながら始めて見る娘でもあるようにわたくしの顔を覗き見るのでした。

わたくしは父は好きでしたけれども、ときどき家に来て逢う父はいつもぴりぴり電気が身体中に充満しているような父で、傍にいれば鋭い男性の力で間断なく爽《さわや》かに打たれ続けているという痛快な気もしましたが、また油断はなり難く、恐しくもありました。わたくしに対しては殆ど無口でよく玩具やなにか買って呉れましたが、自分の子としての存在をわたくしの上に意識しているのやら、いないのやら殆ど判りませんでした。また、わたくしにしてもその方がよいことに思い、もしあの力がまともに差し向けられ親しまれたら、どんなに切ないものだろうと感じておりました。

ところがいま眼の前の父の言葉といい、態度といい、全く思いがけないもので何だかわたくしの身体に融け入って来る和《なご》やかなものがありながら、それはもう父の茹《ゆで》り枯しの滓《かす》で、揮発性も爆薬性もない摘みほぐした綿のようになった父の性格の繊維だけを感ずるのでした。父は変った。父はもういなくなった。代った父がいる。

わたくしの戸惑った表情を見て取ったのでしょうか、父は腕を腕組に組み直しながら眼はなおもわたくしから離さず、しみじみ何か言って聞かせました。わたくしが後年しまから度々聞いたところによりますと、

「お蝶、おまえは、まだ七つで俺の言うことはよく判らないだろうが、大きくなったらしまからお聞き、人間はなあ、四十を過ぎたらまた元の根に帰るものだ。二度と生涯を出直すにしても、一たんは根に帰るものだ。そうしなければとても心が寂しくてやり切れない。殊に俺のよ

うな無理をして伸びて来た人間はな」

と父は言ったそうでございます。そのときわたくしの後にいたしまは、父の言葉が幾らか年齢の功の勘で受取れたので、つくづく、

「全くでございますね。旦那さまの仰《おっ》しゃることは、わたくしの身にも覚えがございますよ。ね、お蝶さま。大きくおなりでしたらおとうさまの今仰しゃったお言葉お話し致しましょう」

と私に代って答えたようでございます。父は例のフランス髭《ひげ》の片髭を上げて微笑したのち尚《なお》続けて言ったのは、

「ところが、俺は病気になった。もう精魂も尽きている。根に還る気力も体力もない。あせりと酒がこんなにした。ただもうこんなに、うとうとしながら根を恋しがっている。全くつまらん」

「でも、まだ」としまが宥めかけると父は首を振って、

「いや判っている。あのくらいの葡萄酒じゃ、もう醒《さ》めて来て、頭がぼんやりして来るほど身体が弱っている。あーあ、つまらん。眠くなった」

父の顔は再び酒を飲まないまえの虚脱してただ緊張のまま鯱張った顔に戻って来ました。

「あーあ、眠むくなった。どれ、あのしっとり湿って苔《こけ》の匂いのする土の上へ昔おやじさんと一緒に寝た夢でも見よう」

父は手枕をして横になりかけました。わたくしは何か胸に一ぱい迫るものがありながら、こ

こで何とそれを言い現していいか判らないので、ただ丁寧に頭を下げて、

「おとうさま、さよなら」と言いました。すると、父は、少し起き直って、わたくしの顔を見ましたが、涙を二つぶ三つぶ零《こぼ》して、

「うん、さよなら」

と言って、ころりと横になりました。

しまは、そこに在った丹前を父の寝姿の上にかけました。棕梠竹の林を透けてきらきらした緑色の羽根が光り、鋭い叫声が聞えました。しまは小さい声でお庭の孔雀が鳴くのですと言った。送り帰される自動車の中でふと気がついてみるとわたくしはまだ先ほどしまが田圃で握らして呉れた蝗をしっかり握り締めていました。蝗は手のぬくもりに暖まって死んでいました。樹脂色の蝗の吐血《とけつ》が掌についていました。

家へ帰って来ると母は、しまに、

「どうだったい。首実検の様子は」

と言いました。しまは一什《いちじゅう》をざっと話したのち、

「とても、そりゃ、ご無理ですよ」

と言いました。すると母は私の顔を見て笑って、

「蝶ちゃん、おまえさんがふったのかい、それとも向うにふられたのかい。しかし、人が七つまでも育てた子をぬけぬけと人から奪《と》ろうったって、そりゃ向うもあんまり虫が好過ぎるよ」

と言いました。母は何だか上機嫌でした。

ついに自分に子が出来ないと思いきわめた夫人は、世間によく例のある捌《さば》けた奥さんの気になって、以前から都合によっては妾の子のわたくしを本邸へ入れて自分の子として育ててもいいと言っていたそうです。わたくしの子柄の様子を見に、秋祭りの招待に事寄せて、わたくしを観察したのですけれども、結果は取り止めになったのだと、しまはわたくしに言い聞かせました。それにしても、父が夫人の計画に常に反対していた気持は一通り判るようですけれども、はっきりは今だに判りません。本邸へ引取られて後のわたくしの憂き目を察したものでしょうか。そのくらい察しが深ければ妾の母の家に置いたままで育って行くわたくしの将来のことに就て何とか一言ぐらい母にでも注意か希望が述べられていてもよさそうなものですのに、母は一向そんなことは聴かないと申します。

そして最後に会ったとき却って何だかわたくしの生命に取縋《とりすが》るような妙な言葉だけわたくしの胸に残されては、わたくしはいくら好きだった父でもあんまり勝手だと思いながら、やはり憐れな父という感じがしまして負担を背負って行く気持にならないわけには行きませんでした。

母はまた、ふだん何の真味の親娘の愛情も持たない癖に、奪われそうになった子が手に戻ったとなると、ちやほやして上機嫌になるとは、何が何やらさっぱり判りません。

父はその後だんだん床につくようになり、一年足らずの翌年の夏に歿《な》くなりました。わたくしは母と一緒に本邸へ行って、枕屏風の蔭に横わっている父の死顔を見せられましたが、母はそれに取縋り、「先生、先生」と叫んでわあわあ泣き崩れたのに引きかえ、わたくしはあんまり痩せさらばい小さくなった父の遺骸を見て、もうこれは父ではない。ただ妙な薄気味の悪いものを見たという感じだけでした。

父が死んでから、わたくしの家と本邸とは全く絶縁になりました。母は暢気《のんき》な顔をして暮し出しました。少し肥って、顔にごく僅か赭味《あかみ》がかって、立ち居振舞いに豊かな肉が胸や腹に漂うという中年近くの美人です。私は母の性質は嫌いですけれども、容貌や体格は愛重せずにはいられませんでした。芝居の義理の総見に米沢紡《つむ》ぎかなにかをたっぷり着て、仕度の出来た身体を長火鉢の前に一先ず落ち付け、芝居へ行ったって格別面白くもないという顔付で女煙管《おんなぎせる》で煙を吹いているところなぞは眼を細めて眺めたいようでした。そうかと思えば何処からか汚い古道具を買って来て、「掘出しものだよ。たいしたものだよ」といって、古浴衣を上っ張りに着て、姉さま冠りに裾捲りをし、河岸ぶちに出て藁《わら》たわしでごしごし洗っている姿にも、どこか鍛えられた藤間の躾《しつ》けの線があり、見飽きない母でした。

しかし何度か噂を撒《ま》かれながら、母に浮気の沙汰は一つもありませんでした。

「色恋だなんて、あんな面倒臭いもの、どうして世間であんなに騒ぐんだろう」

母は始終こう言っていました。

母は自分でも多少の小金は蓄《たくわ》えていたらしいですが、月々の経費は父が生前、下町の池上という商事会社の顧問をしていて、そこから来る手当が母のところへ届けられる、それで以て賄《まかな》っているようでした。その商事会社は元来、地所持ちの旧舗《しにせ》が店の形を改めたもので、貿易は片手間に過ぎないけれども当主は道楽半分なかなか熱心でありました。そして父は外国取引の商法関係の相手にでも与《あずか》っていたのでしょうか、月々の手当は状袋に入ったものを風呂敷包にし、浅黄の股引を穿いた古風な小僧さんが背負って届けに来たり、背広を着て夏は扇子《せんす》をぱちぱちさせる若い店員が届けて来たりしました。ときどき散歩の序《ついで》だと言って池上の息子の清太郎が届けに来ました。義理堅い旧舗で、父が歿《な》くなってからも、急に止めたらこちらも御不自由でしょう、まあ当分はという口上《こうじょう》を添えて呉れるものはいつまでも続けられていました。ですから母はときどき父に強請《ねだ》っていた臨時の費用を詰めさえしたら、たいした不自由を感じない様子でした。それでわたくしが小学校を終えて女学校へ上り度いと言ったときも「学問も何かの足しになるかも知れないね」と言って素直に許して呉れました。わたくしは自分で選んでF——学園という解放的な教育をするという評判の私立の女学校へ入りました。

いまは母から給料の減額を申渡されましたが、ここの家にいる方がいっそ暢気でいいと言って動きませんばかりでなく指物屋を呼んで来て、自分の部屋へ仏壇など拵《こしら》えて先祖の位牌《いはい》など並べ出しました。

わたくしは家にいるより学校にいる方が好きでした。何とも得体の判らない家の生活に混っていると、いつまで経っても割り切れない奇数の出続ける数字を扱っているようなもどかしさから不安の気持に襲われました。母は浮気の沙汰こそないけれども、父が歿くなってからは人を集めることが好きになって、家はまるで倶楽部のようになってしまいました。

母が道具類の好きなことは前にちょっと申しましたが、ほとんど毎日、古道具屋漁《あさ》りをして我羅苦多《がらくた》ものを買って来まして、何とか勿体《もったい》をつけて飾り立てます。母の部屋は階下の十二畳に続く六畳ですが、まず壁には牡丹に唐獅子の附いている浮彫の額縁の中に、大礼服を着た父と自分と並んだ写真を入れて麗々《れいれい》しく飾り立て、その下に黒檀に象眼《ぞうがん》のある支那ものらしい茶棚が並べられてあります。如輪目《(ママ)》の長火鉢に割り手の鉄瓶がかかっています。まず、この辺までは無事ですけれども、その他、けばけばしい金蒔絵《きんまきえ》の衣桁《いこう》だの、虫食いの脇息《きょうそく》だの、これ等を部屋の常什物にして、大きなはいはい人形だの薬玉《くすだま》の飾りだの、二絃琴《にげんきん》だの、時と気分によって戸棚から出し入れされて飾り付けられます。

母はこの雰囲気の中に坐りながら、しょっちゅう、何かしら道具を膝の上に置いて、楊子で間に挟まった芥《ごみ》を除ったりつや布巾をかけながら人が来るとお説教をします。

「よい道具の中にいると、しぜんと人間に品がつくもんだよ。そして持ってるうちに道具は値が出るしさ」

はじめは道具好きの連中が入り込んで来たのでしょうが、友は友を呼んで、将棋が始まったり、俳諧が始まったり、やがて酒宴になります。八々のような金銭を賭ける遊びごとは品が悪いと言って母は許しませんでした。

母がこれ等の連中に対する態度は、大ようにして、あまりに干渉しませんでした。けれども利目利目には口を出します。

「だめだめ、うちの物をそんなに使っちゃ。いくらの金目になるものか考えて貰い度いね。そんなに沢山要るものは、自分たちでお金を出して、しまに買って来て貰ってお使いなさいよ」

すると、連中は「へいへい」と頭を掻く真似なぞして母の言うなり通りにします。

こういうのはどういう場合かと言うと、例えば半紙なら二三枚か四五枚ぐらいのところならば母は黙って見ていますけれども、帳面でも作るようなことがあって、欲しがる半紙の量が一《いち》帖《じょう》と纏《まと》まって来ると母はとても承知しないのでした。そんな具合に、連中へ茶だけぐらいは出すが、それ以外の口慰みものは、よほど余計な到来物《とうらいもの》でもなければ出さないで、連中たちの負担で賄《まかな》わせましたばかりでなく、ときどきはこんな負担を命じました。

「なんだか陰気な日で、くさくさするじゃないの。どう、みんなでおいしいものを喰べない。なんか喰べ度いじゃないの」

こう言って懐の暖かそうな二三へ誘いをかけます。そのと呆《ぼ》けて無邪気を装う様子には何となく灰汁《あく》ぬけした甘ったるいものがあって、

「そら、また、おばさんの食い辛棒（ママ）が始まった」

と苦笑しながらも誰かが奢《おご》ります。こうしてまた、外へ何か食べにぞろぞろ出かけて行きます。わたくしとしまは滅多に連れて行きませんけれども、お土産は必ず何か提げて来て呉れます。

こんなことが続けられて行くうちに、不思議にも、来る連中の顔触れが決まってしまって、その人々は下町でも金持とか物持とかいわれる家の息子ばかり六七人になりました。池上の清太郎も入っていました。

この淘《よ》り分けを母はどうしたのでしょうか。私にはそれが自然のように見えていながら、しまに言わせると、

「どうして、御新造さんの凄腕と来たら、同じいらっしゃいと言う挨拶の言葉のかけ方一つにも、ちゃんと特等と一等と並があるんですからね。なにしろ下谷で雛妓時代にも、いい姐さんが泣かされたといいますからね」

それから、しまはこんなことも言いました。

「お蝶さま、見てらっしゃい。お新造さんはだんだんあの連中の中から、あなたの聟《むこ》選びを始めなさいますから」

わたくしは家のこんな雰囲気が嫌いなものですから、出来るだけ、学校に残るようにして、図書室へ入ったり、テニスをしたり、先生の舎宅へ呼ばれたりして、暇を潰し、なるべく夕飯

にすれすれ近く家へ帰るようにしました。

F――学園の校長さんは地方の素封家《そほうか》出の文化人で、子供が多いところから一つ自分の手で思うような教育をしてみようと思い立ったのが始まりで、世間の子女たちも預る学校に発展さしたのですが、通って来る講師には著名の芸術家なども多く、男女共学なども行って一風変った学校でした。丘の傾斜のまん中に校長さんの住宅があって、その周囲には専属の先生たちの舎宅がずっと取巻いています。生徒たちはまん中の校長さんの家をシャトー（城）と呼んでいました。それに対して周囲の先生たちの舎宅をヴィラと呼んでいました。蔓薔薇がどの舎宅の羽目にも絡んでいるそれが、いよいよこの一劃をそう見させるのでしょうか少し西洋玩具の村の感じがしましたけれども、だけそれだけ、下町娘のわたくしに、何もかも家のことは忘れさせて目新しいことを夢みさすには充分でした。

前に申しましたような家の事情でわたくしには男というものはそう珍しいものではありません。だが、今まで見つけて来た男というのは主に下町の男たちで、何やらにちゃにちゃしたものと洒脱《しゃだつ》のものと入れ混っている不得要領な感じがしました。青年かと思えば隠居のようでもある。結局重苦しい感じのものに取られます。ところが、ここで交際《つきあ》う男たちはもちろんまだお互いに子供の気は脱けませんけれども、兎に角、わたくしも、もう十六になって、一通り女としての触角は備えて来ております。だいぶ判って来ております。みな若い牡羊の感じがして、香ばしい牧草の匂いがします。一人一人特殊のあの甲羅《こうら》のような個性というものが無くなって大ぜい一緒に遊んでいますと、石膏《せっこう》群像の上に五彩のサーチライトを映し動かしますときに緑になったり、うす紅色になったりしますように、はじめは誰もかも無性物であるのを必要に応じて男性になったり女性になったりして持場を果すだけで、言葉までも殆ど混ぜこぜになりますけれども、ただそれだけでそれも流れ過ぎてしまえば、ただ牧草の匂いの強い一群のやさしい動物として自分たちを感じるだけでした。これというのもこの学園へ来る男女の子弟たちは多く山の手生れの都会っ子の為めなのでしょうか。それとも、少年男女をこういう自然の中に放ち飼いにしとくと遂にこうなるのでしょうか。この学園のある丘陵は砂地の多い白土で、樹木も軽くて直ぐ伸びる灌木類が多くありました。

吉良という子と義光ちゃんという子と八重子という小さい女の子とが、いつの間にかわたくしのパアテイを形造るようになりました。吉良という子は肩や胸の辺に男の子の力が集まって、胴から下とか手足は棒のようについている恰好の少年でした。バスケットボールをして、この子がボールを拾い当てます。すると、ボールを緊《しっ》かと抱えたまま一たん敵方の群より逃れます。そこで体勢を立て直し、棒のような脚を踏み拡げ、大きな靴をぱかぱかいわしながらこちらに向き更《か》えるまでの不器用さは一騒動でした。みんなは笑いました。わたくしも笑いましたが、何だかその恰好に律義な執心《しゅうしん》のようなものが見えて愛感が持てました。義光ちゃんという子は父親は外交官なので在外中、英吉利婦人のナースをつけられたという話で英語は綺麗に喋りましたが日本語にはまだときどき舌たるいものがありました。あるとき千羽鶴の模様のある女生徒の着物を見て、得意そうに「この鶴、千ワアリヤス」と言ったという逸話《いつわ》が、この子にいつまでも附纏《つきまと》って、級友たちは「千ワ、千ワ」といって揶揄《からか》っていました。八重子さんは附属の小学校にいる子供で、十ぐらいなのに、もう一人前の中産階級の主婦の態を備えているといった女の子でした。鼻の峰を抓《つま》んだように眼が寄っている面長な顔がませさせてみせました。あのわたくしを苛《いじ》めた目黒の別邸の夫人にちょっと面立ちが肖《に》ていることがわたくしに何か皮肉な興味を持たせました。

この三人とわたくしは、また、舎宅に住んでいる安宅先生に所属のグループでもありました。各舎宅の先生は自分と自然に気に合う生徒たちを三四人か五六人ずつ選んで自由な出入りを許していました。

安宅先生の書斎に入り込んでわたくしは先生の廻転椅子に寄りかかります。歿くなった父が学者であったことが、ちらりと思い泛べられます。他の子供たちは煖炉《だんろ》を取り囲んで大人びた形で勿体振った討議を致します。やがて先生は校長さんのシャトーで行われた教員会議から帰られて、みんなにお茶を出して呉れます。その冬の日をわたくしはどんなに懐かしんだことでしょう。

安宅先生は、体操の女教員でした。しばらくフィンランドへ行っていられて、馴鹿《トナカイ》が牽《ひ》く橇《そり》の話などして呉れました。長身で整った身体に鳶色《とびいろ》のジャンパーを着ていました。職務から来る興味でもありましょうがスポーツは何でもやりました。

先生は朴のような柔い木で作ってそれにネルを張ったような感触を持っている三十五六の独身嬢です。応答《うけこた》えははきはきして、ちょっと中性女にも見えますが、笑うとき口へ手を当てて長身を屈めて捻《ね》じ曲げるときなどにはとてもやさしい素振りが見えました。三十過ぎの独身の女教師には、まま寄せられる失恋の噂が、生徒たちの口によって安宅先生の身の上にも立てられていました。その相手は今の校長の若い時代であるとか、またはよく婦人雑誌の口絵に出て来る模範的家庭の良人の一人であるスポーツ好きのある政党の領袖であるとか、なるべく先生をロマンスの人にして見たい性質の噂が立てられました。そして現在は園芸手の葛岡を愛している。ただ先生のプライドが葛岡と結婚させないまでだ。こんな穿《うが》った評判もありました。事実、先生はよく葛岡と一緒になって林中を渉猟《しょうりょう》していることがあります。しかしそれは先生が猟期になると狩猟をやられるので、その年の小鳥のつき方に精《くわ》しい葛岡を案内に立てて猟場を見て廻られるのが目的でしたでしょう。

生徒たちは想像の限りいろいろな噂を立てます。その園芸手の葛岡はまたわたくしが好きである。その為め安宅先生は内心ひそかに煩悶《はんもん》をしているなどと。

もっともわたくしとても、年齢からいってそろそろ人恋しい時代で、心の中にうずく痛痒い情緒につれ、学課の暇には歎きの面持で花畑をさまよったり、遣る瀬ない肩の落し方をして果樹園を縫い歩いたりしないことはありません。そしてその姿は、この学校の生徒に多い山の手の令嬢たちより一とき早くませたものであり、知らず知らず下町娘の媚びたしなが含められていたことでありましょう。ですから学園の中でもわたくしに対して何かはらはらするものを感じ、零《こぼ》れそうな露を感じ、誘惑の蜜を匂わせてるもののように感じて、つねに反感と興味とをもって何かと噂を立て、それが男の先生や生徒たちに結びつけられたものも一つ二つではありませんでした。だがわたくしが人恋しがる気持はそんな単純なものではありましょうか。それならまことに仕末がよいのですけれども。

わたくしが人恋うる気持の中には、嘗《かつ》て父として不如意《ふにょい》であったその父、母として現在不如意であるその母、その中に向ってどうしても恋わずにはいられぬ根元の父母のようなものがある気が致しまして、その求めごころの切なく募るときには、ただ痛痒い人恋しいぐらいの沙汰《さた》ではなく、息も詰まるほど寒いものに締め絞られるのでした。みなし児の感じがしてなりません。無邪気に遊び狂っている人々は嫉《ねた》ましく憤おろしく、それで花畑へ、果樹園へ自分と同じ気持らしい草木をなつかしみに避けて行くのでした。

このことが度重なれば、ときには葛岡にも出会います。葛岡は花畑の添木をさしてやっていたり、噴霧器で果樹に殺虫剤を噴きかけていたりします。わたくしを見ても知らん顔をして横向きのまま、わたくしの足の先五六尺のところへさいかちの虫を投げ出したり、木枝についている蛾の蚕《かいこ》を投げたりいたします。わたくしの身体にぶつからぬだけの心遣いはしてあるものの、投げ出されるものがいつも意表外なものなのでわたくしは笑わずにはいられません。わたくしは笑いながら、

「よしてよ。びっくりするわ」

と言いますと、葛岡は笑いを堪えるように下唇を前歯で嚙み押えながら、急に忙しい風を装って知らん顔を通してしまいます。こんなことが幾度、人に見られたとて噂の種になるほどのものではありません。わたくしは一時、葛岡の所作によって気を紛らされるようなものの、草木にも慰められ兼ねて、風に吹かれに丘の端へ歩いて行くのでした。

眼の前には、丘の傾斜に在る先生たちの舎宅の一劃が見え、更に一段下った崖端の平地には学園の建物が厳《おごそ》かに眺め渡されるのですが、校庭にはポプラの大木が周囲に植え込まれているので、そのスレートの屋根は木々の間より僅かにしか見えません。ポプラの梢を越して、多那川の灌漑《かんがい》地帯の田や畑地が見え、左寄りに東京から相模へ往来する電車の線路が見え、橋の両岸に町になりかけの人家が蝟《あつま》っております。川はまだ山川の趣《おもむき》を備えていて、広い河原の中へ岐《わか》れたり集ったりして水が白く流れています。

晴れた日は大山から箱根の山脈の上に富士が覗くこともあります。右手に遥か秩父の連山が浮いています。

晩秋のうす曇りの日に私は竜の髭《ひげ》草の上に腰を下ろし、頰杖をついて眺めます。吉良と義光ちゃんはレスリングの真似をして上になったり下になったりしています。ときどき反則をしたと言っては争いを起し、追いつ追われつ無軌道に駈け廻ります。八重子は拾って来た掌の中の零余子《ぬかご》の数をかぞえていましたが「危ないわよ〳〵」と眉を顰《ひそ》めながら避けて逃げます。けれども何か眼に見えない制限の圏でもあるように三人はある遠さまで行くと、そこからまた私の近くへ戻って来ます。

それで私は寂しくなる惧《おそ》れを気にすることなしに、むしろその騒ぎを考え浸むに工合のよい伴奏のように耳で聴きながら、うつらうつら風のことを考えています。ふだん無いもののように透き通って湛えていながら、一たん吹き出すと、丘の木も野づらも生き上って狂うばかりに魂を喚び出される。そして吹き去ったあとはまた行衛《ゆくえ》知れず。何というさっぱりして男らしい存在だろう。私は頰へ宛てていた手を空中へ伸して人を探るように風の有り無しを試してみます。その刹那にふと、私は私の肩を滑って私の膝の上に落ちた葡萄の一房に愕いて、あわてて振り返りました。そこに通り過ぎて行く園芸手の葛岡の姿を見かけ、右手に光る花鋏を見かけ、膝の上に落ちた葡萄の房の重みの量感から、このときはじめて何やらちらりと胸に当るものを覚えましたが、風は蕭々《しょうしょう》と吹き出し始めて、私の髪の毛といわず草の葉といわず揺らめき始めました。

風はだんだん強くなって来ます。校庭のポプラの大木は黄金色になって狐の尾を逆に立てたように梢をうち振り始めましたが、私の耳にうしろから強く吹き当てる風が叫び度くなるほど一しきり凄しい響を立ててから間も無く、ポプラの大木は鞭のように撓《しな》い曲りながら、撓い返すと見る間に、片側の葉は残らず削《そ》ぎ飛び、現れた枝は半身毟《むし》り取った鯀《このしろ》の骨のように見えます。空に持ち去られた黄葉の竜巻は如露《じょうろ》形のまま高く遠く移り過ぎて行きましたが、拡がりぼけて見えなくなったかと思うと、あれ、あれ、あれ、何か別な一群が吹き寄って来ました。それは秩父の山を越えて来る渡り鳥です。

私の膝の上に残った葡萄の大房は、風で鼻尖や頬を赭《あか》くした吉良や義光ちゃんや八重子達に忽《たちま》ち啐《ついば》まれてしまいましたが、何か消えぬものが梗《こう》のように私の胸に残されました。

葛岡は園芸学校を出てからこの学校に雇われ、生徒の園芸の実習の手伝いや園庭の監督をしていましたが、もと、山の手の小さい植木屋の息子で縁日の夜店などにも出たことがあると語っていました。何の癖もない大柄の青年で、剃りあとの、がっしりした顎に見事な青い色を残していました。ふだんは校長さんのシャトーの物置に住んでいて、そこから毎朝、園庭の庭道具小屋に詰めていました。

二三日して学校が退《ひ》けてから私は、何となくその庭道具小屋へ行ってみました。暖かく晴れた日で、コスモスのひょろひょろした花茎の影が小屋の羽目に鮮かに映っていました。小屋の前に莚《むしろ》を敷いて葛岡は鼬《いたち》を猟《と》る罠だという横長い四角い箱の入口の落し蓋《ぶた》の工合をかたんかたんいわせながら落し試みていました。

葛岡はわたくしを見ても気の付かぬ振りをして相変らず何とも言わずに例の上歯で下唇を噛み押えて笑いを我慢する様子をして、かたんかたんいわすのを続けています。わたくしはちょっと軽蔑されたような憤りを感じましたが、なにを小癪《こしゃく》と思って、わざと丁寧に、「このあいだ、葡萄、ありがとう」と言いました。

すると、やっと葛岡は気がついたふうをしてわたくしを見上げ、眼を眩《まぶ》しそうに瞬《また》きながら、

「温室で出来たアレキサンドリアだよ。うまかったかい」と子供をあやすような調子で言いました。

「吉良や義光ちゃんたちでみんな食べてしまったわ」

葛岡は「なんだい。そうか」とつまらなそうに言いましたが「じゃ、またやる。いつか」と言ったなり、もう、わたくしには関心を持たない振りをして罠の蓋の手入れにかかりました。

わたくしはこれだけでは何だかつまらない気がしたので、ちょっとこの青年をしゃくってみる気持が湧いたのは、やっぱり年頃近くなった娘のせいでしょうか。

「あたしより、安宅先生に上げたら、どう」

そして、言ってしまったあとで、何だか安宅先生を利用した形になったのを済まなく思う気持が頻《しき》りでした。

葛岡は、この言葉を訊くと、こっちが眩しくなるくらいわたくしの顔を見詰めましたが、

「君には、まだ何も判っていない。まあ、いい」

と言って、手の甲で鼻を啜《すす》りました。わたくしは所在なく、そのまま去りました。

ある日、灯《ひ》ともし頃に家に帰ると、家では定連《じょうれん》の外に、見知らぬ人も二三人来て、座敷一ぱ

い、いろいろの道具や品物を置き並べ、まん中に置いた台の前に立って、定連の一人の新川堀の酒問屋の息子が、向う鉢巻に片肌ぬぎで、台の上を叩きながら怒鳴っておりました。

「さあ、いくら、いま一声、早いとこ、勇敢に、さあいま一声」

すると、坐って眺めている連中は、どっと笑いましたが、中の一人が気取った声を立てました。

「三十三銭」

息子は「え」といって聞えない振りをして、片手を耳に当てて首を前に突出しましたが、すぐ判った振りをして、

「なに、三十三銭。えー三十と三銭。廉《やす》いな。この仁清の傑作が、メクラかい。あき盲どもだ。だがまあ仕方ない。札元引取りにしたいんだが清水《きよみず》の舞台から飛び降りたつもりで」

ここでぱんぱんと手を拍《う》ち合せ、

「負けて置こう。さあ、持ってけ」

笑い声がまた起った。中から一人が伸び出して息子から古ぼけた湯呑《ゆのみ》が渡されました。傍《はた》のものが勿体《もったい》振った声をして、

「や、お目出度う。永く御家宝ものです」と言った。するとまた一座はどっと笑った。

息子は、今度は朽木《くちき》のようなものを抱《かか》え上げて、電灯の下で振り廻しながら、

「さあ、今度はたいしたもんだぞ、木質は天竺、檀特山《だんどくせん》から得ました伽羅《きやら》の名木《めいぼく》と来るかな。

わが朝は仏縁深重の地とあって、伊勢ノ国阿漕ケ浦に流れ寄り、夜な夜な発する霊光。ここに行基菩薩という方は東国化導のみぎり、この浦を通りかかられましてと来るかな」

「競《せ》り方、だいぶ苦しいと見えて、名文句の間に、来るかなが多過ぎるぞ」

誰かが半畳《はんじょう》を入れました。また、どっと笑い声が起った。

母はどうしてるかと見ると、例の自分の長火鉢の前に坐って、子供を遊ばしてるような詰らなそうな顔をしています。しかし「さあ、七銭からとお銭、飛んで十と五銭——」と弾《はず》んで、競《せ》り声を立てている酒問屋の息子の手に品物が拈《ひ》ねられる度びに、本能的に、きらりと光る注意の眼が品物に注がれました。母に近く、部屋の壁に凭《もた》れかかって池上の息子が後頭部へ腕框を宛《あて》がいながら、怠《だ》るそうに足を前に投げ出していました。

わたくしは、しばらく土間に立って、また、騒々しい嫌な催しが始まっているとくさくさして、靴も脱がずに立っていました。障子を距てて、しまのいる女中部屋があります。しまはみんなが競りをやっている十二畳と自分の部屋との間の敷居近く膝を乗り出して、畏《かしこま》ってはいるが、うつつを抜かした人のように口を開けて若旦那たちの所作を眺めていました。ときどき譫語《うわごと》のように「まあ、面白い」とか「ほんとに人を莫迦《ばか》にしてるよ」と言って、唐突《とうとつ》にぱかぱかと笑います。しまはふだんから若旦那たちには悉《ことごと》く好感を寄せ、若旦那たちのすること倣《な》すこと、みな彼女には魅力でないものはありませんでした。実際、ここに寄って来る若旦那たちは、めいめい多少の癖はあるようなものの、均《なら》しには捌《さば》けていて陽気な人たちでした。しまもときどき潤《うるお》いにあずかれる金銭上のことにかけても気前のよい人たちでした。ただ一人、池上だけは、しまはあまり好きませんでした。若いに似合わず気持の奥底の知れない人だと言って敬遠する傾きがありました。

しまは、わたくしがいつまでも土間に立っているのを見付けると、

「おや、お蝶さま、早く上ってご覧なさいましょ。蚕の市から競りが始まってしまったのでございます」

と言いました。わたくしは、そこで靴を脱ぎ、競りの場をすり脱けて母に「只今」の挨拶をしました。すると母は、

「蝶ちゃん、池上さんが退屈だから、あんたをご飯食べに連れてって、あげるとさ」

と言いました。

池上は意外なような顔付きで「そんなこたあ言やしない」と母を眺めましたが、母が空とぼけたような顔をしているのを見て、何か察した様子で、

「そうしてもいいな。蝶ちゃん行こうか」

居ずまいを直しました。わたくしは、母が何か小細工をやってるなと感付かないこともございませんでしたけれども、娘として若い男とただ二人でどこかへ物を食べに連れて行かれることは始めてなので、珍しく、それと池上は若旦那連の中ではわたくしには比較的感じがよい方なので、

「ええ」と答えました。

母は顔の色を少しも動かさずに、

「行くんなら、家を別々に出るのよ――みんなに気取られちゃ駄目よ」

池上は先に家を出て行きました。わたくしは着物に着換えるために二階の自分の部屋へ上って行きました。ここは、もと父の部屋であったのを、父の死後わたくしの部屋に宛てられ、部屋の調度など、かなり片付けられましたが、床の間の違い棚の上に法令書のようなものが二三冊、それから白耳義《ベルギー》製のウイスキー瓶のセットなど、父の面影がなお偲《しの》ばれました。父はここで池上から頼まれた仕事で目算書や届書を検《しら》べるのに畳の上にごろりと転がりウイスキーをちびちび飲みながら目を通していました。父は若いときから玄関番や使い走りに人から使われおちおち机に向って勉強したことがない。それでああして勉強する癖がついたのだろうとしまいには話しました。寒いときは下に敷いてある紺毛氈《もうせん》の端をとってくるくると身体に巻き、葉巻き虫が巣を作った恰好でうたた寝をしていました。見ていて何となく佗《わび》しい感じの寝像でした。

窓の外の堀川の水へ夕栄えが映り、その反射がまた二階の天井へ射返して明るい波型が止め度もなく揺れております。わたくしはそれをぼんやり眺めて亡父の思い出に耽《ふけ》りながら、どうやら外出着の着物に着替えました。化粧も取繕《とりつくろ》い、階下へ降りて行きました。競《せ》りの遊びをしておる若旦那たちは、わたくしの姿を見ると、ちょっと揶揄《からか》いましたが、別に疑うこともなく遊びに夢中になっています。あとはまた酒盛りにでもなることでしょう。

C——橋の袂《たもと》へ来ると池上は俯向いて待っていました。こう改まって、外でこの若旦那に会うと、まるで別の人のような感じが致します。少し撫肩《なでがた》で、大柄の身体に瀟洒《さつぱり》とした背広をつけている。それがすこしごそついて、山の手の智識階級の青年でもなく、下町の商家の息子でもなく、何か中途半端で懐疑的な性格が姿にも現れているようでいて、根は人の良い怜悧《れいり》な青年でした。

他人行儀のような、そしてお互いに相手を呑み込んで軽蔑しているような、それ故に好感を持っていると言ったような妙なお叩頭《じぎ》をし合うと、池上は両手をズボンのポケットへ入れ、上体をやや漕ぐように調子を取りながら、こつこつ堀川の岸に沿うて歩き出しました。若い娘を連れて歩く歩き振りとも思われません。

わたくしはまた、この棒立ち歩きに、どう連れだっていいものか、趣向しあぐね、しかし相手が大股なものですから、ときどき駆け足にならなくてはなりません。

石垣の乾きにもう初冬の色を見せている堀川は黒い水の上にうそ寒い夕靄《ゆうもや》を立てています。河岸《かし》の賑かな商《あきな》い店の中に混って釣船宿が二軒、鄙《ひな》びて居ります。いま沖から帰ったばかりと見え、河岸についた四五艘の釣船から船頭たちが道具や獲ものを柳の根元へ陸上げしておりま す。

釣船屋の店には釣りの客が火鉢のまわりに集まって自慢話をしているらしく高笑いが聞えます。その店先には、きょう獲れた魚を盤台に盛り、往来へ向けて晴がましく列べてあるうえへ子供が蝟《あつま》っております。獲ものの魚は鯔《いな》であることは、この魚特有の精力的な腥《なまぐさ》いにおいが近づくまえに鼻をうつので知られました。

わたしは袂で鼻を押えながら鯔を覗き込みました。わたくしはこの魚の腥ささは嫌いでしたが、この魚の姿は好きでした。何の屈曲もなく鉛色と銀色のふた色で太古《たいこ》の石棒のような単純な形をしているこの魚は、向う意気ばかり強くて、愚直な性質の生物に思えました。威勢のよい癖に斃《あが》るのも速いという話もわたくしに憐れを感じさせました。

父はわたくしの家へ来て、少し長逗留《とうりゅう》になると、母は窮屈がって、釣りにでも行ってらしてはと勧めました。父も根が好きと見えて、この船宿から出かけました。毎年、ちょうど今時分、やはりこの鯔を釣って帰りました。すると、母はなり振り関《かま》わず料理手になり、しまを相手に、この魚を刺身にしてみたり、塩焼にしてみたり、沢山獲れた場合には剖《ひら》いて大きな干物を拵えて、父の部屋の二階の窓まで釣って干しました。

わたくしは、その煙のようなにおいを嗅ぐと眩暈《めまい》がしますので、しばらく外へ避けていてから帰ってまいります。もちろんこの魚の肉を絶対にわたくしは喰べません。しかし、この魚の腹には俗に「鯔の臍《へそ》」という筋肉質で算珠盤玉《そろばんだま》のような形のした臓器が入っております。何の臓器だか存じませんが、串にさして塩を振って焼いたものは殆ど腥味《なまぐさみ》がなく、きしきしした ゴムのような歯触りにとても気持のよいところがあって、わたくしは好きでした。しまはそれを知っているものですから、いつも拵えて置いて呉れました。

「お蝶さま、はい、鰡のお臍」

わたくしは名前が面白いので、くくと含み笑いしながら、喰べます。

そして気がついてみると父も鰡は喰べないけれども、この鰡の臓器は好きで、しまに拵えさしたのを膳の上に並べ、これを酒の肴に晩酌の盃《さかずき》を傾けておりました。しまが、わたくしのことを言うと、日頃、わたくしに無関心な父が、じーっとわたくしの顔を凝視《みつ》めましたが、たった一言、「お蝶は妙なものが好きだな」と言いました。父のそのときの軽い苦笑には、相似るものをなつかしむと同時に嫌厭する遣る瀬ない気持が陰になって唇を掠めたのを覚えております。

わたくしも心に迫るものがあって、

「お父さまだって——」

と言い返しました。父とわたくしとが、心の触れ合うような生々した言葉を取り交わしたのは父の生涯に死の前、目黒の別邸で会ったときは別として、たったこれ一度だけのようと思います。

わたくしはそんなことを考えたので、釣船屋の前に佇《たたず》むのがつい長くなっていると、先に行った池上はまた戻って来て、

「何か面白いことがあるの。蝶ちゃんは魚が好きなの」

と言いました。

わたくしは只今の複雑な気持を短い言葉では返答し兼ねて、ただ「ええ」と言いました。すると池上は、

「そりゃ、いい。僕も獣より魚が好きだよ。今度一しょに釣に行って見ない」

と言いましたが、さすがに先を急ぐ様子を見せ、

「腹が減って来た。とにかく急ごう」

とわたくしを促しました。

川沿いの町はとっぷりと暮れ、藍墨いろの家並と藍墨いろの川の面を籠めた夜霧が、咽喉に冷たく吸い込まれるほど藤紫に濃くなって来ました。にじみ出すようにまた噴き出すように、蛍色や水晶色の灯が、水にも路面にも空にも、際立って感じられて来ます。ほろほろと肩に散りかかる河岸の秋の名残りの柳。

堀川が十字路になって幾つかの小橋が四方に見渡せる地点まで来ると、わたくし達も一つの橋を渡りました。

「この橋は男ばしと言うのだよ。そして向うに見える橋は女ばし——」

池上は、だいぶ口がほぐれて来たと見え、こんなことをわたくしに喋《しゃべ》りながら、中洲《なかす》と呼ばれる向う岸の区域に入って行きました。

そこは、むかし大川の河口の三角洲《デルタ》があったのを埋立てた土地で、母の若い時分は芝居小屋があったり、楊弓店があったり、かなりな盛り場だったそうですが、今は全く普通の住家町に

なって、船つきに便利な為めか倉庫が多いようです。それに関係する運漕店や貿易会社の事務所が町家の中に混っています。

ただ、大川に面した河岸側だけ、むかし三又《みつまた》と言って夏の涼みや秋の月見の風雅な場所だったことを偲《しの》ばしめるように上品で瀟洒とした料理店が少し残っております。池上はその一つの菊栖家というのへ入って行きました。

「ちょうど川向きのお部屋が空いておりますが、少しお寒うございましょうか」

池上は「結構」と答えました。

広い座敷に、たった二人切り、床の間まえをやや川づらに近く食卓を据えて、川の夜景を障子の嵌硝子を透して、ときどき眺めながら二人はぽつぽつ箸を運びました。池上は飲める口と見え、徳利を自分で酌をしながら盃を口に運んでいます。女中は気を利かしたつもりか、食品の皿を運んで来たときにちょっと愛想を振りまくのほかは、あとは影を潜めています。

「まるで寒夜に千鳥でも聴きに来たようだ」

とか、

「元禄の頃、ここから斜《ななめ》の向う河岸の辺に深川の芭蕉庵があったらしいんだよ」

とか池上は、話の継穂《つぎほ》に困ったらしく、娘のわたくしには何の興味もない事柄を不揃いに喋ります。

わたくしは大きくなってもまだ、食物を食べるときには例の癖を出して、さまざまの思いに耽りながら「そう」とか「そうなの」とか、上の空の返事をしていました。

ふと、学園の園芸手葛岡が秋の陽ざしを浴びながら鼬《いたち》の罠を作っている姿が胸に浮びます。その後、鼬は獲れたのであろうか。あのとき、わたくしがほんのその場の出来ごころで安宅先生のことを言って気持を掬《すく》ってみたのに対し、思い込んだ顔付きをして「君には、まだ、何も判っていない」と言った言葉はどういう意味なのであろうか。その後、葛岡の姿を園芸場で見かけることはあるけれども、何だか彼からわたくしを避けるようにして横道へ切れたり、廻れ右をしてまた元へ引返してしまう。安宅先生はまた、急に女らしい所作をわたくしにだけ露骨に見せ、深い溜息を吐いたり、わたくしの額に頰を置いて、指でわたくしの後頭部の髪の毛を掻き分けながら熱い涙をわたくしの鬢《びん》に滴らしたり、それはわたくしに身慄《みぶる》いの出るほど嫌なものを感じさせるだけに、わたくしを途方に暮れさせる所作でした。そういうことの多くなったのはどういうわけでしょうか。とにかく、葛岡にしても只今こうしたわたくしが他の若い男と差し向いで食事をしていることを知ったなら、あまりよい気持がしないことだけはわたくしにも充分、判ります。

どうかそういう気持もさせずにわたくしは葛岡と交際出来、またこうして池上ともつき合えたならわたくしはどんなに幸福であろうか。そうした男と女の友誼《ゆうぎ》というものは世の中に無いのであろうか。

娘ごころに恋とか愛とかいうものも、この頃は胸の痛むほど欲しくなるときはありました。

けれども、それ等は中味の違ったものが擬装している形であり、若し誤ってそれに引っかかったなら突き詰めて行くほど、もどかしさに焦立たせられるのでなければ、だんだん色を醜く更《か》えて行き、遂に失望に身を枯す、その例をわたくしは、わたくしの母に対する父の執着に見ているだけに、ときどきはわたくしの中に起る相手なしのその恋とか愛とかいうものの不受精卵をわれながら如何に可憐なものに思いながら、また努めて、それに脅えたりそれを憎んだりするようにわれとわが心を仕向けて来ています。それで敢《あえ》て恋とか愛とかそんなものでなく、ただ頼母《たのも》しい男性の友だちというものを得られたらわたくしはどんなに嬉しいでしょう。それなら一人が二人と三人になろうとお互いに抵触《ていしょく》するものであるまい。

わたくしはこの怜悧で人の良い青年に、わたくしの人生の設計を話してみようか。

曳舟《ひきぶね》蒸汽《じょうき》の汽缶や汽笛の音はしばしば川づらに響く。斜に見える清洲橋の上を往来する車の灯は稀になった。瀟洒とした橋梁の影がその欄干《らんかん》に並ぶ灯火の光に浮いてやや凄味を帯び空に高く黝《くろ》ずみわたっています。汽船の残した波が座敷の台の石垣に寄せて、海辺のようにも聞えます。

わたくしは、朱泥《しゅでい》の徳利を取上げます。母が仕慣れた酌の手つきなら見よう見真似で、わたくしにも出来たけれども、それをすることは何となく気恥かしく、わたくしはただ徳利を棒摑みに摑んで注ぎ口を池上の方に向けました。

「お酌してあげてよ」

池上は、怪訝な顔をして盃を差出しましたが、わたくしに注がれた盃の縁を口に銜《ふく》んで下に置くと、

「男のお酌なんか滅多にしない方がいいよ」

と優しく言いました。

わたくしは、折角してやったのに生意気なと思って、少し怒りを含んで、

「判ってるわ」と言いますと、わたくしの態度を、意表外に思ったものか池上は、機嫌をとる笑い方をして、

「僕にだけ、して呉れるというのなら、こりゃまた別だがね」

と冗談のようにして言いました。わたくしも、それに釣込まれて、

「じゃ、あんた、嫉妬《やきもち》やきなの」

と、やはり冗談のように言いました。

すると池上は、しばらく黙って俯向いていました。それから顔を引緊《ひきし》めて、

「正直のところは、実はそうなのだ」と言いました。

わたくしは興醒《きょうざ》めた気持になって、これでは葛岡のことを相談しても駄目だと思い、ただされ気なく、日々通学する学園の生活のはなしをして、そこには丘の陽当りに果樹園があったり、花畑があったりして学課の間には土いじりもする。零余子《ぬかご》も拾う。こういうようなことを普通に喋っていますと、池上は、だんだん深刻な顔になって来ました。

わたくしは、それに気が付くと少し驚いてその訳を訊ねました。すると池上は、人の事でもそういう無邪気で長閑《のどか》な話を聞くと何だか癪《しゃく》に触ると言って、その理由を苦渋そうに話しました。

元来地所持で資産の充分な池上の家では、瀬戸物町の店の麻問屋は、先祖伝来の商売を持ち伝えるというだけで発展の慾望はない。当主である清太郎の父の理兵衛は放縦《ほうしょう》な好々爺《こうこうや》である。じっとしてはいられない性分で、何かと事業に手を出したがる。今までに幾つかの事業に手を出しては人にも騙《だま》され、悉《ことごと》く失敗に終っている。海外貿易もその一つである。嘉六という番頭が確《し》っかりもので、理兵衛の妻も外戚の能登屋のおじというのも下町式にいわゆる出来た人物である。資産に少々、罅《ひび》も入りかけたので、この三人が相談の上、理兵衛を監督し始めた。事業はみな切捨てさして、海外貿易だけは残した。海外貿易の商法の顧問としてわたくしの父が頼まれました訳です。理兵衛の趣味としてこれ一つくらい続けさせねば、理兵衛は温順《おとな》しくしていないだろう。そういう三人の監督なので総領息子の清太郎の育て方にも、ある種の掣肘《せいちゅう》が加えられました。女道楽をはじめとして私行的の道楽なら、いくら金を使っても池上の身上《しんしょう》としては嵩《たか》が知れたものである。ただ事業の道楽をやられては怖い。父の理兵衛がよい手本である。そういうところから清太郎が第一中学の優等生時代に、いくらか文学が好きなところを目っけものにして、後見の三人はこれを道楽化すことに力を入れた。清太郎は進んで一高の生徒時代に戯曲に執心を持った。すると後見の三人は手を尽して清太郎が俳優や劇壇の人々に交わりを結ぶことに骨を折った。

清太郎が大学へ移ると、俳句や俳史に興味が傾いた。後見の三人はまたこの趣味を助長させることに力を入れました。旧派の宗匠や、新傾向の俳人が浜町の寮に招き寄せられた。

後見の三人にはなお一つ計画がある。理兵衛の妻同様、清太郎にも下町式のいわゆる「出来た嫁」さえ持たして置けば家はいつまでも安泰であろう――

「蝶ちゃん。君はまだ苦労知らずの娘だから、深い察しもつくまいが、人間が周りからこんなふうにされて素直に自分の思う方向に歩いて行けると思うかね」

清太郎は、もう徳利の四五本を空にしています。悪酔いする性質と見え、近代青年らしい眉のあまり濃くない顔は若葉の汁を塗ったように真っ蒼になっていて、唇だけが生々しくなっています。

「折角、人が心で何か純真に求めかけると、俗物共は寄って蝟《たか》って祭の踊子のように、傍《はた》から鉦《かね》や太鼓で囃《はや》し立てる、団扇《うちわ》で煽《あお》いで褒めそやす。これで芸術なんてものが孚《はぐ》めるか孚めないか、たいてい判りそうなものだ」

酔いの乱れか、誰に言うともなく池上は眼を据えて、呟き始めます。

「仄《ほの》かに、とか、ひそかにとか、かそけくとか、また、一途にとか、ひたむきにとか、純粋にとか言うことを蹴散らかされて、一たい芸術があるかというのだ。ねえ、君」

もとから根に逞《たくま》しい文学慾もなかったのであろうか、こんな事情に嫌気がさして、池上は大学の国文科を途中で止めてしまったのだと言いました。

「女道楽はなお更のことさ。人に唆《そその》かされて惚れた腫れたもないではないか。ねえ、蝶ちゃん。僕はこれでも下町の多くの若旦那衆の中で童貞の唯一人者なんだぜ」

それは自分の好みでもあるが、しかも俗物共への反抗も自分に混って意固地に女道楽からそれを護って来たのだと言いました。

女中はこの間に、お嬢さんだけでも御飯にいたしましょうかと、二三度も訊きに来たが、池上は追い帰しました。

「もう、一言、蝶ちゃんに聴いて貰い度いことがあるんだ。いいかね」

そして、両肘を立てて首を突出し、

「蝶ちゃんのおっかさんは、僕に蝶ちゃんを押し付けようと企らんでいる。おっかさんは僕が煮え切らないと見ると、蝶ちゃんを他へ妾に出すの、芸者にするのと脅す。こりゃ、なかなか面白い。けれども僕は、総てを承知で、おっかさんの企らみに乗るつもりだ。というわけは、つまり、僕は、全く、うちの俗物共の唆かしでない僕一個の自発的の動機による行動を、ここに一つ仕出かしてみたいと思うからさ。鼻を明かしてやろうと思うのさ。これに対して、蝶ちゃんのおふくろの浅墓《あさはか》な技巧は却って渡りに舟なのだ」

そして、池上は気狂い染みた笑い声を立てました。わたくしは、何か自分の身の上に早くも女として大人たちの間から目をつけられているもののあることを感じました。それは怖ろしくもあるが張合いがある気もしました。

「何だか知らないけど、そんなことに、あたしを仲間に入れないじゃいけないの」

わたくしは少し呆《とぼ》けて訊いてみました。すると池上は右手を大きく振って、

「いかんね。すべて行動というものには、その行動を起すに足りるほど動機に魅力を持つものでなければ。というと難かしくて判るまいが、とにかく相手は蝶ちゃんでなければいけないということだ」

その熱心な言い方にわたくしは娘ごころの浅墓な歓びを感じます。わたくしは少し気取って
「まあ、困っちまうわね」と言います。

そこで始めて池上は、ああ酔ったと言って女中を呼び、わたくしに御飯を食べさして呉れました。ここの店の名物だという菊の花の味噌漬を飯の上に載せたお茶漬けを食べていますと、川づらでぴよぴよと鳴く声が頻りに聞えます。女中は料理場で捨てる食ものの屑に鴫が寄って来るのだと言いました。蹌踉蹣跚《よろよろ》としながら、それでも池上は土産ものを提げてわたくしを家の門口まで送って呉れました。

母だけが長火鉢の前に丹前を着てまだ起きていました。わたくしが「只今」と挨拶して二階の部屋へ上って行くとき、母親は「あいよ、お帰り」と優しく答えながらなぜかじっと瞳を凝《こ》らして何か検分するような眼つきで私の様子を見詰めました。

一年あまりは過ぎました。わたくしをだんだん避けて行く葛岡の素振り、凛々《りり》しい運動の時間とは打って変って女らしさを見せる安宅先生。それも慣れてしまえばたいして気にもならず、わたくしは相変らず吉良、義光ちゃん、八重子を友だちにして庭園で無邪気に遊んで来ました。年の暮です。学園の学課は月末の二十三日の昼でおしまいになり、二十四日を一日置いて二十五日には安宅先生の家で出入りの園生たちが集まってクリスマスをすることになっております。それから来年の七日までは正月休みという訳です。

二十四日の朝、わたくしは二階の自分の部屋で、今学期だけで要らなくなった教科書や雑記帳の整理をしながら、来年は十八という娘盛りの齢になり、春の四月にはいよいよ高女程度を卒業して研究科へ入ることなど考えていますと、母から呼ばれて、知り合いへ年末の歳暮の品を届けることを言い付けられました。母は、こういう形式的な義理挨拶の妙に堅い女です。

第一に行くことになったのは学園へ通っては、特に世話になる安宅先生の宅です。実際のところは、去年の晩秋頃から理由もよく判らずにセンチメンタルになってしまった安宅先生を、気にしないまでもわたくしは少しうるさく感じ出し、五度のところは三度に、二度は一度にという工合に、安宅先生の宅へ立寄る足を抜いて来ました。近頃になっては一月に何回という僅かな度数になりました。それできょうも億劫が先に立ちましたけれども、毎年の年末の礼儀だから仕方ありません。努めて気を励まし、母が用意して呉れた風呂敷包を持って出かけました。

道や空一面に濃く靄がかかり、それに午前の陽が万遍《まんべん》なく映じて、色つきのジェリーの中を歩いて行くような感じの日でした。先生の別荘風の家は四角く肥えて一弁二弁、花片《はなびら》の端を外へ捲《ま》くり返している薔薇の莟《つぼみ》のように見えました。わたくしが玄関の呼鈴の紐を引いても一向答えがありません。途方に暮れてぼんやり立ち続けていますと川上の丘の櫟林《くぬぎばやし》の方に当って、聞き慣れた犬の吠える声が聞え、銃声も響きます。わたくしは、いつも暮になると安宅先生は校長先生の家の正月のために鴨や野鳥を撃って差上る習慣を思い出しました。

程よい距離を置いて聞えて来る犬の声や銃声は、わたくしに先生に対するなつかしさを取り戻させました。そして荒い火薬の爆発する音にしても、一弾を放ってから、その撃ち損じを取り返す為めらしく、追い撃ちにするあと弾との距離の時間に、何となく、女が事を仕損じて、それを償《つぐな》い返す間の、とつおいつ思案する迷いの様子が何かいじらしいように感ぜられます。女らしい仕事の上では何一つ女らしいものは現れないばかりでなく、それを意識して現す場合には、そこに何とも言いようのない嫌味で反撥させられるものが附いて出る、あの唇の両角の上の生毛さえ、うっすり口髭が生えたようにさえ見れば見られないこともない中性的の老嬢美人が、手荒い鉄砲のようなものを扱う場合にそれが却って優しみを帯びて嫋々《じようじよう》と人の心に訴えて来る、安宅先生の生れ付きの性質の矛盾を考えながらわたくしは、尚しばらく玄関の外で待っていました。銃声はなかなか近付いて来ません。わたくしは、もどかしくなり、風呂敷包を玄関の踏石の上に置いて櫟林《くぬぎばやし》の方へ先生を捜しに行きました。

櫟林は、丘の上では果樹園や花畑の背後を囲みながら学校教職員の舎宅のある段と、学園の建物のある段と、その下の多那川べりの灌漑《かんがい》地帯の田畑の平地と、三段になっている地層を抱きかかえるように多那川の岸にまで立ち続いております。

わたくしは銃声と犬の声を目宛てに林の中に僅かに通っている細い径を彷徨《さまよ》い歩きました。音はすぐそこに聞えたと思って行ってみると、もうあらぬ方に犬の声が聞えます。自分でおかしくなるくらい逸《はぐ》れます。

こうして逸れて、彷徨いながら、しかし初冬の暖い日の林の中の一人歩きは何とも言えない淋しく悲しいそしてうっとりしたなつかしみを感じさせます。葉はすっかり落ち尽して、地に厚く積み、それに霜の降りたのが程よく溶けて湿気を加えているので、踏んで行くわたくしの靴は踝《くるぶし》ほども軟かく地に軋《きし》み込みます。よく洒《さら》された麻布が擦り合うような音の底に生絹を揉《も》み合わすような音もかすかに聞えます。それを何の雑作もなく踏み躙《にじ》り踏み躙りして行くことは、とても贅沢で勿体ない気がいたします。まして、一足靴を踏み抜く度びに、落葉の中に出来た窪跡から土に近い朽葉のやや醗酵した匂いが立騰《たちのぼ》るのが、日本紙の生紙で顔を拭くような素朴で上品で、もの侘びた感じを伴います。わたくしは、むしろ、この方が彷徨うことの目的のように細い径を縦横に歩きました。

林の中の靄は一層に濃く、二十間ほど四方の外は漠々たるそれに取り囲まれ、わたくしは、行けども行けども果てしの無い木立の中を越《こ》し方も行く手も定めず、何か心の宝になるものを求めてひたすらに歩み続ける旅人のように自分が思えて来ました。そんなものがあるのか、また求めないではいられないのか、今の場合はそういう疑問はちっとも起りません。ただ、わたくしはそれを求め続けて行く旅人なのである。そして、梢を透して林の中の靄が木立ごとだんだん明るく茜《あかね》色に浮き立つのを見て行きますと、櫟林はわたくしを中に歩かしたまま大地ごと誰かの大きな手で擡《もた》げられ、しずしず宝の方へわたくしを近付かせられるように感じられてなりません。わたくしは、だんだん間を距てて来た安宅先生の銃声や猟犬の声をうつつのように聞き做《な》して林の明るい方〱と選んで歩き進みました。靄に金色がさしてそれが壁のように一側厚く明るんでいるのが見えました。わたくしは最後の目的を見付けたように心勇んでその靄の壁に突入しました。そこは櫟林の外れで、櫟林から離れると緑の葉にきらきら陽が煌《きら》めいている大根畑がありました。

わたくしは自分のもと住んでいた天地に再び逅《めぐ》り会った気がして、珍しく辺りを見廻しました。いつの間にか櫟林を抜けて、川上の側で川へ突き出ている丘の背に出てしまっているのでした。見渡すと靄はかなり晴れて川岸の丘にはまた先に櫟林のあるところまでは畑続きの平地で、如何にも滋養《じよう》のありそうな黒土に野菜が緑の点状に無数に並んでおります。農家が四つ五つ見えます。川越しの基点の三本継ぎの電信柱が見えます。底を望むように低く石川原が広くなった多那川に川の瀬が幾筋にもわかれて流れ下って、それがまた一筋に纏まって岸の丘の下へ入って行きます。川向うは石川原から冬枯れの雑木が生い茂り、その褐色が起伏するのへ松林が混ると、地層はだんだんに高みを増し、松山続きとなると、川と平行して川下へ下る大きな尾根の丘陵にまでその松林は届いています。遥かに紫色に雪の襞《ひだ》を挟んで秩父連山が見えます。

何の奇もない平凡な景色で、学園のある懐地からの多那川の賑かな展望に較べると、物の表と裏のような感じがいたします。けれども陽は暖かいし、靄は晴れてしまったし、わたくしはとても良い気持になって、一つは学園には近いけれども滅多に来たことのない土地の様子を検分するつもりで、櫟林に沿うた大根畑との間の径を伝わって行きます。霜解けで土はだいぶ泥濘《ぬかる》んで来ます。滑り加減の坂道を、靴の踵《かかと》を踏み立てては丸味を帯びながら川へ下って行く丘を川岸へだらだらと降りて行きました。ひょっとしたら川岸の藪地に残りの山茶花でも見付けるかも知れない。

川水に近くなって、畑地は終り、雑木と雑草とが茫々と藪になっている地帯があります。そして、この雑草地帯の下は二三年前、大洪水のあったときに大きく崖土を持って行かれて、その後も崖肌は白土のまま露き出され、水は淀んで、ちょっとした淵になっているようです。淵にはときどき小鴨の寄る話を安宅先生はしていました。銃の音も犬の声も聞えなくなったが、ことによると先生はそこに降りて行ってるかも知れない。

うっとりした気持を続けてわたくしは雑草地帯を通り抜けているものですから、幾分広くなった白土の道へ、その藪の中から襤褸《ぼろ》の小屋を架け出して何やら煙を立てている物の形を何とも思わなかったし、そこに一人の出鱈目《でたらめ》な服装をした老人がいて、煙の傍で物を食べているのにも無関心で過ぎようとしました。また、その上、老人から、

「学園のお嬢さん――」

と声を掛けられてもわたくしは、制服を着ていることではあるし、学園のお嬢さんに違いないと思うだけで、恐らく老人は日和の挨拶でもしようとするのだろうと思って立佇《たちどま》っただけでした。学園では、何かの催しやバザーでもあるときは必ずこの界隈の乞食の親方を呼んで金品や食物を別け与えてやります。それで乞食一統は恵みに思うためか学園の生徒とみれば袖にも縋《すが》らなければ、悪気のある振舞いは一切しませんでしたから――

ところが、その次にわたくしは老人から、

「お嬢さん、焼いたお薯、食べませんか、おいしいですよ」

と言われてみて、思わずわたくしは叫び声の出そうになったのを危うく止めたほど二重の脅えを感じたのでした。

一つは、この老人に、わたくしの根が乞食の素性のものであるのを見破られたのかと思い、一つは没くなった父の心に深く住っていたことが、この老人の口を藉《か》りて懐きかけるのではないかと、この二つの想いが一度に咄嗟《とっさ》に牽《ひ》き出されたからでした。

わたくしが、父の心を探りますのに、父は人世の疲労の極、中年過ぎより、こども時分にそれによって育った菰《こも》や土の親しみに心を焼き切るほどの憧憬を持ち出したこと、しかし、その

習性は根深くして肉身（ママ）には伝わり易いものであるだけに、子のわたくしには、影響を及ぼしたくない用心から、度外れなほどわたくしに対して気持の上の交渉を避けて来たこと、それ等は、わたくしが事に遇い、折に触れて父のことを想い出す毎に、薄皮を一枚一枚剝《は》ぐように判って来ました。今は疑う余地もなくなっています。父は、何もかも忘れて、わたくしに本能のままなる声をかけてみたかったのである。その結果は親子共に菰の上に寝ることになろうと土の上に転ぶことになろうと、親として欲する有りの儘な声で喚び交してみたかったのである。だが、父は一生、何かに妨げられて、それが出来なかったのであろう。

　わたくしが、自分は乞食の素性をひく娘だということは、日頃父のその気持の探求に耽りつつあるときでも、わたくし自身に対しては忘れていたものである。わたくしは寂しさを風の音にも掻き立てられる性分でありながら、一方わたくしには、父の勝気に母の技巧家のところも多少は混り入って、人の目にはとかく派手で、心に止まる娘であるらしい。人の目にはこうも見られている若い娘が、つい自分でもその気にならないことはないし、事実、花を見ても月を見ても、その当座の分として、わたくしは恐らく人並の娘以上に面白さを感ずる性質であるでしょう。また、母も、わたくしが年頃になり、売物として花を飾らなければならない必要から、乞食の子呼ばりは噯気《おくび》にも出さなくなりました。わたくし自身も何を取得に秘《かく》れた素性のことなぞ自分で強いて掘り起しましょうぞ。そんな懸念は永遠に無くなったと思っていました。

　だが、いままた、わたくしの酔うた夢を醒すかのように浅ましい声が聞える。

「焼いたお薯、食べませんか。おいしいですよ。お嬢さん」

わたくしは立竦《たちすく》みます。どうしたらいいでしょう。だが気を静めて聞き澄すと、その声は極めて自然であり、何の底意もあるらしくないのを発見いたします。ただ年長者が年少者に対する一つの義務とも感じてそう言うのじゃないかと思うほど好意が本能に従っている、譬《たと》えば親鳥が地声に持つ、その太《ふと》暖かい響がありました。

「汚なくありませんよ。お嬢さん。箸で挟んで火に出し入れして、そして私の手はちっともつけないんだから」

とまれ、わたくしは屹《きっ》と身構えして、老人の方へ歩み寄って行くのでした。

出鱈目な服装はしているが、それほど汚くはない。手も顔も小さくて、茸《きのこ》のように肌理《きめ》がこまかく脆《もろ》そうな老人であります。僅かばかりの正直とか好意以外には人間の精力を盛り切れない姿形であります。わたくしはやや安心して、

「何のお薯なの」

と、先ず訊ね返してみました。老人は、燠《おき》の火の中から黒い塊を火串で拾い刺して、

「唐の芋、そら、お酉《とり》さまで、笹に通して売ってるでしょう、あれ」

黒い塊を冷めるように暫らく空気中を振り廻してからわたくしに串の根元を渡しました。

老人は、栗鼠《りす》のような小さい眼をぱちぱちさして、わたくしがそれをどう扱うか、心配そうな、珍らしそうな様子でみました。

「もう冷めたでしょう。自分で剝《む》いてごらんなさい。中から白い身が出ますよ」

わたくしは、なお決意しかねていると、老人は同じ抑揚の調子で、

「さっき、安宅先生と葛岡さんも通りかかって食べて行きましたよ。おいしいって言ってましたよ」

わたくしのこころは、自分の素性の懸念のことから一足飛びに葛岡に対する思惑へと飛躍します。一年以上も、あんなにわたくしに外所々々《よそよそ》しくしている葛岡が、わたくしの知らない所で安宅先生に伴っているのを急に不快に思い出して来ました。わたくしはいろいろのことを籠めてこう訊ねました。

「あんた、安宅先生や葛岡さんを知ってるの」

すると老人は得意になって、

「学園の先生なら、校長さんはじめみんな知ってますよ。何しろ、わたしがこの辺にいるのは学園よりも旧いんだからねえ」

老人はわけて安宅先生と葛岡には、猟銃や、草木の採集に関係して以前から親しく口を利く間柄だと言いました。

「珍しい草や木があったら、葛岡さんに教えてやる。土地に鳥のついたところは安宅先生に教えてやる。別に礼を貰うわけじゃありませんがね、そういうものを見付けたら、誰かに教えてやりたくて堪《たま》らないのがあたしの性分なのですね。こうして乞食こそしているがね——」

わたくしは、この老人にだんだん安心して来ました。晩年に性も魂も抜け果てて、ただ枯れるを待つ鉢植の植木のようになった父を、もし生かして大地へ下ろし、土の精気で健康を恢復さしたら、思いの外、こんな軽くて感じの良い老人になったのではないかとさえ考えながら、腹が餓えていたためでもあるでしょうが、わたくしはいつの間にか唐の芋を、捲《むし》ってぽちりぽちり食べていました。

「あら、おいしいわ」

すると老人は、「それ見なさい」と言ったが、どこかから新藁を運んで来て敷いて呉れました。

「学園はもう休みでしょう。まあ、休んでいきなさい。冬の川原の景色も見とくものですよ」

それから「銀杏《ぎんなん》も焼いてあげる。銀杏もうまいものだ」と言いました。

わたくしは、きれいな新藁に腰を下して唐の芋を食べ進んでいますと、それは却々《なかなか》おいしくって、大概のことを忘れさせます。するとその下から例の癖が出て、わたくしはあれやこれや心の中に思い耽って行きます。老人は、稀に招じ得られた珍客とでもわたくしを思うように、ほくほくして新らしくした焚火で、撥ねないように切れ目を入れた銀杏を焼きながら、如何《いか》に土に身近くいることが珍らしい自然の現象を見付けることかを誇り話します。

「みみずという奴は、眼も耳も無い癖に、敏《さと》い奴でね、お嬢さん。土から首を出しかけているときにねえ、鶫《つぐみ》の鳴き声が聞えると、ちゅっと、こう首を縮こますのですよ」

老人は焚火の木箸を止め、滑稽に自分の首を縮めて真似をして見せます。それはわたくしを面白がらせて、少しでも永くこの座にいさしたい気持が充分に酌《く》めます。

けれどもわたくしは、いよいよものに思い耽って、ただ愛想に微笑するくらいでいますと、老人は、この手でわたくしの興味を牽《ひ》くことは不向きと思ったか、今度は話し口を変えて来ました。老人は重大事を考慮するような難しい顔をして、

「何でも、安宅先生は、来年から学園を退くようになるんだってね。お嬢さん知ってるかね」

と言いました。これはわたくしには寝耳に水です。わたくしの意識は忽《たちま》ち当面の事柄に向って浮び上りました。

「知らないわ、それ本当？」

わたくしには、また何か葛岡との間に問題でも起ったのではあるまいかという疑いさえも出ました。

「じゃ、まだ、その話は表向きにはしてないのだな」と言って、老人は次のように話しました。

老人のみるところでは、前に二人は実にきれいなお友だち同志であった。ところが今年の春あたりから妙に二人の間に縺《もつ》れが見え出した。安宅先生は嫉く、葛岡は言訳する。安宅先生は泣く、葛岡は途方に暮れる。時には夫婦喧嘩みたようなときもある。それがだんだん嵩《こう》じて、のっ引ならなくなり、安宅先生は葛岡の勧めている学園などにはもう一ときもいられないと駄々《だだ》を捏《こ》ねて、その駄々をまた本当のことに捏ね直す羽目《はめ》になり、いよいよ先生は来年の学課

始めまでには学園の始末をつけて、どこか遠いところへ転任する相談が決まったらしい。「わしにも、先日、来年はいなくなると洩らされた。きょうは二人とも、昔のようにあっさりして晴々としたお友だち同志の顔をしていたがね、ただ、ときどき薯を食う間に二人ともそっと溜息をついていたよ。困ったものだ」

　わたくしは老人の話を聞きながら、いろいろ思い廻《めぐ》らしているうち、わたくしの心は吃驚《びっくり》して来ました。わたくしが知らぬ間に、何かわたくしがこの人々に影響を与えていて、それが突然眼の前に大きく現れたように感じたのですから。わたくしの胸は焦り立ち、唇はわなわな慄え、居ても立ってもいられない気がして来ました。わたくしは、すっくり立上るや老人に、

「さよなら」

　と言ったなり、学園の方へ一散に駆け出しました。老人は何の事か知らない様子で、

「銀杏々々」と呼んでいました。

兼《かね》て知った近道を走って、息も切れ、身体もへとへとになって、わたくしは安宅先生のヴィラの玄関へ馳せつけました。歳暮の風呂敷包は元通り踏石の上にありながら、ヴィラの扉には学園の用箋《ようせん》へ先生の太い万年筆の文字で、

　先生は、今年は少し早くスキーに出かけます。明日のクリスマスはやめます。

　十二月二十四日昼　　　　あ　だ　か

み　な　さ　ん

と書いてありました。

わたくしは、一生懸命、呼鈴の紐を牽いてみました。何の答えもありません。

わたくしは、しどろもどろになって、園庭の道具小屋へ葛岡を探しに行きました。戸が締って、戸には正月の藁注連《わらしめ》がかかっていました。


わたくしは風呂敷包を持って、一たん家に帰りましたものの、まるで落ち付いた心はありません。何だか無垢の人を傷《あや》めた気持で、どんな事情なのか、それは本当なのか問い訊《ただ》す余地もないほど、乞食の老人の言った安宅先生退職の話は、かすかながらも身に覚えがあるのが身の内から証拠を言い立てて、真実に思えて仕方ありません。これはわたくしからも及ばずながら早く処置をつけてあげなければいけない。わたくしは夜一夜まんじりともせず、母が「この子はどうかしてるよ」と言ったくらい立居の所作もとちりながら、あくる二十五日の朝は早々に、吉良や義光ちゃんや八重子のところへ自動電話をかけました。

「たいへんよ。安宅先生が学園をやめるのよ」

そして、みんなが相談に集るのに都合のよい山の手のデパートの階上の食堂を指定しました。そこはまた学園行の郊外電車にも近くありましたから。

わたくしがバスで馳け付けると、三人の顔はもう集まっていました。南向きの窓硝子に近い衝立《ついたて》の蔭のテーブルに席をとって、斜めに差し込む日の光に朝の顔を眩しくしていました。吉良はまだ寝起きの眼を腫れぼったくして、その暇のなかった朝飯の代りに、ホットケーキを食べていました。広い食堂にはこの卓の外、二三組しか客は見えません。

わたくしは椅子へつくなり、左の手では、吉良と義光ちゃんの手を、右の手では八重子の手を堅く握って、顔を見廻しました。涙がぽろぽろ零《こぼ》れて仕方ありません。

吉良はわたくしと同じ歳で来年は十八歳です。相変らず男の力は四角い両肩に集り、それから下は一本花の茎のように憔《やせ》け《こ》た棒立ちの身体つきでいますが、そのまま成育して頑張りの利く青年に見えて来ました。頭の髪も大人らしく分け、緑がかった背広を着ています。

わたくしより一つ下の義光ちゃんは、日本語の片言もすっかり直った以上に、豊富な語彙《ごい》を覚えて、その口の利き方は知性的なこの少年の顔と均《つ》り合って、物ごとを持って廻る言い振りをしながらその間に巧に始末をつける智恵者の面影を見せて来ました。鼠色の襦袢の襟に大島の絣《かすり》を着ています。

八重子は今年の春に附属小学校から学園に移ったのですが、中産階級の奥さま型に出来上っている顔はもう制服姿に似合わないほど纏って取済《とりすま》したものになりました。

わたくしは、こうみんなの手を握りながらみんなの顔を見廻していると、よくもこれ等の男女が三四年の間も、全く性を超越し、個性を超越して同心同体になり、花に戯れ、枝を縫って学園の庭を蝶や鳥のように遊び呆《ほう》けられたものだと、先ずそのことが先に胸を突き、有難く忝《かたじ》けなく、しかし、この睦《むつ》びもうこの先そう永いこともあるまい。この相談ぐらいが美しい睦びの最後のものになるのではなかろうか。そう思って来ると、いよいよ涙が止め度もなく流れます。

と思うのには、なおそこに、既に同心同体の睦びの中心であった安宅先生が、だんだん自分の心情にかまけて、このグルウプを疎《うと》んじて来出し、そういうわたくしまで、何だかこれ等の友達に秘密を構えねばならなくなった仕儀を感じて来たからでした。

わたくしの嘆きの間に「どうしたんだってば」「何だか言ってよ」と、頻《しき》りに取做《とりな》しかたがた問い訊ねて呉れました友だちも、遂に匙《さじ》を投げるかのように、八重子が、

「われらのお姉さまとももあるものが、こうセンチになっちゃ全く手がつけられないわ」

と言いますと、吉良は癇癪《かんしゃく》を起して、

「勝手に泣いていなさい。僕はもう帰るよ」

とナフキン紙をテーブルに投げつけてわたくしを脅しました。一場の不可解な愁嘆場《しゅうたんば》は衝立の蔭になっていたので、他の誰にも見えなかったのは幸でした。

わたくしは、やっと気を取直して、安宅先生の退職の噂を聞いたことと、もしそれが実現するようだったら、自分たちは如何に寂しく悲しいことであろうということを、事件の中味は伝えないで——もっとも伝えるにしたところで未だぼんやりした推測に過ぎないところもありますが——さしずめ、わたくしたちの心緒に影響のある範囲だけを語りました。

「嘘なら、行ってご覧なさい。毎年欠かしたことのないクリスマスを先生は止すって玄関の扉に貼紙がしてあるから――」

さすがに、みんなは「ふーむ」と呻きました。だが、忽ちのうちに義光ちゃんが道を拓きました。

「校長先生に逢って訊いて見ようよ。そしてもし、本当だったら、校長先生に留めて貰うことに頼んだらどうだ。いま安宅先生がいないというなら、これが一番確な方法じゃないか」

もしか、また、それでも安宅先生が言うことを聴き容れて呉れないとしたら、先生退職の理由を詳《くわ》しく確めながら、学園生徒全体の留任運動を正月早々起しても手遅れにはなるまいと、義光ちゃんは考え深く附け足しました。みんなは賛成しました。わたくしはほっとして、

「じゃ今からすぐ、男の方二人で校長先生のところへ行ってよ。あたしと八重子はどっかで待っているわ」

と言いました。

「なんだい〳〵、やっと泣き止んだかと思うと、もう直ぐ人を使って、相変らずわが儘《まま》娘だなあ」

義光ちゃんは苦笑しましたが、それでも立上ると吉良に向って、ちょうど試合の場に臨むときにキャプテンが選手たちに与える眼くばせに似たような眼つきを与えて「行こう」とあっさり言いました。

吉良は「うん」と簡単に返事して、どしどし後について行きました。男の子というものは何と気持のよいものでしょう。それを見送って「ファイン・プレイをよ」と八重子は、お小《こ》しゃな声をかけます。わたくしは「済みません」と言いました。

どうせ安宅先生のところでクリスマスが無いなら、今日はこっちだけで、一日遊ぼう。銀座へ出て待っていて呉れという男の子たちの言い残しでしたから、わたくしは八重子を連れて銀座へ出ました。

暮の夜店は、泊りがけで店を張っています。揃いのように紅白のだんだら幕で、柳の根方に店囲いを作り、羽子板店に紙鳶《たこ》店はもちろん、神棚の祭具を売る店、餅網、藁のお飯櫃《ひつ》容れを売る店、屠蘇《とそ》の銚子や箸袋を売る店、こういう正月向きの売店が賑々《にぎにぎ》しく普通の売店に混り、普通の売店も負けず劣らず飾り立てて、もはや春が見舞って来た景気です。植木店には盆梅、福寿草、葉牡丹、水仙のようなものが特に目立たせてあります。

午前中でも人出は相当に多く、水を流した舗石の上を、袖外套を着て子供を連れた下町の人や、インバネスを着てステッキをついた山の手の人や、間に混って蛾のように眉をひいた洋装の娘も泳ぐようにして通って行きます。

昨日に較べると、その度は薄いけれど、やはり靄がかった暖い日で、見渡すと銀座一二丁目の華やかな建物から京橋に向う高層建築は真珠細工のように潤んで光っております。町中に育ったわたくしはこういう賑わいの中へ入ると、自分の家にいるよりも自分の家に居ついた気持になり、寛《くつろ》いで燥《さわ》ぎ度くて仕方がありません。ショーウインドウの奥様姿のマネキンを指しては八重子に「あなたよ」と言ったり、またビヤ樽のように肥ってドラムを打つ玩具人形を指しては「あなたの旦那さまよ」と言ったりして、八重子を笑わせたり怒らせたり、男の子たちと待合す時間まではまだ、たっぷり間がありますので、充分に銀座の東側、西側を見て歩きました。ふと、今年の春に慈善の資金を集めるため、学園の同窓会の催しで、この小屋の並びに一個所の地割を借り受け、草花の廉売をしたことを思い出しました。わたくしも五年級から代表に狩り出されて、売場の番に立ちましたが、そのとき、葛岡は花の運送の世話に来て、わたくしの立っているのを見ますと、その前後は全くわたくしを避けていたのに係らず、ずかずかとわたくしのところへ来て、

「こんなところへ立って見世物になるんじゃない。病気とでも言って帰りなさい」

と言うかと思うと、ふいと行ってしまったことを思い出しました。人にそんな親切があるくらいなら、安宅先生にも、もう少しは労《いた》わりを見せて、辞職の羽目にまで突き落さずともよさそうなものなのに、おめおめ傍《そば》で見殺しにするとは、たとえ葛岡の気持として、わたくしと安宅先生へとでは、向う性質が違っているにしろ、何か根に冷酷か鈍感なものを持っている野性の男なのではないか知らん。とまれ、安宅先生の辞職という事件を惹起《ひきおこ》してわたくしにこうも気を揉《も》ませる男は、憎むべき男である。この腹癒《はらい》せには、何か復讐をしてやらなければ気が済ないと、連れの八重子の訝《いぶか》るのも関《かま》わずに、ぷんぷん腹を立てながら、もう約束の時間にも

間もないので、八重子を連れて男の子たちが指定したM——店へ入り、クリスマスの為めに樅《もみ》の木に装飾の美しい二階の食堂へ上って待受けました。

やがて十二時過ぎに、吉良と義光ちゃんは張り合いの抜けた顔をして帰って来ました。二人の話を聞くと、校長先生は、昨日安宅先生が来て、ちょっとそんな話はしたが、なにしろ藪から棒のことだし、それに安宅先生というものは学園を創めるときからのスタッフの一人であるし、よくよくの事情のない限りは、おいそれと関係を切り離せるものでない。そして、辞めるという事情も不得要領だし、これは中年近い女性に有り勝ちの一時の気分の変調と見たので、よく宥《なだ》めると、安宅先生は案外素直に折れて、引取ったということであった。校長先生はなお附足《つけた》して、決して諸君の心配するほどのことではないと言われたと二人の男の子は伝えました。吉良の父親も、義光ちゃんの父親も学園の評議員なので、校長先生も割合に話をさくく打ち割って茲《ここ》まで話したものと見えます。

「なんだ、そんなことなの」と八重子はわたくしの顔を幾分非難らしい表情で振り返りました。

「でも、まあ、それだけでも訊いて来て、よかったわ」と、わたくしはやや安堵《あんど》の胸を撫《な》で卸《おろ》しました。

「さあ、七面鳥とプヂングを食べて、それから映画を見に行こう」

吉良は、すっかり肩から荷を卸した顔で晴々とそう言いました。

義光ちゃんは「それにしても安宅先生は、どこへスキーに行ったんだろ、いつもの赤倉かしら」と、いろいろ想像を廻《めぐ》らしました。

この子供たちも、やがて親や兄弟と一緒に何処かへ越年の旅行に行くことになっているので、しばらく話はその方面のことで賑いました。


正月も三日と過ぎて四日の朝になりました。わたくしは正月といったとて、別に面白いことのあるわけでなく、ただ厚化粧をして、着物を着換えていなければならない億劫さに不平の気持で、自分の部屋に引籠り、手細工などしていました。四月に学園の普通科を卒業して研究科へ入るのが楽しみです。そんなことを考えていますと、ときどき母が階下から、

「ご近所の方が、みんな出て羽根をつくからあんたも出なさいよ」

と言うので、嫌々、母と一緒に羽子板を持って表へ出ます。

ふだんは、たいして交際もない商家や、しもた屋の家の者が大ぜい、往来に出て一年に一度の親しい顔つきになって羽根を送り合います。負けると筆でお白粉を顔に塗る。嫌がる、追っかける。そのうちほろ酔い機嫌の男たちも仲間に入って来て、わんわという騒ぎになります。

空は磨いたように晴れて、背丈高い門松の笹の葉を、風がざわめかします。いま獅子舞が堀川の小橋の上を渡ると見えて、大鼓の音は河岸の建物に木霊《こだま》して、あたり四方を祭のように浮立たせます。続いて初荷の囃しが通ります。やっぱり外へ出てみれば満更、悪い気持もしませ

ん。

母がこういう手合いの中に入っての仕こなしは、また鮮かなものであります。はじめは多少容態を繕《つくろ》っていた近所のおかみさんたちや気取ってた娘たちも、如才《じょさい》のない母の面倒の見方や、愛想のよい褒め言葉にいつの間にか、ころころになって「蝶ちゃんのおっかさん」とか「蝶ちゃんのおばさん」とか呼び慣わし、母の言いなり放題にもなり、母にまつわって離れません。女が既にこうでありますから、男たちが忽ち筋骨を抜かれてしまうのは、当然であります。ただ小さい男の子供だけは、何か母の手練に引っかからない面を持ち、ときどきは反噬《はんぜい》します。

「なんだい、吝《けち》ん坊の婆あ――」

これには、母も匙を投げて「そうそう判った〳〵」と敬遠の手段を取っているようでした。

羽根の突き手の番が廻って来るのを待ちながら、わたくしは溝板の上へ佇んで、ふと、自分の家をみますと、格子戸を開けて入った男の姿が、洋服に外套こそ着ておれ、学園の園芸手葛岡に似た人に思えました。わたくしは「おや」と思って眼を注いでいると、直ぐ、しまに案内され、再び格子戸の外へ出た男は、わたくしたちのいる羽根弾きの群の方に来ました。紛《まご》う方なき葛岡です。わたくしは吃驚して身体も竦《すく》むように覚えました。

葛岡は、ちょっとわたくしに日頃にない愛想のよい顔を真正面に振り向け、それから母のところへ行って丁寧に挨拶しました。何やら告げております。母はこれに対し、葛岡以上に丁寧な挨拶を返していましたが、やがてにっこり笑ってわたくしを手招きしました。

「さあ、安宅先生からお迎いだよ。何か急に春のお催しがあるんだそうだよ。直ぐこちらにお伴していらっしゃい」

そして葛岡に「わざわざ遠いところを」とか、「こんなものまでお呼び下さるなんて」とか、礼を言って送ります。母は官署とか学校や先生とかいうものに無上の権威を感じ、何か阿諛《あゆ》の服従を以て迎えるという性質がありました。

わたくしは、しまが持って来て着せて呉れたコートを着て、しばらく黙って葛岡について行きました。わたくしにはいくら安宅先生がヴィラに帰って急にわたくしたちを呼び集めるにしろ、葛岡というものを今迄に来たこともないわたくしの家へ寄越すなんて、あんまり到り過ぎる。これは妙だとは思いました。葛岡は電車通りへ出て、折れ曲り、母たちのいる追羽子の群からは見えなくなると、急に足の歩調の力を抜き、

「蝶子さん、驚いたか」と訊きました。

わたくしは、いよいよ狐につままれたような気がして葛岡の顔を穴のあくほど眺めて、「驚いたわ」と言いました。

すると、葛岡は、

「何もかも、あとでゆっくり話すが、さしずめ、どこか二人だけでいられる場所はあるまいか」

と言います。わたくしは何だか葛岡が癪《しゃく》に触っているので、

「そんなところ、知らないわ」と言いました。

葛岡は、さっと顔に怒気《どき》を見せ、

「そんな、わが儘《まま》な素振りをしている場合じゃないんだのに。絶体絶命の人間が二人出来ているんだのに――」

と、あとは力も脱けて言います。

ここではじめて、わたくしは、事の仕儀《しぎ》の重大なのを漸《ようや》く悟りまして、

「じゃ考えるわ」と言って、いろいろと考えた末、及ばぬ智慧を絞って芳町まで出て、そこの鰻屋に入りました。母が始終、うちへ来る若旦那たちに、ランデヴーには鰻屋が一ばんいい。誂《あつら》えたものが出来るまでに時間がかかるからと言ったのを、厭な智慧を授けるものだとそのとき思ったのを、いま思い出してやっぱり厭な智慧だと思いながら応用したわけでありました。

正月髷《まげ》に島田かなにかに結《ゆ》ってる女中が、座敷へ案内して、注文を受けて引き取ったあと、二人の間にちょっと手持無沙汰の時が過ぎました。床の間には日の出に濤《なみ》の掛軸がかかり、その前に真綿で作ったお供餅に細工ものの海老が載っています。床柱には懸蓬萊が畳の上まで緑の蔓を曳いております。葛岡は冬牡丹に万両の描いてある銀屏風を眺めていましたが、

「僕は、こんな立派な料理屋へ来たのは始めてだ」

と言いました。それから心配そうに、

「僕は十二三円しか持ってないが、大丈夫かい」

と訊きました。

わたくしは「あたしが五円ぐらい持ってるからたぶん大丈夫よ」と言いました。二人はまたしばらく黙って、これから切り出される問題に触れるのを少しでも先へ延《のば》したい気持でありましたが、そのうちに、わたくしにも葛岡にも、こうして二人がいつかどこかで落合って身に迫ったことを相談しなくてはならない運命を兼て予想していたもののように、今ここでこうして二人が差し向いでいることが学園での花畑より極めて自然であり、却って二人の真の対座であるように思い做《な》されて来ました。従って、遂に切り出された葛岡の話し振りも、無駄を省いて直ぐ中身を相手の秤《はかり》にかける内輪話の性質を帯びています。葛岡は言いました。

「安宅先生は学園を出た。もう還らない」

わたくしは、つくづく溜息をして、

「そう、やっぱり――」と言いました。

「君や僕が学園にいるうちは、安宅先生は決して還らないのだ」

わたくしは、少し間の悪い思いをぐっと堪えてこう訊きました。

「ねえ、葛岡さん。あたしにも大概、事の成行の原因に就ては想像がつくけれども、しかし、念のためあなたの口で一応説明して呉れない。でないと、この先の相談にも歪みが出来るから」

そして、この言葉は、われながら大人になったものだと思うほど老成《ませ》たものでありました。

葛岡もこれに力を得たように、すべての事実を次のように語りました。

上州赤城の麓で育った安宅先生は、栃木県下で女学校の体操教師をしているときに、スキー場で学園創立以前の校長先生と知合いになり、その人格材幹を認められて、校長先生の出資により、スポーツの国フィンランドに留学をした。学園創立に当って帰朝し、学園のスタッフとなり、そのスポーツ上の新智識と、理想家肌のところは学園の教職員のみならず一般女子体育家の間にも推重された。

安宅先生は平生の持論としてピューリタニズムの男女交際を主張としていた。心友としての男女の友誼《ゆうぎ》の存在を信じていた。

安宅先生は花が好きなので、附近の町に夜店のある度びに、出かけて植木屋を漁《あさ》った。そしてその時分、その辺の町の夜店には必ず店を張っていた少年の葛岡と知合いになった。

むかし大久保が躑躅《つつじ》の名所であった時分に中どころの植木屋であった葛岡の家も、大久保が町中となり、父がリウマチスを重らして床に就き、間も無く死んでしまってから、頽齢《たいれい》の祖母と、老齢に近い母を背負って葛岡は園芸学校へ通学しなければならなかった。葛岡は駒場の辺りに空地附の小さな家を借り、そこで花を作っては鉢植えに仕立て、夜店で売って暮しの料や学費に宛てていた。

異常に健康な身体を持っている少年も、過労の疲れが蝕《むしば》んで、いつも神気朦朧《もうろう》としていた。店を照らしているカンテラの赤い灯を見詰めると直ぐ湯に入った気持がした。うとうとと眠ってしまって売ものをよく盗まれた。

安宅先生は、少年を憐れに思った。足りない学費を少しずつ補ってやって園芸学校を卒業させ、卒業すると自分の学園の園芸手に推薦してやった。学園に勤めていれば月給は僅かでも、教職員の舎宅や住家の庭の面倒を見ても心付けは貰えたし、裕福な家からの通学生は馴染《なじみ》の学園の園芸手を自宅に呼び招いて仕事をさして呉れた。葛岡は生活の苦労がなくなって伸々と成長し出した。

理想に対する欲望はあっても、今までに嘗《かつ》てその実現を見なかった安宅先生は、葛岡に対して、夜店に出ていた少年の時代から、鉢を届けてヴィラに来るような場合には必ず引留めて、そして自分の考えやら、考えの行われない悲憤やらを力を極めて注ぎ込んだ。軟い少年の心へもって来て、疲労で混沌としていた葛岡の頭は容易くこれを受け容れた。葛岡は言う。

「安宅先生くらい清らかで美しい女性はこの世の中に二人はあるまいと思った。この女性の為めになら自分は一生を捧げてもよいと子供ごころに思った」

ゲーテとシュタイン夫人の友情、ジョルジュサンド夫人とフローベルとの友情——安宅先生はこういう世界で著名な男女間の友情の例を沢山調べて知っていて美しく語った。

葛岡は青年になるにつれて、それ等の友情の中身を、現に架け渡しつつある安宅先生と自分との間の牽引《けんいん》の橋の上に立って親しいものに眺めた。あらゆる慾情も肉に対する意識と共に切り捨てられ、ただ異性という帯電の電子の性質が異っているだけの互いに透明で清らかな気体のようなものになって照し合した。

すると、そこに人界のものでない霊妙な暖か味が伝わり合い、その潤いはガラス玉のような心臓の内側に凝り付くと、しとりしとり滴《した》り溜って幽玄な香りをそこはかとなく漂わせた。厳しい克己は、春雷の轟きのように、快く、情慾の末を痺《しび》らせる。冷静な抑圧は秋水の光のように愉しく本能の黝《くろず》みを射散らした。男も男でなく、女も女でなくして、しかも相対の滋味は歴然と湛えている。高く歩む懐かしみ、雲の上で手に手を握るような労わり合い、これを悲壮と言おうか、それに伴なう涙はない。これを深刻と言おうか、それに伴なう重さがない。風に送られて二人は歩いて行く。

韻と律と腕を組んでいるようで、野も縹渺《ひょうびょう》なれば、山も縹渺である。往き行きて櫟林を抜け、川上の丘のはずれの岸へ出て、そこから多那川を見下し、対岸の丘陵から秩父の山を見渡すときに二人は、超越の世界に超越の心情に充たされた神秘な男女のように自分たちを思い做された。

「いつまでも、こういうお友だちでいるんですね」

「ええ、いつまでも」

二人は異常に健康な肉体を持っていた。有り剰《あま》るほど人体電気が蓄積された。二人は散歩に歩いている途中で急にどちらか駆け出す。それがランニングの競走のような形になり、必死に抜きつ抜かれつする。相手を押し負そうとし、勝たれそうになって相手を憎む。そういう感情は、たとえ仮装のものとはいえ、活潑であるだけに、流れるような汗と共に、心身を根底から捏《こ》ね返す。走る力も尽き果てて立ち止るとき、へとへとになった心身の中のどこかに再び澄んだ魂を感ずる。

二人は道で、落栗を見つける。一人は取ろうとし一人は取らせまいとする。身体をうち付け合う。危うく取られそうになると、素早く前方へ投げ出す。一人は追って拾おうとする。一人は拾わせまいとする。また、肉体の揉《も》み合いが行われる。繰り返される激しき衝撃のたびに二人は鬱積した俗情の精力が火花のようになって散り飛ぶのを感じた。

そこにはまた猟銃というものがある。犬というものがある。機械が空気を喝散《かっさん》する音、野性が自然に向って咆哮《ほうこう》する声を聞くことは二人の心身を軽くした。プラトニックな愛。葛岡はこういう言葉も覚えて。

だが、葛岡はだんだん不審に思われることのあるのに気がついた。

安宅先生が葛岡と親しみ合うのは、櫟林を越した川上の野藪の中でだけである。そこは学園の先生も生徒も滅多に来なければ、人家もない。清らかな異性間の友情は自然の中で最も順調な発育を遂げる——先生のこの説は一応もっともに聞えるが、それにしても安宅先生が櫟林のこっちの学園地帯に在っての葛岡に対する態度はあまり外所々々《よそよそ》しかった。

そこには正教員の資格と、雇員の資格の相違をつけ、智識人の女性と土に労務する男性との区別を置くかのように見られた。

葛岡はつい不断の癖が出て、多少慣れ慣れしい口調で話しかけでもすると安宅先生は、特に容儀を正し、「はあ」「はあ」と切口上の返事をして、「それもいいでしょう」などと自分は高みに上った冷たい答をする。それはまた、葛岡に人前には応待を慎しむものだと諷刺してるようでもある。

葛岡は憤慨した。すでに清い男女の友情ではないか。人前に現して、それがなに恥しいのだ。俯仰天地《ふぎようてんち》に恥じないなぞと言ってる安宅先生の言葉は嘘の皮だ。

葛岡はあるとき、川上の丘で安宅先生にこのことを詰《なじ》った。すると先生は、葛岡の肩に手を置いて、

「我慢しなさいよ、そのくらいのことは。世間の俗人の眼の誤解ぐらい恐ろしいものはありませんからね」

そして、

「わたくしたちのような最高級性の愛情は、最も賢明に行動しなくては」

とも言った。葛岡には、安宅先生が人前では体裁を繕《つくろ》って、蔭では自分を男妾のように玩具にしてるのではないかという疑いを増しながら、しかし似非《えせ》の年上の女性が若き燕の男性に求めるような猥《みだ》りがましいことは少しも無いので、やはり先生は神聖であって、先生の言うことがもっとものようにも葛岡には思えた。そういう疑を起した自分の方が却って陰のある人間で、先生を汚すものではないかと自分を叱りもした。

「ところが――」と葛岡はここでちょっと考えを変えるように間を置いてから、言いました。
「そのこころを二つに割ったのは蝶子さん、あんただよ」
と、葛岡は言葉を改めて言い現しました。

人の好き嫌いは、何だか生れ付きに定まっているように思う。まだ十三四歳の少女で、下げ髪を振り乱し、靴の足を外輪に踏みしだいて校庭を駆け歩く時代から、あんたは、自分の心に浸みた。派手で勝気で、爛漫と咲き乱れる筈の大輪の花の蕾《つぼみ》が、とかく水揚げ兼ねている。あんたはそういう女だ。その蝕《むしば》みは何処にも見えない。茎は丈夫だし、葉は艶々しい。それでいて蕾は水揚げ兼ねている。

それだけに余計いじらしい。恐らく、この風情を気付くものは、他にあるまい。自分には判る。花作りを職業とする自分には判る。

少年のうちから暮しの苦労で、おなじように、何か水を揚げ兼ねているものを身の内に感ずる自分にはひと目で判った。

蝕まれた蕾の女は美しく心を牽く、雲間の日のように、風に揺られる水のように。

男が蝕まれた場合にはただ乾燥する。女が蝕まれた場合には酸性の溶液化する。自分はあんたに滲み込まれた。あんたで重たくなった。だが、自分は、そのことを有りのままに感じ、有りのままに表現する自由を持たない。そこには安宅先生というものが鎖のように自分を縛っている。幾とせの悩み、幾とせの諦め。そのうちにあんたは段々育って娘となった。わくら葉の新緑のような娘となった。自分は立っても居てもじっとしていられないほど心は牽《ひ》かれた。それを遂に先生が感付かずに終るわけはなかった。先生もやはり根は女であった。

「都合の悪いことは」と葛岡は言う。「先生も、蝶子さん、あんたを愛していることだ」

先生に言わせると、蝶子さん、あんたは、安宅先生が自分自身にはなれないで、そしてもし先生がなれたらなってみたいそのたった一人の娘なのだそうである。先生は言われた。

「蝶子さんを見ると、私の理想主義もピューリタニズムも影の薄い無理なものに思われて来る。意志や知性は結局女の本能には敵わないのであろうか。蝶子さんを見ると、流れに任せてなよなよと、どこの岸にでも漂い寄って咲ける萍《うきくさ》の花の自然の美しさを感じずにはいられない。弱いものの持つ勁《つよ》みを感じられずにはいられない」と。

あんたに憎みを懸けられないばかりでなく、あんたを、あこがれさえもする先生が、あんたに僕を奪われようとするその惧《おそ》れと寂しさは、どんなに悩ましく辛いものであったろう。

人や生徒のまえでは、もと通り凜々《りり》しく活潑にしていながら、櫟林を抜けて自分と二人だけになったときの先生のまことの姿は、およそ、世に哀れで浅間《あさま》しいものであった。先生はあんたに直接あたれないだけに、自分に向ってあたって来た。それがどんなものか、蝶子さんももう年頃の娘である以上、多少は察しがつくであろう。

先生のいう愛の道徳の裁きの上では、自分は背徳者であり罪人である。自分は先生によって、そう深く思い込ませられた。だから自分はその咎《とが》めを甘なって受けた。甘なって受けるより他にどんな道があろう。半狂乱になって自分に喰ってかかる先生も実は、途方に暮れているのである。先生も可哀そうだ。自分はそれを察して甘なって受けてあげる。だが、そうかと言って、先生の言う通りあんたを思い切るなぞということは、どんなに努めても出来ることではない。思い切ろうと努めるその力にさえあなたは湿り込んでしまっているのだから。それは鉄砲の銃身へ来てとまった小鳥のようでもある。引金を引くにはあまりに身近かに来過ぎている。自分はもとから我慢はできる男であるが、嘘はつけない男であった。その自分に、先生は、思い切ると言えと迫る。自分は黙ってしまう。先生は焦《じ》れる、自分は困惑する。先生は遂に最後の慎しみを破って、こう自分に決断を命じた、「わたしと結婚するか、でなければ、蝶子を思い切るか。」

自分は先生が、自分と結婚すれば世間の不評判を招いて、恐らく教職員の職も辞さねばなるまい。少くとも、この都会の地は落ち延びねばなるまい。ここまでの犠牲を払う決心をした先生の心中を察して、自分で自分のようなものは、今はどうでもなれと思い、先生の許に身を投げようとさえする。しかし、そこへ来て、やっぱり閊《つか》えてしまうのは蝶子さん、あんたである。あんたは突出た河瀬の杭のように自分に閊える。そして結婚の淵へと身投げしようとする自分をその杭の先に終め《（ママ）》止める。流れもあえず元の岸へも戻さず、自分を浮き身の宙に漂わして、辛い水を飲ませる。

「自分はまだ若い」だから、どうかその決断を来年まで待って呉れるよう自分は先生に頼んだ。

先生は「自分は老けてしまう」と言って承知しない。先生は自分が煮え切らないのをみて、もう自分や蝶子のいる学園には勤まらないから辞職をするとさえ無茶を言い出した。自分は宥《なだ》める。先生は言い張る。ついそんなことで暮にまで押し詰まり、うやむやのうちに先生は東京にいるのも面白くないといって年内からスキーに行かれたのであった。

だが、正月にもなり、昨日来た先生からの手紙によると、先生は赤城の麓の実家へ戻っている。そして、そこでこの事件が何とか片付かないうちは、永遠に学園へは帰らないと告げ知らせて来た。先生は書いている、もはや東京も学園も自分にとっては憂いところになったと——。

わたくしは、葛岡のこの長咄《ばな》しの終りにひとまず、ほっとしながら、ごく大体の上からわたくしが感じていた葛岡対先生、そして、この二人に対してのわたくしの関係が、思いの外、深く縺《もつ》れ爛《ただ》れているのに愕いた。嘗て櫟林の川上の乞食から聞いた殆ど決定的に安宅先生が学園を去るということと、吉良や義光ちゃんが校長先生から聞いて来たところの安宅先生は一時の出来心から学園を去るとはいったが、直ぐその考えを翻《ひるが》えしてしまったという校長先生の保証の言葉との間に立ってわたくしはその真相が全く摑めなかったのに、いま決定的に悲観説が明《あきらか》になって来たので異常なショックを覚えました。わたくしは「随分、たいへんなことになってきたのね」と、吐息と共に言いました。なお吐息を続けながら二言三言、先生の故郷のことなど葛岡に訊いていますと、女中が誂《あつら》えものを運んで来ました。いかだにした蒲焼、きも吸い、う巻の玉子焼。

二人は、ともかくも食事にかかりました。風がだいぶ出て、門松の笹の葉の鳴る音や凧のうなり声が聞えます。障子に水飴色の陽が射して、ぽつんぽつん冬の蝿の障子紙に突当る音が聞えます。

葛岡は食べながら、

「下町の食いものはうまいね」

と言いましたが、鰻屋の料理なぞはよく食べ方を知らない様子なので、わたくしは葛岡に食品の説明をしてやりながら、きも吸いの椀の中に入っている縁起鉤に気をつけさせ、それを取出させて襟にかけることを教えました。

「その鉤に当った人は、その年きっと幸運を釣るというわ」と、言って、わたくしが苦笑しますと、葛岡はわたくしの言う通りその鉤を背広の襟元へ刺しながら、

「ちと、幸運でも見舞って呉れなくちゃ、正月から家出人の心配なんか、つくづく有難くない」

と呟きました。

ところで妙なのはわたくしの心でした。先生の消息が暈《ぼや》けているうちは、まだ安心しているとは言いながら、心の底の方では重苦しく気がかりでありましたが、こう事が顕《あら》わになって来

ますと、却って気持がさっぱりしてしまって、ただ上辺だけ、義務観念のように何とかしなくちゃなるまいと忙しそうに思うだけでした。それというのも、たとえきれいな友情とは言いながら、この単純な青年を永い間先生が、そうも引き絡め、引っ張って、しかも内密で過したということは、何といっても嫉ましく憎々しく、去年の年の暮に安宅先生を葛岡が切ない羽目に陥れたとばかり思い込んで彼に復讐までして先生の恨みを晴らしてあげようとしたその考えはいまあべこべになって、今度は葛岡のために、先生がどんなことになろうとそれは当然の酬いだとさえ思うようになりました。下世話で言うように「惚れたが最後じゃないか」と先生に言ってあげたいくらいです。それで葛岡が、

「どうしよう。僕からもあんたからも手紙を出して、先生に帰るように頼んでみようか」

と言いましたのを、わたくしは切り返して、

「だって先生は、まだあたしが何も知らないと思ってるんでしょう。それにそんな手紙を出すのはおかしいわ」

と承知しませんでいると、葛岡は重ねて、

「いや、あんたは一什《いちじゅう》を葛岡に打ち明けられてびっくりした。しかし自分は葛岡に対しては何の心もなし、また、先生に対してはもとより懐かしい気持の弟子である。それ以外の気持はない、だからどうか東京へ帰って欲しいと言って上げたら、蝶ちゃん、先生はあんたがこの世の中で一ばん好きな女の子なんだから、屹度《きっと》、心が宥《なだ》まるに違いないと思う。それに添えて僕も

詫びの手紙を別に出すから」

と言いました。

わたくしは、何を今更、葛岡が詫び、そして何もしないわたくしまでが頭を下げて先生に頼むことがあろう。わたくしは別段、もう先生に帰って来て貰い度い気持は無い。だから、もしそうしたければあんた一人でなさい。あたしまで仲間に入れるなぞと男らしくもないと言いました。わたくしの気持はいまさっきとはもう、こういう風に変るほど何か衝撃を受けています。

葛岡は二三度わたくしと押問答しましたが、その甲斐もないのを知って漸《よう》やく、

「女というものは小娘でも、意地を張り出すと強いものだな。では仕方が無い、そうしよう」

と言いました。

二人は鰻屋を出ました。訣《わか》れるとき、わたくしは葛岡に念の為め、

「詫び手紙の中に、あんた、あたしを思い切ると書くの」

と訊きますと、葛岡は、

「だれが、そんなことを。恩は恩、愛は愛だ」と昂然と言い切りました。それでわたくしも、

「それだけ聞いとけば――」

と、あとは言葉を霞ませながら、何か深く心に決めるものがありました。

琴にも替手があります。娘ごころだとて何で一本調子ばかりでいましょう。わたくしは、安

宅先生に無理があり、不純なところがあり、人を曲げるところがあると気付いてから、わたくしが先生に寄せていた好感はすっと引込んでしまったのみか、そんなことをするなら、先生を相手にひと戦《いくさ》、闘ってみてもいいという気持さえ出たのは、この同じ自分でいながら、その同じ自分の中のどこにそんなものが在ったのでしょうか。父のあの負けず嫌いな情熱家の筋をひいているためでしょうか、それとも母の老獪《ろうかい》に籠っている執拗さが伝わっているためでしょうか。とにかく、わたくしは小娘の癖に、一人の青年葛岡を引き背負って万人とも闘う気になりました。その気になると直ぐに、自分でさえ愕くほど気丈夫な娘になりました。もし、また、こうさせたことに就ての原因として、女が人から卒直に愛されるというそのことが女を急激に変えるものであるとするなら、実際その証拠をわたくしは身にみているわけであります。けれども、それはあまりに自分の身に浸り過ぎてしまった心情で、もはや、どの程度の影響やら、変り方やら離してみられなくなっています。ですから自分としては、どこまでも一人の単純な青年を老嬢の無理から切り離そう、その俠気のようなものだけで心が奮い立って来たような気が致しますのは、やっぱり女は甘くて得手勝手なものなのでございましょうか。

わたくしは芳町の鰻屋を出て、家の方へ帰りかけました。日はまだ高く二時にはなりません。何とか作り事を言って家に帰れば帰れないこともありませんが、わたくしに、ふと、一つの智恵が構えられて来ました。「この事件は、なかなか簡単には片付くまい。当事者の葛岡とわたくしのような若い女一人の手だけでは間に合わなくなるかも知れない。そのときの力になる人を得て置かねばなるまい」

事件がこういう性質を帯びて来た以上、もう吉良でも義光ちゃんでもないことは判っています。わたくしは、やはり相談は池上以外にないと思って、暮に池上に会ったとき正月は浜町の寮に一人でいるから是非遊びに来いと言っていたのを思い出しまして、そこへ訪ねて行きました。

浜町というところは、今は人家櫛比《しっぴ》してその面《おも》かげもありませんけれども、むかしは鄙《ひな》びていて、風流人に縁のある土地で、下町では八丁堀茅場町辺と対立していたという話であります。旧《ふる》くは俳人の嵐雪が住み、歌人の加茂《(ママ)》真淵が住みまして、真淵などは、その周囲の野趣《やしゅ》のあるさまから家の号を懸居と称えたということを池上はいつか話していました。池上の寮は、ややその昔の俤《おもかげ》をとどめたものらしく、この人家櫛比の中に在ってはちっとも目立ちませんが、門の中へ入ると、もとは隅田川から鷗に混って小鴨がひょこりひょこりと浮いて入って来たという、その水門口の跡の残っている池が中心で、石だけの中の島に、やや勾配のある柴の橋が架っております。まわりは高低に面白く地取って、小規模ですがこまかく心が配ってあります。築山だけは周りに遠慮したものでしょうか、型ばかりに設えてあります。

寮番の老いた妻は、わたくしのことを池上から言い付けられでもしてあるのか、わたくしの名を聞くと、すぐ「さっき知り合いの方がお出でになって、ちょっと食事に連れて出かけられました。けれど、じきに帰られることになっていますから、どうぞ上ってお待ち下さって」と、言って、わたくしを導き入れました。

茶室附の平屋建で、硝子障子が締め切ってあります。その中でわたくしは待っております。寮番の老妻は、その間にもときどき来て、火鉢の炭を直したり、お茶を入れたりしながら、

「どうしたんでしょう、若旦那は。すぐ帰ると言って出かけられたのですが、遅うございますわね」と、わたくしの為めに気を揉《も》んで呉れます。わたくしは、

「いえ、どうせ、暇なんですから、ゆっくりお庭を見せて頂いておりますわ。そのうちには屹《きっ》度戻《と》って来られましょう」

と却ってこっちで取做《とりな》すくらいにして寮番の妻を退けたあと、化粧を装ったり、冬の陽のあたたかく射す庭芝を眺めたり、部屋の中を見廻したりしながら、胸の中では葛岡の事件に就き、こうもしようああもしようかと手段をいろいろに考え耽っています。

去年の秋の末に、池上とは中洲の菊廼家で会って以来、なお二三度、わたくしは池上に食事に連れ出されております。母はひそかに、その都度、池上がわたくしに陥ち込んで行く度の深まるのを推量して、ほくそ笑みました。

池上はまた、母のそのほくそ笑みに嵌《はま》るのを承知でわたくしに親しみを増して来ました。

母はだいぶ安心したものか、もうこの頃ではわたくしを芸妓《げいぎ》にするの妾に出すのなぞという見え透いた脅しは言わなくなったと池上は苦笑していました。

そしてわたくしのこころは？　わたくしももう十八歳ですから、身の振り方に就て考えない

ことはありません。しかし、結婚ということはどうかと思っています。普通の考にしたなら、子供のうちから真の肉身（ママ）の親しみというものを味ったことがなく、いつも永遠の父、永遠の母というような漠然としたものを恋い佗びている寂しい性根があるからは、わたくしにしてもそれにも代って労りもし慰めもし、また、やさしく叱って導いても呉れるような良人というものを得て、このこころの渇きを医《いや》すべきではないかと思わないことはありません。ですが、そうした男というものが果たしてこの世の中に在るであろうか。賢い男は世の中の為めに忙しいし、愚な男は、自分の慰みや遊びにかまけてしまう。一時のことならともかく、永い一生の間を連れ添って少しも変らず妻を庇《かば》い切る良人などというものは、噂には聞いてはいるが実際、中身までその通りであるかどうか眼に見えないことには信じられない。少くとも自分が知った範囲では、自分の父をはじめ、家に寄って来る若旦那たちに至るまで悉《ことごと》く不合格者であります。

もう一つの懸念は自分の性格であります。わたくしには、何か、男に遜下《へりくだ》れないものがあるようです。男は力もあり智恵もあり、偉いとは思いますが、しかしその偉いと思うところは必ずしも、女を遜下らせる性質のものではない、女を遜下らせる男の偉さというものは、そういう感心させられるものより、却《かえ》って、これは女の勝手な考えには違いありませんけれど、女に対して無条件な抱容力（ママ）があり、打ち込み方をして、男としては女に甘いといわれるようなところにあるような気も致します。

そこで、つい自分のような女は、それほどの男でなくとも、ただ何となく自分から遜下らずして済み、男として甘いところのあるような男とばかり近付きが出来て参りました。しかし、こういう性質の男は、わたくしにはそりは合うけれども、結局、わたくしの方の負担になって、庇って貰うどころでなく、こっちが庇わなければならない相手となることは、たったさっき、正体を見せて来た葛岡との交際の例を見ても判るように思います。こんなことで望みの結婚はできましょうか。

池上の底ごころは、わたくしをダシに使うようにして、まわりから抑圧して来る俗人たちの鼻を明かそうとする、つまり押つけ結婚に対する自由結婚の味方にわたくしをして、先手を打つつもりでございましょう。もっともそうするためにも、それを敢行し得られるだけの魅力のある味方でなければならないと池上は宣言しておりますからは、池上がわたくしを愛してはいることには万《ばん》、間違いありません。しかし、愛するなら愛するだけでよいではございませんか、何も自分の歪んだ運命にまでわたくしを巻込んで、わたくしの小さな女の力まで役立てようとしなくてもよいではございませんか。わたくしはそんな手伝いはいやでございます。歪んだ運命のお相伴《しょうばん》なら、もう父や葛岡のことだけで沢山でございます。結局のところ、わたくしも独身で職業婦人にでもなって行くのほか道がないように思います。ただ私を愛する者は、何人もわたくしのお友達になって、この心細い人生を助けて行って欲しい。

池の柴の橋を渡って、インバネスを着た池上の姿が見えます。その後から、堅気の風でちょっとした外出着を着た十五六の娘がついて参ります。わたくしは「おや」と思いました。

寮番の妻がお客と言ったのはあれか、寮番の妻はさすが女で、わたくしに気を兼ねて、客が女であるのをわざと言わなかったのであろう。

橋のまん中には朽ちた穴でもあるのか、池上は容易く渡ったが、娘はためらっております。すると池上は手を差出して、娘にその手につかまらせ、労って渡り過させました。さすが、わたくしには刹那だけ煮えたぎったものが胸に嚙みつきましたが、すぐ消えて、白々しい風がそのちょっとした火傷痕をつらく吹きます。

「男って、もうこれだ。なんのことだ」

わたくしは、老人がもし傍に煙草入れやら眼鏡の鞘《さや》やらを出して取散らしてあったなら掛合うまえから話の見切りをつけて、ぽつぽつ仕舞いかけでもしたであろうように、今まで心の中に取散らしていたものをぽつぽつ仕舞いかけて、池上に挨拶したら、さっさと引上げてしまおうとさえ思っています。

寮の老妻が駆け出して行って、池上にわたくしの来訪を告げている様子です。すると池上は笑み崩れるような顔になって、家の中に上って来ました。

「や、済まなかったね、蝶子さん。だいぶ待ったかね」

それから、これは番頭の嘉六の末の娘でおきみという。小間使風に使って欲しいという親の望みで、正月は三日過ぎたらこの寮へ通って来ることになっていたのだ。きょうはその初日だったので、御祝儀に浜の家で支那料理を奢って来たところだと言いました。

その娘は、いかにも律義にわたくしに挨拶したのち、すぐ池上のインバネスを畳むやら、お茶をいれ替えてわたくしに出すやら、全く忠実な小間使の仕事振りです。わたくしが遠慮するのにわたくしのコートまで丁寧に畳みかけて、

「おや、泥がつきましてございますね。初荷の車が撥《は》ねかえしたのでございましょう。ちょっと落して参りますから――」

と言って、硝子戸の外の椽側《(ママ)》へ出ました。確かにわたくしより年少の若い娘であります。器量は色が白いだけでたいしたこともないけれど、その律義と初々しさが水仙の莟のようで、わたくしは何だか下から煽られているような気がいたします。自分が急に成熟した、ソレ者《しゃ》の女のように思われて来てなりません。わたくしに小意地の悪い阿娜《あだ》気《け》た気分が込み上げて来て、

「番頭さんが娘を若旦那の嫁に押付けるなんて、まるで御家騒動の発端みたいね」

と言いますと、池上はじっとわたくしの顔を見ていましたが、

「ばかなことを言う。蝶ちゃんなぞ察しもつくまいが、僕の家なぞというものは、未だに階級制度が喧《やかま》しい家で、番頭は番頭クラス以外には決して縁組の野望なぞ持たないんだよ」

あの娘はああやって三四年、主人の家で行儀作法を見習って、それから大体定まっている嫁入先へ片付くのだ、と説明しました。

わたくしは、それを聴いてそうには違いあるまいとは思いながら、すでに騎虎《きこ》の勢《いきおい》です。

「でも、万一ということもありますからね」

そして、そのおきみという娘が硝子戸の中へ入って来ても、平気で、むしろ、これ見よがしに、わたくしは、

「なにしろ、気をつけて頂戴よ」

と言うと同時に、そこでまた、弾《はず》んだ勢いから、わたくしは同じ火鉢に手を焙《あぶ》り合っている池上の煙草を持たない方の左の手首を「いや」というほど抓《つね》ってしまいましたのは自分ながら愕くほどでした。

「ち、ち、ち、ひどいことをするね。蝶ちゃん」

池上は、ほろ酔いの下地でもあるのか、わたくしのこの破天荒《はてんこう》な仕打ちには何の疑いをも挟まず、少し呆れ顔ながら、とろりとした様子を見せ、抓ねられた痕とわたくしの顔とを見較べて、

「正月早々だよ。ちと、お手柔かに願い度いものだ」と言ってから快《こころよ》げに笑いました。

おきみは急に深く首を下げましたが、後の頸元から耳朶《みみたぶ》へかけて日の出のさしたように赫《あか》くなっていました。

わたくしは何となく残忍な勝利を感じて来て、なるべく艶っぽく池上の笑いに笑いを合わせました。たった一つの技巧だが、それは一方には男が操れる。一方には対立の女を動揺させられる。女でこの味を覚えたものは、河豚《ふぐ》の酒とかいうものを飲んだようなものでありましょうか。その酒は痺《しび》れを呼び、痺れは更に酒を呼ぶ。

わたくしは得たり賢《かしこ》しと、女の持つ媚態《びたい》、女の持つ技巧を次々と繰り出させ、

「あんた方、おいしいもの喰べて来たのね。あたしも喰べたいわよ。晩ご飯にはあたしも何処かへ連れて行ってよ」

なぞと、あどけなくみせて池上に甘たれたり、

「おきみさんて仰っしゃるの。なんて美しい方なんでしょう。女惚れがするわ」

と言って、おきみを弄《もてあそ》んでみたり、年端《としは》も行かぬ娘としては出来過ぎて嫌味なものを、平気でうち撒《ま》けるのは、やはり母の子である証拠でしょうか。

こうなると、ふだん煮え切らない、深刻なものを持っている筈の池上も、生れて始めて開放した気持になれるという面持を正直に現して、

「蝶ちゃんには、なかなかフラッパアなところがあるんだね」

と、ほくほくしながら、おきみにウイスキーのセットを持って来さして、わたくしにはその酒を湯で薄めて角砂糖を入れたものを宛《あて》がったりして、

「一つ春らしくやろうじゃないか」

おきみにレコードをかけることを命じたり、ひたすら、感興の火に感興の薪《たきぎ》を添えることに余念もありませんでした。

梅の中では紅梅が一ばん早く咲きます。それというのはこの木は寮の座敷の硝子戸のすぐ外に在って、硝子戸は、その角から曲る茶室の羽目板《はめいた》もろとも南の陽を内懐に挟み溜め、ちょうどこの木に対して片箱フレームの作用をするからでもありましょうか。しなもふりも無く、むすっと黙り込んで黝《くろず》み立つ幹の中ほどから、これだけではいけないというように少し感覚のある中枝を出し、梢に上るに従ってあまりにも神経質な小枝を蔓らせ過ぎて、急いでその尖を撓めるために、針金を纏らしたようにややこしさがあります。

まだ寒いうちから、こういう変人のような枝や幹に対して、何の打合せもなさそうに、あどけない禿《かむろ》のような花の蕾があちらこちらと意外な枝の位置に飛び付いて、それがどこから来たのか、また、いつ来たのか、花それ自身、考え及ぶ能力もないほどの痴呆性の美しさで、ぱらりぱらりと咲き出します。何だかほほ笑みかけた口がややゆるんで、唇にうすく唾液が潤い照っているような小娘の気がする花の美しさに開きかけます。

その花が育って来ますと、あの長くてもじょもじょした蘂《しべ》が位を張ってまいります。若い官女がお局《つぼね》さま附きの権威を主張するような、狂言師が世間の辞儀を述べるような、あでやかでつんとして、呆けた上品さで——この蘂は伸び上ってまいります。この蘂に位を張られてべに色の花弁《かべん》はただ華やいだ小褥《こじとね》になります。一つ一つが八重くれないに華やいだ小褥に。だが、もう一とき時が経ちますと、蘂も花弁も分ちなく月日に老い痴れ、照る陽に耄《ほ》け爛《ただ》れて、桃の盛りも知らぬげに、弥生《やよい》の空に点じ乱れて、濛々《もうもう》の夢に耽っております。

この紅梅に次いで咲くのは茶室の南の端の手洗石の傍に在る豊後梅です。幹は鱗の皮だけになって、危く水分を枝へ通わし、そこに重弁で白にごく淡く紅紫色が臨んでいる花をつけます。梅ともつかず杏ともつかず、手の込んでいる花の割には寂しい感じのする梅です。これにやや後れて咲くのが豊後梅に並んでいる若い野梅です。これは普通のしら梅なのであっさりして匂いが高くあります。これ等の梅の咲く遅速《ちそく》は、ここでは樹の種類のせいではなく、単に陽当りの関係かららしくあります。

豊後梅と野梅とは、ちょっと見ると並んでいるようですが、実は主副の関係にあります。主なる豊後梅は老い朽ちて花数も少くなり、茶室からの早春の空の眺めも透け勝ちなので、若く威勢のよい野梅を持って来て副に植え添えたものだそうです。その植え添え方は、豊後梅の幹の洞の中へもって来て野梅を据え、遠くの客座敷の方からは、それが一本の木の花にも見えるよう設えたと言います。

私はそれを眺めながら、

「ずいぶん誤間化《ごまか》しのような植え方ね」

と言いますと、寮のあるじの池上は、

「僕が植えさせたのじゃない。店の番頭の嘉六なるものの差配だ」と言いました。

襷《たすき》をかけて姉《あね》さま冠《かぶ》りをして朝の火鉢の灰をふるっていた小間使いのおきみは、父親のことを言われたので少し赭《あか》くなっていました。

わたくしは正月にこの浜町の寮へ池上を訪ねて、その日はそのまま帰りましたが、胸に一物《いちもつ》あるわたくしは、それから三日にあげず、わたくしの方から寮を訪ねるようにしまして、間もなく池上から勧めるように仕向けさしまして遂にわたくしはこの寮の客となってしまいました。

「あんな雑魚寝《ざこね》の宿のようなおっかさんの家にいては、蝶ちゃんの性格は害されるよ。しばらくでもいい、ここへ移って来て、学校へでも何でもここから通い給え」

池上の言い分はこうでした。わたくしは母にまさか、その通りにも言えませんから、ただ池上が勧説《かんぜい》したことだけを母に申しますと、母は「ふーむ」と鹿爪《き》らしい顔で諾いていましたが、顎を大きくしゃくって、

「いよいよあの男は、本気になってそう言い出したのかい。いいよ、お出で。素直におとなしくお出で。だが――」

と言ったが、ちょっとあたりの気配を探る眼をした後、わたくしの肩へ手をかけ、わたくしの耳を自分の口に近く引寄せまして、

「おまえさんも、もう十八だろ。ちゃんとしたお嫁さんになるまでは、誰にも騙《だま》されちゃならないことぐらい心得てるね」

わたくしは、おなかの中でおかしくなりましたので、

「あら、そんなことちっとも心得てないわ」

と、天井を斜に仰いでわざとあどけなく言ってやりますと、訝《いぶか》しそうにわたくしの表情を、

と見こう見していた母親は、やがて莞爾《かんじ》と笑みかけたいのを、ぐいと唇の両角を引締め、それから言いました。

「よし、そのくらい空呆けることがうまくなれたんなら、男と共住みも大丈夫だろ。おっかさんも安心して出してやれるよ。けれどもねえ、蝶ちゃん、油断してはいけないよ」

と言葉尻はひどく優しく言い流しまして、わたくしの肩から手を離しました。

わたくしには、もとから気に入らぬ母親です。そしてわたくしの只今の所作は、母の浅墓で嫌味な注意を怒り返すとよりも、はぐらかしてやる方が面倒にならなくて万事都合がよいと思いましたからで、それは母が勝手にそうと取った女の技巧のメンタルテストの答え振りでも何でもありません。母は自分の性格からカン繰って、そうと取ってしまったのには、どうせ始めからわたくしとは心の通じない運命の母親であると諦めている以上、わたくしに大した不満も覚えはいたしませんけれども、しかし気の毒な感じがしないことはありませんでした。それというのは、わたくしには気に入らぬ母親でしたけれども、いままで嘗て一度もわたくしは自分の隠し事のため母へわが心にない所作や言葉を見せたことはありません。気に入らなければただ、むっつり黙り込むか、怒ってぷんとしてしまうかするだけでした。その正直な点では父に消ているとて母はわたくしを信じもし、幾分怖れてもいました。その意味でまだまだ以前はわたくしは母に通じているものがあったと言えましょう。

ところが、葛岡と鰻屋で会って以来、わたくしは俄《にわ》かに人が変ってしまいました。自分の中に一つの秘密の城が出来てしまって、自分は孤独でその中に立籠り、そして内側の自分は、その城の中から外側の自分を牽制し、操り、たとえ自分の身に済まぬことでも、その秘密の城を守ることの為めなら、その秘密の城の中で計画《たくら》まれたことの遂行《すいこう》の為めなら、外側の自分をば骨は撓み折れ、筋の腱が引き千切れるまでも、思い通りに巧んで拵《こしら》え、捻じ返しても使いに使い抜く残忍な意地を覚えてしまいました。そしてその試みの一つに思わず出たのが母への返答の所作でしたが、こうして母にその内実を穿き違えられてみると、穿き違えさして自分は却って笑壺に入る心地のするのは、たった一筋まだ残っていた母へのこころの通い路を自ら宣して断ち切ってしまうような感じがしてなりませんでした。

狡《ずる》い母親ですが、母親はその狡さに於て却って単純なところがありました。自分は或る目的のため何か二重になった自分をしょびいて母親のその単純な狡さを逆に利用し、これからも多分自分をカムフラーヂしつづけるでしょう。また意想外な奏効《そうこう》を見てはほくそ笑みもしよう。そして最早やここに母と娘の繋りはない、間にあるのは「手」だけである。

——おっかさん、おっかさん、あなたの娘は一人前になりました。秘密ということを覚えました。その秘密の城に孤独で立籠ることを覚えました。一人の男のために、妙ないきさつから——。

池上の寮へ行くのは、あなたのわたくしに望んでいらっしゃるような身を固める目的のためではありません。単に彼を利用するためです。わたくしはあなたの望まれるように身を固めたくありません。固めたくても固めようもない今のわたくしの考えです。わたくしはただ流れて行きます。その場その場に盛り上る水の瀬のような情熱に任せて——。

おっかさん、堪忍して下さい。あなたの娘は普通に生きて行くにはあまりに弱いものと強いものとをちぐはぐに持ち過ぎました。普通には立って歩けません。横に縦に、水に身を浮かして辛うじて流れて行きます。それですから、あなたの娘はこれからちっとは苦しみましょう——。

母が世の常の母であり、わたくしが以前のわたくしなら、むろんこう告白して、父歿き後は親一人子一人である母に向って理解されないまでも自分の口ずから訣別の印をしましたことでしょう。だがこの母では——。世の中の諸分《しょわ》けを呑み込み顔に巧利の賢さを張り拡がせ、大まかな美しさのままに老い初めたわが母の段々肥満しかけたその胸の中には、ただ慾と得と手以外の考えしかないのを今更知り返すと、岸壁に突き当ったような感じが衝き上げて来まして、俄《にわか》にこころ寂しく、その意味での涙を催しかけたのを、母に覚らすまいとすると、ここにまた一つの自分を偽装するようにふいと身体が弾み出して来ました。わたくしは「では、行きます」と軽くお叩頭《じぎ》をした後、「ちょっと見ててよ」と母の前へ立ち上りました。そこで、少し後に下って右手の掌を母の眼の前へ拡げて差し出し、左の肘で男の肘を掻き抱く恰好をしますと同時に、

「楽しい、なかじゃ」と口で唄いつつ、前方へ向けて拡げた掌を肩腰の捻り方の呼吸でおおら

かに空間へひるがえして上げながら、右の髪の鬢《びん》の上の辺へ持ち来すまでに「ないかいな」と唄い切ると、そこで藤間にやや関西の西川流を加味した母親仕込みの捌《さば》きのいい足拍子を一つとんとして畳を打つと同時に右手をぴたりと虚空に翳《かざ》して止めました。

「いかが」

これは母が生れながらに冠っている殻の性格に対し、今、殻を冠り始めたわたくしの殻の挨拶でした。なんだか胸に悲しみがこみ上げて来ました。

「まあまあこの子は何をするのかと思ったら、踊りでお燥《さわ》ぎかい。楽しい仲じゃないかいなって、ほ、ほ、むこうも蝶ちゃんにとって万更《(ママ)》の相手ではないと見えるね」

母親の言葉も台詞《せりふ》のように調子づいて、ほくほくと上機嫌でした。

こういう所作を首途《かどで》にしてわたくしは池上の寮へ移りますと、池上は大悦びで寮の家の自分がしょっちゅういる客座敷をわたくしに明け渡すと言いますのを、流石に女のわたくしは遠慮しますと、縁側が鍵《(ママ)》の手に曲っている小さい茶室造りの方へわたくしを宛《あて》がいました。例の下町の癖の略式好みの茶室で、座敷の中の炉に蓋さえすれば四畳半の間はそのまま住いにも使われます。壁に戸棚があり、縁側に御不浄場も取付けてあります。襖の次にちょっとした更衣《こうい》の控室もあって、そこへわたくしは寝道具や鏡台を取り寄せて、もはや生涯家を脱け出たつもりの仮りであるのか実であるのか行く末判らないこの世の住家を定めました。

学園なぞもう通う気になれません。池上もわたくしの寮から外出を悦びません。わたくしにしましても、自分を死ぬほど愛している葛岡が、別に絡まる永い因縁から年上の女教師に脅迫を以て結婚を迫られている。これを引離して、男を自分の手元へ引取ればさしずめ生活の世話をしなければなりません。もとより小娘のわたくしにはその力はなし、誰に頭を下げて頼める性分でもなし、ただ一つの道は眼の前に突出されている棹先《さおさき》のような池上のわたくしへの執心です。その棹先は結局相手の手元へ手繰り込まれてしまえば、わたくしは彼と結婚しなければならない羽目に陥る棹先ですけれども、そこをそれまで手繰り込ませずにわたくしの技倆で、わたくしに対する愛を多少なりとも葛岡に対する好意に振り変えさせまして、池上に葛岡の面倒を見させ、出来ることなら、惚れた腫れたの生臭いことなしに、男女三人、きれいなお友達になって、この寂しい世の中を互に力になり合って過し終り度い。そのような理想をわたくしは胸に湧かしていたのでございます。しかし、このむずかしい縁結びの結び換えを、神様でない小娘のわたくしに果たして出来るでしょうか。出来ないまでもわたくしはやるつもりです。こういう既に複雑な人事を胸に畳み込んで、及ばずながら女の腕に縒《よ》りをかけているわたくしに取っても、もうセーラ服の女学生でもございますまい。お弁当の麵麭《パン》のジャムの多い少いを争う女学生でもありますまい。

わたくしはこの狭い住家に悪度胸ほどにも落付いた腰を据え、ひたすら葛岡からの安宅先生の消息を待ちながら、一方虎視眈眈《こしたんたん》という言葉は女にしてはおかしゅうございましょうけれども、まあ、それに似た想いを胸に秘めて、こちらの茶室から鍵《(ママ)》の手に曲っている客座敷を居間にする池上を望んで気どられぬよう、この坊ちゃんに飛びかかる隙を窺っております。

その池上はというと、はじめ、

「蝶ちゃん、怠けるのもいいが、女学校だけは卒業しといて貰わないと、ちょっと困ることがあるんだ」

と言いました。たぶん家元へ向ってのわたくしに花嫁候補の資格が欠けるためでしょう。そう言いながらわたくしが、いざ学園へ出かける気配いでも見せると、何かかにか理由をつけて引止めます。

わたくしも「はあ、今に行くわ」と返事をして相変らずぐずぐずしていますと、池上は結局それを悦んで、殆どわたくしの茶室へ朝夕入り浸りです。手に俳句集なのでしょうか和綴の虫喰い本を持って、頁と頁との間へ少し逞ましい指を挟み入れた腕を身体の支えにして、縁側へ庭向きにごろりと横に身体を倒しますと、

「蝶ちゃん、蕪村の句に、

ふたもとの梅に遅速を愛すかな

というのがあるが、判るかね」

と首を仰向いて、閾《しきい》うちにいるわたくしの顔を射し込む早春の陽ざしと共に額越しに眩しそうに眺めながら言います。

「そのくらいのこと、わたしだって判るわ」

と言いますと、嬉しそうに頷きましたが、

「面白い句だが、まだこの句には、到ってはいないところがあるんだぜ」と言います。

「昔の人の発句なんかが到ろうと到るまいと、今の人間の私たちに、どうでもいいじゃないの」とはぐらかしてやりますと、

「いや、そうじゃない。これは単に俳句だけの問題でなく、一般にものごとの鑑賞力がしんに徹《とお》っているかいないかの問題に係わって来るのさ」と言います。

わたくしは、なお続いてこの坊っちゃんが何か意見を述べたげなのを面倒臭いとは思いましたが、大事の前の小事ですから、

「聴くわ。だから、あんたの気の済むまで、その問題に係ってみてごらんなさい」と、こんな言い方で続きを誘い出してやりました。そこで池上の次いで述べた意見では——

物事の遅速の面白味というものを、二本に分けた梅の木の上で表現しようとするのは、鑑賞から来る愛が散漫で而《しか》も理窟過ぎる。これは梅一本の上でなければならない。

「僕がもし蕪村ならこう作るね、
　ひともとの梅に遅速を愛すかな
これでいい」

聴いていたわたくしは、なぜかぷっと吹き出しまして、

「あんたの独り合点の発句じゃない」

と言いますと、池上は、

「これが判らんかい。そうかな。じゃ今度はこういう譬《たと》えにして話してみようか」と肘に力を入れ、上体をすくと擡《もた》げました。

池上は言います。たとえば蝶ちゃんに対する自分の鑑賞である。自分は蝶ちゃん一個の女の上に単に遅速というが如き二つの相対の関係ばかりでなく、そこに娘らしさも、童女らしさも、母性的なものも、いろいろと認めるのである。蝶ちゃんが歩き疲れて、胸を張って佇むとき、不用意に腰を後に淡く張るあの姿勢などによって蝶ちゃんが既に老境に入って枯れ錆びた後の老女の姿の美しさでも自分は既に味わい取っているのである。——もちろん、そのとき自分も共に老境に入ってるにきまっているが——。こうしてこそ蝶ちゃん、あんたに対する自分の鑑賞の愛は完く集中するというものではあるまいか。

もし、これを仮りに蕪村の鑑賞の愛のように、蝶ちゃんあんたを一方の対象に置き、また一方に、たとえばですよ、たとえば、あのおきみを据えて、どっちが若いとか美しいとか遅速を計りでもするようなことにしたら、蝶ちゃん、あんたの気持はどう？　僕の方にしたって蝶ちゃんのみならず、女というものを愛し理解する真摯《しんし》な態度とは言えまい。そのようにたった相対関係一つの遅速を愛するその対象にしろ、梅の木は是非ひと本でなければならないのだ——

と言いました。

わたくしは池上のわたくしに対する執心を愕くべきものに感じましたと同時に、池上がふとした単なる譬えの上の思い付きで、また、用意周到に「仮りに」と断りながらも、おきみの名を口に上したのを聞いた刹那《せつな》、池上の言ったわたくしに対する話の趣旨は充分判っていながら、わたくしは胸元から顔へかけてきらりと硬ばって鋭い金属製の板が皮膚の下に衝き上げる気持がいたしました。おきみがそのときそこにいなかったのは幸いでした。もしおきみがそこにいて、丁度池上が言ったように、事実にわたくしと並座の位置に坐りでもしていたら、わたくしは思わず歌舞伎芝居の上臈《じょうろう》が下臈に向って言うように「座が高い、退がりや」と言うか、でなければ、わたくしの方からさっさと座を立って、永久にこの寮へは帰って来ませず、従ってわたくしの折角の計画もこれでおしまいになってしまっていたことでしょう。これは女の嫉妬というものでしょうか。それとも女の気位というものでしょうか。

わたくしはその苦しく衝上げた金属製の皮膚下の板を、やおら引き下げるために、わざとにっこり笑った顔を突き付けるように池上の方へ向けて、

「あら、あの若いおきみさんと二人並べて見較べられちゃ、あたしとても敵わないわ」

と言いました。この言葉にはわたくしの卒直な感情が一捻じ二捻じ三捻じと切なく縒《よ》り捻じれているのですけれど、それを覚《さと》りようもない池上は、

「女のそういう月並な卑下の仕方は、世の中で僕が一ばん嫌いなものだ。後生だから蝶ちゃんだけはそれをやって呉れるな」

と言いました。

以後、わたくしは池上が縁側を伝ってわたくしの部屋へ来る顔を見るなり挨拶代りに、

「ひともとの梅に遅速を愛すかなでしょう」

と言ってやる仕方を取りました。するとどういうわけか池上は、ちょっと顔を赭らめて、

「そうだよ」

と言って、しかし機嫌はいいです。

わたくしどもは、殆どこんな他愛もないことに寮の月日を送って、朝夕暮らしているうち、部屋のすぐ前の左右だものですから、わたくしは紅梅の一代記も見過ごし、豊後梅の皮に野梅のしんが植え添って一本の梅に見せかけてある趣向も見破りまして、ここに渋くっていた庭の林泉に何やら活気を帯びた萌黄色《もえぎいろ》が覗きかけ、弾くとかんかんと音がしそうな都の寒空の内側にもどうやら一抹《いちまつ》のやわらかいぬめりがしとるようになって来るのに出会いました。

木瓜の枝のまわりに、若芽が一ぱい子供の毛糸のシャツのようにふくふくと暖かそうにかぶさり、而《しか》もその編目の間には美しい稚児《ちご》の麦粒腫《ものもらい》のような可憐な蕾《つぼみ》が沢山潜んでいます。

ああ、悩ましい春——

わたくしは、この世の中から隔絶した寮の住居に感化されて、こんな言葉をひとりでに口の中で呟いて、片手は軽く握って口の欠伸《あくび》を押え、片手は胸を寛がすために肘をくの字に胸の脇

後方へ曲げ拡げて、その悩ましい春の庭前のおとずれを懐かしくも亦切なく自分の気分の中に迎えました。

HAIKU
über dem japanischen Gedichte von der kürzesten Gedicht-form in der Welt.

縁側に寝そべって、西洋人が日本の俳句を研究紹介したという縞目の表紙の小冊子を繰っていた池上は、俯向いたまま、

「面白いね、西洋人の俳句の観察は、ここにこういうことが書いてあるね——鳥の鳴声が短いようにこの詩形は短い。短い鳴声なるが故に鳥は相領ける。その如く元来詩的本能を持つ日本人は相領く詩形に決して長いものを要しないのだ——と。短かいことと本能の関係を鳥の鳴声に比喩を持って来るところがこの異人さんの著者の手柄だ」

わたくしは池上の言うことにたいして関心もなく、ただ言葉敵となってやるため、

「だって、鳥の鳴声でもカナリヤなんか、随分長いじゃないの、陽のあるうちは日がな一日鳴いてるわ」と言いますと、

池上は反問するように、

「え、なんだって」と、仰向いて来て、ちょうど二度目にわたくしが欠伸のために擡げ上げている左の肘の附根の八つ口が少し綻《ほころ》びて、いくらか不断より肌が現れていますのに眼が触れま

すと、じーっと眼を据えて見入りました。わたくしは周章《あわ》てて、

「あら、人のアラを見ちゃ嫌よ」

と言って押え隠しますのを追って突き倒すような語気で、

「ばか、自分の膚なんか、ひとに見せるもんじゃない」

と言ったかと思うと、ちらりと庭の柴の橋詰の方を見ました。そこには霜除けの藁づとなどを取り払っている植木屋の若者がいました。そのあと池上は、続いて喚きたいような力を無理に堪えるもののように、べそを掻いて歪んだ時のような顔を急にうつ向かすと、ふらふらと立って縁側を蹴立ててむこうの座敷へ行ってしまいました。

わたくしは池上のこの素振りにはたいして驚きませんでした。池上は嫉妬《やきもち》やきでした。そしてそのことは去年の秋の末に、池上にはじめて中洲の料亭へ連れ出されたその食事の席で、彼みずから打明けたことでした。

けれども、わたくしがこの寮へ来るまでは、それをそれほど現す機会も事件もなし、池上自身も、わたくしを懲《こ》らして逃げられてはと自粛したためもありましょうか、わたくしに殆どその事を忘れさせるほど何事もなく済みました。けれども一たんこの寮へわたくしが入ると、まるで鼠取りの籠の中へ鼠が入った途端に〆《し》めたとばかり捕え主が苛め出すように、池上はすぐさま嫉妬し始めました。

池上はわたくしを絶対に寮の外へは出しませんでした。買物があると言えばおきみを代って

買いにやらせるし、友だちに会い度いと言えばここへ呼び寄せればいいじゃないかと言うし、母と内緒の相談があって家へ帰ると言い出せば、また母を呼び寄せようと言います。そして、呼びにやられた母親が、いつも有卦《うけ》にでも入った顔付で直ぐ馳せつけまして、いよいよ池上から結婚の話でも切り出されたのかと、ひとり飲み込み顔にわたくしに対座するのには随分嫌気がさしました。

「ほんとは、何でもないのよ」

わたくしが不興気に言いますと、母は腫れものにでも触るように大事に扱いまして、わたくしの機嫌を取結ぶことが、わたくしをして、また池上の機嫌を取結ばしめるよすがにでもなると思ってか、寮へ来てからめっきり女振りが上ったとか位がついたとか、わたくしに腹を立てさせるほどの褒め上げ方をしまして、序《ついで》に池上に会っても、競売品の効能書を並べるようにわたくしの値打ちを吹聴《ふいちょう》します。もちろんその言葉のついでに相手の池上のことも褒めて煽《おだ》てあげないことはありません。

池上は母の帰ったあとで、

「蝶ちゃんのおっかさんも、老いたね。もうもとの、人を操縦する技倆に自信をもって誰でも呑んでかかったあの洒々《さらさら》した落付きはなくなったね」

それというのも、今年は蝶ちゃんのお父さんの先生が没《な》くなって十年目になり、うちの店から毎月届けている遺族手当も、もうこの辺で切上げてはと店で相談があったのを、誰かから聞込んで、少々あわてて気味になってるのではあるまいかと、話しました。

母のことのみならず世間の何事に対しても相当鋭い観察や常識的な頭を持っている青年の癖に池上は、寮に来てからのわたくしに対してだけは、まるで気狂い沙汰です。

わたくしは外出の口実を見出したいために尚《なお》も映画を見に行き度いと言い出します。するとこれで間に合うと言って、パテーベビーの映写機を持って来て、最新のフィルムをかにかくに自分で写してみせます。

芝居を見度いと言えば、声色遣師《こわいろつかい》なんかを呼び迎えまして、舞台の名優を声の俤《おもかげ》ばかりで伝えて取らせます。わたくしは最後の智恵を揮って、

「これだけは、どうしても、自分で外へ行って買って来なければ女の恥になります。誰にも頼めません」と言いますと、

「ふーむ」といって困った顔に腕組をして考えていた池上は、やがてむこうへ行っておきみと何やらこそこそ相談していた様子ですが、三十分ばかり経つと、わたくしの部屋と次の控えの間との襖が細目にすーっと開きましてその隙間から若い女の細い手が出まして、引っ込みました。見るとそこの畳の上には包入りの丁字帯のいろいろの新型のものが置いてありました。

「あらっ！」

そのとき出て引っ込んだ女の細い手首は、それを見るわたくしの心なしか、顔を赭らめるように皮膚をぽっと赭らめていたように思われました。

「まるで化物屋敷か、手品師の謎の箱みたいじゃないの」

わたくしはそう言うなり、手に取上げた包入りの丁字帯をいやというほど勢い込めて縁側に投げつけました。さらりと、鍵《（ママ）》の手の縁側の角に当って人の衣《きぬ》摺《ず》れの音がしたようですが、あとは森閑《しんかん》として薄日の当る池泉式の庭に生温い風がそよそよ吹くだけでした。わたくしは何とも知らずこの寮にうそ寒い怯えを感じました。

葛岡はその後どうしたのであろうか。安宅先生との交渉はどうなったのであろうか。わたくしの胸の中ではその消息を待ちに待って焦れ切っています。わたくしはこの寮へ移るとき葛岡にわたくしのこの寮へ乗り込む企劃を手紙で報らせ、但し、むこうからの打合せの手紙は単に要領だけのことを書いて寄越して而《し》かもこちらの許すまでは女名前の匿名で送って欲しいと、そのくらいにまで池上の思惑をおもんぱかって言ってやりました。

それなのに、わたくしの手に届いたのは、はじめ二十日ほどの間に、赤城の麓へ帰った安宅先生から何の返事も来ないという報らせの手紙が一本、学園は始業されて、体操時間は副教師だけで間に合わしていること、従来皆勤の安宅先生の休みのことだから多少不審の声が学園内に呟かれていることを報じた手紙が一本、合せて二本だけでした。もっともそれと前後して吉良と義光ちゃんと八重子とで混り書きのわたくしの休校に就ての見舞いやら、矢張り安宅先生が帰校しないことを書いて、いま校長先生と秘密に相談中でもあるし、わたくしの意見も知り度いという手紙が自宅へ来まして、そこから寮へ届けられて来ました。

だが、そのあとは、むろんこちらからも可なりせっせと葛岡にだけは催促のため手紙は出しますもののこれもおきみにポストへ持って行かせるより仕方がありませんから途中でどうなりますことやら梨の飛礫《つぶて》と申しましょうか、ついにその甲斐ありません。電話室にはいつか鍵が取付けられていて、その鍵を預るおきみに開扉を命じますと「はあ、わたくしがお呼び出し致しましょう。何番で、むこうさまのお名前は」と言って、いっかなわたくしが直接に呼出すのを諾《うべな》いませんでした。

池上は病的な嫉妬家でしょう。おきみはその助手でしょう。そして、多分、もう葛岡のことも嫉妬家の敏感さで池上は感付いているのかも知れません。

わたくしは早くもそうと解しましたので幾度か、わたくしの目論みのいとぐちを繰り出さずに投げ捨てて、寮を出てしまおうかと思ったり、ときには思い切って一か八か池上に突っかかってみようかと決心したことがあります。だが、そういうとき、まともに見る機会によって、池上から妙にそのどっちをも切出せない不思議な気持を起こさせられるのでありました。このインテリで独断家でエゴイストに見える男に、とても弱い影がありまして、わたくしが自分の目論みを投げ捨てるか繰出すかそのどちらにしましても、一つの強い決意を持ちまして彼に立向うとき、その弱い影はあだかも陽の中の秋水の面のように微かに震えおののきながら、「自分との関係以外に係る蝶ちゃんの身の上の事実は、すべてぼんやりとしといて呉れ、はっきりさせないで置いて呉れ、自分はそれに堪えられるほどの包容力のある男じゃない」そう言っているようにわたくしには見えるのであります。そこで、折角、わたくしの中に猛り出した決意も手持無沙汰になり、萎《な》えて弱まり、その上都合の悪いことには心の底の方から自分で憎くなるほど相手に対して睦まじげな慈《いつく》しみやら憫《あわれ》みが滲み出して来るのでありました。すると、また、あれほど葛岡のためにと臍《ほぞ》を固めた殻の厚さも、縋りをかけた女の技倆というものも、女の情にすかすかに浸潤み通されて、それに呆れ返った自分は結局、くたりとなって「どうでもいいや」という気持に陥ってしまうのでありました。

わたくしは前から葛岡に対しても同じような一種の愛憫の情を起こしています。しかし、それは葛岡の上に安宅先生というわたくしに取っては同性の敵を持っているためでありますか、その愛憫の情は変形して猛く熱いものとなっています。それに引き代え、わたくしが今度池上に対して催し出しました愛憫の情は、ただしおしおとして底なし沼に足を踏み込んだように、力足の施しようもなく遂にわたくしを無力にいたしました。「どうでもいいや」

わたくしは池上に嫉妬の枷《かせ》でぎゅうぎゅう締めつけられながら、ついに思い切った反噬《はんぜい》もせず、他愛もない形で二月も過ぎ三月も過ぎ、とうとう四月の悩ましき春を迎えかけましたのはざっとこういうわけであります。

わたくしはかような訳の判らぬアンニュイな気持を捨鉢《すてばち》に朝飯の膳へ托《かこつ》けまして、

「もう毎朝、三州味噌のおつけにも飽き果てた」

と言いましたので、池上は、「それじゃ当分、馴染の西洋料理店に話でもつけて、イギリス風の朝飯でも運ばせることにしよう。それなら気も変るだろう」と言いました。

この寮の庭は京都の建仁寺塔頭《たっちゅう》の一つ、霊洞院の庭を摸したという話です。もちろんずっと小規模なものであり、何代かの手で部分部分に模様替えもされて、殆ど原庭の面影は留めていないのでしょうけれど、そんなことに関係なく、濶達で派手な感じのするところはわたくしは好きです。それは度々の修復につけても代々、小堀遠州家の造庭家の心づかいによって江戸中期以前の雰囲気が遺されているからなのだと池上は説明しました。

池の上手の方に、真ん中に朽ち穴のある柴の橋が通っています。わたくしが以前その先に石ばかりの中之島かと思ったものは近づいてみますと、それは対岸の築山の裾が池に臨むそこのところにある出岬で、この大石の出岬から女の足でも一跨《ひとまた》ぎ出来る渓流を越しますと、向うの渚の庭石伝いになって、道は石灯籠のわきを通って草木の多い築山の小さい尾根に到ります。ここで池を下手について廻る本径と、上手へ築山の間へ登って行く分れ径《みち》とに岐れております。わたくしは散歩してこの築山の尾根の下から坂の緩い分れ径を登って行くのが好きでした。その緩い坂はほんの十五六歩ほどの長さしかありませんが、左右に疎《まば》らな草木に挟まれて、登って行くこの径からは世界のどこを歩いて行くのかすっかり周囲の地理的関係を忘れさしてしまうような感じをさす不思議な影響がありました。その緩い坂を登りつめてしまえば、大震災の当時の市区改正のため築山のうしろは断ち切られた俄崖《にわかがけ》になり、見下ろす崖の肌にも寒竹の根や灌木の根が瓦石と混って赭土《あかつち》の断面にむくじり出ています。この俄崖とすれすれに剝げた黒塀が構えられていて、その塀を越せばもう出前持が自転車で岡持を持ち運ぶ都大路の八衢《やちまた》の一つになっております。手芸品を風呂敷に背負って問屋へ急ぐおかみさんも通ります。ですが、その塀のところまで行き切らないで、その少し手前までのほんの十五六歩ほどの緩い坂を疎林や疎竹に挟まれながら登って行くときの気持は実に世に便りないものでありながら而も無限にしみじみしたものがどこからともなく胸に触れて来る境域でありました。坂のはずれからすぐ見える空は、すぐ坂に続いているようで、そこに浮ぶしら雲やにび色の雲は空の愁いに堪え兼ねて、空の膚から滲み出て、また滲み入って消える切ない汗の光りのようにも見遣られました。この庭の魂は、ここの庭を作った人の魂は、却ってこの坂径に在るのではありますまいか。わたくしは濶達で派手な庭の中心よりこの部分を一層好きになりました。

それゆえに、わたくしは池上が朝飯の卓を庭のどこに据えようと訊ねましたときに、

「あちら――」

と、その庭の部分を指しました。

「あんな庭のはずれ、よそうよ」

池上はそう言って、それから、くどくわたくしを説服しまして、庭全体が見晴せる下手の池

の中之島に場所を定めることにわたくしを同意させました。

これは本式の中之島で苔蒸《こけむ》した踏石の嵌《は》め込まれた池の渚が寮の家の前から曲りくねって行って、その先きが章魚《たこ》の嘴《くちばし》のように突き出ているその尖から一枚石の板橋がこの中之島に架かっています。中之島にも三がい松があります。そしてこの中之島と彼岸の渚とはたいして水を距てていず、三がい松の影は島を覆うていますので、わたくしは寮の縁側から見て、初めしばらくは、これが島なのを知らず、池はたぶん、池中の桟道によって区劃られ、大小二つの水溜りになっているのだろうと思っていたくらいでした。

「少しまだ寒いのね」

「あ、あ、少しまだ寒い」

わたくしはツーピースの洋装の胸を、池上は朝服のジャンパーの胴をごしごし撫でました。三がい松の根方に籐のテーブルを据え、愛蘭土麻《あさ》のテーブル掛けを敷いて、その上には、またテーブルの布地と揃いのナフキンを畳んで載せた化粧皿が置いてあります。

テーブルと揃いの籐の椅子を引寄せて池上はわたくしを椅《すわ》らせ、献立表を取上げました。

「けさは燻製《くんせい》の鰊《にしん》と、ボイルドした鱈《たら》とをコックさんが用意して来てるね。君は鱈だろう」

と言いました。

「そう、鱈」

「僕は鰊」

半熟卵とトーストパンとを保温箱から取り出して卓上の定めの位置に置いていた白服のおきみは、わたくし達の注文を恭しく承《うやうや》って去りました。わたくし達は食事をはじめながら、小くてもほんのり春の朝靄を立てている池の面に、築山の梢を出た朝陽が光を落して、一たん靄に呑まれながらなお余光を水に弾ね返させて、空中へ抜け上る微妙な色調をうっとりと眺めました。

「なんだか、まわり全体が香水の朝風呂に入っているようだね」

「あんたの眼はとても腫れぼったくてよ、毎晩、お酒あんなに飲まない方がいいと思うんだけど」

わたくしは、そういうと女の本能から、差し向いのテーブルながら掛けた椅子をちょっと池上の方へ躪《にじ》り寄せるしなを致しました。わたくしの言葉を聴くと池上は、「黙って——」と、フォークを握っている手を挙げてわたくしを止めました。一体池上は自分のすることを人から批判されることが大嫌な男でそれと同時にその批判が当っているときは急に強い自制の気持になって感傷的になる癖があります。池上は、その腫れぼったい眼を伏せて、軽く峰のある高い鼻の両側に視線を落しました。弾《は》ねて島の影のように薄い近代的の眉はやや顰《ひそ》まり、情熱的な濡れて赤い唇は苦く前歯で噛まれていました。

「須臾《しゆゆ》のいのちというか、流るる時世というか」

池上はこう言うと、その姿勢のまま、しばらく造りつけの人形になって食事の手の運びも止めてしまいました。

朝陽は靄を抜けて、光をじかに庭に当て始めたためでしょうか、木々の芽立ちの匂いがくんくんあたりに立ち籠めてまいりました。

この中之島には亭々とした三がい松以外には源平染分けの椿、四季咲きの薔薇、黄水仙、青黄ろい春蘭、青木の深紅の実、むらさきの雲のような沈丁花などが、岩の根締めやら芝生との配合のためわたくしたちの朝飯の卓をめぐって、ところまだらに、それぞれ持前の色彩を盛り上げております。しかし眼近かのこれ等の色彩を物の数ともしないように池の渚の草の綾条から、築山の木枝の参差《しんし》へかけて、満庭《まんてい》の鬱々としてまた媚々《びび》たる、ものの芽の芽立ちの色の何という嫉《ね》たましいまでに美しく人を牽《ひ》き付けることでしょう。

それには、委《くわ》しく見ると一々、木草の持ちまえの名前もございましょうけれど、ここでは単に数十聯の魅着の帯というか、愛恋の滝というか、ひと冬の風霜に枯山枯木として押し据えられていた自然が、忽然《こつぜん》、陽と時に許されて、如何に人に懐きかけようか、如何に人に馴れ寄ろうかと焦れながらも、あからさまということくらい却て人に情を外ずさすものはないと知るや識らずや、自然は、流眄《ながしめ》に、気を持たせて蜘蛛の糸のように縦横に人に寄する情熱の網を張り渡したのが、この木草の芽立ちの帯や滝ではありますまいか、芽出しの色の満庭ではありますまいか。

中之島から北へ向けての対岸には、もう彼岸桜が白く潤んでいます。その花の影に、何やら人影になって見えるものがあります。わたくしは覗いて、はたと微笑しました。つい町娘らしい小唄が唇から呟かれます。

「とぼけしゃんすな、芽吹き柳が風に吹かれて、ふわりとふわりと――おおさ、そうじゃいな」

わたくしは、池上が何か物を言い出すと大概、理屈やら感傷やらであって、それはわたくしの胸の途中に引っかかって煩わしく、そこを空廻りするだけのものに過ぎません。却って池上が何にも言わないとき、無心でいるとき、わたくしには池上と心の底であわれにじかに取り引きするものがあります。こういう経験を数重ねて来ましたので、只今、池上が言い出したことも、また例の感傷と片付けて、これは敵わないと思いましたから、急いで自分の気の向く春の木の芽の色に心を遊ばせて思わず池上をはぐらかすような小唄さえも口に出してしまったのでした。だが池上は、これとは全く没交渉に、相変らず作りつけの人形のような姿勢で、

「須臾のいのちというのか、流るる時世というのか」

と同じ言葉を繰返しました。続いて深い深い溜息をついたのち、徐《おもむ》ろに顔を上げてわたくしの眼を、自分の黒く凝った瞳でじっと見詰めました。

「蝶ちゃんはいいなあ、物を考えなくて――」

わたくしはその言葉が不服だったので、

「そう見えて、こりゃまた、なんて浅墓な人なの」

と言いかけるのを、池上は押えるようにして、

「いや、そりゃ考えるだろう。けども、蝶ちゃんのは何といっても人間の考えの範囲だ。だが僕のは危なくすると人間の考えから浮き出しそうになるのだ。そしてそのときの苦しみはまた別で、蝶ちゃんなぞの思いも考えも及ばないものだ」

ボイルドした秋田産のシギ鱒は季末になって、かなり脂づき、フォークで一へぎ〳〵する身の肉の間にも何だかもちもちした粘りが出来ています。でも、それにレモンの雫《しずく》を絞って垂らしてやりますと、その脂は切れて、口へ掬《すく》い込むなり馥郁《ふくいく》とした一片の脆い滋味となって舌の上でほぐれます。若し鹹酸《にがり》の味が過ぎて舌に刺激が強過ぎますと隙さずトーストパンの端を口へさし込んでやります。朝の唇だけは、朝の大気にマッチするように、また飾りのない一日の最初の食に仕えるために、わたくしは男の前でも関わず、素の唇にしてあります。ですのに、そのトーストパンを口へさし込むとき、やはり、塗らない口紅を庇って、口角を気取って押拡げる癖の出るのは、われながら気が知れません。貪り喰べるところを男に見られまいとして上目使いに男の気振りを覗いながら盗むようにそっと所作する女の癖はなお更気に入りません。そして気がついてみると、こうして物を食べる場合、うつらうつらとあらぬ物事を夢みる幼いときからのわたくしの癖が、おいおい少なくなって来て、眼の前の事情や環境に即して気分を慰めたり、分別を施したりするようになったのは、わたくしが成長した為めなのでしょうか、それとも人間に苦労が出て来て、女の夢の源がだんだん枯れつつあるのでしょうか。

そのトーストパンにはバターを避けて、南国の太陽の下に枝から捥《も》ぐだけでも既に人の子を酔わしめるあの熟れた橙黄色のオレンヂから拵えたママレードをこちたく塗ってあります。その匂いと味には人の悩みの寄りつく小蔭もないほど明るい空気と光線が飴状に練り込まれてあります。それをトーストパンの香わしい小麦の匂いと共に口中に入れますと、舌の上に刺激の過ぎた鹹酸の味も忽ち䑛《なめ》され、溶きくるめられて、眼を瞑《つむ》り度いほどおいしい感覚がわれを忘れさせます。

わたくしは、また、ほのぼのとしたリプトンの紅茶の陽気に身体中の神経を寛がせながら、

「あんた、また何を言い出すつもりなの」

と、やや子供をたしなめるような調子で、眼はそのまま池上の見詰めるに任したまま反問しました。すると池上はナフキンを外し、テーブルに置いた両手で頰杖をついて、

「いや、僕は今にして思い当ることがあるのだ。僕の死んだ友だちの不断いってた言葉だ。その当時は何とも思わなかったが、近頃身に覚えて来ると、ありゃ実に凄い言葉なのが判って来た」

その友だちというのは、池上が高等学校時代、寮を同じくしていた親友で、同じ文科志望だが、その友人は美学方面から印度の仏教美術史を専攻するつもりだったのだと池上は話した。

「その友だちは言った。君たちは、人間を単純に人間と思っていよう。だが、それは皮相な観察だ。人間の中には、もう人間でない人間も多少は混っているのだ。その人間はすでに人間を

追い出されかけている。人間から孵《かえ》りかけている。人間からふわりふわり脱け出しかけている
——という人間だ。このものの一種を、印度の古典思想では慾天《よくてん》と名付けているのだが——」

と、池上はその死んだ昔の親友の言葉を感銘を新しくしてわたくしに語り出しました。

慾天には六つの種類がある。そしておよそ生物の慾望の充足というものには、おのおの持前に具体の途があるものだが、この慾天のそれに至っては極めて抽象に近くなって来るのであった。例えばその第四の兜率天《とそってん》という慾天の如きは、手を執り合うだけでその充足を得る。第五の楽変化天《らくへんげてん》の如きは相い視て笑うことによってその充足を得る。第六の他化自在天《たけじざいてん》に至ってはただ相視るだけのそれのみが充足である。生物に於て最も現実的なこの種の慾さえ、こうした塩梅である。他の種の慾は推して知るべしであると。

「蝶ちゃん、これを架空の話と思ってはいけないよ。現にこの土の上に生きている人間たちの中にそれがあるのだから」

今度は池上の自説である。

現実の生活に飽満《ほうまん》してもなお美を追求する官能は、逞しく喘ぐ。金持の隠居が世を果したのち、茶に凝り、茶器を撫で廻して笑壺に入る。この触感を性に関係ないと誰が言えるだろうか。西洋の公園に、春日の下に男女手を組んで幾十組も小半日を堆座している。これを慾天の集りと見ないで説明がつくだろうか。

もし、大きく時代の上に見るなら、藤原末期の詩歌管絃のみやびの男女、支那宋末の官人た

ち、フランス十九世紀末の象徴派の詩人たち、その官能はいずれも慾天的である。

紅梅や見ぬ恋つくる玉簾

女は御簾《みす》の下から重袿の裾のはみ出させ方によって男に想いを送る。男はその裾の模様や色彩によって女の気質や情致を忖度《そんたく》する。王朝時代の恋ぐらい慾天的なものはまたとあるまい。現代、欧洲の前衛芸術の超現実派にしろ抽象派にしろ、主張するものは何と論じようと僕の感覚から言えばもう人間を離れて慾天の世界に昇華している。

時代が倣せる業か、生活が倣さしめる業か、いまこれを言う必要もあるまい。ただ、一つの時代の擡頭《たいとう》するとき人間には野獣的精力があり、時代が終る頃は慾天的に浮游する。そしてこの事は一時代中を小切った部分々々の時代にもあればその小切った時代の中に住む一家というものにもあるのだ。

「うるさいかも知れないが、も少しのところを蝶ちゃん聞いて貰いたいんだ。ここが、いま僕を怯え上るほど悩み続けさしている問題の核心なのだから――」

池上の家の瀬戸物町の麻問屋は、旧幕時代から暖簾を続けた旧舗なのだが、息子の清太郎に取って玄祖父に当る主人太兵衛が偉かった。頃は丁度幕末維新に際したので、太兵衛は麻廻送の自持ちの船を以て、官軍方にも幕軍方にも用立てて莫大な利益を占めた。それが判って、官軍方の部将の前に曳き出されて詰問を受けると、太兵衛は何気なく、

「どっちも同じ日本人じゃごせんか。さりとは、しりの穴の狭い」

と答えた。部将はこの度胸を賞でて、それから眷顧《けんこ》を深くしたという。太兵衛はこの調子で衰運に瀕《ひん》していた池上の家を立て直したのみか、今日の基礎を作った。多くの妾を持っていたが、それ等の妾には、店で出る麻屑を与えて、祭のときに子供の用ゆる玩具の釣り下った花襷を手内職させ、その売上を養老金に溜めさせたというほどの人物であった。次の祖父は凡庸で、その次の清太郎の父の理兵衛は性格がむらであった。

「妙なんだな、僕のおやじは。一つ事業を始めるのに着眼点も眼新しいし精力的でもある。そこは隔世遺伝というのか、おじいさんの太兵衛の筋をひいてないこともないと思われるのだが、その一つ事業から、枝が出るような仕事でもあると、それを目新しがって直ぐそれに夢中になる。それからまた葉が出ると、またそれに取り付く。結局、纏りが付かなくなるのだ」

そして、妙なことは、はじめの事業の性質は大体、実際的であるが、枝葉の仕事に移るにつれ、だんだん抽象的な商業の性質に移って行くのである。例えば、

「蝶ちゃんのおとうさんを途中から顧問に頼んで監督して貰ったあの貿易事業のようなものも始めは貨物をちゃんと船荷して送り出していたものが、しまいには店の持船はチャーターしてしまって、反対に外国へいろいろな品物を注文して、いよいよ貨物を送り出したという証拠の船荷証券が届くと、直ぐそれを以って他に転売する。他にもそういう種類の小さなブローカーがあるがその親元のようなことをして、全然貨物は見ないで、ただ紙の上だけの売買の投機に陥ってしまうという塩梅さ。蝶ちゃんのおとうさんは、うちのまわりの者から頼まれて、おや

じのその商売の昇華を引卸すに相当骨を折ったものだ」

これ等がすでに清太郎の父の上に現れた池上家の人間の現実遊離の浮游性であった。

「僕に至っては、もう完全に現実性をスポイルされてしまっていた。僕に取って事実というものくらい無味索寞《さくばく》なものはない。それは眼の前の道端に転がっている石同様、ただそれ切りのものだ。たとえその石が金に置き換えられようと銀に置き換えられようと、それが事実の道端に転がっている以上、僕に取って一顧《いっこ》の価値もないことは石同様なのだ。しかし、もし、その石にたとえば月が差す、朧《おぼ》ろ〳〵とした春の夜の月影のようなものが差す。するとその石は僕に取って全く価値が変って来るのだ」

池上は言います。その月の光の当った表にしろ陰にしろ、そこに一つの世界が覗かれて来るのだ。それは永遠に通ずるというのか、幽玄に導くというのか、無量百千万のまぼろしが表に陰に陽炎《かげろう》の如く立騰ってはかつ消え、それに抽き出される僕の想いもまた無量百千万の詩なのだ。このとき僕はつい自分が人間であることを忘れる。

須臾《しゅゆ》にして月影は除き、僕は眼の前にまぼろしと詩を生ましめたものが只の路傍の石でしかなかったことに気付くと、一層事実に対して索寞《さくばく》の気持を増す。それは一度揺蕩《ようとう》とした世界を覗いたあとのものだけにその索寞感はむしろ、更に強い。僕は、それに堪え兼ねて尚更に魅惑的の月光を求める。そしてその月光とは何か、

「酒のときもあれば、女のときもある。古人の詩であることもある」

わたくしはちょっと不審《いぶ》かしく、

「だって、あんた、いつか女道楽ははたから無理に勧められるからするが、自分はいこじに童貞を守って反抗していると言ったじゃないの」

と訊いてみました。

すると、池上は、

「女道楽の女と、月光としての女とはわけが違うさ」

と言いました。

ここまで来てわたくしは大体池上の話の落ちつきどころが判った気がしましたので、

「じゃ、その月光とかいうものの一人として今度、あたしがあなたの人身御供《ひとみごくう》に上ったわけなのね」

だが、池上は首を振りました。

「違う。その反対だ」

池上はまだ彼の話の一途の途中と見え、わたくしの問いに向っては単にこれだけを答えたあとは、別に気にもせずに続けて彼のわが事を話し進みます。

「その酒をのみ、女に親しみ、古人の詩に触れるにつけ、僕はだんだん慾天になる危険性を悟って来た。一例として酒のことを採って話してみようか。

「蝶ちゃんは、僕を大酒飲みのように言うがあれだけ飲んで、事実、飲んだ気はほんの僅かしかないのだ。あの芳《こう》ばしい匂い、浸み入る味、陶然とした酔い。酒にこれを望みながら僕は滅多にそれに恵まれなくなった。そしてこの頃では飲むそのことがうるさくなって来た。酒。いたずらに胃を張り塞《ふさ》げるために盃の数を上下するあの液体の量感と飲用の煩瑣とを取り除いて、而も酒の持つエスプリとニュアンスとだけを需給する、そうした酒は世の中にないものであろうか。

「女にしてもそうだ。詩にしてもそうだ。僕はそれ等が髄《ずい》の味感に持ち来されるまでの手数や外形に脅威と労苦を感ずるのだ。それだけに彼等からエスプリとニュアンスだけを引き抽いた女や詩を望むようになった。だが、

「死んだ友だちは言った。その人間は既に人間を追い出されかけている。人間から孵化《かえ》りかけている。人間からふわりふわり脱け出しかけている。

「また、その友だちは言った。この人間は文化人の頂上でもあれば現実には滅ぶる人間だ。

「そしてその友だち自身、何の理由もなく、大学へ進む途中に攫《さら》われるようにしてある年上の美しい女とあたら秀才の身を心中してしまった」

池上はこれ等を言い終ると、矢庭《やにわ》にわたくしの手を取り、肘からの震えをわたくしの手首に伝えながら言いました。

「ねえ、蝶ちゃん、僕は滅びたくない。近頃ひしひしと自分に慾天の身を感じて来ただけに、一層その恐怖を覚える。僕は何としても滅び度くない。是非とも人間性に噛りついて、地上の

人界にいたい。そこのところを察して僕の無理も僕の暴戻《ぼうれい》も許して、僕を救って貰い度い」

池上は泣かんばかりであります。わたくしはくさくさしました。嘗て歿《な》くなった父の生前、臆し臆ししながらも結局、わたくしに背負わしてしまったいのちの重荷、葛岡の身の上の負担。そしてまたここに、それはわたくしからは利用しようとする腹ではありますが、つまりはやがて荷を分けて担って貰おうとした池上から既になんだか釣り下がられかかったものをわたくしは感じます。

「いやになっちゃう。それで嫉妬すれば、あんたはあたしから救われるとでもいうの」

すると池上は、わたくしの手首から腕へ片手を握り進めながら、

「結局は嫉妬という形になるのだ。しかし内部の心的工作は、もっと真剣なものなのだ。僕は、蝶ちゃんのいのちの散漫になる窓を全部塞いで、中に溜った蝶ちゃんの女のいのちを胸一ぱい吸い込んでいるのだ。それは何と取られてもいい、現在の僕に取っては瀕死人が酸素吸入をしているようなものだ。それがここ三月ほど僕が蝶ちゃんと共住みの作業なのだ」

こう言われてみると、わたくしも一応、次のように逃れてみないわけには行きません。

「あたしはそんな女じゃありませんわ。学園の園芸係は、あたしのことを、蝕まれた蕾の女、わくら葉の新緑のような娘だと言ってたわ」

けれども池上は、まるで取上げないで、

「冗談でしょう。なんで蝶ちゃんが、そんな不健康な女なものか。蝶ちゃんはしなしな見えて

いてそれで、土の上にじかに起き臥して逞ましい土の精気を一ぱいいのちに吸い込ましている原始人のような逞ましい女なのだ。僕にはそれがよく感じ当てられる。蝶ちゃんの現代娘はその仮面に過ぎないのだ」

わたくしはぎょっとしました。池上がなおわたくしに何か自信を強いでもするようにわたくしの手を振りながら、同じ都会人にも箕《み》で振る籾殻《もみがら》のように風に吹き寄せられる人種もあれば、粘り撓みしながらも最後の一筋だけは頑強に根付く人種もあり、どうしても蝶ちゃんは後の人種だと言ったのを、上の空で、わたくしにはわたくしの魂に堪えた池上の文句があります。

土に起き臥しして――

土の精気を一ぱい吸い込んで――

あーあ、わたくしは、それによって久々振りに、わたくしに取って一向有難くもない乞食の子の血統なのを想い起させられたのでした。

そう思い到ると、わたくしはさらでだに「どうでもいいや」という近頃の身の倦怠の残りの支えを悉皆《しっかい》取り外ずしてしまいました。何分間か十何分間か判らないがただぼんやりした無念無想の時間が私の上に過ぎ去りました。さて、全く崩折《(ママ)》れてしまったあとの何にもない自分の内部をひょいと覗きますと、夕立のあと、蟻塚を蟻の子が粒々積み上げて直すように、「無」が「無」に向って頻りに粒々を積み上げています。

何の光りも無い暗闇の空洞の中で、「無」が「無」に向って――

わたくしはそれを感ずると、その粒々が何であるかは判らぬままに、頻りに涙ぐむのでした。この瀬戸になっても、自分の中に積み上げようとする力があるのか。いじらしいその力。わたくしは何か励まされるものがあって、考えを構えるまでもなく前へ推し進みました。

「ときに、結婚の話は、どうなったの」

わたくしは言ってから、それがまるでわたくしの腹に無かったことなのに気付きました。けれども関いません。また、一歩推し進みます。

「相談があるのよ。あんたお金持でしょう。一人の男の身の上を引受けて呉れない」

これは、わたくしの腹にあることです。

何の理由か知らないが、わたくしが急に涙ぐんだのを見て、池上は、はっとした様子でしたが、わたくしがすぐさま立て続けにぽんぽんと喋った二つ玉のような言葉に愕いて眼を瞬《また》きながら、別々にその言葉の意味を受けて理解したものか、それとも二つの言葉に連絡でもあるのかと、次いで反問の表情を用意しましたが、わたくしの言い方のあまりに弦《つる》放れが良過ぎていたので、うっかりそれも出来悪《にく》い様子を見せ、一度、手と手を揉み合せて逡巡《しゅんじゅん》していましたが、それから、

「むう？」

と言って巻莨《まきたばこ》入れのケースを開けて、一本を口に銜《くわ》えました。これを見るとずっと向うの椅子に離れて控えていたおきみがとんで来て、マッチの火を移します。

相当な時間の長咄《ばな》しに、陽は登々と天に上り、春先の庭も一先《ひとま》ず定まった光線に引き締められ、すこし硬ばった感じのまま日中の光景の第一歩に足を踏み入れかけました。この寮を空箱のようにして周囲から市中の物の音が、電車の響きをはじめ、折ったり、ほごされたりして投込まれます。

「あら、父が」

おきみが、例の如く少し赭くなって、小声を立てました。その眼の方向を見ると、肩幅の広い、高級な布地の洋服をつけた初老に近い男が、沓下に庭下駄を突っかけて、わたくしが居間にしている茶室のはずれの前に立って、豊後梅と野梅の組合せの枝が葉になりかけたのを仰向いて見ております。池上は、これにふいと気を外らして、

「大将、自分が差配した木だものだから、毎年あの梅のとこへばかり行って見るのだ。現金な奴だ」

と言って、快げに笑いました。

池上は番頭の嘉六を座敷へ迎え入れると、座につく途端に、

「この人はこれで鰥暮《やもめ》しが好きなんだというから変ってるだろう」

と、自分と一緒に座敷へ伴い入れたわたくしに向って言いました。池上は、いま相手が切出

す要件は多分自分に取って興味のない性質のものであろうことを察して、以下できるだけ先手を打って相手に、無駄口ならいざ知らず、要件の口は滅多に切らせまいとする様子が見えます。

嘉六は池上の様子に一向頓着《とんちゃく》なく、顔の割には狭い額口を頻りにハンカチで拭きながら「別に好きというわけでも」と言って苦笑しましたが、

「正直のところ、おかしな嚊《かかあ》を持つより無い方が、さっぱりしてますな」

と言って、今度は哄笑《こうしょう》しました。声にも笑い方にも浄瑠璃語りのような地太いところがあります。

背は低いが肩幅の広い身体に作り附けたように大きな赭ら顔が載っていて、ちょっと奈良の一刀彫《いっとうぼり》のようです。老けて見える割に歳は歴《と》ってないらしく、太い眉と頭の髪は気味の悪いほど真っ黒です。いくら笑っても愁いの除かぬ切れ目の小さい眼でちろりちろりわたくしを眺めながら物を言う間にも額口や袖口のカフスの中の手首をハンカチで拭く所作があります。まだ四月の始めなのに油汗がにじみ出るというのは余程精力的な男でなければ、どこか内臓に悪いところでもあるのでしょうか。

たちまち池上に命ぜられてウイスキーのセットを運んで来た娘のおきみが、まず池上へ注ぎ、次に父親に向ってコップへ注ぎかけると「おっと、待った」と言って、コップの口を掌で蓋をしてから、池上に向い揉手《もみで》をして、

「どうせ、頂くなら、一つヂャパンの方にして頂きましょうか」

と言ったが、そのあと、まるで商談のときのように、へらへらと笑いました。

おきみは珍らしくむっとした顔をして「お昼日中《ひなか》から――」と呟いて、相手にしませんのを、

「なにも酔払ったり、迷惑をかけたりしやしまいし――早く持って来い」

と、まるで自分の家で娘に酒の支度をさせるように言いますが、娘は「だめよ」と剣《(ママ)》もほろろに横を向いています。わたくしは、情緒的のことでは、ひと事でも直ぐ顔を赭くするこの娘が、主人の手前とあれば、肉親の父親に向ってもこう手厳しい態度になれることに就て、東京の下町の雇人間でお店《たな》大事の制度が、親を越えたその子にまでこれほども染み込んでいるのか、それともこの父親には始終こういうにべも無い遣り方でなければ、あしらい切れないのかなどと思い廻らしていますうち、なお親子の間に二つ三つ押問答がありますのを池上は鶴の一声で裁きました。

「おきみ、いいから、持って来てやれ」

そこで、おきみは主人に一礼して、酒を取りに立ち去ります後姿へ、嘉六はなおも、

「酒の肴《さかな》はなんにも要らんぜ。おすんこのうまいのがあったら、そのおすんこだけでいいぜ」

と呼びかけました。わたくしは、さっきから、この番頭の言葉に何かかすかな訛《なま》りのあるのに気付きましたが、このおすんこによって秋田訛りであるのを観破《かんぱ》しました。学園の割烹《かっぽう》の先生で秋田出身の割烹家があります。お漬物の講義の場合にその先生の口から何度このおすんこという訛り言葉を聴かされるか知れないので、生徒たちまでついおすんこと言うようになりま

した。それを思い出すことによって、この男の秋田人らしいのを思い当てましたことが何となくおかしく、うつ向いて笑いを堪えていますと、嘉六は感違いして、

「お蝶さん、そりゃほんとでございますよ。よそ様で酒の肴にごてごてと喰われもしない皿数を並べて下さいますが、実際、有難迷惑なものですわ」

それよりか、菜の浸しもの、豆腐、おすんこ、このどれか一つあれば、私には何よりでございます。酒の肴は品数を省くほど酒の味は深くなるんですよと言った。

「という調子で、この人はとうとう自分の家庭までも省いてしまったんだから、趣旨は徹底している」

と、池上が透《すか》さず半畳《はんじょう》を入れました。

すでに、主従の昼の酒盛りは始まっていました。嘉六は片手に盃を、片手では額を押えて、ちっちっちっと笑って、

「省くにしても、少し省き過ぎましたな。なにしろ嬶《かかあ》をゼロにしてしまったんですからなあ」

と言った。

池上は「僕はたったいま朝飯を済ましたばかりだから」と言いながらも、嘉六の差出す盃を相当に数を返して受け押えしています。春先の町の景気の話が嘉六によって賑々しく伝えられます。やがて池上は「酒の肴は君にはこれでもよかろうが、僕にはとてもやり切れないから」と、おきみに命じて近所の関西料理屋からまな鰹の焼ものかなどと、序《ついで》にわたくしたち女の為

に志《し》るこ屋からみつ豆を運び込ませました。

それを食べたあと、わたくしが退屈して、もう一度お庭へでもと立上りかけますと、嘉六は腕時計をちょっと見て「いや自分も急ぐところがある。そうはお邪魔はしてられない。そしてそのお暇をするまえ、ぜひ蝶子さんに少しお話があるので、も暫く、ここにいて下さい」と言って押えました。そうかと思うと、そのことはけろりと忘れたように嘉六はまた雑談を続けて、池上と盃の遣り取りを急がしております。

池上が、再び妻の話に還って、

「ほんとうに君、鰥暮しで不自由はないのかい」と訊ねますと、

「そりゃ、不自由はありません。もとから女はべたくさして嫌いでしたから」と言って、その訳を次のように話しました。

まだ父母恋しい十二の幼年のときから、秋田在の親の家から伽藍《がらん》のような東京のお店に住み込み、同輩も男なら、仕附け役の手代番頭も男。意地の悪い古参の小僧が算珠盤《そろばん》片手に、それ「忍」という文字は刃の下に心と書くぞよ、ちょっと試してやろうかと算珠盤裏で三分刈の頭を擦《こす》られ、その欅板の目に挟み引かれる髪の毛は、眼の玉の飛び出るほど痛く口惜しいけれども、少しでも憤った顔を見せたら「忍」でないと周囲から囃《はや》される辛さに、涙はぼろぼろこぼしても、柔和な顔を拵えている。あらび荒んだ生活の中に、たった一つの慰めは、奥の当番に当って奥の御用を足す間に、たまたま先代の御新造さんから労って貰うそのことであった。

「定吉よ（嘉六の小僧名）袖の附根が綻《ほころ》びていますよ。ちょっとおいで、縫ってあげる」と言って、縫って頂く間に、その頃まだ若かった先代の御新造さんのかすかに、耳朶《みみたぶ》から頰に当る女の息を、母とも姉とも思い做《な》して、一月分もと貯め込むこころで皮膚から胸へ吸い入れたものであった。御新造さんにそれがして貰い度さに奥の当番が来る日には、わざと袖の脇の糸をほぐして行ったりした。

物ごころついて、おせっかいな手代なぞから指導されて、夜な夜な、店の大戸を卸《おろ》したあとを忍び出し、煮売り店の酒、腰掛け店の酒を、あたりきょろきょろ警戒しながら臆病に飲み慣れ始めるにつけ、女恋しく、湯屋の番台の娘に惚れたり、出入りの畳屋の娘に惚れたりなぞして見るけれども、相手にはよく通じもしないで無性にいじらしい気持が自分の中にだけ込み上げて来るばかり、そのいじらしさを晴らしようもなく、焦れて怒って、煽《(ママ)》っては寝る夜毎の酒に、癖がついては酒はだんだん強くなった。

手代になって、羽織を許される羽織手代になって、交際《つきあ》いや仕入れ代価の棒先きを切る金で、茶屋小屋の酒が飲めるようになって、遊里にも出入りをし、女に不自由はなくなったが、自分に取っては女は中途半端なものに感じられた。いつも銭金のことが頭に引っかかって夢中になるわけには行かなかった。さればといって、世の中に一途の恋、そんなものが無いとは断じられなかった。腕利きの番頭になった時分、たった一度、場末の芸者に惚れて惚れられた形になって、無理算段をして落籍《ひか》して囲ってはみたものの、その落籍した金高がいつも頭にあって、互いに差し向いで少ししんみりした話になりかけると、こうはしているものの、高がいくらいくらで買った女の吹く音ではないかと思って来ると、興味は索然として夢は醒めてしまった。素人娘《しろうとむすめ》を女房に貰おうかと思うと、すぐに、あのデパートで幅切れを漁《あさ》る浅間しさが眼について、よう貰い切れなかった。

結局、酒を飲んで、浄瑠璃を語るのがいちばん、身につまされて、心がほごれる思いがした。浄瑠璃を習い始めた。

「なにしろ浄瑠璃の中の女なら、大概、銭金には慾のない女ですから、節廻しの中で、夢中にその女と語り合っていてもうっかりその女に懐の中を覗かれるような懸念は微塵もありませんからな。こりゃとてもいい気持のものです」

やや、晩婚の嫌いはあったが、先代夫妻の媒酌で、同業の番頭仲間の娘を貰うことになった。主人の差し金ゆえ、一も二もなかった。貰った女は若くて案外、浄瑠璃の中の女のような娘であった。頻りに良人に対して親身や情味を欲した。始めは有頂天になって、こりゃ籤《くじ》を抽き当てたと思った。しかし、

「こういう女は、浄瑠璃の中でこそいいようなものの、生《なま》で世帯の中へ踏み込まれてみると、また相当にうるさいもんでした。それにこっちには仕事の勤めというものがあるし、年がら年中、そうべたくさする嚊《かかあ》の相手にばかりなっちゃいられませんからなあ。それを妻はヒステリー気味でぶつくさ不平を言いながら、女の子を三人生んだあとで、若旦那もご承知の例の事件

を起しまして、いい恥掻きをした揚句、こっちも面倒臭いから、さっぱり離縁してやりました」

そのとき姉娘は十五になっていた。

「娘の子も下町で十五になると、かれこれ役に立ちますな」

その姉娘が主婦の形で、お店から小僧一人を力仕事や使い走りの手伝いに寄越しといて貰えば、結構、家の中も切り盛りしますれば、妹たちの面倒もみる。こっちはこっちで勝手に酒が女房で、浄瑠璃が恋人。何の心に渇きを覚えることもなく、いや、気散じな暮しです。殊に酒は独酌《どくしやく》好きで、寂しい酒が好きなのは若いとき、僧院のような男世帯のお店の中で育てられ、酒を内密飲みにしつけた癖でもありましょうか。そういう酒に家の者は世話は焼けませんです。娘はまた娘で、姉が奉公に出た末他家へ片付けば、その次の妹が主婦の座に直り、姉さま冠りをして小遣い帳もつける。それが奉公に出て嫁入りすれば、また末の娘が代った。娘がすっかり出払ったこの一月からは、アパートの一室を寝床だけに借り受けて、そこからお店《たな》へ通う。今度は全く真性真銘の独身者の住いです。

「ですから、このおきみなぞも、こちらさまへ上ってからは上品な顔をしてますが、これでなかなかしたたか者です。小世帯を切り廻して来ましたから、量目の足りない品を御用聞きに突き返すときの苛め口なぞ、そりゃ、とても辛辣なものですよ」

酒が廻って来たせいか、なおもこれに続いて嘉六は、おきみの家庭にいたときの悪たれ口を二つ三つ叩きました。

人に使われつけている身が主筋に対して、何ぞの愛嬌に、身うちのことを手柄のように暴露して、諂《へつら》い阿《おもね》る例は世間によくあり勝ちです。嘉六はいまそれをやっているのでしょうか。それとも、この娘にふだん父親はどこか急所を押えられる性に弱いところがあるので、その鬱積を晴すため父親は思わず知らずこんな喋り方をするのでしょうか。

それに対して娘のおきみは、ただ俯向《うつむ》いて黙っております。怒ってでもいるのかと気を付けてみますと、上唇を舌の先で嘗《な》めて、薄く笑っているのでした。父親にそう苛《さい》なまれるのを何か快しとするような笑いでもあります。いかに形や気分は周囲の事情によって突き崩されても、主に使われているもの同志が、殊に肉親の脈に於てわれ知らず繋り労っている黙契《もつけい》の諾き合いというものは確にあることと知られ、而も、こうも意表な表現を辿るものとは愕きました。

わたくしはそれを感じて、浦山《うらやま》しく、嫉ましいものに思っていますと、嘉六も娘の表情に気付いて、おきみを指し「それご覧なさい。若旦那、こんなに言われても、この女は笑っていまさ、何と図々しい性根の女じゃござんせんか」

嘉六が憎々し気に言うにつれ、おきみは却って、身体を父親の方へ揺り曲げるようにして居ずまいを直しながら、始めてなつかしそうに父親の顔を見て、うちほほ笑みました。

「だって、あんまり……」そういったおきみの言葉には日頃になく晴々として甘えた調子さえ含んでいました。

池上が例によって顔の色を蒼ざめさせ、盃の運びが早くなると反対に、嘉六は赭ら顔が少し赭い度を増した程度で、盃もだんだん応酬の数の間をうろ抜いて行きました。そして「私はこれで充分。もうおつもりにして頂きます」と言って、最後の盃を伏せてからは、池上がいくら強いても頑固に断って、額や手首にハンカチを運ぶのに忙しいだけでありました。

池上は感心して、

「君はよく、その程度で、切上げられるね。さっきも庭で蝶ちゃんに話したんだが、僕は、飲めば飲むほど酔わなくなるんだ」

すると嘉六は解せない顔をして、

「そりゃ、おかしゅうございますね。身体でも悪いのじゃございませんか。第一酒は米の脂ですから、そう沢山にあがってはまた強過ぎて中毒を起しましょう」

池上は、酒好きにしては穏当過ぎる相手の言葉が気に入らぬらしく、少しむっとして、

「じゃ、君は、酒をどんなつもりで飲むんだ」

と詰《なじ》るように訊きました。

嘉六は異なことを問うものかなという顔付で、けっけっけっと笑ったのち、

「判っているじゃございませんか。酔うためには違いございませんが、ときには気付け薬になったり、ときには滋養になったり、だから飲むに時と処は選みませんが、よいだけ酔って、これ以上、むだだと思ったらさっさと切上げます。あなたのお言葉じゃございませんが、以下は省

いてしまいますな。そこは永年の習練です」

と、再び快げに笑いました。

池上は感歎しながら「君はまだ滅びない人種の酒呑みだよ」と、しかし口惜しそうに言いました。嘉六は何の意味とも解せぬままに「そうでございましょうか」と答えたきり、強いて意味を訊ね返しもしませんでした。

思わず時を過しまして、時計は二時を少し廻っております。春先の陽気の定めもなく、空は俄《にわか》に曇って来て、銀灰色の満天に、茶筅《ちゃせん》の尖で淡く攪《か》き混ぜたような白濁の乱れ雲が渦を撒き散らしております。眺めていると雨竜が頭を出しそうでもあるし、この空に鶉《うずら》の茹で卵を一つぽんと落したら支那料理の燕巣湯にも思い取られそうです。それでいて庭の面には黄ろい光線が重圧され、ビール壜を陽に透して覗くように池も中ノ島も築山も、この世のものならず松樹脂色に光り輝いております。

空をさし覗いた嘉六は「ほい、春先の雨か」と言って、上質な洋服の上衣や膝にかかった巻煙草の灰を指で弾いて、帰り仕度をしかけましたが、しかし、わたくしに対する用事は忘れませんでした。内懐から手紙を出して、ちょっと差出人の名前を検めて、また懐へ入れて、

「お蝶さんは、F――学園の園芸手の葛岡という男をご存じですか」

と訊きました。

池上は、いよいよ番頭が要談に入るのかと不興気な顔を見せました。わたくしは、もう先程、

庭で、どうでもなれと思った捨鉢の底から、暗く何とも知れない力に押し上げられ、われとしもなくぽんぽんと結婚のことも、救けねばならない葛岡のことも鉄砲の二つ玉のように池上へ言ってしまったあとですから、いずれ、これに就ては何かわたくしの身の上に取って由々《ゆゆ》しい手応えが向って来るものとは覚悟をきわめていました。それ故にこそあとは却って運命に任したつもりで気持を楽々と遊ばせていたのですが、その手応えが、こうも即座に、しかも、あらぬ方から竹槍のように突出されて来るとは思いも寄りませんので、しばらくは呆れて番頭の顔とその手紙を入れた内懐の辺を見較べていますと、娘の詮《せん》ない遠慮深さに訊ね返して手間取るのももどかしいと思ったか嘉六は、むこうからさっさと説明しました。

「いやなにね。この葛岡という男が、瀬戸物町の店へ度び度び訪ねて来まして、浜町の寮に蝶子さんがいる筈なのに電話をかけても面会に行っても居ないと断られ、どうしても会わして呉れないと申すのです。用事は重大な用事なのだそうです。聞けばこちらが本宅なそうだから是非蝶子さんに面会出来るようこちらから取計らって貰い度い。そう葛岡という男は頼むそうです」

店の主人夫妻も心配して、その男への返事はうやむやにしたまま、その男の身元を出入りの私立探偵社に頼んで調べてみて貰ったところが、事実、その男はF——学園に勤務して居り、身状も実直な男、その重大な要件というのは判らないけれども、別に強請《ゆすり》がましい廉《かど》を持ち合せた様子もなし、どうしようかと相談中、そうこうするうち、今度手紙で書いて寄越した文面に依ると、何でもF——学園に一人の体操の女教員があって、辞職しかかっている。その復職運動のため、その女教員の可愛がっていた生徒の蝶子さんにも協力が欲しいのだ。面会はただそれだけの意味のものだと、極めて簡単らしい事情が書いてあった。そんならそうと早く言えばいいのに。しかし事情がこれだけならば別に蝶子さんにも若旦那にも迷惑になることではなし、それと、近頃ぽつぽつこの界隈で、蝶子さんが、この寮に囲われて池上の息子の妾になっているという噂も立ちかけた以上、その男との面会も快く取計ってあげた上、すでに若旦那とあなたの結婚のはなしも、ほぼ池上の家の重立ったものの間では承知の段取りになっているくらいだから、そんなことも万々あるまいけれども、まあ結婚前に間違いの出来ないうち、蝶子さんも一たん、親元へお返しして、なるべく早く具体的な筋を運ばせたい。店の重立った人の意見は大体こうなったのだと嘉六は報告しました。そこで嘉六は真面目な顔をして、

「いかがです若旦那、いかがです蝶子さん」

と言いました。

池上は「ふーむ」といってやや渋面作った顔をしています。わたくしは、また、葛岡のこともさりながら、今まで瀬戸物町の本宅の方からは鵜《(ママ)》の毛ほどもその気が見えなかった結婚談がしかも重立った人々の間にこれほどまでに進捗していようとは思いもかけませんので呆れて、

「まあ、本宅の方は、あたしをちっともご存じないのに、もう、そんな風にお決めになりかけたの」

と言いますと、嘉六は、迂遠とばかり、その愁いのある眼をわたくしの上に投げかけて、

「いえ、もうちゃんと、ご両親も丹波屋の旦那も、何度かこの寮へそっと来られて、あなたの御様子は充分ご承知でいらっしゃいます。どことなくしっかりして、そして淑《しと》やかな娘御だと、皆さんだいぶお気に入りです」

これを聴いて、いよいよ「まあ」と愕いたのはわたくしばかりではありませんでした。池上も寝転びかけた身体を擡げました。

「僕は、ちっともそんなこと知らないぞ」

と言います。するとおきみは、気付かれぬよう、すーっと立って座を外してしまいました。

池上は、その後姿を睨めて、

「あいつが、僕に内密で本宅の連中の手引をしたのだな」

と言いますのを、嘉六は太って短い手を猫招きして煽ぎ消し、

「何ですね。若旦那だって、商売人の子じゃござんせんか。このくらい手近かにある現品の吟味を、今更、表に晒して野暮な実物看貫《かんかん》も出来ないじゃござんせんか。つもっても、ごろうじましな」

それから膝に権威附けた手の置き方をして、

「しかし、ねえ、若旦那。親という字は、立木に見るという字を書きますな。ご両親はああ見えていても油断なく、立木のような高いところから息子さんのあなたさまを見張っていらっし

ゃるんですぞ。実は、蝶子さんのことに就ても、蝶子さんのお父さまはああいう立派な方で申分はないのだが、おふくろさまは、蝶子さんの前では申し難いですが、ご承知の通り日蔭者とされている身分の方ゆえ、この点では随分、親御さまたちは御考えなさいました。まあこれからも何かとあることゆえ、親御さまたちにあんまり心配をかけなさいますな」

そういうかと思うと、腕時計を見て、

「こいつはいけない。では、いずれ」

と言って恭しく頭を下げると、暗澹として来た空を仰ぎ〳〵「おきみ、傘借せ」と玄関の方へ去って行きました。

わたくしは、おきみが座にいないのを好都合にして、眉を顰めながら、

「あの人、随分変ってますね」

と池上に言いました。すると池上は、酒の疲労と共に、首を前に落して深い想いに沈んでいるようでしたが、わたくしの言葉に「え」と言って身体を坐り直して、

「あれかい。ありゃああいうものさ」

と答えました。わたくしは言葉を重ねて、

「なんて、旧《ふる》いんでしょう」

と言いますと、池上は首を振って、

「いいや、そうとも言えない」

いくら種子は旧くても、その単純卒直さに直ぐ手足が着いてるところは、ひょっとしたら旧くないかも知れんぞと言いました。

嘉六は小僧時代に習った漢字教訓を一生の金科玉条《きんかぎょくじょう》として、すべてこれによって方針を立てる。例えば、今から二十年ほどまえまでは池上の店で店員の食事の賄《まかない》には、店の守神に忌《い》みあるを嫌って、獣肉を一切使わせなかった。そのとき手代頭であった嘉六が極力進言して、聖人の作った文字の「養生」の養の字ですら羊を食うと書くのだ。店員の食事に獣肉を混ぜて食うのは一向、忌《き》に触れないばかりでなく、店員の身体もよくなり能率も挙るだろうと主張した。実行してその通りになった。嘉六はまた、ときどき大胆に店員の配置を更えたり、学校出の新人を採用する。これは、便益の「便」という字は人を更にすると書くという漢字教訓から来ているのだ。この為め池上の旧舗もどうやら現代に応じて身上を保って行けるのだと池上は話して呉れました。

考えが直ぐ動きに代えられるような、そういう簡易明白な考え、こういうものがだんだん望まれて来る時勢に、嘉六の頭は旧いか新しいか判らないが、とにかく今を捌いて行くのには嵌っているのだと、池上は、感慨深げに言いました。

半月ほど経って再び嘉六が来て池上家の重立った人々の意見を代表して、あらためて池上とわたくしに向って相談を開始しました。そして一週間の後を期し、わたくしは一先ず母の家へ戻り、池上家から公然認められた花嫁候補として、いよいよ清太郎との結婚の具体的な交渉に移ることに相談が纏まりました。

ところが池上のこの相談の与《あずか》り方は、先日といい今日はいよいよ、不思議なくらい熱のないものでした。それに気付いたわたくしは、相談が纏って嘉六が帰ったあと、そのことを池上にこういって訊ねてみました。

「はじめあんたは、まわりのものから強いられる旧套《きゅうとう》な生活に反抗するため、わたくしを自由結婚の相棒にして、通俗や常套の鼻を明かそうと企んだのでしょう。もっともその相棒としても、その企てを遂行するに足るだけの愛の衝動を起さす女でなければならないとは、あんたがわたくしに対して言い添えた言葉でしたけれども。

ところが今度は、逆に向う側が聯合して、あんたの望み放題の結婚になぞえに賛成して来ましたから、あんたはその遣り口がまた、気に入らないのでしょう。却ってそれをお冠《かぶ》せのものにも受取られるのでしょう。それであんたは、不機嫌なんでしょう。天邪鬼《あまのじゃく》のあんたの事だから、きっとそうに違いありませんですわ」

すると池上は諾《うなず》いて、

「それもある。確にある。しかし、より大きい、熱のなくなった理由がある。これは何ともしようのないものだ」

そして池上は、全く途方に暮れた顔になって言い出しました。

「蝶ちゃん、あんたと同じ家の棟の下に住み、朝夕、共住みをしてみて、はじめて判ったことなのだが、あんたの、その底の根に在ると感じられたあの土を穿《うが》ち、根を大地の金輪際にまで下しているとも思えるその勁《つよ》く逞しい力。これは人間の精神の力としては人に向っていちばん胸の奥に響き、骨の髄を揺がす機能を持っているもののように思うが、それが不思議とあんたに於てはそのまま性格上には出ていない。あんたのその勝気なところ、華やげるところ、利発なところ――そういう性格が働きかけている場合には出ない。また、そうかと思えば、あんたの、その無邪気なところ、しおらしいところ、やさしいところ――そういう性格が働きかけている場合にも出ない。あんたが気付かずして、ゆくりなく洩らす一口の言葉や、半端な呟きによって、それが現れ、自分のような性質のものに取ってはそれが却ってぴりぴりと骨身に応えて、電気のように感ずるのがいよいよ判って来たのだ。

「あんたは、それこの間、感冒に罹《かか》って一週間ほど部屋で寝ていたでしょう。あのとき、部屋の隅に猫柳のまだ花は萼《がく》に包まれたままなのが花活けに挿してあった。あんたは熱のため食気がないというので、二三度、食事を抜いていた。それではあまり身体に悪いとて、おきみが粥を作り匙を添えて持って行った。あんたはおきみに起されて寝起きの朦朧《もうろう》状態のまま、おきみの勧める粥の椀と匙を受取った。そのとき、無理に無い食気を起さすためか、それとも、おきみの厚意に対して愛想するつもりか、あんたは朦朧状態のまま、粥を匙で掬《すく》って口へ運ぶ毎に唄うように呟いた。

ひと匙、食べては　ちちのため
ふた匙、食べては　ははのため
そして覚束なく笑った」

池上はいつの間にか真剣な顔付になって話を進める――「あのとき、風もないのに、猫柳の花の萼は、ほろほろと畳に落ちた。あんたは、見据える力の無い朦朧状態の眼ざしで、その萼の落ちるのを眺めながら、また、粥を匙で掬い、ゆっくりゆっくり呟くように唄った。

ひと匙、食べては　ちちのため
ふた匙、食べては　ははのため

そしてまた覚束なく笑った。

猫柳の花の萼は落ち尽して、銀の毛房は露《む》き出しになった。小さい椀の粥はほぼ掬い食べられて、梨地の底が見えた。すると、あんたは『これでいいの』と言って粥の道具をおきみに返すと『ご馳走さま』と言って、そのまま道端に捨てられた小狗《こいぬ》のように、床にごろりと寝た。すぐ、すやすやと寝息の音を立てた。

あの短い時間の間の所作も唄も、あんたは今、覚えてもいまいし想い出せもしまい。しかし、僕は、あんたの病中の食事の事が少し心配だったので、障子を細目に開けて覗いていて、いしくも感じたのだ。あの、どこから響き出して来るとも知れない呟くような唄の声、それは老婆のように嗄《しやが》れてもいれば、嬰児《えいじ》のように未だ実が入らなくも聞える。だが、それを聞いた僕には、いのちの附根を執って、きゅうきゅう絞られるような苦しみがあった。いのちの為めにはあれも無駄、いのちの為めにはこれも虚飾と振り絞られて、いままで自分を支えていた強情我慢はもとより、いままで得意と感じられていた一切のものは身慄いするほど嫌な重荷に感じられた。それ等の一切のものは春先きの冬外套のように弾ね除けてただ、悪うございましたとその本然の声と覚しきものに向ってひれ伏したい気持で一ぱいになった。そのひれ伏し方は、畳の上なら畳を抜き、大地の上なら大地を抜いて、どこの底の果にまで額を下げたらいいか判らないほどの敬虔《けいけん》さでひれ伏し度い気持だった。

あんな、蝶ちゃんのへたくそな唄い声が、どうしてこうも、大の男を脱力さすのか。われ人共に、何をもってしても癒《いや》し難い無限に続く人生の哀音なるものが僕の弛緩《しかん》した精神の鎧《よろい》の合せ目から浸み込むためか。あの声音を無心とか無我とかいうものへ片付けるには、あまりに物凄い酸蝕性《さんしょくせい》を持っている。悪魔の声か善神の声か、それも判らない性質の響きだった。しかし、あの声を聞いたとき、自分は、あーあ、この世界に、自分は死せる人以外、睦び合う人間は一人もいないと、歎かせられた。

だが、また、その声を聞くと、普通のいのちの附根を哀れに絞り千切られたあと、別のいのちが、附根から芽生え出して来たものが忿懣《ふんまん》やら慈しみの心やらを伴って涌然《ようぜん》と沸き立つのを覚えた。だが、それを誰に向って投げかけたらいいのか誰に向って訴えたらいいのか。

ひと匙、食べては　ちちのため

　ふた匙、食べては　はのため

障子の破れ紙をから風が鈍く顫《ふる》わすようなその声。それでいて若い娘の声。その声の源は何なのか、ああ、何なのか。ひれ伏す心で願うけれども、誰も教えては呉れない、誰も教えては呉れない。

　結局、その悲痛さに、腸をかき廻され、僕はただ、われを忘れて暴れ度くなるのだ。

　これが単に僕のメランコリックな感傷ばかりかと思うと、それは間違いである。おきみに訊いてみるがいい。あの何の感覚もない氷魚のような娘のおきみさえ、粥の道具のあくのを待つ間、あの唄声を聞いて、俯向いて涙をぽろぽろと零《こぼ》していた。

　蝶ちゃん、あんたは、あんた自身はまだ知らない。しかし、こういう弱い果が却って強い果になる。蝶ちゃん、あんた自身には知れないで、あんたの中に潜んでいる不思議な力があるのだ。そして僕は、あの声を聞いてから、眼の前の色も香もあるふだんの蝶ちゃんには少しうとましい感じがして来た。この蝶ちゃんは普通の女より一桁《けた》張りのある艶っぽい娘に過ぎない。しかし、あの呟く唄をうたった色も香もない蝶ちゃん、それは地について而《し》かもどのくらい拡がりがあるか判らない性格の持主であるように受取れる。あの蝶ちゃんにいま僕は無性に牽《ひ》かれつつあるのだ。

　眼の前のこの蝶ちゃんなら、いつかお互に気まずい思いをして一たん訣《わか》れてしまったら、やがては忘れ去るときも来よう。だが、あの呟く唄をうたった蝶ちゃんなら、どんな激しい憎み合いをしているときでも、必ず心と心に一本の糸は引き合い、たとえ、その糸は蓮の糸ほど、か細く眼に見えないものであろうと、手繰れば、また元通りに納まるのみか、あの声の主の蝶ちゃんなら、たとえ幽明ところを異にしても、逢い度いときはいつも相逢えて、寂しくはあるが天地の間にたった二人切りの親しい限りの魂と魂でいつまでもあられる気がする。想ってみると、いかなる現実の事情も、いかなる複雑な障害も、あの韻脈《いんみゃく》を絶ち得るほどの力のものはないのだ。

これに思い当ってから、僕はもう意地だの反抗だの、自我を立てるの、好みに徹するの、そんな労作は、この短い人世に取って無駄なあがきに思えて来たのだ。従って、それから胚胎《はいたい》して来る僕たちの結婚にも熱が無くなって来たのだ。ただ、念々に憧れて来たのは、あの男と女の底に潜んでいる不断の韻脈だ。蝶ちゃんあんたは、あんたが意識せずとも、それを持っていることは確だ。だが僕は——ここまで考えて来ると、僕は言おうようない恐ろしさを感じて来るのだ。僕がもし、ひょっとアル中ででも即死して、もしこの蓮の糸が無かったら、こんなにも好きな蝶ちゃんをも永遠に見失い、暗い死の闇の中で右往左往して夢中で探し廻す自分の姿が今も眼に見えるようなのだ。従って、こりゃどうしても永生きして、蝶ちゃんと一緒にいて、蝶ちゃんによってその蓮の糸を抽き出して貰い、蝶ちゃんのそれにしっかりと結びつけといて貰い度いと必死に願うようになったのだ。

それにはやはりこの世の中の慣習では、結婚という形になって来るのだ。もし、それよりも一層緊密な関係のものがあるなら、むろん自分はそれに越したことはないと思う。けれども、無い以上、熱は失ったままでも、その束縛に向って捉われ入るより致方《いたしかた》がない」と、池上は言いました。

池上の話を聞いて、わたくしは、何が何やら判らないけれども、ひどく迫ったものを感じさせられました。思い廻らしてみるのに、たしかに四五日まえまで、わたくしは感冒に罹《かか》って一週間ほど臥していました。そしてその間、池上の言う通り食気不振で、無理に勧められるようにして何回かおきみから椀の粥を食べさせられました。ですが、池上がいま言ったその事は少しも覚えていません。しかし、わたくしが朧《おぼ》ろに眺めたという猫柳は、今もちゃんと座敷の隅の花器に挿されて、花房は蕚を悉《ことごと》くほうり落し、銀の毛は黄ばむほど咲き呆けています。さすればそれも確かに在ったことでしょう。だが、今にして思い廻らしてみても一向にそのことの覚えはありません。われながら、はて面妖《めんよう》な、その声、その唄、その所作ではございませんか。

わたくしは、首を一つ傾げて、しずかに口の中で唱えてみました。

ひと匙、食べては　ちちのため
ふた匙、食べては　ははのため

さて、どこで、いつ覚えた唄の句であろうか、わたくしも知らない。ちちといいははという、それは誰れに向っていう言葉なのだろうか。われながら意趣が知れない。わたくしがもう一度、今度は口に出してそれを繰返しかけると、池上はあっと叫んで、

「やめて呉れ、その唄だ。その唄だ。それをいま蝶ちゃんの正気の声で聞くと、どういうものか、とても怖ろしいのだ。どうか、頼むからやめて呉れ」

と、池上は耳を押えて絶叫しました。


一たん釣り上げかけて、ちらりと銀光の閃《ひらめ》きを見た魚を、あわや水際で取り逃がしたような妙に気が脱けた形で、而かもいよいよ未練は募るばかりといった気持も籠らせながら、池上はわたくしが母の家へ具体的な結婚談を待受けるために帰るまでの一週間を寮の中で、わたくしのまわりをおかしいくらいまごまごと過しています。

葛岡のことに就いて池上の気持を探ぐってみますと、

「もう、そのくらいのことは問題ではない。蝶ちゃんがその男のことによって僕に向う気持を折り散らしさえしなければどうでも君の気が済むように取計らい給え」

と、うるさそうに言いました。わたくしはこれに便宜を得て透《すか》さず、

「では、もし、なにかのひょうしで、その男の身の上をあたしが引受けでもしなければならなくなった場合は」

と訊き訂《ただ》しますと、池上はさすがにぎょっとして、わたくしの顔を見詰めましたが、しかし力なく、

「なるほど、蝶ちゃんほどの娘には、衛星の一つや二つはあるに決っているのだろう。では仕方がない。月を逃さないためにはその衛星も引受けなくてはなるまい」

と答えました。わたくしは、まずは上首尾と思いました。

母にも嘉六から通ぜられたと見え、

「まあまあ、いよいよほんとに結構なお話しになって――」

という言葉を真っ先に振り翳《かざ》して母は寮へ乗り込んで来ました。わたくしの部屋で差し向いになると、たちまち、こうなったことが如何にもわたくしの女の技倆にあるようなことを言って褒めそやし、これからは、大家の嫁御寮になるのだから、その気位の持ち方、大ぜいの人の使い方などに就て、こまごまと要領のあるところを述べた末、この母親の性質らしく次のように言うのを忘れませんでした。

「けども、ねえ、蝶ちゃんや。おまえさんどんなに先さまのお家《うち》の人になり切るのがよいにしたところで、あたしがおまえさんの生みの親であり、この広い世界に、親一人子一人の間柄であることだけは忘れちゃお呉れでないだろうね」

それから声を小さくして、

「ほんとに〳〵親甲斐もない賤《いや》しい身分出のあたしから、おまえさんのようにああした大家のれっきとした嫁御寮を出すなんて、あたしゃ、これで死んでも本望だよ。ほんとうに、おまえさんは親孝行の手柄者だったね。おっかさんお礼を言うよ」

そう言って、嘘かほんとか、やや涙を泛《うか》べた眼に襦袢の袖口を宛がいました。

こう言われてみると、わたくしも嘘かほんとかと、用心しながらも矢張り眼にちゃんと涙が滲んで来て、しかし若し、それを母が見付けて、子から獲得した親身の獲もののように、これからいつまでも覚え込んでいられて、思い出しては始終娯しまれたのでは、とてもこちらは遣り切れない気がしましたために、二三度、急いで「えへんえへん」と空咳をして、しんみりしかけた気持を吹き払ったのは、どこまでお腹の中の虫の合わない母子なのでしょうか。

母親は、片手の襦袢の袖口を袖に納め、ほっと一息入れた恰好をしていましたが、何に気が付いたか、今度はたちまち物凄い眼であたりを睨《ね》め廻しまして、背を踞《かが》めて一層声を低め、

「けども、蝶ちゃんや、物事は、また、こうなってからが実は肝腎なのだよ。この先、すらすらと事が運ぶと思ってもそりゃ危いものだよ。世の中には傍からのやっかみということもあれば、意地悪るということもある。油断をしたら失策《しくじ》るよ」

万一、そういう場合の用心にも、既に事がここまで運んだ以上、おまえさんも抜からず、転んでも只は起きない、相手の胸倉だけはもうちゃんと掴えているんだろうね。いざというとき、ただおっぽり出されの、あばよで塩花を撒かれてしまうんではつまらないよ。はい、さようでございますかで、すごすご引っ込むような不様なことにしないだけの確っかりしたものを相手からは、もう掴んでいるだろうねと言いました。

わたくしは、母の例のが始まったと思いました。それでいつもながら少し揶揄《からか》い気味に、

「転んでも、ただでは起きない相手の胸倉って何よ」

と恍《とぼ》けて訊いてやりますと、母は今度は両袖の口を指先で摑んで背中が痒《かゆ》いように左右に引いて、上体をやけのように身揺ぎ一つさせると同時に、

「お巫山戯《ふざけ》でないよ。話は真面目なんだよ。へん、いくら、おまえさんが恍けたって、ちゃんとおっかさんには判ってるのだから。ご覧なさいな、さっき、あちらでちょっと若旦那に会ったが、どうです、あの若旦那の様子ったら、まるでそわそわして落付きのない形ったらありゃしなかった。あれで何かをおまえさんに摑まれてない男の恰好って言えますか」

と言い放ったのちは、したり顔に、喫いさしの巻煙草を再び取上げて、しずかに煙の環を吹きました。

わたくしは母のみならず、人さまから、一たいこういう感違いをされる度びに、この頃では悲しいというより、人が悪くなって、却って何か楽しい気がするようになりました。いよいよわたくしの身のまわりに殻が厚くなったせいでしょうか、それともいざとなったら世の中に一人ぽっちと覚悟がきまって来たせいでしょうか。

そこで、母のこの感違いを聞くと、とても面白くなって、つい、

「吹けよ　河風、あがれよ簾、中のお客の、顔みたや――」

と、鼻唄でまぜ返さずには措《お》けないのを、どう止めようもありませんでした。さすがの母も、これにはむっとした様子で、

「どうも張り切ってしまって、手の附けようもないおまえさんになったね。じゃ、きょうはおっかさん、これで帰るから」

と、手に合うわたくしの身の廻りのものなどを風呂敷包にして提げて帰りました。

嘉六はまた母に、池上のわたくしに対する解放令を伝えたものか、母は帰りしなに、自宅に来ていたわたくし宛の手紙と葉書を安心して置いて帰りました。手紙の二本は葛岡の旧いもので、彼がいかにわたくしへの面会の困難に当惑して右往左往したかを証拠立てていました。一枚の絵葉書は多那川遊園地の桜を背景にF——学園の遊びのパーティ、吉良、義光ちゃん、八重子の三人が並んで撮られている写真でした。心なしか、わたくしが会わないこの四ヵ月近くの間に、三人は急に育って大人びた様子に見えます。三人の寄せ書がしてあります。

僕は無事普通科を卒業して研究科へ入った。君がいれば一緒なのになあ　吉良

安宅先生はついに帰って来ず君も来ず、みんなもうヤケ気味だ。面白くないよ　義光

お姉さまは御結婚をなさるという噂がもっぱらよ。そんならお目出度いけれど　八重子

わたくしは、この絵葉書の写真を、老人のように眼をしょぼつかせたり、見開いたりして眺めました。そうはすれどもすれどもこれ等の映像のなつかしみは、わたくしの心のなつかしさの焦点へ、ぴったり嵌《はま》らずに、ともすれば滑り外れたり、ねぼけたりいたします。眼からはぽろぽろ涙は流れ出すのだけれども、感銘は一向ぼやけています。この四ヵ月近くの月日は、これ程までにわたくしを、少女の世界から大人の世界の女に勾引《かどわか》し去ったのでしょうか。眺めれ

ば眺めるほど、苦労を知らない幼稚な膜と思うものが写真の面に冠さって、今更、むこうの世界へ入り込むのを躊躇《ちゆうちよ》さすものがあります。わたくしは少々焦れて、思わず絵葉書の写真に向って強く「吉良！」と呼んでみました。

すると、わたくしの耳の奥に、あの鼻詰りの濁み声で「ええ？」と返事するのが聞えます。次にわたくしは「義光ちゃん！」と呼びます。「イヤース」と、ロンドンのシチー訛《なま》りを気取って返事をする慧敏《けいびん》な義光ちゃんのいつもの声が聞えます。

八重子はまた八重子で、「お姉さま、なによう」とすでに甘えかかろうとする調子で返事する声が聞えます。

わたくしは、しばらく眼を瞑《つむ》りました。すると、しずしずと、あの颪の日に、竜の鬚《ひげ》草の上に座を占めて校庭のポプラが鞭のように揺れるのを眺めているわたくしに戻されて来ました。吉良と義光ちゃんは、わたくしの傍でレスリングをして上になったり下になったりしています。八重子は拾って来た零余子《ぬかご》の数を数えています。そして、吉良と義光ちゃんは反則をしたとかしないとかで、立上って追っ駆け廻るのを、「危ないわよ〳〵」と八重子は逃げ廻りながら、三人は、わたくしのまわりから何度か遠のきながら、しかし拡大されたある圏の範囲まで行くと、そこに縄でも張られてるように、また駆け廻る距離を窄《すぼ》めて来て、わたくしの身近かに戻って来るのでした。

再び眼を開いてからも、その無形の索引の糸が、いま鮮やけく綯《な》えるもののように、心から紡《つむ》ぎ出されて来て、肉体の感覚にまで結ばり綾取《あやど》られたのを感じると、あの三人の子供の大小の掌からまるでわたくしの筋肉にアルコールでも擦り附けられたように、身体はかっかと燃えて来て、わたくしは思わず自分で自分の身を抱きしめ、

「あーあ、みんな懐かしい」と口に出して言うのでした。

そう言った言葉のあとからは、既に、にべもなく自分から過去へ振り捨て去った幼ない日の幸福がひしひしと心に惜《おし》まれ、そうしてまた、現在、関り合って抜きさしなり難くなりつつある妙な経緯《いきさつ》に、これが果して運命というものであろうか、物好きに自分で自分の身に構える罠なのではあるまいか、こんなことまで疑われ出すと、心は臆する一方で、身体さえ竦《すく》み出して来ますのを、支え止めるに他に何の力草もありません。

とつおいつ思案していますと、ふと、近頃寄席に出て曲芸が評判の支那人が僅に憶えた日本語を、いざ、曲芸をやろうとする場合に、囃し方に向って唱えては見物にうけている愛嬌の一つ言葉を思い出しました。それはただ「さあ、やりましょーう」と言うのでした。わたくしは、思い切って絵葉書を破り捨て、やおら立上って覚束ない口振りを真似、

「さあ、やりましょーう」と言うのでした。

考え始めたら切りがありません。それを打切るには、ただ、眼の前の事に向って、こう言うより仕方がないじゃございませんかしら。わたくしは、そうして潔く諸肌《もろはだ》脱ぎになり、物憂い身体を化粧の鏡台に向って坐り直すのでした。

たとえ池上は解放令をわたくしの上に布《し》いたにもせよ、まだまだ長い時間や遠出の外出をわたくしに許しませんでした。許さぬという形を採るのではないけれども、そうすることは、とても自身に傷ましい感じを与えることを彼は露骨にわたくしに示すことによって結局はわたくしを制肘《（ママ）》してしまうのでした。

なに、あと幾日の辛抱でもなし、わたくしはそう諦めて、なるべく神妙に寮にいて、わたくしに向って求め始めた、何とも知れない彼の望みに就ての悩みに、ただ相手になっていてやるだけのお守役を勤めてやるのでした。一つは、いくら解放されるからといっても、また元のあの得体の知れない倶楽部のような母の家へ帰る事はどう考えても気が乗りません。そこに、わたくしをして、それほど強い羽搏《はばた》きをしたがらせず、神妙に寮に落付かせている鬱陶しいゆとりをあらしめたのでございましょう。なお、その先には又、たいして心にもない結婚という事実が控えています。これはいよいよわたくしをして只今の鬱陶しいゆとりに腰を落付かしめるよすがにもなったのでございましたろうか。

いよいよあと一日で寮を出て母の家へ帰るという日の夕方ごろ、寮へ葛岡が訪ねて来ました。たぶん、瀬戸物町の本店の方からでも面会禁止の解除を婉曲に通知してやったのでしょう。おきみが、それをわたくしに取り次ぐと、そこに居合せた池上は、是非もないという顔をし

て、それからなるべく去り気《(ママ)》ない様子を繕い、

「ここの家で、その青年のお客と話しをするというのも蝶ちゃんは窮屈だろう。そうなあ、日本橋倶楽部なら、ここから近くていい。あすこの食堂でお茶でも飲みながら話し給え」

と、場所や、もてなし振りまで指定しました。察するところ、まだ燻《くすぶ》り残っている池上の嫉妬は、彼自身がいるこの同じ家の棟の下で、わたくしが若い男と話をするのは癇《かん》に触るし、さればといって、知らない遠方へランデヴーを持って行かれたんでは尚更《なおさら》、気になるし、そこで、自分の想像の届く圏内で、自分の設計した会合の方式で葛岡とわたくしを面談さそうという腹と見えます。

わたくしは、お化粧も既に出来ていることとなり、前に述べたような、ただ「さあ、やりましょーう」という気持だけで立上って、玄関に待たしてある葛岡と一緒に、表へ出ました。

何という身窄《みすぼら》しい葛岡になったことでしょうか。わたくしは、玄関で一目見たときに、却って「あら」と言って、噴出して笑ってしまったくらい、彼は憔悴《しょうすい》していました。わたくしは肩を並べて歩きながらも、じろじろと彼の風貌を見検めました。そして、

「どうしたのよ。おかしいわ。まるで、ひどくなってね」

と言いました。すると葛岡は、世にも恨めしそうな眼で、ちろりとわたくしを見返しましたが、

「おかしいとは何だ。ひとを莫迦《ばか》にしている」

と、辛うじて言いました。そして怒ってるのでしょうが、怒り切るのも精が切れるらしく顔面の筋肉だけを痙攣《けいれん》さして、怒気はお腹の足しにでもというふうに生唾と一緒に呑み込んでしまいました。

「だって、あたしが、したことじゃないんだもの」

左側は、待合や小料理店や、ちょっとした茶房があり、右側は、浜町公園の側面に当る、その細道を、わたくしたちは歩いて行きました。部屋を建て込まして殆ど空地のないこれ等の商売屋は、門付を瀟洒と見せるためにも、また、庭代用に青味を需給するためにも、入口から垣うちに添うて花卉《かき》草木を繁く植え込み、晩春の木の芽の鮮やかさ、蘇る古葉の色つやの照りの間に、海棠《かいどう》のようなあどけなくも艶に媚びた花の色をちらちらと覗かせて、行人から快い倦怠を誘い出し、また、軽い息抜きの気分を撥ねかけようとしております。公園の横の金網の目から、春のシーズンの名残りらしく野球の球が白く往き来しているのが透けて見えます。公園事務所の扉には、もう初夏の夜間開場をする予告の貼札も見えます。

前方には、晴れたまま暮れて行く深川区の空の下に大川がだぶんだぶんと水量豊かに流れているのを望みながら、日本橋倶楽部の楽屋に沿って歩いて行くと、公演の支度と見え、下座の三味線らしい音が聞えます。じき浜町河岸へ出ましたので、わたくしはそこの河岸ぎわに佇んで、ちょっと景色を眺め渡しました。向うは、安宅町河岸の倉庫、そして右手には悠揚と新大橋も架っていれば、左側には、両国橋を越して蔵前橋の橋梁のカーヴも見えます。小名木川口の上に聳える国技館の大きな丸屋根。河心の一銭蒸汽《じょうき》は、曳舟《ひきぶね》蒸汽を追い越して、河岸の石垣に、あと浪を寄せつけて行きます。幼馴染の景色は何一つ変ってません。何一つ変っていません。

「うれしいわ」とわたくしが、つい言いますと、葛岡は、何か自分に言ったのかと「え」と反問しましたが、それが、そうでもなかったのに気付くと、

「暢気な真似をしてないで、早く、その話す場所へ行き度いね」と言いました。

わたくしは「ここよ」と左の手で、明るく軽快な洋式の建物を指しますと「なんだ、ここか」と窓々の明るい灯を見上げましたが、少しよろめいて「いけない、眼が、廻る。早く休まして呉れ給え」と、わたくしの肩に手をかけました。

ここに於て、わたくしも、本気に心配し出しまして、葛岡を急いで倶楽部内へ連れ込みました。

事務所の構えの中には、事務服を着たわたくしと小学校友達の娘もいれば、食堂の入口の計数器の前には夏場に公園で催される浜町音頭の踊り子仲間の娘もいます。それ等のいる中へ、いま、すっかり憔悴して而かも身なりも崩れている葛岡を連れ込むのは可なり恥ずかしい想いであったが、葛岡に対する心配で手もなく突破して、わたくしたちは食堂の河岸側のテーブルに落ち付きました。

わたくしはテーブルに着くや否や、

「どうして、あんた、そんなに身体を弱らしてしまったのよ」と言わないわけにはゆきませんでした。

紅茶を啜《すす》って少し元気を取戻した葛岡は、頻にかかった蜘蛛の糸でも取除けるように「あー、むーう」と唸って、鬚《ひげ》だらけの顔を二三度、皺《しわ》め伸ししたのち、

「どうしたって、こうしたって、すっかり精根を使い果してしまった。それに僕は、学園からは先月限りでお払い箱になったのだ」と言って、続けて、安宅先生の事件に就てその後の消息を報告しました。

先生は昨年、葛岡に結婚を強要して、それが受容れられないところから、暮の十二月に赤城の麓の郷家へ帰ったきり、年も越えた正月の学期始めになってもその儘です。何でもよい、ぜひ一度先生に学園へ帰って貰い度いと葛岡が矢の催促を放っても、先生からはたった一本、手紙で、葛岡に与えた先生の要求を葛岡が受容れない限り、先生は絶対に帰る気持はないという返事を寄越した。さればといって、この要求だけは、自分は誓って先生の注文に応ぜられない。月は二月も末になった。その間、何度、蝶子さん、あんたと連絡を取ろうと骨折ったか知れないが、どうしても寮では交通さして呉れない。まさか警察沙汰にするわけにもゆかない。

日頃、丈夫で皆勤の安宅先生が、何やら様子あり気な欠勤と見て取り、学園のスタッフの間でも、急に調査を始め出した。私たちの間の秘密の事情が学園に判れば、普通の常識で捌《さば》いて、先生は学園を退職させられる許《ばか》りでなく、恐らく最早や二度と教育界には立つことは出来ない

であろう。自分も巻き添えを受けてお払い箱になるのに決まっている。蝶子さん、君も、旨を諭《さと》して任意退学だろうが、君にはそんなことは大した苦痛でもあるまい。なぜというのに、君は学園から月給を貰っているのではなく反対に月謝を納めている人間なのだから。

あーあ、生活ということ、これがいかに人を必要以上に気を揉ませ、また臆病にすることだろう。安宅先生も、ああ見えて、あれで、俸給の一部を割き、この繭価《けんか》不振時代の養蚕《ようさん》を副業とする郷里の家の弟妹の学費のため月々仕送っている身分である。

自分は、自宅に母と祖母を抱えている。自分の少年の頃、一家に取って唯一の稼ぎ手であった父親を喪って以来、母と祖母が杖とも柱とも頼むのは独り息子の自分だけであった。夜店の植木屋をしている間も、植木屋をしながら園芸学校へ通っている時分も、母や祖母は、自分が家を出入りする毎に、自分の姿に向って「おまえ、ほんとに済まないよ。でも、よくやって呉れるね」と、手を合わさんばかりに感謝するのであった。安宅先生の手引で、F——学園の園芸手に住み込まれるようになってからは、家族の二人は、まるで息子が立派な官途《かんと》にでも就いたような歓びであった。月末になると、「へえ、これが一月の稼ぎ分の入ってる月給袋というものかね。何だか途中で落したら一ぺんに損をしてしまいそうで、怖いような袋だね」と言いながら、当分それを神棚や、父の位牌の前に供えたりした。

園芸手勤続のこの六七年間というものは、残るほどではないが、母と祖母はたいした苦もなく暮した。ほとんど園長の物置小屋に住み続けて、めったに家へは帰らない息子の留守の暇に明かして、二人はもう嫁取りの相談ばかりであった。好き嫁をとて、心当りの娘に目星をつけてみたり、知る辺の人々には頼みかけたりした。若し、事実にその嫁が見付かって、あの貧弱なわが家へ乗り込み、女家族の中心の位置に就いたら、さぞかし双方とも興醒《きようざ》めのすることだろうとは察しながらも、自分は、二人の今までの楽しい唯一の夢を破るまいと、ただ笑って、老女たちの耽《ふけ》るままにその夢を残して置いた。「古浴衣はほどいてお襁褓《むつ》に」祖母は耽り逸って、とうとう孫の夢までも空に描き出していた。

それが退職になる。そうして老女たちに神秘感を与えていたあの月給袋はもう永遠に手に入らない。この結果は、どういうことになるであろうか。蝶子さん、まあ試しに想像してみるがいい。

なるほど、蝶子さんから見たらば、われわれのこれまでの家族の生活は凡庸《ぼんよう》極まるものであるであろう。だが、それさえも出来なくなったこれからのわれわれの家族の生活を想像してみるとき、これはまた、あまりに非凡過ぎる現象を呈して来るだろう。絶望、呪詛《じゆそ》、捨鉢《すてばち》——悲劇の材料なら好みのままにわれ等の一家から拾えるであろう。

それなら、また他を探して何処かの園芸手になればいいというのか。あのF——学園の園芸手ほどの、勤めが楽で余禄の多い勤め口はまたと他に見付かるものではない。

それでは、また、夜店の植木屋に戻れば食うことぐらいできるだろうと言うのか。それは体験のない人の言う言葉だ。六七年も、洋服を着て暖かい日向《ひなた》を選み〱坊ちゃん嬢ちゃんの草花いじりの相手をして鈍《なま》ってしまったこの身体が、どうして再びあの吹き晒しと凍て土《いつち》の世界へ、苦痛に噛まれに戻れよう。それをするにはまた、あまりに心臓は重り、首筋の骨は硬ばってしまっているのだ。路上の商《あきな》いの常として、気軽るに、癪に触ることも受け流し、如才なく客の多情へ下手《したて》につけ入って行く。それをするには、どうしても肉体からしてそれに向き合う構質を必要とするのだ――。

窓から見える大川の景色はとっぷり暮れ切って、対岸の安宅河岸の黒い倉庫の上に、キリンビールと横ざまに、小名木川口へ寄って縦にポリタミンと広告灯の文字がくっきりと浮び出して来ました。灯の煌《きら》めくときは周囲の夜闇を深夜のように圧し黒め、消ゆるときは一色の闇の中にも川―河岸―空と三段の区別を淡く透して宵《よい》のうちに返る灯と闇との関係は妙に互いに反対の効果を狙い合って騙し合い〳〵しているようでございます。その川づらの景色に対して、左の斜の外れに国技館の円頂の灯が、蛍光を列ねたように涼しく、近づく夏の夜景をほのめかしております。

壁側に、テーブルを一列に長く並べて、がやがや群集となって入って来た人々が、行儀よくその両側の椅子に着いたのを見ると、容貌は魁偉《かいい》でありながら色は生白かったり、新型の洋服を着ていながら猫背で腰を踻《かが》めていたり、鼻の下に髭をつけながら前垂れをかけていたり、これ等の人々は、いかにも下町の中流の商人たちが団体で演芸の後援見物に来て、いま、その途中に晩餐《ばんさん》の会合をするところと直ぐ受取られました。揃って定食を食べながら、正宗壜を摑んだ猿臂《えんぴ》をテーブルの空へ双方から高く差し渡して、あっちでもこっちでも「まあ」「まあ」と勧め合っています。室内の造作はプレーンでモダンな洋式を、どこか日本趣味に通じさしたものがあり、この室内とこの人間との雰囲気の醸《かも》す感じからは、東京の下町というものが一方洒脱でありながら一方ローカルなものを持っているのを受取らせます。なお見廻わすと、和装洋装の娘連れだけで入って来て「あとで屹度《きっと》アイスクリームを喰べましょうよ」と約束してから、本食のコースに取りかかる一卓があります。眼の青み走った羽織着の芸者が、会話の度びに一々お辞儀をして堅気なおかみさんに御馳走になっている一卓もあります。

わたくしは、葛岡が話す間の指のまさぐりに、知らず知らずテーブルの上に備えてあるナイフやフォークをいじっているのに気がついて、単にお茶ばかり取っての永話しもウエーターに対して気が利かないと思いましたので食事を誂えました。

葛岡は、胸に溜まっていた誰にも話せない鬱積を漸く吐き出す緒口《いとぐち》がついて来たので、とても元気が出たらしく、出た最初の皿をいかにも美味《おい》しそうに食べながら話し続けます。

「蝶子さんは、蟇《がま》の油を採る話を知ってますか。それをするには四面、鏡を張った箱の中へ蟇を入れて置くという話だ。蟇は四面の鏡に映り交わす幾十幾百のわが姿に怯えもし、憤りもして必死の対抗を続けるうち、身体中の脂を出し切ってしまって斃《へい》死するというその話です」

葛岡はいいます、自分はこの期になって、実は仕舞ったと思った。気がついてみると自分はいつか三面の鏡の箱の中につまみ込まれた蟇同様になっている。一面の鏡は安宅先生なのだ。そこに映る自分の姿は、先生の恩愛に絡められている自分である。自分は自分のその姿に向って必死と解放を挑みかかる。一面の鏡は蝶子さん、あんたの魅惑に牽き付けられている自分である。自分は悦んでそれを肯んじながら、また危機の本能によって衝動的に抵抗もしている。また一面の鏡は、老女二人の生活に獅噛《しが》み付かれている自分である。自分はそれに対してもいまいましげに脱け去ろうと藻掻《もが》いている。

三面の鏡に映る三つの自分の姿は、それが単純に三つと分れているのではない。恩愛に絡まれている安宅先生の鏡に在る自分は、魅惑に牽き付けられている蝶子さんの鏡にも、生活に獅噛み付かれている老女二人の鏡にも映り反して、既に在る映像と他より映れる映像とは、唾棄し合い、嘲笑し合い、威嚇《いかく》し合っている。映り返された二面の鏡その一つ一つも、また再び意趣返しでもするように、映し返して来た鏡に向っても、また、共に映し返された鏡に向っても傍杖《そばづえ》に苦渋な姿を何十何百かの分身の映像まで伴って反撃的に映り返して行く。鏡の中の分身また分身、唾棄からは吐息が生れ、嘲笑からは悲憤が生れ、威嚇からは憂愁の限りない嗚咽《おえつ》が生れる。そしてそれ等の幾百千の分身は悉《ことごと》く自分の敵ではありながら、また自分自身なのだ。見詰めるのに堪えないで、自分がわき見をすればそれ等もわき見をして、そこにまた新なる眼の焦点に新なる分身の苦渋な姿が、自分よりも鋭く、自分を見詰めて来る。遣り切れない。実に遣り切れない。とは言え逃れようもない。一ばん、よさそうなのは、この鏡のどれか一面を打ち壊して脱出を計ることなのだが、しかし、この三面の鏡のどの一面を壊し去っても、もう、そこには、形造られている自分というものは無くなってしまう気がする。因果な性分ではないか。安宅先生、蝶子、老女二人、――言い代えれば、恩愛、恋、生活――この三面の鏡によって僅かに葛岡という青年の自分は他力的に、現実の存在を映発せしめられているのだ。三面の鏡の映発する苦悩によって、はじめて自分は近頃、なるほど自分は生きているなという自意識を強められて来たのだ。今から考えると、嘗ての自分は普通の幸福に飽満《ほうまん》してこそいれ、それは性のない外形だけの幸福のような気がする。人々は、あの鏡に攻められ渾身《こんしん》の脂をにじみ出して斃死《へいし》する蟇をば、不幸にして苦痛極まるもののように思う。だが自分は、そうではない。あの蟇くらい、極度の怖れ、極度の憤り、極度の悲しみに生をはっきり味わって、他の凡庸な蛙の夢にも知らない最上無上の緊張感のうちに混沌に入る幸福な虫もまた少ないと思うのだ。たとえ身体の脂を悉く絞り出して他人の膏薬《こうやく》の材料に供《きょう》してしまおうとも。

僕はいま、自分がその蟇の油の蟇であることを心から歓ぶようになった。だから、ただ、じっとしている。もう安宅先生へも何にも頼まない。F――学園へも復職を運動しない。そして蝶子さんにも心が牽かるるままにしている。けれどもこれ以上動かない。動くことは環境の鏡の破壊であり、環境の事情によってのみ存在させられつけている自分のようなものに取っては、それは自己の滅却《めっきゃく》を意味するから。ただ何事にも堪えて、その苦悩に絞られて、心や身体から刻々に精力が脱けて行くのを必死の緊張で眺めているだけだ。蝶ちゃんは、僕の憔悴を軽蔑す

る。しかし、僕はこの頃ぐらい生れて始めての生々した自分を感じつつあることは無いのだ
――葛岡はそう言って、傲然と天井を打ち仰ぎました。

わたくしも、葛岡とお交際《つきあ》いにフォークとナイフを手にして皿の食品を食べていました。ふと気がつくと、あれほどガツガツ食べ始めた葛岡が、いかに話に実を入らせるとて、オードゥヴルとポタージュのスープを啜《すす》った後は急にテンポをとどめて殆ど皿の肉類には手をつけず、付け合せのつまばかり緩慢に拾って食べているのに呆れました。それであまり手早くもないわたくしの食べ方よりも、とかく遅れ勝ちになってウエーターを間誤つかせています。わたくしは、何と言っても葛岡は衰えたなと思わないわけにはゆきませんでした。

それともう一つ異様に思ったのは、たった逢わない四ヵ月の間ではあるが、葛岡の考えなり喋り方がまるで人が違ったように近代的に迫ったインテリ風のところが夥《おびただ》しく現われて来たことです。以前の葛岡はと言えば、どんな感情を示す場合にも野の木のようにどこか朴々《ぼくぼく》として簡単に生え切りのところがあり、言葉も、理論や抽象を借りなければ説明し切れないほどの複雑な内容は盛り得ませんでした。ただ事実か象徴で短く心意をこちらのカンに訴えるだけの男でした。

「あんた、だいぶ、変ったのね」

わたくしは思わずそう言って、それから女の疑い深さを働かせて、

「あんた、さっき、安宅先生とは、手紙の往復で交渉しただけと言ったが、そりゃほんと。あ

んた自分で、先生のところへでも訪ねて行ってみやしなかった」

するると葛岡は、もう臆病な眼の屢叩《しばたた》かせ方で、正直にも、これは偽りですと言わんばかりの表情をしたのち、

「訪ねてなんか行ってみやしないさ。手紙だけさ」と、おずおず言いました。

わたくしは、この態度なり言葉つきなりから、裏切られた嫉妬の憤りよりも、何か男というものが生れ付きに持つあどけなさを感じて、実は「お、お、よしよし」と許してやり度いくらいでしたが、それでは事が進まないのを考えて、優しく、追求しました。

「ほんとのことを言ってもいいのよ。言って頂戴よ、ね。あたしだって、あんたの知らないうちに、どんな、あんたの愕くようなことをしているかも知れないのだから」

そしてこの場合、わたくしの池上との結婚談、及びその結婚によって引受けられる葛岡の家族の生活、この二つのものが葛岡を愕かす二頭のダークホースとして、わたくしの胸の中の厩《うまや》で頻りに飼葉《かいば》をあてがわれています。

その言葉に葛岡も、寛がされたもののように、寂しく微笑しながら、

「じゃ言うがね。先月の始めに、学園からも愈々《いよいよ》人を派して先生の様子や心持を糺《ただ》すという話を聞いたものだから、後れては悪いと思って、それを知らしながら、先生との最後の膝詰《ひざづめ》談判をするつもりで僕は出かけて行ったのだ。先生は上越線の八木原駅からじき近くの実家の農家の古い座敷で勉強していた。なるほど赤城の山がよく見えた」

「先生、どんな工合でいらっしゃるの」

「愕いた。先生は、今度の事件に就ては何もかも自然の成行きに任せる。と前の手紙とはまるで違った返事だ。そしてあなたはあなたの好きなようになされればいい。ただ、わたくしは、どうしても学園へは帰る気はしませんと、こういう風になっていたのだ」

「何も愕くことはないじゃないの。いくら先生だって、結局はそうするより仕方がないじゃありませんか」

「いいや、やっぱり愕くことがあるのだ。先生はそう言ったのち、僕が、じゃ僕はそうすることにしても、先生はこれからどうするんですと訊いたのに対して、わたしの事はわたしに任しといて下さい。わたしはこちらへ来てから、娘時代に手をつけていて途中で中絶していた『死に就て』の研究を再び始めています。ひょっとしたら、これがわたしのこの世に生れて来た使命じゃないかともこの頃思うんですと言われた」

「まあ、嚇《おど》かすのよしてよ。先生、自殺の準備をなさるんじゃない」

「さ、それを聴いたとき僕もひやりとして、直ぐ先生に、露骨にそう訊いたもんだ。すると先生は心から、おかしそうに笑って、死を研究すると言ったって、死を目的としての研究ではない。生を深めるためのその死の研究なのです。物の影を黒めれば黒めるほど、その物の存在がいよいよくっきり浮き出されて来るように、死の深まりを知らないで生の歓びの高さは突き止められない。こういうことを言われた」

「それで安心したわ。先生は大丈夫ね」

「だが、あのとき先生が笑われた笑いくらい先生が心の底から笑われたのを僕は見たことがない。それは何だか、もう僕たちがじくざくしている世界から一段高いところで笑っている声のようにも響いた。そこで僕はやっぱり先生は偉いなと思って、正直にいろいろの悩みをうち開けて訊いてみた。すると先生も、やさしくそれ等のことの性質に就て、手を取るようにして教えて下すった」

わたくしはここまで来て、果たして葛岡の変り方は葛岡の独創のものではなく、あの憐れな先生の何等かの考えからヒントを得たものであることに気付いた。しかしヒントは先生から得たものにしても、これだけ真剣に考えを自分で固められたのは葛岡がやっぱり四囲の事情による迫られた苦しい体験によることを察して、

「先生もそうかも知れないが、あんたも偉くなってよ」と、葛岡に慰めの言葉をかけました。まわりを見ると、食堂の客はとっくに演芸場の方へ戻ってしまい、あからさまに照り下すシャンデリヤの下にはテーブルの白布の上に花差しの花がぬいぬいと眼立って立っているだけになっています。

わたくしたちの話の間に、さきほどからもう二度ほども寮のおきみが食堂の入口のところまで覗きに来て、たぶん池上に命ぜられたのでしょう、監視やら帰宅の督促《とくそく》やらの意味を籠めて
「うちのお風呂が沸きましたから、お嬢さまに、お話しが済み次第、直ぐお帰りになるよう

に」とウエーターに取次がせては帰りました。

わたくしは、この部屋にもこれ以上居づらい気がしましたし、うっかりすると、おきみにまた来られそうなので、急いで勘定を済《すま》して立上り、

「出て、そこいらを少し散歩しましょう。そして、また、話しましょうよ」と葛岡を促し、倶楽部から表へ出ました。

星の潤んだ晩春の夜です。わたくしは何となく夜の町の灯を望んで、足を大川から反対の電車通りを久松橋の方へ向けて、賑かな町側に沿って葛岡を導きました。胸の中で考えているのは、この際、わたくしの結婚談とそれに連関して葛岡の生活が保証されることを葛岡に打ち開けてみたものか、それともなお黙っていて、この先、葛岡の方から、どういう風にわたくしに仕向けて来るかそれを待受けてみようか、どっちとも定め兼ねています。

池上とわたくしの結婚というものが、形は結婚ではあるが中味は妙に人間離れのしたもので、正銘のところ二人の関係は、一種の神秘憧憬病患者と附添い看護婦みたようなことになりましょう。ですから、これを葛岡に知らせるにしても、よくこの中身のところを説明してやりさえしたなら、どうにかこうにか葛岡を納得さすだけの自信はわたくしにあります。またそのことによって葛岡があれほど内心、気に病んでいる家族の生活も保証出来るのですから一層、葛岡への話は仕易くあります。ただ一つ問題なのは、葛岡がわたくしに対する愛です。これは多少変圧して性質を違えねばなりません。

結局のところ、三人は誰れもかれもお友だち同志、そうして、この寂しい世の中に孤独の人間が慰め合う小さなパーティを作ろうというわたくしの昔からの理想に適《かな》って貰うことになります。その範囲や意味での愛なら、葛岡に向っても、池上に向っても、何でわたくしに不服を唱える道理がございましょう。

この四ヵ月の間、途中にはわたくしの気持に幾つかの変化があって、ついさっきまでは、殆ど性なしの弾ね人形のような調子で動いて来ましたのが、葛岡の顔を見るなりまた再び昔の理想が蘇って来るのをわたくしはどうしようもありませんでした。そうして、世間態の表面の様子は、世間並に池上とわたくしとは夫妻のように見せかけ、内実では葛岡も加えてきれいな三人のお友だち交際《づきあ》いをする。こういうことは三人が少しく悧巧に気をつけて振舞えば決して出来ない相談ではないとわたくしには思えるのでした。

なら、それを、いますぐに葛岡に話したらいいだろう。歩きながらわたくしもそう思います。しかし、どういうものかいま、わたくしはそれを切り出せないで口に蓋が出来たような感じです。

久松橋の橋詰まで来ると、わたくしは足癖でひとりでに左の河沿いの方へ曲ります。そこにはわたくしの家があるからです。家の前へ来ます。葛岡は、

「蝶子さんのうちだね。僕はここへもあんたを尋ねて二度ほど来たが、あの女中婆やに体《てい》よく断られたよ」

と話します。橋詰を曲ったときから、浄瑠璃のサワリを弾いている音が聞えましたが、来てみると、わたくしの家の母の部屋からでした。千本格子の中から聞える三味線は、長唄のものを使っているらしく、浄瑠璃のあの節太い写実の調子はやさしく扱《しご》かれ、ただ美しいだけの抒情詩の耳触りになっています。

それに合せて細く加減して声を出している初老近い男の声があります。節と節との合間に「どうです、もっと声を張りますか」と言ったのは、番頭の嘉六でした。母は身振りで返事をしたものか声は聞えませんでした。

わが娘の嫁入りの周旋役《しゅうせん》、そして自分への遺族手当の継続の鍵を握っているお店の大番頭、その嘉六が今度のわたくしの事件から度《た》び度びわたくしの家へ出入りするからは、母がなんで彼の籠絡《ろうらく》に骨を折らずに置きましょうぞ。わたくしは、この浄瑠璃のおさらいをちっとも不思議に思わずに、家の前を通り過ぎて濠川に架っている小橋を渡り、明るい人形町通りへ出ました。

それは、銀座でもなく、新宿でもなく、神田の神保町通りでもなく、また上野の広小路、牛込の神楽坂、麻布の十番でもなく、この東京の下町の盛り場の賑いは一風変っております。そう、たいして広い間口の店さきもなく、圧倒するほどの大商店もなく、軒並に均《なら》しに明るさと繁昌を湛えて、殊に商品はどこの店でも可なり充実しております。格安でモダーンで、そして洒脱でなければいけない。この種の下町の顧客の需《もと》めに応ぜられるよう、どこか材料の一部分を切詰めてあることは判りながら見た様子は、自ずと手を出して身近かに引寄せ度い、やや艶を消した水調子を持っております。

寮に滞在中、池上はわたくしの退屈を紛らすために、本宅の倉庫から輸入品の残品のきれいなど取寄せてわたくしに宛がいました。その中に墺太利のウイーンの品を、独逸商館の手を通じて試入した服地が二品混っていました。「何というねびた色柄でしょう」わたくしはそれを取上げて眼を細めました。池上は「あすこの趣味は、独逸とフランスと混っている。また、地に欧洲の古都の伝統文化が燻《くす》ぶって歎いているからだ」と言いました。

「行って来た人の話によると、料理なども洒落《しゃれ》ていて、巴里などよりも小味があるそうだ」

そういうウイーンの服地のことや池上の言葉を、この人形町の品物を眺めて不意に思い出したのは、どこかあのウイーンの品に似通ったものがあるからではないでしょうか。無論、手軽るで均一化している点は、日本の現代を浴びているには違いありませんけれども――店頭に並ぶ品々の色に就ても、赤い色がただ赤いのではなくて、刺激の骨は引抜かれ、代りにしみじみとした、激情の漂白剤が忍び混ぜてあります。灰色でなく、上部はそっけなく見せながら油断を見澄まして搦手《からめて》から人の愛着の情に浸み込もうとする狡智《こうち》の極の媚《こ》びを基調の地に用意しています。ほうずき提灯《ぢようちん》（ママ）やら筒長の提灯の蔭のショーウインドウには、活動の人気俳優がふだん着に着て、そこらを散歩しそうな袷衣《あわせぎぬ》をマネキン人形に着付けさしたものが、五月菖蒲《しようぶ》の造花をあしらいに鋭い燭光で男々しく照り光らされてあります。そして、この着付けは帯から足袋まで添えて一揃い三十円にも充たない正価札がついております。また、隣りのショーウインドウには日本趣味をちょっともじったほどの灰汁《あくぬ》抜けの仕方で、染め付けた娘のパラソルの拡げられたものが、夕映えのまだら雲のように層と層の端を重ねております。窄《すぼ》めたものは丈けが巻軸ほども短くて、それを並べて山型に立ててある有様は燭台に並ぶ色蠟燭のように壮厳で絢爛《けんらん》であります。そのうしろから最早や海水着の鷗の模様も覗いております。

わたくしは、これ等の店を眺めながら、いつも縁日の人出のようでもあり、また、普通の賑かな夜町の散歩客のようでもあるこの町の行人の歩き振りに、肩を触れたり縫い交わしたりして足を運んで行くうち、何だか連れの葛岡が野暮ったく重苦しく感じられて来ました。都会の子であるわたくしは、また、官能の子でもあります。官能によって受容れられる四囲からの感覚によって、自分で人が違ったのではないかと思うくらい気分が変ります。わたくしに根から生え抜いた思想というものが認められない以上、この気分がわたくしに取ってまた、思想かも知れません。すればわたくしは、まわりの影響によって、どんどん思想も変る生命の流れに住むカメレオンかも知れません。

まして、四ヵ月近くも寮の中での嫉妬の扉厚く閉じ込められ、官能の芽が餓え渇き切っていたのが、さき程、寮を出たときからの昔馴染の町並や大川の様子、日本橋倶楽部の食堂での町の人との接触、それ等は、あまりに官能が渇き過ぎて、水の繋りが絶えてしまった吸上げポンプのようにただぽかんとなっていたわたくしの気分へ、徐々に吐き口からの差し水の作用をしました。次いで、久し振りに星の潤んだ晩春の夜のそぞろ歩きは、いよいよ水の太い繋りをわたくしに確めさせました。更に、この盛り場の感覚の氾濫です。わたくしはその好もしさに身体が膨れ腫れるほど夜景の情趣を吸い取りました。凝滞していた気分は飛沫《ひまつ》を揚げて流れ始めました。

わたくしに取って恐らく思想であるであろうところのこの気分は、流れる場合に、それはわたくしを生きて来させ実在の感じを与えもし、わたくしの全部を支配するのでありました。この事をあるとき、少し池上に話しますと、池上は「それは蝶ちゃんという原子の中の電子のようなものさ。動かなければ蝶ちゃんを成立たせない」しかし、池上は、こうも言いました。「だが、その電子は、まわりを廻っているものだ。それと同じ力で張り合って、気分をしてまわりを廻らしめている何物かがある筈だ。それが蝶ちゃんの核心であるに違いない」

わたくしは、池上がまた捻《ひ》ねくり屋さんの性質からわたくしに何ぞ勿体をつける癖の一つと見て、この話を相手にはしませんものの、少くとも、気分が電子のように動いていなければ原子のわたくしを成立たせず、ただ、ぽかんとして、くさるばかりでなく、寮にいるときのような、どうでもいいやという性なしの弾ね人形にすることだけは確であると認めないわけには行きませんでした。

わたくしはいま、気分が流れ出すままに身も心も軽々と、空逝《ゆ》く雲か、浪乗る船のようなうきうきした不安に送り迎えされ始めました。越し方のことを考えても縹眇《ひょうびょう》とした無限の中に融け、行く末のことはいよいよ思い定められぬ晦冥《かいめい》の中に暈《ぼ》けております。嘗て過去に痛々しいこともありましたし将来に棘《とげ》立つことも待ち受けているようです。けれどもそれ等は元来正体のないもので、雲は霧の集り、結んだ水がうたかた、なに、心を苦しめ、身を辛がることがございましょう。如何にそれ等が渋堅い形を取っていようと、蒼空と大海原のような限りもなく窮《きわ》まりもない時空の引伸し器に挟まれたなら、まるで縁日の芭蕉せんべいを焼くように、平たく展《の》ばされ、脆《もろ》くも軽く膨らまされて、もし割って食べられたら淡い甘みも付いていて、こどもの口にさえ、さぞおいしいようなものでしょう。

眼の前の町も、灯も人も、いまは嵐の前の花野のように、ざわざわしながら照り輝いております。わたくしが進めば進んだだけわたくしの身に持つ探照灯《たんしょうとう》で照らし出すように、ほぼ一町四方の間の町も灯も人も、嵐の前の花野化されて行きます。そしてこの圏の前後左右は、ちょうどわたくしが過去や未来を心の中で憶測したと同じ美しい朦朧《もうろう》を湛えて、わたくしの身に持つ探照灯が照らし進めば照らし破るに任せ、照らし終ればまた元通り、美しい朦朧に閉じ去って、一針の縫目《ぬいめ》も見せず、相変らずそれは晩春の闇の夜町の遠見になります。気分が流れるということが何とわたくしをしてあたりの光景を斯《か》くまで恍惚《こうこつ》としたものに感ぜしめることでしょう。

昨年の十二月のクリスマスの前日、わたくしは安宅先生のヴィラへ御歳暮を持って行き、先生の留守に出会い、遥かに雑木林の中に先生が射たれる猟銃の音を聞きました。それからわたくしは先生を尋ねて雑木林の中に入り込み、うす日の射す林間の霧に浮かされ、踏みにじませる朽葉《くちば》の匂いに酔うて、わたくしはゆくりなく只今と似たような恍惚の光景にあたりを感じ得ました。しかし今から思えば、それはまだ、単調で幼稚な恍惚でした。

今夜の気分の流れには、たとえ過去や未来の悔いや苦労にはたいした正体が無いものとたかを括りながらも、さすがにわたくしも大人びて心の底の底には罪を重ね、咎《とが》を作り行く想いも免れないためでしょうか、または環境からして危機を孕《はら》み来る予感に襲われてでもいるためでしょうか、この無上の陶酔のうちに在って、わたくしは何か急立《せきた》てられ、詰め寄せられている不安の感じを除きようもありません。しかし、その不安は、すでに現在のようになっているわたくしの身や心のものに取っては、吸物の汁に忍ばせる酢の一雫《ひとしずく》であり、眼隈に添える墨の一掃毛であります。恍惚を深く染み付かせ強く引立たせる秘密な逆剤にしか過ぎません。それ故にこそ、花野に感ぜられる町や灯や人にも、嵐の前の危惧が見られ、うきうきした歓びは、白刃下に臨んででもいるように怯えております。その危惧、その恐怖、これがまた、何とわたくしの気分の動きをますます活潑にすることでしょう。

「あんた、どうして、そう、ぐずぐずしてるのよ」

わたくしは葛岡の上衣の肘をひきました。葛岡は、倶楽部の食堂で鬱積したものを吐き尽したためか、ぼんやりしてしまって、ここまで来る間も殆ど無言ですし、この賑かな夜町と行人の中に入ってからは、きょろきょろしてしまって、他愛もない夜店の智恵の環の抜き差しに感心したり、化粧水の売弘めの女弁士に眺め入ったり、まるで田舎者です。

「久し振りでこういうところは珍しいものだから」

葛岡はおぞい調子でこう言訳します。

わたくしは気分がいよいよ逸《はや》るままに葛岡を牽いて人形町の角を折れ、芳町の通りを日本橋川の方へ向います。ならばどしゃ降りのひと雨でもあって、これ等の非自然の花野が激しい雨脚に撩乱《りょうらん》と踏みしだかれ、わたくしはまたフルスピードのハイヤーに乗っていて、この中を突き進む。洪水のように漲《みなぎ》り流れる路面の水にも、それを蹴返してホースの口が注ぎ上げるような飛沫にも、撩乱と踏みしだかれた花野の片れ片れが映り煌《きら》めき、天地は荒唐晦冥《かいめい》の中に繽紛《ひんぷん》と天華乱墜《らんつい》するような光景なり行動なりになってこそ、いまのわたくしの気分に相応わしくあり、もしその華やぎ切った不安の極限に達した刹那ならたとえ自動車が転覆して、身も心も消え失すにしろ、幸いに今生に於《おい》て充たされたわたくしの気分は、白翼の鳥となって永遠の空に愛《かな》しくもなつかしい鳴声を断たぬであろう。

それなら遺憾《いかん》は一つも残らないとさえ思っています傍に、むすっとして、その癖、中身を吐き切って脱殻のように感じられる葛岡がいるのでは、わたくしは焦れ焦れするばかりでした。わたくしはぐんぐん葛岡を引張ったりまた小突いたりしながら、親父橋を渡り、少し行ってから右手の街の中へ切れ込みました。

つい、四五ヵ月前まで、まだ野の草の香りがあって木の生皮を剝《む》いた直ぐそのあとにも似た潤いも粘りも全身に需給されていた葛岡が、どうしてこんな人間になったでしょう。わたくしの女ごころは、こうした気分の高揚の中にも、いつの間にか慈しみの眼を見開き始めていると見えます。この青年の嘗て動き流れていたものが、誰からかたった錐《きり》一本を心の利目に打ち込まれたために、停ってしまったのではないか。そして俎《まないた》の鰻のように、伸びもならず縮みも得せず、観念の白眼をくりくりさせながら全身にとどめの苦悶をぬめりとして浸み出さす、そのことに於てのみ生の味わいを味わえるというような負け惜しみの考えを持ってしまったのでしょう。嫉《ねた》みや妬《そね》みでなくこの事が感じ出されて来ました。わたくしは歩きながらいよいよ深くそれに気付いて来ると、いかに解き放った高踏《こうとう》の態度を執ったにしろ、葛岡をこうしたものに矢張り安宅先生があり、先生が葛岡を捉え続けようとする積極の手はたとえ、諦めて引き込ましたにしろ、尚消極の手は動かして、招いたと思われる節があります。それが見事に、葛岡へ錐一本の作用となりました。先生自身はそれを全く考えてしたのではあるまい。だが、結果から見て斯くなった以上、矢張り先生自身に、先生自身の気付かぬ必死な望みの残糸があって、それが葛岡に絡まろうとしていたことが考えられます。

「何にも知らないこの青年に智恵をつけるにも程がある。これじゃまるで智恵をつけたために生きながら人間を木乃伊《ミイラ》にするようなものじゃないか」

　わたくしには、自分を愛しているものが、他の女によって奪還されつつある不愉快に向っての抗争の気持も多少はありますけれども、公平に看て、より多く、男の蝕《むしば》まれるのをいとおしむ女の本能が、高揚した気分に煽《あお》り出されて来て、力を得ました。

大体、この辺の横町は、大小旧舗の問屋筋が、表附を現代のオフィス風に建て改めたのが多く、退勤時間以後は防火扉を卸して町並は黝《くろず》み渡っています。けれども中には、まだ現代になり切らない店つきの問屋も混っていて、裸電灯を軒先に掲げ出し、店員たちが夜なべ仕事に着到の荷品を頻りに向う側の物置庫に運び入れているのもあれば、何やら粉末をアンペラの上へ撒《ま》き拡げて、霧吹きで湿気を与えている店もあります。硝子戸の中は煌々《こうこう》と照るシャンデリアの下に、ワニスが冷く光るデスクを一つ置き、人は誰もいないで、壁に掲げられているこの店に所属する製造工場の写真額があるだけの店があります。額を覗き込んでみると、煙突が五六本もある相当大きな工場なのに、店構えの小ぢんまりしたのと較べて異様な感じがいたします。荷品の嵩《かさ》は覗かれても、どの店もほとんど何の商品の問屋やら見当がつきません。

面白いのは、こういう黝んだ問屋の間に、汚点《しみ》抜き、染め更えしの染物店が混り、そこのショーウインドウには、流行の子供の袖無しちゃんちゃんこが飾ってあるかと思えば義太夫用の裃《かみしも》が飾ってあります。張扇《はりおうぎ》のようなもので台を叩き、拍子の間を取る音を混ぜて消防のきやりを稽古しているしもたやがあります。麻暖簾《のれん》を狭く垂らして、二階に若い男女の笑い声の聞えるお好み焼屋や、粋《いき》なそばやと見えながら洋風の窓やポーチを取付けてあるので看板を調べてみると、それは茶房。撒き水のまだ溜り残っている行潦《にわたずみ》を、春の名残りの恋猫が足を気色悪るげに振って渡り過ぎる姿が、先き角の小学児童用品店の灯で、痩せさらばった影に匍《は》います。

わたくしたちは、こういう横町を、曲る度びに、遠方の町の外れに必ず閃《ひら》めく、明くてネオンの点《とも》っている大筋の通りを眺めやりながら、ところどころで問い訊ねて、どうやら瀬戸物町の池上の本宅の前へ出ました。訊ね返さねば判らぬ筈でした。誰も彼も瀬戸物町の本宅と呼び慣わしていますものの、だいぶ前から、その瀬戸物町は本町に併合され、本町が今日の町名でした。わたくしは、今まで池上とあれほど交際《つきあ》いながらもこの本宅の所在も店附も知らないのでした。

小半町ほども普請の板囲いをして、池上商事会社新築場と掲示看板が横《よこた》えられています。その板囲いが外れたところに表附はオフィス風で、何の変哲もありませんが、その造作を越したうしろに聳《そび》えている蔵造りの家が集まってるらしい瓦屋根は、勾配を四方八方へ幾つにも分ち下ろして、なにさま大きな旧家の住宅に見えます。商売品の生麻の匂いも少しいたします。

わたくしは、なぜ、これをいま見に来たのでしょうか。わたくしに何の好奇心も慾望もありません。わたくしは、ただ葛岡にこれを見せて遣り、それに突き付けてわたくしがたった一言いい度い言葉によって葛岡に何か激しい気象を起させ度いためでした。そうしたら今こずんでいる釘付けの青年の心が、むくりと動き出すかも知れない。流れ出るかも知れない。

わたくしは使嗾《けしかけ》る声音で言います。

「あたし、近いうちに、ここへお嫁に来るらしいのよ」

葛岡は、黙ってわたくしの指す家附を見ていましたが、少し慄える声で、

「たぶん、そんなことになるらしいとは思っていた」

「あんた、それでもいいの」

「――仕方ない」

「莫迦、意気地なし」

わたくしは、女だてらにこういう言葉を叫ぶと同時に、葛岡の肩を捉えて眠れる人を醒ますように、むやみと揺り動かしました。

「あんた、口惜しいとは思わないの。自分の愛する女を人に奪られて――」

あばずれた言葉を言わなければならない羽目にある自分を憐れむためか、それとも単に激情が形に浸み出すのか、わたくしの眼から涙が零れました。

池上の店とちょうど斜向いに、小さい薬屋があって、店の灯を道路に吐いております。わたくしはこう言ったあと、葛岡の肩に片手を置いたまま、睫毛《まつげ》の雫《しずく》を邪魔にして頻りに眼瞼をしばたたきながら、店の灯の照し出す葛岡の顔の色のひと揺ぎをも見逃すまいと見詰めております。

「――」

瘠せてうす汚なくなって、ルオーの描いた基督《キリスト》のように、真面目過ぎるが故に、かすかに剽《ひょう》軽《きん》にさえ見える葛岡の顔が顰《しか》められかけて、それを張り支えるものがあって、急に刻まれた眉根の皺と鼻唇線の深まりを震源地の断層とするもののように、そこから四方八方へ筋肉の揺ぎが浪打ちます。その微細なものまでが、感情と意志の喰い違いを現す不自然さに苦痛を快楽として諦め返そうとする野狐《やこ》的な知性が窺われると、それは淫《みだ》らがましいものにさえ感じさせます。

興奮した小鼻の膨れ縮むのが、水を離した魚の鰓《えら》のように喘《あえ》いでいましたが、だんだんに静まりました。そこに再び白々として取付きようもない葛岡の顔が残されました。

葛岡は、ふーっと、蘇ったような息を吐いて、

「その口惜しさを、これからの毎日の餌食にしようよ」と言いました。わたくしは、とうとう末頼母《すえたのも》しい一人の青年を失った気持に陥りまして思わず手を拳にして、葛岡の肩をはたはたと叩き、

「それで済むの、あんたも男じゃないか。男じゃないか」と噎《むせ》び泣きながら、声もおろおろに叫びました。

「――――」

薬屋の小店から、店員らしい男が鴨居《かもい》に手をかけて身体を乗り出し、わたくしたちの様子を眺め始めました。乗りかけて来た自転車をとめ、足を車の両方へだらりと垂らしたまま見物を始めた出前持もあります。

わたくしは「あー、あー」と歎声を洩して、後口の悪い思いに胸をむかつかせ、なり振りもなく悄気《しょげ》た姿のまま、急いで歩き出しました。それを見て、直ぐあとに縋《つ》いて来ながら、葛岡

は、手を一つわたくしの身体にかけても呉れない佗しさ。わたくしたちは旧魚河岸《うおがし》の通りに来ました。河岸の家並の間から見透かされる日本橋の橋欄。そこには獅子や麒麟《きりん》の像の橋柱に夕顔いろの灯が点っています。ふだんは月並なものと思っているこれ等のものが、さすがに都会っ子のわたくしに、こういう場合は何か勇気附けるものがあると見えます。わたくしに、今はこうよと思い定めさすものがありました。

「これから、あたし、安宅先生に会って談判しに行くわ。なぜ、葛岡をこんな人にしましたかって。だから、あんたも一緒に行って頂戴よ」

あとのことなんか、この際どうなったって関《かま》やしないと思いました。すると葛岡は、わたくしの顔を見返して、

「これから、赤城の麓へまでか」と問い返しましたが、すぐ、

「いいだろう、蝶子さんも、先生に一ぺん会っとくがいい。この先、どんなお訣《わか》れになるかも知れないから」

わたくしはハンドバッグを開けてみました。幸い、内かくしに、池上はたっぷり紙幣を入れて呉れてあります。わたくしたちは自動車を上野駅へと急がせました。

上野のステーションへ来て調べてみますと、

今からでは、上越線で八木原駅に停車するのは夜中近くの十一時三十分発の列車だけであることが判りました。けれどもわたくしは意固地《いこじ》にそれを待受けして葛岡と一緒に車室へ乗込み、真夜中過ぎの午前二時半に八木原駅へ着きました。

闇の中の宿場町です。たまに見える軒の灯は夜霧にうるんで、何度眼を瞬《また》いても自分が寝呆けているような気がいたします。水の流れとも葉ずれのささやきとも分たない物音が何処からともなく聞えて来て、うっかり立止まるとその静けさはしんしんと身に染み移り、身体はしもり重って地に傾き倒れそうな気がいたします。さればといって急いで歩き出すと、いまにも眼の前に泥田圃か肥料溜《こえだめ》が、ぱかと口を開き、それにのめり落ちたが最後、奈落の底までも沈み溺れそうな気がいたします。

学園の遠足以外には田舎に出たことはなく、田舎の夜とては一層に不勝手なわたくしには、東京であれほど弾んだつもりの安宅先生説得の意気込みも、いつか、相撲の手だとて人から聞きました肩透《かたすか》しとやら叩き込みとやらを受けました形で、ただしょんぼりと力抜けがするだけでした。いまから東京行の汽車でもあるなら、いっそ逃げて帰り度いくらいでございました。

咽喉に詰った痰《たん》を噎《むせ》んで吐くような夜鳥の叫び声が横切りました。それから連想でもしてわたくしを興がらせ、慰めるつもりなのでしょう葛岡は、闇の中にもしるき黒い山影を透し眺めて、

「赤城山に出る天狗は団扇《うちわ》天狗というのだ。猟師の持つ鉄弾丸《だま》は惧《おそ》れるが鉛弾丸は一向惧れな

いそうだ。このまえ来たとき土地の人の話だった」

と言いました。わたくしは擬勢を張って、

「そんな話、いくらしたってちっとも恐かありやしない。たんとなさいよ」

と、たしなめながらも、ますます気に喰わない葛岡の背後にぴったり寄り添って歩かないわけには行きませんです。

ステーションで教えられた夜明しの旅館に着きました。不寝番《ねずばん》の男は私たちを奥まった二階の部屋へ案内しました。洋室擬《まが》いに窓を狭め、畳が敷いてある様子までが、胡乱《うろん》に感じられる部屋つきです。若い男女の不時の投宿に男衆は気を利かしたつもりなのでしょうか。やがてその男衆の持って来た宿帳へ葛岡は物慣れた筆つきで書き与えました。

「夫婦ということにしといたよ。こういうところでは却ってその方が面倒でなくていいのだから」

「そんなこと誰に習ったのよ」

葛岡は、ちょっと躊躇していましたが、

「安宅先生と鳥撃ちやスキーに一緒に行って、度々の経験から覚えたのだ」

と、わざと声を厳粛にして言いました。

それから、火鉢の火や茶道具を運んで来た小女中が、寝惚《ねぼ》け眼で寝具を二つ並べて敷いて去ったあと、葛岡は、自分の分の布団をぐいと片側に寄せ、わたくしの分の布団との間に畳の空地を慥《(ママ)》えました。そしてその空地の真中に、自分の締めていたバンドを外ずすと、縦一すじに置きました。バンドは白くて几帳面な置き方と共に何となく子供らしい所作に感じさせられます。これを眺めてわたくしが何か言い出すまえに葛岡は布団の上にきちんと坐って、

「レデーと寝室を共にするときの作法だからね、悪く思わんでね」

とテレ臭そうに言いました。

「それも、安宅先生と一緒に旅行したときの経験なの」

と、わたくしが執拗《しっこ》く訊ねますと、

「いや、経験じゃない。最初から先生に指図《さしず》された作法なのだ」

と押し返すように言いました。

わたくしは、自分の布団の枕元に坐って、この横《よこた》えられた白いバンドと葛岡の顔とを尚もしばらく眺めていましたが、笑止《しょうし》な仕業に見えるだけに、これも先生が葛岡のこころを縛りつけている幼稚な術《て》の一つのように思えましたので、

「一体、どういうわけなのよ。わけを教えてよ」と穏《おだや》かに訊きました。

すると葛岡はやや得意になって、

「先生は、世界のピューリタニズムの研究家なのだ。禁慾者の生活様式にはとても詳しい。この男女距《へだ》ての作法も、先生が、昔、鎌倉時代に遊行衆《ゆぎょうしゅう》といった禁慾者の教団が男女混同で一室に眠るとき定めた儀式から思い付かれたものなのだ」

と言いました。葛岡は、わたくしがなおも委《くわ》しく聞き度《た》げな様子を見せて居りますのに油が乗り、その説明を次のように語りました。

鎌倉時代に一遍上人という特殊の念仏を布教する聖僧があった。寺は持たずに教団の男女を率いて諸国を行乞《ぎようこつ》教化して巡る宗風であった。この教団の人々を遊行衆と言った。時代の暴風雨に吹き悩まされた土民の男女でこの教団に遁れ入るものが多かった。厭世と禁慾とがこの教団のまた魅力でもあった。教団が流行らない初めの頃は何と掟《おきて》をしないでも男女の間の風儀《ふうぎ》は乱れなかった。教団が流行り出すと掟が緩んだせいか、たまたま間違いが起るようになった。

「そこで指導者の一遍上人が工夫したのが二河白道《にがびやくどう》の距てだった」

浄土教の教相の中では、人間の情慾を火の河と水の河に譬《たと》える。焦爛惑溺《しようらんわくでき》の衆生《しゆじよう》を救うためには、この中に他力の道が細く一すじ通っているとしてある。二河白道という術語はこれから来るのだそうだ。

教団が夜泊して宿舎が狭い。男女一室に、眠らなければならないときには、上人は男女の臥床を左右へ分けた。間に十二因縁を象《かたど》った十二の筐《はこ》を置かした。十二の筐の蓋には白い布《き》れが取り付けてあり、筐を繋ぎ並べると、一すじの白い道が通っているように見える。左右の臥床の男女はたとえ慾望を起しかけても、枕元なる二河白道の譬えを見て冷たく心を吹き醒まし、現世を離れた安らかな眠につけた。

「安宅先生は宗教嫌いだった。けれどもこの作法をたいへん面白いことに思った。それからして先生は自分と一緒に旅行するときは、先生自身も白いバンドを締めるし自分にも締めさした。宿屋で一室に臥《ね》るときは、二人のバンドを繋ぎ合して寝具の間の距てにした。先生は言われた
――西洋の修道院で設けるような厚い壁と、眼よりしか見えない穴窓という趣向より、この方が距てる力は心理的に喰い込んで、しんねり強いです。東洋人の象徴主義も決して莫迦《ばか》には出来ません」

それと「男女一緒に旅行して一室に寝なければならないとき、レデーに対する礼儀作法としても第一簡易な形式でよいではありませんか――」と。

葛岡が安宅先生の代弁をするとき、衒学《げんがく》的な中性女そのままな口振りが憑《の》り移って、うぶ毛の口髭さえ面影に浮ぶのを醜いものにわたくしは感じ取りましたが、それよりこの寝床と寝床との間の奈良漬色の古畳の上にねろりと横わった白いバンドを見続けていますと、たとえ安宅先生は簡易で厳粛な作法と主張したにしろ、わたくしにはこの紐から却って淫らがましいものを感じられて不快になりました。

普通に流して置けば別に目立たない本能の川であります。それを塞《せ》き止めてみたり、のみならず、いわくあり気な禁圧の形式までわざとらしく間に挟みます。この事は距てられた男女の間に秘楽でもあるらしく思い潜ます作法を起して、結局は禁圧の効を奏するにしろ、途中の一ときは逆結果を醸《かも》すために、却って男女を悩ましやしませんかしらん。

精神分析学にも造詣が深いと言われる安宅先生がこれしきの心理の曲折を識らないわけもご

ざいますまいに、ぬけぬけとこれを葛岡に押し付けてさせるところをみれば、わたくしは先生に何か他に別な意趣があるとよりしか思われません。そう思って来ると、先生のすること做《な》すこと、どことなく芝居染みていて、その芝居染みている間に、先生はこれを演じつつ秘かにまたこれを味わっていそうな形跡さえ気付かれて来るのでありました。

「ひょっとしたら、安宅先生は世にも贅沢な人生の享楽者なのではあるまいか」

　普通に流して置けば、ただの本能の川であります。先生はそれに禁圧の堰《せき》を伏せて本能の流勢を盛り上らせます。先生は全身にその強い抵抗を感じて、官能の舌鼓《したつづみ》を打ったかも知れません。しかも結局のところ禁圧してしまって、そこに無理に作った遣瀬《やるせ》無い思いや不如意の果敢《はか》なさを、今度は常情以上の悲痛な液汁《えきじゅう》にして、まるで酢を好む人のようにも先生は貪《むさぼ》り啜《すす》ったのかも知れません。そうかと思えば今度は、わたくしに向っている葛岡の心を、反対に捩《ね》じひしぐような仕方で葛岡に自分との結婚を強いました。それはパトロンの権力で男を操作してみる試みを験し味わうようにも思い取られます。先生は葛岡に求婚の拒絶を受けましたけれども、恩愛の糸では決して葛岡が免れ得ないのを知って、釣師がわざと力の弱い竿で大魚を綾なし、引き付けつ、伸しつ、遂には自分の手へ収めてしまう、それのように、かなり残忍な趣味さえ帯びた贅沢な感情のいきさつを実家へ帰臥してからの四ヵ月は味わっていたのではありますまいか。だが安宅先生に於ては遂に魚を手元へ収め得ないのを知ってからは、最後に恬淡《てんたん》を装って悲しみの投げ罠のような業さえいたします。果たして若《も》しそうなら、その人生の贅沢の道具に使われている葛岡は勿論のこと、葛岡のヒューマンのために義憤を起したつもりのわたくしまで、このくらい虚仮《こけ》な役割りはございますまい。

「けちなことをしないでよ。することが見え透いているわ」

わたくしは、白いバンドを手に取って座敷の隅へ投げつけました。それを拾って来て、葛岡は元のように締めてから、

「旅行のときにはいつも癖になってるものだから、やっただけだ。なに……」

と、あとは口の中でぶつぶつ呟いていました。

わたくしは尚も安宅先生が娘時代の研究を復活したという生の意識を深めるための「死に就て」の研究とやらも、先生一流の最も皮肉で贅沢な人生の享楽の一つではあるまいか、もしそうなら、そんな贅沢な人間を生んだこの上州の田舎も万更《(ママ)ざら》、野暮じゃないところかも知れない。わたくしはこう思って来ますと早く部屋の外の気色を見度い気持で部屋のまわりを見廻しました。天井で鼠がことことという音にもそう怯えなくなって、いくらか身体が寛いでさえ来ました。心に思うようは「ふ、ふ、ふ、先生ったら、ずいぶん人が悪いわ。隅に置けないのね」と、

「疲れたでしょう。少しの間でもあんた横になっときなさい」

葛岡が言いかけたのを、わたくしは、「知っててよ」と言って、帯だけを解き、壁の方に向って床の中に入りました。

暗い電灯の下で葛岡はしばらく独りで茶を啜《すす》っている音がします。やがて音も無くなったの

で寝返りをする振りをして覗きますと、こっちを見ては鉛筆を嘗《な》め懐中手帳に何かつけていま
す。

「また、蟇の油の蟇哲学のことでも書いてるんじゃない」と揶揄《からか》ってやりますと、

「ご覧、君の寝たところのスケッチだ」と臆病に見せまして、

「僕は、汽車の中ででも考えたのだが、今度こそ、先生も僕もあんたも、ちりぢりばらばらになる運命が来たように思うのだ。それで僕の一生の記念に僕の手でスケッチしたあんたを手元へ遺しときたいのだ」

と寂しそうに言いました。わたくしも少し気持をそれに引入れられましたけれども、今更、何をこの愚かしい男がという気が出まして、

「ずいぶん拙《つたな》いスケッチなのね。あたしにちっとも肖《に》てやしない」

と寝ながらけなしますと、葛岡も自分で見返して、

「なるほど、拙いな。植物標本のスケッチなら園芸学校でも習っているから描けるんだが、生きた人間は始めてだから描き辛い」と言いました。

それから葛岡は、わたくしを穏かに眠らせるつもりらしく、その園芸学校時代に実習した染色剤を使って菖蒲《しょうぶ》やカーネーションや朝顔を色変りにさせる法や、枯れかかった松の根元に穴を掘って酒を飲ませて治療する法などを、お伽話《とぎばなし》のように無邪気で面白く潤色してゆっくりゆっくり喋りました。

窓の硝子戸を訪れる風の音を伴奏にして、努めて低く柔かく語る男の地声です。わたくしは流石《さすが》に昼からの疲れが出たものか、とろとろと夢に入りかけます。ふと今頃は、わたくしの失踪で池上の寮でも、母の家でも夜明しで騒いでいることが思い出されると、眼をぱっちり開きます。すると、すぐそれを撫で臥せるように男の地声が力を張って参ります。その親鶏が雛鶏に向うときのような太暖かい声の響きは、わたくしに去年のクリスマスまえ、学園の丘の河上の多那川べりで遇った乞食の老人の声を思い起させます。それを媒介にして、また、死ぬ前、あれほど、土や菰《こも》の上をあこがれた乞食の血筋の父親の言った言葉を思い出します。「人間は四十を過ぎたら元の根に還るものだ。生涯を出直すにしても一たんは根に帰るものだ。そうしなければ心が寂しくてやり切れない」

わたくしは、また、眼をぱちりと開きます。すると、すぐ傍の男の地声が力を張って撫で臥させます。

夢とうつゝの間に何度、こういうことを繰り返しましたでしょうか。そのうちわたくしは、自分も乞食になって満足し、気早い心で、土の上に臥ているように思い做されて来ましたのは妙でした。傍には気の置けない若い男の乞食がいて護っていて呉れる。いまはその他、何も望むところはない。わたくしはただこの四月ほどの間の疲労熱を冷たく湿った土に吸い取らせて、ぐっすり眠りさえすればいい。

臥し向っている洋室擬《まが》いの腰張のニス板が、睫毛《まつげ》の間から見はるかす限りもない大地の拡がりに感ぜられて来ました。その限りもない広さ平かさを、はてなと思って、遥か先まで見究めようと眼瞼を張ろうにも力が及びません。及ばない力がたゆみの感じを身体の中へ押し戻しますと、恍惚とした甘さが骨の節々にまでも浸み亘《わた》ります。わたくしは、ただ自分を、楽しい女乞食、女乞食、女乞食――と朦朧に意識するだけのうち、いつか深い眠りに陥ってしまいました。

諦め切ったという男には、たとえ不甲斐ないことにはなったにしろ、またこんなに女を和《なご》ます力があるのでしょうか。

「少し話を途切らすと、君は、ぴくりとして眼を覚ますのだから、弱った」

それで葛岡は一夜まんじりともせず、何かかにか咽喉から声を出していたと言います。

「眼を覚せば、君は、また突っかかって来てうるさいからな」

わたくしは、さすがに有難く思って「ほんとに済まなかったわね」と言って、起き上り、勢よく洗面所に行きました。

よく晴れた朝でした。窓硝子には濤《なみ》の横腹を押しつけたように欅の若葉がぺっとり朝露で粘りついています。その隙間から田舎町の静かな屋並びが覗かれます。

手製のパンにハムエッグとコーヒーが出ました。これで朝飯が済んだのかと思っていると、今度は改めて和食の膳が運ばれて来ました。これこそ本式の朝飯だといいます。サーヴィスが良過ぎるのか、わざと業々（ママ）しくするのか判らない田舎旅館の朝飯を済ましまして、私たちは呼んで置いて貰った自動車で出発いたしました。葛岡に訊きますと、安宅先生の実家の村はこの駅町から小半里よりは近いと言います。

　低く青いのは麦畑、やや高く青いのは桑畑。そしてこの間に雑菜の畑や、まだ冬の刈田のままの水田などが縦横無尽に縞目をつけております。縞目のところどころにさかりを過ぎた菜の花畑とげんげ畑が色がうるめて咲き敷いております。丘というほどでもない堆土に子供らは摘《つみ》草《くさ》をしています。右手の方に前橋、伊勢崎の煤煙も望めます。

　空から星屑を振り撒かれたように芽を吹く雑木林。花ある村。花なき村。から風は天下に名高く、土それ自体にかじかんだ荒肌のすさまじきものを持ちながら、さすがに晩春初夏の季節の界とて上州の平野もおちこちに賑かな寸景を点じております。その中を車は走ります。

　地上にはこれ等の寸景を無数に載せながらこの平野はまた山裾の傾斜を受け継いで、緩く大きく、北より南へ傾いてもおりました。従って、里道のカーヴに制せられてうねり曲り行く車の上の私たちは、随時随処に、眼に当る方向も身体に感じられる高低も移り変りまして、何だか平野の大きな掌の上に車ごと載せられて揺り遊ばされては周りを見せて貰っているような気がいたします。

　草むらの中から、ぱっと投げ上げられて、中空に上り下りしながら鳴く音を続けている雲雀《ひばり》の群――。

一度、来たことのある葛岡は、山の名を覚えていまして、大体に於て、車のうしろの方に当り、空に牙を並べて噛みついている霞色の峰の塀を、あれが榛名、妙義、それから浅間の連峰だと言いました。いま既にその裾野の傾斜に乗りかけながら、なおも眼の前に磐石《ばんじやく》に控えている山が赤城山であることは、教えられずとも今朝宿屋を出るときからわたくしに判っておりました。

けれども、こう近寄って来てみて、判っているようで判らないのはこの山の界であります。というのは、この山はあまりに平ぺたく、幅を大地に取っておるからでございました。試しにわたくしが眼で左右に緩く裾野が傾く線を辿って行きますと、しまいには裾野だか地平線だか判らないほどこの裾の果は山から縁離れした遠方まで延びております。わたくしは葛岡に訊いてみました。

「ずっとこれがみんな赤城山なの」

すると、葛岡も辟易《へきえき》した色を見せまして、

「さ、そいつはちょっと返事に困るな――近くへ寄ったら、どこの山だって、裾野か平地か、界は判るまいじゃないか」

葛岡は内ポケットから懐中手帖を出しかけながら、

「しかし、とにかくこの山は、山のスロープの雄大なので有名だね」

朝日を受けたので黄味がかった薔薇色に明るんでいる正面の緩い傾斜の山腹を眼で登って行

くと、ここにまたかなりな高さまで森の木立、畠、村落などがあるのを、山霧の紗《しゃ》を通して見届けられるのでありました。ごく頂上のところにだけ無花果《いちじく》の熟み破れた尖のように、裸の峰や、裂目のある岩山が顕われております。

手帖の頁を繰り当てた葛岡は、頁の上とそれ等とを照し合せて、

「まん中に、向い合った峰を両方とも地蔵岳と言うんだね。それから右の外側にあるのが、荒山に鍋割山。左の外側に丘のような形をしているあれを鈴ケ岳というね」

と説明しました。わたくしが、その手帖を覗きかけると、葛岡はちょっと引込めかけましたが、逆らってもつまらないと思ったらしく、

「なにね、このまえ来たとき、先生の部屋から僕がスケッチしたのへ、先生が名前を書き込んで呉れたんだよ」

とわたくしに見せました。わたくしは、いろいろなことを言いながらも先生と葛岡とはこんな睦じそうな事までもしているのかと癪《しゃく》に触りまして、

「これもやっぱり一生の記念のためなの」

と皮肉に言いますと、葛岡は手帖を急いでしまって、

「たぶん、記念になりそうな気がする」と悲しそうに言いました。

車は村に入り、突き抜けて村外れの細い流れに板橋の架っている前で停りました。

「さあ来た」と言って葛岡は緊張した顔をしました。

わたくしは何だか学園で会いつけている安宅先生とは違って難かしい人を訪ねて来たような気がしまして、急に億劫な気持に襲われました。しかし心の底には許さぬ気性が歯を嚙み鳴らし始めております。

板橋から下を覗くと、山麓の流れは清らかにも勢早く、瀬波《せなみ》を立て、底の小石の形を千々に揺《ゆら》めかして見せております。水に米俵が二つ三つ浸けてあります。私は葛岡の顔を見ると、葛岡は「苗にする籾米《もみごめ》の種俵だ」と答えました。

流れの向う岸は一帯に篠笹《しのざさ》に横竹をあしらって生牆《いけがき》にしてあります。そのまん中へ向けて架け渡した流れの上の板橋は先生の家の出入口専用の橋らしくあります。中へ入ると広い前庭になっていて、一方には畑もあり、畑には葱《ねぎ》の坊主と、大根の花がしどろもどろに咲き倒れています。反対側にひねこびて煩わしく空に枝を撓み張った柿の木が三四本一せいに若芽をつけています。戸外の作事場なのでしょうか、まるで滑石《なめいし》のようにてらてら光る堅い土面の上を歩んで行きますと、屋根に養蚕の天井窓のある藁家《わらや》がありました。勝手を知った葛岡は台所の土間口らしい入口から帽子を脱いで入って行きました。わたくしは今にも先生のなつかしくも奥底の知れない顔が家のどこかから現れ出て、妙な表情をするに違いないと心臓の鼓動を高めながら待受けましたけれども、入って行った葛岡さえなかなか出て来ません。

わたくしは探るともなくこの家の様子を眺めますと、田舎慣れないわたくしの眼にも異様に感ぜられるものがありました。家は此方から見て、楓《かえで》の木を椽《(ママ)》先《さき》に控えた座敷と、その次の炉《ろ》ノ間らしい座敷と、二つ、いずれも障子が締っていて中は見えませんものの、これだけが母家の態とはどうしても受取られませんでした。というのは、家の竪柱にしても土台の礎材にしても建物に較べると釣合わないほど立派な太い材木が用いてありまして、その古びさ加減からいっても余程の旧家のものらしいのです。この家の奥にはなおいくらかの部屋はありましょうけれども、正面がこの態の表附とすれば差程大きな家とは思われません。それですのにこの不釣合いな用材は察するところ、以前ここに大きな屋敷のあったものが他は取毀《とりこわ》して、建物の一角だけ残され、新な母家にしたのではありますまいか。わたくしにこう思わせたのには、なお、理由がありました。大地の緩い傾斜に応ずるため末高に石を積んだ囲いの中へ、地均《じなら》しの土を盛ったこの家の敷地は、この母家を一端にしてまだまだ広く奥深く屋敷跡らしい空地を残していましたから。

わたくしは少し佇む位置をずらして空地を覗きますと、家畜を飼ったあとらしい柵があったり、器械体操の金棒の設備があったりするその向うに、毀《こわ》れかかった土蔵倉と、京都三十三間堂のように横長い物置長屋とは、たとえ古びておれ、表の母家とは似ても似つかぬほど格式張った構えのものでした。

かみなりに家は焼かれて瓜の花

今年の桃の頃、初雷が鳴ったとき日本橋の寮で、雷嫌いのわたくしは座敷の中を周章《うろたえ》て廻りました。そのときわたくしへの気休めに火鉢へ線香を立てながら、池上は季節は混ぜこぜに幾つか雷に関係のある古い俳句を呟きました。わたくしはその中から憶えていたものと見えまして、今思い出したのがこれでした。屋敷跡の様子は、俳句に素人のわたくしにもこの俳句の趣《おもむき》に似た哀愁と共に、ひょこんとした感じを与えるものがありました。「安宅先生はこういう家に生れたのかなあ――」と、わたくしを感慨無量にさすものがありました。

葛岡が張り合い抜けの顔をして来ました。

「誰もいないので裏の方まで探し廻った。先生の弟さんがいた」

と言いました。

「それよか、先生は?」

「養蚕の季に入ったので家の中がうるさいって、赤城の上へ勉強しに行かれたそうだ」

わたくしは多少ほっとした気持がないことはありませんでしたが、

「たぶんこんなことになりやしないかと思ったわ。あんたも運のいい方じゃなし、あたしだって同じことだし、で、どうする気」

葛岡は、その弟が二人に是非上って休んで行くよう、家の中で待っている由を告げ、しかし葛岡自身はあまり気が進まないらしく、今度は葛岡の方から「で、どうしよう」と言いました。

わたくしは、先生の実家や、きょうだいの様子を尚も見て置き度く、やはり、しばらく休んで行くことにしました。

拭き磨かれた台所の板ノ間が大部分で、そこを避け八畳ほどの畳敷に炉へ自在鉤で鉄瓶が釣った部屋であります。炉の端に私たちを招じた先生の弟は、土間の桑の若芽の束を指し、

「なにせ、養蚕期に入ったものですから、座敷はどれもその方に宛ててあります。ここで失礼さして頂きます」

といいました。

弟というのは安宅先生のあの中性型の美人の顔を、横着に、そして神経質な苦渋をも加えた、いくらか奇怪な趣のある青年でした。紺絣《こんがすり》に兵児帯《へこおび》を締めている着物の裾を、横ざまに出した片足の上に頻りに冠せながら、

「リョウマチをやったものですから」と言訳しました。

なお、そのほかこの男は如才なくしながらときどき肩肘を張ったり、帯の前を掴み下げたりいたします。人にひけ目を見せまいとする不具者の癖か、それとも強情な性分ででもあるのでしょうか。弟は私たちに茶を勧めたのち、その不自由な下体を斜めにずって行って、蝿帳《はいちょう》から瀬戸鉢を取出し、私たちの前に置きました。

「赤城の山独活《やまうど》の漬です。お摘み下さい。新しく桶《おけ》から出すと香気は高いのですが、相憎《あいにく》と、勝手の人間が誰も居らんもので――」

それから、意味あり気な冷笑を唇に浮べながら、

「姉が留守になりますと、いわば鬼の居ないうちに洗濯といった具合で、みんな羽根を伸して出歩きますもんで――」

と、今度は私たちをじろりと見ました。

この部屋は都会の家にしたら茶の間なのでしょうが、蠅帳やら台所戸棚やらがある外に、眼が家の中の暗さに慣れて来ますと、長火鉢を横に控えて帳場格子に簿記帳が立ててある席があったり、安物の青羅紗《ラシヤ》張りの書きもの机にオンス秤《ばかり》と電気按摩《あんま》器が載せてある席があったり、渋塗の畳紙の口が開きかけて小切れが散らばりかけた席があったり、まだ、も一つ子供用らしい勉強用の小机もあるのが見出されて来ました。在るものはこうまちまちですが、全体としては、家の中の所々からこの部屋一ところに追い集められた俄寄合《にわかよりあい》の席の態に見受けられました。よし、それは養蚕期の都合によるにもせよ、また、あまりにごちゃごちゃと何か強力のものからここへと逃れ侘《わ》びた恰好に見受けられました。わたくしは弟の口振りといい、この部屋の光景といい、ひょっとしたらこの家の家族一同は先生の帰郷以来、権高な長女でもあるらしい先生の威光に辟易して、而かも誰もが反抗し切れない形勢なのではあるまいかと推量いたしまして、試みに葛岡の方に向って、

「あんたが、この前、寄せて頂いたという先生のお部屋はどこ」

と訊きました。

すると葛岡は、何気ない様子で襖を斜に指し、

「この奥の御座敷で、そりゃ赤城が真正面によく見える」

と答えました。わたくしには果して先生がこの家の中の主位に席を占め、独裁者のように振舞っている想像が当ったような気がしました。

弟は、わたくしと葛岡との私語に仲間入りしたいように、

「姉も、ああいつまで、ぶらぶらしていて、一体どうする気なのでしょうか」

と言ってみせました。慣れない人には全く無口な性質の葛岡は黙っています。わたくしだけ努めてこの弟と、互いに探り合いながら話を少し重ねていくうち、だんだん、この弟は、先生対、葛岡とわたくしとの関係のいきさつも充分心得ていることが判って来ました。

そして葛岡にしろわたくしにしろ、先生を動揺さした害人であり、従って先生に頼っているこの家の家族たちに取っても亦、私たちは迷惑な存在であるとこの弟は思っていながら、しかし事の経緯《いきさつ》がここまで深入りした以上、私たちをただ憎み去るのも不得策である。そして、家族の平たい相談ばなしなどは滅多に寄せつけない先生に向っては、この弟は反感さえ持つところがあり、事件の捌《さば》きや見通しに就ては寧《むし》ろ、迷惑な害人の私たちに内輪相談に乗って貰い度いような用心深くはあるが妙な親しみさえ寄せていることが判って来ました。

「家の中のものは、蔭で心配ばかりして、全く手がつけられない仕末です。お察し下さい」

こうなってみると、わたくしには大層話がしよくなりました。葛岡の解放のため場合によっては先生の根元の考えからさえ変えて貰わねばならないその予備知識の為めにも、先生をああ

いう人間にした環境であるこの家の事情を出来るだけ多く知って置くのはなにかにつけて便利だと思いました。そこで愛想よく、

「御気の毒さまですわね。でもわたくしだってどうしていいかほんとに判らないんですもの」

それから言った意味を徹底さすため葛岡に向って「ねえ、あんたも、そうなのでしょう」と同意を促しました。葛岡は少しきまり悪がって、それでも「うむ」と頷きました。わたくしは、尚もこの弟をいい鴨にして、合槌《あいづち》を打ってみたり鎌をかけてみたり、少しは逆毛に撫でてみたりして、先生の家のことを喋らせるように仕向けます。

高崎中学を終えてから、各地の医専の入学試験を受けている最中、リョウマチにかかり、少青年期の大事な部分を実家で療養に暮すうち中学生上りともつかず田舎紳士ともつかない鵺《ぬえ》の青年になったらしい弟は、せめて生活の業にもと近頃では鍼灸《しんきゆう》師の資格試験の準備中なのでありました。

「今更、鍼灸師なんかになり度くはありませんが——」

弟はわたくしの術《て》に釣られて、まず自分自身の遺憾を先に洩《もら》し、家族の一人をこういう風な目に会《あわ》しもする先生並にこの家自体の矛盾に就て恨みや歎きの口振りも混ぜて、実家のことを次のように語り出しました。

赤城の山——平野にこれだけの異変を擡《もた》げている大量な土塊が、この平野に住む人間たちに何等か心理上の影響を与えないわけはなかった。伝説はその一つで、この山の麓の村々の間に

十六の歳に当った娘は登山は叶わないという言い伝えもまた、赤城山頂の湖水に絡まる伝説から来ておるものであった。

赤城の山頂には火口原湖として大沼《おの》と小沼《この》と二つの湖水があった。頃はいつの頃か定かに判らないが、山麓の村の長者の家で十六になる美しい一人娘があった。或る時しきりに赤城の登山を望んだ。そこで長者は娘を駕籠《かご》に乗せ、供人も多くつけて山へ送った。登るにつれ娘は山が珍らしく四方を見晴して機嫌よげに見受けられた。道は八町峠から小沼を先に見物にかかった。小沼まで来ると駕籠の中の娘は下りて水が飲みたいと望んだ。供人は何の気なしに娘を駕籠から下ろしてやった。娘は渚に立ち、しばらく沼の水をしげしげと見詰めているうちさざなみの上に道でも拓《ひら》かれたように沼の中へ入って行った。供人は立騒いでも、する術《すべ》なく、娘の姿は水に没してしまった。

歎き悲しんだ長者と妻は金に飽《あ》かし人に飽かして、せめて娘の亡骸《なきがら》でもと沼の換え乾しにかからせた。大雨が降り続いて乾せども〳〵沼の水は涸《かわ》かなかった。四日目である。湖心と見るあたりに黒雲捲き騰《のぼ》り、娘の声として「自分はこの沼の主となった。換え乾しは自分の為めにならない。歎きはさることながら、最早や詮《せん》ない業である。父母にはただ諦めよと告げよ」と聞えたと見るまに、黒雲は元に納まり、再び大雨が沛然《はいぜん》と降り注いだ。

以後、娘の村では、娘の入水の日を娘の命日にして赤飯を蒸し山へ持ち行きて小沼に投げ込む。山麓の村々一帯に、十六に当る歳の娘は登山を禁じられるような風習になった。

ここまで語るのに、弟は、迷信的のことを自分は語っていても、これは単に話の段階で、自分は没交渉《ぼっこうしょう》な智識人だということを例の肩肘を張ったり、帯を掴み下げたりする擬勢の癖で示しながら、なおも言いました。

「こんな伝説や風習は湖沼のある山の近所の村なら、どこにでも似たり寄ったりのものがあるんでしょう。だから、迷惑とも思いませんが、これが私たちの生活に直接影響して来ることになると、そう無関心ではいられなくなって来るのです」

その伝説の長者の家を、赤堀村の道玄といったり、小菅又八郎だといったり、所と人によって違うが、その昔からの噂は、移動性があるだけに界隈《かいわい》の民戸の人気や雰囲気によって勝手なところに振り向けられて来る。村で旧家染みた家であって四隣の憎しみを受けたものは小沼の竜女の郷方だと噂に立てられることがよくあった。噂に立てられた家では大人は何でもないとしても、娘で而《し》かも気の弱い女などの中には、いつか自分でこの噂から自己催眠にかかって、身体を蛇体のように蜿《う》蜒《ね》らせ、「小沼へ帰り度い」と叫び出して、村人に担がれ湖水を見せに山へ登ったという事件なぞも大正頃までもあった。

「私の家にもその噂を立てられたことがありました。もっとも私の家の方にもそういう噂を立てられても仕方がない村に対して無理なことがあったにはありましたのですが――」

この村の旧家であり村長を勤めていた父親は、新智識をもって任じた。その頃都会の智識階級中に行われたスマイルズの自助論の翻訳本で中村敬宇の西国立志編などを田舎で読み、本の中の有名な句の「天は自ら助くるものを助く」という言葉など口癖に言っていた。農作の改善、副業の奨励、作業の協同等を当時の村民に早く勧めていた。村の男女の風儀の矯正には最も熱心であった。多年土地の若いものの間に染み込んでいる弊風《へいふう》の賭博と媾曳《あいびき》を、父親は眼の仇にして清掃を図った。父親は一方非常な飲酒家であった。洋酒の種類を横浜から取り寄せ、大座敷に控え、朝からちびりちびりとコップから飲みながら、用事で来る村の人に会った。貧村のこととて金借りの連中が多かった。父親はその一人一人に執拗《しつこ》く自説からの批判や教訓を与えてから金を貸してやった。金を貸して貰い度さに、父親の言うことに胸をうたれた様子を装い、聴き入るものもあった。「村長さんは叱言が酒の肴《さかな》だ」「どうせ利息をつけて返す金だものを、ああ人にへえこらさせずともよかりそうなものだ」村人の間にこんな蔭口があった。

中には、進んで父親の機嫌に取り入るため、他人の非を発《あば》くものもあった。どこそこの家の息子は賭博をするとか、どこそこの家の娘は媾曳をしているとか。これを聞くと父親は物凄い顔をして、もしその家に貸金でもある場合は早速、その家の当主を呼び付け家の若ものの監督がよくない廉《かど》で即刻返金を命じた。命令に対して相手に否応《いやおう》は言わせなかった。出来なければ家財でも押えて取上げた。

夏の夜になると、父親は浴衣がけで、印度産の籐の握り太のステッキを携え、莢豆《さやまめ》の棚の間や青薄の蔭に潜む若い男女を、川狩の魚のようにつつき出した。農家の娘の寝室の軒の下に蹲《うずくま》る頬冠りの男には、ひいて来た猛犬を襲いかからした。

この辺まではまだよかった。父親の制裁は酒乱と共にだんだん苛酷を極めて来た。度重なって尚いう事を聞かない男には雇男の腕節の強いのに言い付けて私刑《リンチ》を加えさした。不良と思う村娘の結婚には、旧家と村長の威光を以て意地悪く成婚を妨げた。

「あの家は小沼の竜女の血筋の家だ」「それだから人情に外れてるのだ」、噂は安宅先生の家の上に立てられて来た。

「今でこそ、こうあっさりお話が出来ますけれども、実際、噂を立てられた家の者は、あまり、いい気持はしないです。どこへ行っても村の人は悪丁寧な態度をして、妙に好奇な眼を向け出して来たのですから」

弟は、そのときの気持を想い出して、片奥歯をきつく嚙み合せ、沈鬱な顔をした。

「その上、私たちはまだ子供でした。小学校などに行っていて、同輩と口争いでもすると直ぐ二言目には小沼の竜女の血筋云々が相手の子供の口から出るのですから――」

多勢に無勢である。ときには、ひょっとしたら自分たちはそういう異類のものの血筋なのではないか。弟はその頃まだ心が通じていた長姉の安宅先生と、学校の帰りの人気ない径で身の不仕合せを手を執り合って泣きさえもした。

相憎とこの家の家族には結核性が潜んでいて、子供たちは腺病質で神経質だった。当時、長姉の安宅先生をはじめ、次姉もこの弟もまた次の男の子までみな弱かった。病床に臥《ふせ》がちな次姉はこの噂に神経を嵩《たか》ぶらせて衰弱して死んだ。

まわりのあらぬ噂に猛り立った父親は、いよいよ粛正の手を厳しくした。一家対全村の青年の間にはただならぬ空気が醸された。これを爆発さしたのは、赤城の蔭祭りの機会であった。

「赤城の上に在ります赤城神社の祭礼は、五月八日が本祭り、四月八日は蔭祭りということになっております。今は、そんなこともありますまいが、この時分、蔭祭りの日は山の上の原の中に賭博場が開かれました。それを目当てに、麓の村の若い衆たちは暗い内から提灯を持ち勢揃いして登山するところもありました」

父親は、村の青年に向ってこの祭の日の登山は禁止した。青年の方では一年一度の神詣りに何が悪いと抗議をする。父親は賭博するのが判っているから停めるのだと押さえつける。それでも関《かま》わずに登った青年がかなりあったのを父親は執拗に調べ上げて、その青年を出した家に向って、貸金のあるのは取立てるぐらいの事ではなく、貸家は即刻、家を開け渡すことを命じ、小作させている家に向っては田畑を返納することを命じた。一村はあちらこちらでひそひそと寄合い相談を始めた。無気味な空気の中に「何かあるぞ、何かあるぞ」という密めきも聞えていた。

二日三日と過ぎるうち雷の多いこの平野の中でも特に大雷雨の夜があった。その夜の明方に安宅先生の屋敷は火を発して殆ど焼け失せてしまった。残ったのは今のこの母家にしている屋敷の一端だけであった。

「火事は雷が落ちたことが原因となっていますのですが——なに、多勢に無勢の口ですから、どうにでもなることでして――中で皮肉な村人は、父親の口癖をとり天は自ら助くるものを助けたのだなぞと冷笑していました」

弟は、ここへ来て大きく口を開いて笑いました。わたくしが不思議に思ったのは、この弟の笑い声は全く意趣も含みもない、ただ簡単なおかしさが筋肉的に口を開けさして少し寂しく声帯をから鳴らしているだけにしか受取れなかったことでした。弟は笑ったあと、こう言いました。

「もう、そのときは、父親を除いて私たち家族一同、焼跡の上に立って、ただ、ぽかんとして、何だか来るべきものが来てしまったという気持だけでした。家の財政のことなど知らない子供の私なぞは、却って奥の齲歯《むしば》の抜けたあとのあの涼しさや珍しさのようなものさえ、すうすう感じました。それほどこの古い屋敷と村の人との間に蟠《わだかま》っていた鬱積は、私たちに重苦しく永い間の悩みを与えていました」

弟は、その追憶を現実の今に於て憶い味わう笑いを今度は笑いました。それは哀愁に黄ろい花を咲かしたような妙に快い笑いでした。

予感ということが滅多に当ったことのないわたくしも、この話を聞いて、さっき屋敷跡をみて、ふと思い出した、「かみなりに家は焼かれて瓜の花」という俳句の、この家の成行とは意味内容は違いながら、まず形は雷で家は焼けたことにされており、そして、その焼け出されたあとの家族の気持までがこんなにひょこんとしているところは俳句の感じそのままになって来ましたのに気付くと、わたくしとしては珍しく当った予感の分だと自分で自分のカンに感心しながら、わたくしも知らず知らずやはり哀愁に黄ろい花を咲かしたような妙に快い笑いで弟の笑いに合せていました。実際こういう灰汁《あく》を抜いてしまった笑いは誰の分のものでも引取って自分の笑いにしたくなる浸潤性があるようでございます。

長火鉢の中の底がことこと鳴ります。

「おお、そうだ」

と言った弟は、不自由な脚を曳いて長火鉢にいざり寄り、大事そうに抽斗《ひきだし》を細目に開けて覗きました。

「卵の雛《ひな》が孵《かえ》りましたのです」

と、私たちに告げると、ほくほくして「ちょっと失礼さして頂きます」と言い捨てさま、風呂敷を布くやら伏せ籠を用意するやらして、抽出しの中の雛子を外に移し出すのを、葛岡も面白がって手伝いまして、どうやら台所の土間の伏籠の中に雛子を納めました。刻んだ菜や、水を与えられると、籠の目を透くレモン色の小さい姿が激しく動くのが見え、田舎家の午前の無言《しじま》の静けさは銀の蚤でも螫《さ》すように急に品よく可愛らしくざわめき立ちました。

立った序にとて、弟は茶を淹《い》れかえ、今度は自分で新しく桶から出した山独活を鉢で勧めまして、なおも話の続きから私たちを逃すまじき粘りを見せています。

鼻から脳髄に香いは突き刺して、その爽かさは眼を見開かすほども強い山独活の漬《つけ》ものでした。奥山の崖裾の雪がしずかに解けしもり、渓川となるその雫々の落つる姿に感じられそうな冷たさ浄らかさが身に染むような気がいたします。すっかり胡座《あぐら》をかいてしまった葛岡は、学園の作事部屋で、手作りの作物を吟味するように漬物を捻って「やっぱり自然のものは畑のものとは違うな」と感心していましたが、昨日からゆうべへかけての疲れが出たものと見えまして、そのあとはとうとう居眠りを始めました。

弟は語り続けます。

「明治も末期の頃で、農村はそろそろ疲弊を感じ出していました。心あるものは海外渡航に眼を向けていた時でした。テキサス州の移民米作ということが頻りに世間の口に唱えられていました」

本性のものかそれとも変質的のものか判らない農村改革に、失敗した父は、もうこのとき伝来の資財も殆ど使い崩していて、捨てて置いても一度はこの辺で家産の整理をしなければならない羽目に向っていた。そこへこの仕儀なので父は、これ幸いとは思わないまでも、一つの機会を摑んだつもり、土地の奴は話にならない、これからは海外へ日本農民の発展の道を講ずるのだと言って、最後の資金を纏《まと》めた。他村のあぶれ者四五名を語らって、そのテキサス移民の鍬開きをすると出かけた。家族には祖母と母親と子供のきょうだい三人が残っていた。男役として母親の弟が沼田の実家から住み移った。四十になるのに鰥《やもめ》であるくらいだから凡庸で少し足りないほどの男だった。屋敷の焼け残りの部分を母家に直し、整理して残った田畑に小作を入れれば留守の暮しは立った。子供たちの教育費だけがいくらか不足だった。家ではしつけない養蚕などに手をつけ始めた。

三年間辛抱すれば、父親はテキサスから若干ずつ送金して来る手筈になっていた。

「姉はああ見えていて、子供の時分から娘になりかけくらいまで、気弱で神経質な女でした。可愛がっていた妹の歿《な》くなったことを言ってはしくしく泣いていました。学校はよく出来ました」

祖母はこの姉の安宅先生を特に寵《ちょう》して侍《かしず》き労わって育て上げた。安宅先生は寝込むほどではないがとかく身体が弱いので、祖母は先生の小さいときから極寒の季節には磯部の温泉へ、極暑の季節には赤城山の山頂の湖辺に連れて行って自炊宿で療養をさした。そのためもあって、先生はいくらか丈夫になり、女学校へ通う時分は前橋まで四里往復ほどの道を海老《えび》茶袴《ちゃばかま》で自転車に乗って通ったりしました。この自転車は、テキサス行の父親がアメリカへ上陸した最初、ロスアンゼルスから送って来たものであった。父親は往航の船の中で既に連れて行った組下の連中と喧嘩をしてしまって、アメリカへ着くと、もう離れ離れになった。それから父親は持って行った資金の金のあるに任せ、西海岸の日本人の多くいる都市を遊び歩き、アメリカゴロの立てる空な計画に乗せられたり、淪落《りんらく》の雑種の女の美人局《つつもたせ》に掛ったりするので、なかなか内部地方へ入って行けなかった。しかし、この父親も海外へ離れてからは特に利発な長女の安宅先生には慈しみを牽かれるもののように、何かと目新しい少女用のアメリカ品を送って寄越した。

少女には判らないような翻訳文句調で大言壮語した手紙もときどき寄越した。それには郷里の因習や姑息に対してまだ燻《くすぶ》っている父の改革の情熱を、違った他の問題に事寄せて先生に向って愛と共に訴えもし嘆きもするもののように見えた。先生は、意味は判らないままに、ただ父親の矯激《きょうげき》な気持だけを文章の調子によって胸の中に張り膨らませられた。送られて来る目新しいアメリカ品からは世の中に何か新鮮で特殊な世界があるのを夢みさせられた。

約束の三年目に、送金はなくて、父親自身が白骨となって還って来た。父親は資金の金は騙し取られ、掠《かす》め取られて裸一貫にはなったものの、生来、物にめげない気象が役立って、西海岸の日本人間で多少は口利きの顔役になりかけていた。そこを胃潰瘍で斃《たお》れた。白骨の箱包と同時に在留日本人間で纏めた少々の香典が弗《ドル》の為替で送られて来た。

この当時に女学生が自転車に乗ることは都会でも珍しかった。まして地方のこの辺では突飛なもののように目立った。少女の安宅先生は、通学の途中、よく子供たちに石を投げられた。若い衆に道へ釘を撒かれたりした。それでも先生は執拗く乗り続けた。股を刳《く》った女乗りの紅色の自転車にはまたハンドルに幅広のリボンが蝶型に結び付けられていた。赤城颪に吹き靡《なび》いた。

気の弱い神経質の少女にどうしてこの一筋だけ勇気があるんだろうか。それを先生は不審がるみんなにこういう言葉で説明した。「死んだと思えば何だって出来ないことはなくってよ」と。

この言葉は誰もちょっとした覚悟をつけるとき言う言葉だから何人にも判った。しかしそれが真実、先生の性質が変りかけている徴候だと気付くものは家族の中でも一人も無かった。先生が女学校卒業間際に、先生の自転車乗りの姿を見染めて婚約の話を持込んで来た青年があった。

「私も知っていましたが、癖のない無邪気な青年のようでした。家は烏川の上流にある室田の旧家で、その家から山の薬草を蒐《あつ》めて出す取引先の高崎の薬種問屋に青年は預けられていました。一粒種の大事なその息子は中学を出ると、そのまま個人の先生に就て高等学校の受験準備をしていました」

青年は十八で安宅先生は十七であった。大学へ行くくらいまで婚約の間柄にして置き、大学へ入ったら大学の所在地で結婚させようという工合な室田の実家からの申込みであった。先生も至極その青年が気に入ったらしく、殊に先生の祖母はやはり室田から来ている人なので青年の実家の事もよく知っており、あすこの家なら万、間違いはないと話はとんとん拍子に運んだ。

「所が、ここにまた姉に就てあらぬ噂が立てられ始めました。姉の事を、あれは鱗《うろこ》娘だ。男まじわりの出来ぬ女だと」

この噂は求婚の青年の実家にまで聞えた。山間に入るほど迷信は雪と共に深い。そんなことに影響されない室田の実家の壮年者まで、そんな噂がある以上、娘には何か他に生理上にでもいい、いわくがあるかも知れない。まあ控えた方がよいということになってこの縁談は破却された。

おとなしい性質の青年は、実家の言うなりに思い諦めたらしく、受験をかこつけに東京へ出て、それきり帰らなかった。先生は黙って打ち沈んでいた。先生より寧ろ遺憾は深いと思われる祖母は、老耄《ろうもう》の上、少し気がおかしくなり、誰に向っても「噂を振り撒いたのはおまえだろう」と喰ってかかった。噂は誰いうとなく立ったもので、ふだんから田舎で粒違いに見える娘の幸福に対して多くの娘たちに潜まっている嫉妬や反感が、群集心理の力で、既にこの平野でも廃物になりかけの伝説を再び道具として採り上げ、流布し、思いの外に効を奏したのであった。

「盂蘭盆の日の間は、私の家では白張りの大きな切子灯籠を座敷の外の軒に掲げることになっております。毎年おばあさんの役目でした」

おばあさんは、今年は息子のおとっつぁんの歿くなった七周忌だからと言って、念入りに灯籠を張り替えていた。

「盂蘭盆の日でした。暗い早朝に起きた家の者が座敷の戸を繰ると白いものがぶら下っています。おや、おばあさんはもう切子灯籠を釣ったのかとよく見ると、それは灯籠ではなくて、おばあさん自身、首を縊《くく》っていたのでした。真新しい白い浴衣が切子灯籠の垂れ紙にも見えたのでした」

女学校を卒業した先生は、それから一人で頻りに赤城の山頂へ閉じ籠って勉強するようになった。山から下りて村に居るときは、村の娘なぞに向って「あたしは小沼の水底に光っている鱗《うろこ》の色を見に行くんです。そりゃ綺麗よ」と言って娘たちを脅した。

先生のこの言葉には、嘗て自分を不幸にした噂を撒き散らした娘たちに対する逆襲の気持もあったらしい。それとまた、凡庸の気配いを近附けないための防ぎの垣でもあったらしい。だが山頂の気を吸って一人孤独の奥に想い耽った先生には何か娘の青春期の情熱と協力して生涯のうち、いざとなったらそこへ閉じ籠るつもりの心上の別世界を見付けた消息を、こういう言葉で喋ったようにもとれた。とにかく先生の神秘家で理想家肌の性質はぐいぐい地金を露し出して来た。

「姉は、その後、何か決意したらしく、自分の親から享《う》けたのにも自分の持つものにも総て愛想が尽きた、これからは自分の性格も肉体も全然反対の方に造り直して来るのだと言って、東京へ出て行きました」

先生が女性体育家になったのは、勉強に給費制度があるため学費に便宜なところもあったには違いないが、また、こういう先生自身の内的な要求からでもあった。

三四年して先生が帰省して来たときには見違えるほど強壮な女性として家族の前に立った。家族は驚いて眺めた。けれども、もうこの長女は家族の誰にも心の通じない異邦の人のようになっていた。先生は肉身《(ママ)》の家族を見ると脱ぎ捨てた殻に纏われるような悪寒を感ずるらしく、絶対に打ち解けなかった。家族は僻《ひが》んだ。

「姉は学園に勤めるようになってから、きょうだいのために学費を送って来ては呉れましたが、家や私たちの方針のことになるとすべて命令的で、相談ということをして呉れません。しかもその命令がまるで非現実的なもので、さし当って生活しなくちゃあならない私たちに取って三文の値打ちもないようなことばかりです。始めは学問のある姉の言うことだから本当だろうと思ってやりかけて、随分莫迦を見ました。家の者は、ただ上面だけはいはい言うことを聞く振りをして、内実は実質になるような職業に早く就く方針で勉強をしているのです」

土間の裏口から物置長屋の一角、それを掠ってポプラの木が二三本あります。その先は桑畑になっていて、上に赤城の山はここからは左の方六分ほど覗けます。相変らず平べたく高まり、頂にだけ峰や裂目のある岩が蒐まっております。陽が眩しいほど照り出したので、中腹の幅広い傾斜も、黄味ある薔薇色の紗を脱いで眼に近々と萌黄色に迫って来ました。山形をくっきり浮き出さして昼近い空はいよいよ澄み青んで来ました。だが、これほど晴やかな山や空であるのに、ここから眺めていると、心から明るく打ち向える陽気さはなく、一たんは眼を開いて眺めても、直ぐ何か憂鬱の気持に眉を低く落さねばならなくなります。陽に晒《さら》した毛のまばらな生剝ぎの皮を見るような寂しく焦々《いらいら》しい感じを起させます。先生の家の話を聴いた為めでしょうか、それとも景色自体が三山の山おろしの吹き交ぜて土も草木も掻き苛まれつけているその為めでしょうか。

窓外の光線に私たちのいるこの炉の間は押し黒ずまされ、漆色の暗さは指に触れたら執拗く、にちゃにちゃしそうです。土間の竈《かまど》の鉄釜だけ、陽を反射して一つ二つ光る瞳をつけています。

山独活の匂いも、伏籠の中の雛子の声も慣れてしまうと却って静けさを取持つ繰り返しのタクトだけのものになってしまって、太古からの平凡と倦怠とも覚ぼしきものが、批判の心を怠けさしてしまいます。私たち自身、こうあることが半ば死滅させられながら、まだ片息で、人に呑みかかろうと蟠っている地方の因習や伝説の生活の中にいつからか住み馴染んでいる人間のように思われて来ました。安宅先生は、これから跳ね出そうとして世にも不自然な健康者になってしまった。可哀相な先生――。

弟は語調をやや改めて、

「ですから、今はもう、姉に対しては、金を送って貰う外、家族たちは何の期待を持っちゃあいられません。それを今度のような状態でぶらぶらされているのでは、実に心細いのです。出来ることなら、あなた方のお力で、姉をもう一度、就職に気を向かすよう、取做《とりな》して頂けんもんでしょうかと、こう思いますので――」

たぶん、しまいはこうなるだろうと思ったように弟は話のつづまりをつけました。そして弟は、心から私たちに頼むように頭を下げましたので、葛岡まで緊張して、頭を下げ返しましたが、そのすぐあと弟は、また、負惜しみらしい口惜しそうな顔をして、

「なに、それも、養蚕さえも少し金になれば姉なぞはあてにせんでもいいのですが、この養蚕というものも――」

繭は廉《やす》いし、たとえ繭の値が急に騰《あが》ったのにしろ、蚕を飼う桑が一定の桑畑しかない土地か

らそう余計に求められるものではない以上、掃き立てる枚数をいきなり多く増せるものではない。従ってたいした増収は期待出来ないという農村の実情を諄く述べ出しました。わたくしは、この辺が切上げどきと思って、

「いずれ、私たちもよく考えまして――」

と月並な挨拶をして葛岡と共に座を立ちました。私たちが土間の表口を出ると、その前から始めての客を恥しがり、羽目の蔭に隠れて様子を窺っていたらしい子供連れの若い田舎風のおかみさんが裏口から土間の中へそっと入りました。そしてその子供が私たちを送り出した弟に向って「おとっちゃん」と呼びかけましたところを見ると、この弟は既に妻子を持ちながら姉に鍼灸師受験準備を貢いで貰っていたのでしょうか。

出口の板橋へ向うとき、わたくしは「あの話聞いてどう思った」と訊きますと、葛岡は「先生も小さいときに疵《きず》を入れられた人間だね」と言いました。とにかく、わたくしはこの家の訪問によって、安宅先生に対する気持は、また、ぐらりと変りましてなんという人の考えをいろいろにはぐらかす女だろうと癪に触りながらも「先生も憐れな女」という同情がとても強くなりました。そして、先生には、直ぐにも会って女同志として話してみたい望みが、心から突き上げて来ましたので、「あたし、これから赤城へ行くわ」と言いますと、葛岡も、

「僕もその方が、いっそのこと君のためにもいいと思うな」と応じました。

私たちは板橋の口に待たせてある自動車で赤城の登山口まで急がせました。

「何という人間離れのした景色だろう」

赤城の登山道もほとんど登り切って、新坂平とかいう、そこからは、もう山頂の火口原が平盆に一面、雪を盛ったように見下ろせる場所に佇んだとき、わたくしは思わず、こう胸の中で叫ばずにはいられませんでした。

やや眺めていると、ひと色の平盆の雪も少し向う側寄りは、丸くうす緑の色に染っていました。そのぼんやりして而《し》かも澄んだ色は太古に巨きな獣がこの山に埋められ、碧い瞳だけが未だに山頂から氷を透して上空を見詰めているようにも取れます。大沼《おおぬま》というまわり四粁《キロ》ほどの湖水がこの氷の下に隠れているのだそうです。

火口原の周囲を取巻いて、黒檜だとか駒ケ岳とか薬師岳などという山々がありますが、半ば雪が解けていたり、蝙蝠《こうもり》型に雪が剝げたりして、一々の姿や面《おもて》は変りながら、やはり何か太古の巨獣の膝蓋骨や臼歯が意趣あり気に置き並べられているようです。

永劫の死滅の姿よ。そうも取れます。ですが、じーっと見詰めていると、この永劫の死滅の姿そのものが、姿そのままで今や微かに息を吹き返し、鈍《おそ》い眼を開きかけているように感じられて来るのはどういうわけでしょうか。気持の悪い。

それればかりでなく、いよいよ眺めに馴れて来ますと、火口原の雪の銀光は空に射向う途中から白朧《はくろう》の気を吐いて、屏風《びょうぶ》型に取巻く山々の峰をうす紫に染めなし、余光はなおも狭い盆の口から蒼空へ差し剰して、さすが冷厳な山頂の空も最初の一膜だけ、うっとりとその柔味を受付けておるのが感じられます。

何という幽《かそ》けくも気高いいろ気でしょう。それでいて、ひしひしと身に迫るのは不思議でなりません。そのいろ気は肉に応ずるというよりも骨の髄に薫《かお》りかけるという性質のもののような気がいたします。やはり麓で焚く晩春の花の陽気は、山に伝わって、山頂でも早春ぐらいのぬくもりを萌し出したためでしょうか。でも窈窕《ようちょう》とした大自然のいろ気――

葛岡と、案内者に頼んだ茶店の老人とは、道端の白樺の根株の雪を払って腰を下し、巻煙草を分ち合って、のどかな煙を立てていました。淡い翡翠《ひすい》いろの大沼の氷面の右寄りにチョコレート菓子をちょんと一つ置いたような形のものがあります。小鳥ケ島というのだと案内の老人は説明しています。

「鳥はあの小鳥ケ島と、赤城神社のお宮の樹にいちばん早く来るだね。すると、山はまず春だね」

もう行く先は眼の下に見えていますので、私たちは案内者の老人を犒《ねぎら》い、私たちが徒歩で出発した箕輪の駅へ、ここから帰してやりました。

「あんた等に貸したその雪沓《ゆきぐつ》は、脱いだらそのまま旅館へ預けて置いて下せえ。わしらもどうせ、五月八日の赤城さまのお祭りには大洞へ上りますだから」

私たちはだらだらと雪の火口原へ下り、湖面近くへ辿りつきました。湖水近くの東西に控えている二軒の大きな旅館と、公衆旅舎を廻って、安宅先生を尋ねてみましたが、そのどれにも先生はいませんでした。氷切りの人足の泊まるという湖尻《うみじり》のいぶせき宿に、ようやく先生を尋ね当てました。

一つはこちらが草臥《くたび》れていたせいもあるでしょうが、わたくしが期待していたほどの劇的な興奮の場面もなく、先生とわたくしとは容易に対面してしまいました。私たちが宿の入口の土間に立つと、安宅先生は広い見通しの部屋の真中の炉にたった一人で当りながら何か原稿を書いていましたが、わたくしの姿を見ると、にっこと笑い、

「あら、来たのね」

そう言って立上って来ました。わたくしはまた、「ええ、来ましたわ」と言って、顔を斜に俯け、女学生風の含羞《はにかみ》を見せただけで、直ぐ雪沓を脱ぎかかりました。先生は葛岡の方はちらりと見ただけで、わたくしの肩に手をかけ、

「早くおあがりなさい。寒かったでしょうね」

と言いました。そしてわたくしが框《かまち》に上るのをそのまま抱きかかえるようにして炉端へ連れて行き、わたくしを炉に当らせながら、そこへ周章《あわ》てて出て来た宿のおかみさんに、なるべく清潔《きれい》な褞袍《どてら》を選んで持って来さしたり、自分の預品を使ってココアを溶いて作るように命じたりしました。

「帯を除って楽にして、この縕袍をお着なさいな――おなか減ってやしない――少し横になって休まなくてもいいの」

わたくしが、ただ、こどものようにかぶりを竪に振ったり横に振ったりしさえすれば返事になる、相手はそのない労り方でした。

わたくしはまた、それを当然のように感じ、逢ってしまえば何でもない先生なのだとさえ思わないわけには行きませんでした。過ぎ去った一年ほどの間に眼に見えて縺れ出した葛岡とわたくしと先生の間の経緯《いきさつ》が、まるで流行り廃《すた》ったフィルムの截片のように値打なく観られます。

北欧風の、色は渋いが縞の荒い男もののガウンを着た先生は、わたくしに並んで炉べりに雄偉な両脚の膝を立て、膝頭を両手で抱えてしばらく炉の中に燃えしきる白樺の薪の焔に見入っていました。わたくしが、ふと、気がついてみると、先生は女の癖に小さなマドロスパイプを銜《くわ》えていました。それが何となく却って似合う先生――

しばらく先生も何か考えている様子です。ひょっとしたら、わたくし同様、過去のいきさつを流行り廃ったフィルムの截片のように胸の中で値打なく顧みているのではありますまいか。

この炉を真ん中にして部屋は二十畳ほどの古畳を敷いた部屋です。入口の土間から炉べりまで一筋、畳を剝いで床板が出ております。これと直角にいま一筋、畳を剝いで床板の出ている線が長方形の畳敷の部屋を真中で縦に裁ち切って、炉の所を交点とする丁字型の溝が出来ています。旅人が、土足のまま炉端へ行けたり、団体客がそのまま上り込んで昼食を使ったりする為めの便利でしょうか。床板には斑々と泥の足跡がついております。

部屋は掘立小屋にも近く、荒壁や天井の木組がそのまの眼につくものの、風雪に堪えるためか頑丈な柱や板を使って、それが、幾十年かの榾《ほた》の煙で黒光りに光っております。入口を挟んだ両側の壁には明り採りの小窓が開けてあり、湖辺のしら雪をさふらん色に反射しております。

入口に向い合った奥の壁は一面に重い引戸の戸棚になっており、隙間から寝布団の旧式な縞柄がはみ出しています。旅宿といっても客の部屋はこれ一つらしく、この部屋の仕切りをしている襖の角の隅に古屏風が囲ってあり、その屏風にわたくしの見慣れた先生の裏毛の外套やスカーフが掛けてあるところを見ると、ここに先生の居どころが設けられてでもあるのでしょう。その反対の角隅には、道者の笈摺《おいずり》を枕元に据えて、人一人が布団を冠って臥ております。

「ずいぶん、粗末な宿屋でしょう。驚いた」

先生は、わたくしがいぶかしげに周囲を見廻すのを気付いてか、パイプの灰を炉べりでぽんぽんとはたきながらこう言いました。

「これでも、私の少女時代にはこの山頂で一ばん立派だった宿屋なんです。私はこの宿へ二十年も馴染なのです」

葛岡はと言うと、私たちがこの宿へ入って来てから先生がわたくしにかまけ切ってばかりいるのを見て、結局その方が気楽とでもいうように勝手に褞袍に着換えたり、宿のおかみさんが持出した安ビスケットや山独活の漬ものを撮《つま》んだり、ココアを飲んだり、一人で自分の身を犒《ねぎら》っています。先生が彼をちらりと見る度びに電気にでも感ずるように居ずまいを訂《ただ》したり、緊張の顔色を見せるのは何かやはり先生に深く影響されているに違いありません。これだけは今の気分のわたくしにも不快で腹立たしいものをちょっと感じさします。

先生は私たちがだいぶ落付いた様子を見て、何気ないふうを装い、

「ここへ私を尋ねに来るとは、あんたか蝶子さんか、どちらが先の発議なの」

と、炉の向うの葛岡へ訊ねました。

葛岡は胡坐《あぐら》を組んでいた膝を幾分窮屈に窄《すぼ》めて、わたくしの顔を見ました。ならば、わたくしに答えて貰い度いつもりらしいですが、わたくしがそ知らぬ顔をしているため、沈黙の間に詰って、おずおず質問の相手になりました。

「蝶子さんが先に――」

「どうして、私が山にいると知ったの。うちへ寄って訊いた」

「ええ、おうちへ行ってみたところが、先生は赤城だと伺ったので――」

先生は炉の鉄火箸を執り上げ、薪の焔をその尖で二三度、弄《いら》い返していましたが、

「うちでは誰に会いましたの、みんなに」

「いえ、皆さんはお留守で、弟さんとかいう方にお目にかかりました」

先生はこれを聞いて、つい、

「弟⁉」

と言い返したのでしたが、それから急に伏目になり、今まで見たこともない、もじもじとした女らしい所作を私たちに示しました。やがて自分で自分の羞恥感に堪え通したような、ほっとした顔を上げまして、今度は私の方を見ました。

「じゃ、もう、私のことも、私の実家のことも、蝶子さんは一通り聴きましたのね。どうせあの弟はお喋りだから」

わたくしは逃れようもなく、「ええ」と素直に答えました。

先生は火箸を投げ出して、膝に額を置いてしばらくその儘でいました。わたくしは先生が考え込んでいるというより泣き沈んだのではあるまいかと思うくらいその伏し方は打ち投げたさまなのに心配して試しに先生の簡単に束ねた髪の毛を見ました。別に顫えてもいないのを見ると、そうでもないと安心している私の眼の前へ、やおら擡《もた》げて来た先生の顔を見て、わたくしは驚かないではいられませんでした。その顔には窈窕《ようちょう》として最早や人界のものでないような美女のおもかげを泛べていました。譬《たと》えて似つくものも今すぐ思い出せませんけれども、強いて言ってみれば、女学校時代に漢文の先生が話して呉れた藐姑射《ばくこや》の山の神女とかいうものでも持って来るより仕方がございますまい。しかし、そのおもかげも直ぐ消えて、先生は火箸を再び取り上げ、その尖で薪の焔をまたも弄いながら、人間らしい愚痴の声になりました。

「わたくしのことは、蝶子さんには、すべて綺麗ごとに見せて置き度かったんだけれど――」

それから、まったく独り言になり、

「仕方がない。——いっそ何もかも知って置いて貰った方がいいのかも知れない、——わたしの恥かしいことも一克《いっこく》なことも——」

その声は諦め切った谷底で、どこともなく聞える雫《しずく》の音のような、清らかでなつかしい甘味を帯びていました。わたくしはその声音を耳で聞くより口で啜り取り度い衝動をさえ覚えるのでした。

「ともかく蝶子さんが来てよかった——これでいいのだ。そう——これでいいのだ」

わたくしは怪しく悩ましい感じに撃たれ、「先生、それ、ほんとう」と訊かないわけにはゆきませんでした。すると先生は、はっきりした声で、

「えーえ、ほんとうですとも」

と言って、それから少時、黙っていたあと、「何もかも、ほんとうですとも」と言ったかと思うと、咽喉の奥で、しずしずと笑い出しました。

「ほ、ほ、ほ、ほ」「ほ、ほ、ほ、ほ、ほ」

それは先生が笑ったのでしょうか、木霊が笑ったのでしょうか。わたくしは先生の方を向くよりどこか他所の遠いところの見当に向いて、その笑いの正体を突き止め度い思いに駆られたほど、幽かに気高い笑いでした。わたくしは東京を出発するまえ葛岡が「先生の笑声は僕たちがじくざくしている世界より一段高いところで笑っている」と言ったのを思い出して、嘘ではないと気付きました。先生はどうかされた、普通にいう気狂いになられたのではあるまいか。

そうかと思うと先生は、けろりとして、あたりを見廻して、

「もう晩に近いわね。——」

どうせこの宿の食事はひどいから、蝶子さんには、先生が何か作ってあげましょうと、足取りも静に距ての襖を開けて台所らしい方へ入って行きました。

代って宿の主らしい五十ぐらいの男がランプを釣りに来ました。人品もそう賤しくない鼻の下に髭など生やしている中老人です。畳にしゃがみながら、七八人ほど泊っていた氷人足は三月なかばに帰ってしまったこと、スキー、スケートは四月始めで終ったこと、躑躅《つつじ》の季節には半月ほど早いこと、つまり今はちょうど山が一番暇な時であることを説明して行きました。

ランプの光で部屋の中は急に夕暮の気を漂わし始めました。部屋の隅に眠ていた行者風の男はむくむくと起き出し、粥の小鍋を炉の端に提げて来まして、白湯をさし、「ちょっと火にかけさしてお貰い申すだ」と、自在鉤へ釣り下げて元の隅へ戻ると、今度は笈摺《おいずり》に向って何やら頻りに呪文のようなことを誦《しょう》しながら珠数をじゃらじゃら揉み鳴らしています。

手持無沙汰のあまり、わたくしは葛岡と話し出しました。

「なるほど、あんたの言ったように、先生はずいぶん変っているわね」

「だろう、それ御覧。こちらからはもう何も言い出せはしまい。だが、実を言うと、この前、僕が先生の実家《うち》で会ったときから見ると、先生はまた変っているな」

「へえ、そうなの。じゃ、どう変ったの」

「まず言えないよ」

「どうして」

「だって、言えば君は嫉くか、怒るかするんだもの」

「ばか仰っしゃい。今更こんな雪の山の中へ来て」

「じゃ言ってみようか」

「ああ」

「この前、会ったときの先生は、気高くはなっていたが、まあいわば、おふくろさんかおばさんの感じだった。ところが茲《ここ》で会ってみると今度は、おかしな言葉だが妙に艶っぽくなってる。大きな声じゃ言えないがね――」

事実、葛岡は声を潜めて言いました。わたくしは膝を打ち度いほど力を籠め、

「まったく、その通りだわ」

と葛岡の言葉に同意せずにはいられませんでした。

変ってしまった。いま見る先生みたいな人は、山の自然と一緒に、季節の早春にも自由に誘惑されるのでしょうか。

宿の膳のクキと鮒の煮浸し、馬鈴薯の味噌汁に添って先生がキャンプ料理風な鑵詰ものを使って慥《(ママ)》えた塩肉のハンバーグステーキと、フルーツサラダは夜食の膳を相当に賑わしました。

私たちはそれを食べたあと、先生に導かれて夜の湖辺へ出てみます。

月は皎々《こうこう》と照り輝いていました。それでいて星も星夜のように白金の棘を長く煌き放ってい
る山の夜空の不思議さ。昼間に見た駒、黒、薬師などという山々はまったく装いを改め、山が夢みた山の形をいまここに幻出しているかと思われます。表面は氷で青白いけれども、何となく底の下から緑いろの水の潤《うる》みを感じさせている湖水は、うごめく春の兆しを月光に見破られまいと強いて面衣《ヴエール》を緊くしているようにも取れます。氷面に落す自分の影に漂わされ小鳥ケ島は宙に浮くかとも眺められます。湖水の向う縁の在所《ありか》を示すように間を置いてクラブハウス、鱒孵化場などの灯が点々と蛍のようです。そしてこちらを観ると、ここは大洞の人家のため、割合に灯の数は多くあります。

「来てみてごらんなさい、ここへ」

先生はわたくしを一しお湖辺へ近く誘いました。そこの石に屈《こご》ませ、月の光に透して湖面を覗かします。

「ね、もう、そこに大きく氷の割目の痕が出来ているでしょう。この辺ではこれをえみと言っていますが、近いうちに湖の氷は割れ出しますね。暖い南の風が吹いて来たら――」

「それ、氷のところどころにうす蒼黒く、まだらがあるでしょう。氷が薄くなったので底の湧き水の在所が透けて見えるのですよ――」

先生は私たちに一とおり山の夜景を見せて帰りしなに、わたくしに向ってこんなことを言いました。

「二三日、そう、三日間は、是非ここに泊っていらっしゃいね。するうち、きっと南の風が吹いて湖の氷が解け始めますから――」

氷は一つ一つの形に壊けて、あっちへ漂ったり、こっちへ漂ったり、そりゃ壮観。せっかく来たことだから、これは是非見て帰らなくてはいけないと、先生は言いました。それから葛岡に向っても、

「三日間のうちは、蝶子さんを連れて帰っちゃだめよ。これは、よく言っときますよ」

その夜、私たちは、先生を真ん中に枕を並べて炉に近く寝ました。恋も恩愛もうやむやになった仲の三人が寝息も静に。枕に響くちろちろした水音は雪解の水が御宮の川を伝って流れるのだと言います。

昼のうちはせいぜい山中を見物しときなさい、話は夜でも出来ますから――という先生の指図に任せ、私たちは宿の主を案内人に連れて、弁当持参で所々を見物して歩きました。都育ちの私には今更、山の景色の想いにも考えにも及ばないことが判って来ました。ですが、先生の私たちを引き留めた目的は夜毎の炉辺の話にあるらしく、わたくしはまた、それを意表の外の思いで聴くのでした。わたくしはそれを述べるのに便利なため、三日三夜を一日一夜ずつに分けて述べてみましょう。

第一日、第一夜。

この日、私たちは赤城神社に詣で、小鳥ケ島を尋ね、それから湖の岸のわきから黒檜へ登りました。枯木が密集した森林のあるところ、一望皚々《がいがい》の急勾配のところ、山と山との繋がりで馬の鞍《くら》のようになったところ——を通りました。雪の厚いところも、だいぶ軟かになっていて、わたくしはときどきずぼりと腰の辺まで雪の中へ踏み込みます。する度びに宿の主は「お嬢さんが雪に刺さりなすった」と言います。棘《とげ》じゃあるまいし。わたくしは先生のスキー服を借着していますから、いくら刺っても平気です。けれどもだぶだぶですから、はたの見る眼には、さぞ芝居の鼠がメリケン粉の箱に落ちたような形でしたろう。わたくしが雪に刺さったのを救い出そうと宿の主と葛岡が力足を入れると、今度は三人で刺さってしまいます。無人の雪山に呼び出される人間の笑い声。だんだん訊いてみると、この宿の主は今はすっかり山中の老爺になっていますが、明治時代の少青年の頃は、明星派の歌人だったとかいう話で、東京へも何度か出たことがある。で、なつかしさにむかし新詩社の在ったとかいう九段市ケ谷辺の町の変り方をわたくしに訊ねました。宿の主は、先生を娘時から知っていて、「詩的に言えば、ああいう女人が奥山に住み慣れると山姫になってしまうのじゃないですかな」と評しました。山姫というのは神と山獣との混血児みたようなものだそうです。

陽当りで雪の解けた場所もあります。宿の主はそこの岩の根の土を少し穿ってみて、蕨《わらび》の芽が出かかっていると、わたくしに見せて呉れました。五月の頃は、これが大きくなり、女持のステッキほどのも採れるという話。

山頂から眺めた四方の景気。きょうは曇っていました。空は一面に波型の残った砂浜のように、明暗の雲をだんだらに並べたまま、ちょっとも動きません。どこからともなく鈍い光がさしております。見晴るかす山また山には悉《ことごと》く雲がかかり、その雲は南の方は捲いていますが西の方は展べた形です。そして全体としてゆるゆる北へいざっています。眺めようによっては雲海から抜き出ている山の頭が揃って南の方へいざっているようにも取れます。何という憂愁な景色でしょう。払い切れない憂愁に山々も根を動かして揺ぎ逃れようとしているのではありますまいか。寒いので、ふとポケットへ手を入れると、先生の小さなパイプが手に当りました。わたくしはそれを伊達に口に銜《くわ》えます。そうして、また、この景色を眺めているとわけも知らない涙がぽろぽろと零《こぼ》れました。

私たちは五輪峠という方へも行き、大沼を一周して帰りました。

夜、先生と私たち二人は炉辺で向き合いました。先生はこの夜のことをば「懺悔の夜」と名付けると口切りしまして、それから次のように語り出しました。

「私が少女時代は、腺病質の内気な娘で、情熱は内へ内へと籠らせる性質であったことは、蝶子さんも、私の実家の弟に聞かれたでしょうね。そしてまた、私が体育の教師として学園へ勤めているうち、女生徒の蝶子さん、あなたを見て、もし自分があなたになれるのだったら、なってみたいたった一人の娘であると思っていたことも、多分この葛岡さんから聞いたでしょう。私がそう言ったのは、少女時代の自分がもし事に妨げられず、素直に育ち進んだら、きっとあなたのようになっただろうという未練や口惜しさが手伝った為でしたろう。しかし仮りにもしそうして育ってみたところであなたは都会生れの水の性の娘、私は田舎生れの山の性の娘、そこにだいぶ相違のあることが此頃では発見して来はしましたものの、やはり私は、あなたが流れに任せてなよなよと、どこの岸にでも漂い寄り、咲き得る萍の花の自然の美しさを、女の本能の美しさを、うらやましく思う点は昔も今も変ってはいないのです。弱いものの持つ勁《つよ》みをあなたに感じずにはいられません。

だのに、なぜ、私が私の好きなあなたと敵味方のようになる仕儀にしたのでしょうか。もちろん、その原因として、中間に、ここにいる葛岡さんというものを挟みはしましたが、しかし、これは気の毒ながら、挽木の鋸目《のこめ》に入れる楔《くさび》のようなものです。スペクトルを検して採るプリズムです。実のところ、蝶子さん、私は、私の身の破滅を賭して、あなたの性格の影響から逃れようと試みてみたのです。言い換えれば、女の本能から、生から、弱さの勁みから逃れようという試み——まるで謎か、雲を摑むような話で済みませんが、どうか聴いて下さいね。世の中に滅多にない試みや手段だったのですから。だから、判らなかったら判らないままで関《かま》いませんから、どうか、ゆっくり辛抱して聴いて下さいね。

私が少女時代はあなたにかなりよく肖《に》たなよやかな子であったのに、どうして男勝りと言われる意地強い女になったのでしょうか。私は少女時代から娘時代にかけて、育ち盛りの前を阻まれた女です。郷党のこどもから、小沼の竜女の家系の子だなどと異類呼わりをされたり、折角、愛する男と結婚しかければ、同輩の娘から、男まじわりの出来ない鱗娘だと縁談を打ち壊されたり、たとえ、それは廃物になりかけの莫迦々々しい伝説や因習を採り上げての周囲からの迫害でしたけれども、多勢に無勢で、実際には虐めつけられるのですから仕方がありません。多分この話もお喋りの弟からあなた方は聞いたでしょう。

私は死んだ方が増しだと、何度思ったか知れません。それから死んだ気になったらと、逆襲して出る気持にお腹が据って来たのも止むを得ません。

人は「死」を惧れます。私だとて始めはそうでした。しかし、生くるにも生きられない苦悩に追い詰められ、頸筋を摑えるようにして鼻先を死の世界に分けられたものは、息も詰まりながら、しかし遂に、この暗い世界から何ものかを愛し出さずにはいられないのです。人間というものはそういう風に出来ているものらしいのです。まして私も根は矢張り女です。のっ引ならなくなれば棘でも茨でも身を以て愛します。

陰の色に晒された世界、心も凍る寂しい世界、絶望以外には頼りになるもののない世界、唇一つ動かせない無力の世界。嘆きとか悲しみとかはまだ感情に味があるからこそ言われる途中の気持です。この世界の切岸に立って、この世界と面と向き合ったものは、撃たれるとか、放心とかがある、ただそれだけです。狂気する余《よ（ママ）》悠も与えられはしません。そして心の眼は寸分の油断なくこの世界をうち見まもっていなければならないのです。私は娘時代、撃たれ続け、放心の仕続けで、死の世界に向き合っていました。するうち、ふと、この世界はまやかしものである。根から在るわけではない。譬えて言ってみれば、魔術師の闇色の幕のようなものである。この中にはきっと何か仕込んである。あるに違いない。そう思われて来ました。よろしい私はそれを取出してみよう。自分が魔術師になって、私がふと、こう思い立つ前に死の世界を愛し出していたのでしょう。それ故にこそ、むずとその中へ踏み込んで何か手堪えになるものを探り出してみる勇気も親しみも湧いて来たのでしょう。

私が死の世界の中から愛して取出したものは何でしたろうか。あの冷徹氷のような理智の短剣、独創の矢羽《やばね》が風を切る自我の鏑矢《かぶらや》、この二つでした。子供が友達の落したものを拾い上げ、やや揶揄《からか》い気味に誇示するとき言います「こんなもの拾った〳〵」と、私は自分が闇黒の放心の中から取出したこれ等の宝物を物珍らしく、ただしその儘の言葉では人に言えません。それゆえ、行きつけた赤城の小沼の水底から鱗の閃きを見たという風に人に吹聴しました。一つは私を鱗娘と言い触らした女達に逆襲の気味もたぶんにはあったにはありましたが。この事は弟はまだ話しませんでしたろう。なに話しましたの。あら、何というお喋りの弟なのでしょう。

普通、そういう性質の発見《みつけ》ものは、力は多く外へ向って揮うものです。だが悲しいことに私は、それを外に揮えない人間です。やはり、少女のときの性質そのままに、内へ内へとそれを揮います。結局私は自分だけを自分の思い通りに改造し、男も要らなければ恋も要らない自分に造り上げてしまったのです。自分が全部です。自分だけが世界です。

この事をいまここで委《くわ》しくは話さないでも、私の今までの性格なり行動なりを知っている蝶子さんには大体察しがつくでしょう。一口に言ってみれば、私ははたから苛められるような性質や、敗れる性質や、辱しめられる性質は、その感受性もろとも、私の性格の中から切捨ててしまったのです。あの女の身として命に替えても魅着したがる愛《いと》しみを受ける可憐なところの性質さえも私は消してしまって、私は私の理想する通りの強くも秀でて、そして健康と自覚する女に私自身を改造しました。これは女の身として、骨より肉を一旦、載り放し、骨の性質を仕込み替えて再び人体を形造るような苦痛と惨ましさでありました。けれども私はそれを遣《や》り遂げました。理智の短剣をもって、自我の鏃矢をもって死の世界のあの冷厳な意志の逞しさをもって。

ここで、ちょっと死の世界に住するものの勁みや張りを話してみましょうか。そうですねえ、人は生の意識の強まるときほど戯曲的に死の不安を感じるものです。その反対に、死の意識に深く住するときほど、生が恋しく慕わしく思われるときはありません。それは愛人へのあこがれのように念々に甘酸く胸を撃ちます。このとき、取りも直さず生の好もしい不安をもっともいみじく心に感じ取っているときでしょう。

皮肉ではありませんか。人生というもの、生が強調しているとき生は感じられず死が強調しているとき却って生を感じるのです。よいですか、蝶子さん、ここのところをよく覚えといて下さい。私が理想主義を唱えては現実を味わい、ピューリタニズムを唱えてはその反対の慾望を充していた秘密の鍵は、みな、この皮肉な人生の手筋から教わって、これを逆手に生活に応用したものでした。私は人生を逆手々々で押し渡って来ました。泣くことさえも、笑うことさえも――

蝶子さん、あなたは私と根が同型な女だから、ひょっとしたら私のこの秘密の術を無意識にもせよ、少しは感付いちゃいないですか。

蝶子さん、だが、弓も張り拡げたままでは、ついに弛《ゆる》みが来てしまいます。手鞠《てまり》もつき続けていれば、しまいには弾《はず》まなくなります。私は死の意識を深め深めしてその逆手により生の高調を裏側から味っているうち、いつか張り続け過ぎて、死の意識の弓竹を曲がりっきりにしてしまいました。そうなればそれに張り合う生の弦とて弾む道理はありません。いまは、あれほど私をして克己させ、理想させ、精進させた人生の憂愁も不安も苦悩も失くなりました。有るものは東洋風の渾沌とした無可有の世界だけです。この世界に於て、生としてあるものは、何万年か樹齢が判らないほど生き延びて大きさは天日も隠すほど聳え立ちながら、無用の用としてのみの価値を持つあの散木という樹で象徴さしてある無刺激、無苦楽の生です。また、死といえば蟻、螻蛄《けら》、羽虫《はむし》になっても縷々《るる》と転生してしまう暢気極まる死です。死の弓竹と生の弦とが弛んで距離を縮め、殆ど一筋になってしまった世界の風光こそ、認識こそ、世にも捉えどころの無い無方図のものはありません。東洋の哲人はこれにひと浮きの胡蝶の夢を持って来て譬えますが、実はそういう恍惚も美しさも、その反対なものさえも全く無い任運《にんうん》蕩々の時間と空間なのです。

明治以来、幾何学的な解剖と固形的な認識とを以て万有のとどめを刺したとする西欧文化に養われて来た私たちの頭が、何でここに安住出来ましょう。自己の改造を決意して以来、寸分の暇も緩めず理智の匕首《あいくち》、自我の剪尖《きっさき》をもって自身の胸元につきつけつきつけして自身を急き立て励ますことに慣れて来た私は、いまは木から落ちた猿同様な気持になりました。改造以来はじめて気の毒な自分になったと思いました。若しかしたら、自分が採ったこのコースは誤っていたのじゃないか知らなぞという寝汗さえかく嫌な反省が心に覗かないことはありません。一ばん恐ろしいのは、この私の弛緩《しかん》につけ込んで、私に私の中に秘んでいた骨身の女が疼《うず》き出したことでした。それにつれ、口惜しいことに蝶子さん、あなたの姿が眼につき出したのです。あなたの性格がしつこく私の心に絡み始めました。

カリエスの手術の際、外科医は完全に病竈《びょうそう》を消毒もし、自己の手腕も揮い得て、最早や一微片の腐骨も中に留めまいと確信して肉を縫い上げます。なんぞ図りましょう。中には粉末の腐骨が残されていて、肉の疲れを見すまし黴菌は駸々《しんしん》と周囲を腐蝕し始めます。外部の黴菌もこれに呼応します。自分で自分の中の女なるものに向って換骨《かんこつ》脱《(ママ)》胎《たい》の手術を施して、もはや自分の理想通りのもの、弱からず、恥かしめられず、強健な精神肉体を贏《か》ち得たつもりでいた私、人格転換の外科医を以って自任していたその私にも見落しがありました。手術残しの個所がありました。

おや随分遅くなりましたね、今夜はお話をこのくらいにして寝ましょう。」

第二日、第二夜。

きょうは矢張り弁当持参で宿の主に案内され小沼を見物に行きました。案内の主は、私たちに、「なぜもう少し早く、スキー、スケートの季節に来なさらなかったか、でなければ、もう少し遅く、躑躅の季節に来なさるとよかったのに、案内するというても今は何も愛想になる景物がない」と愚痴たらたらです。従って差し示す指尖も力なく、ここらが春ならば鈴蘭が摘めるのにとか、夏ならば珍しい虫取り菫《すみれ》があるのだがと、多くそういった追懐めいた句調になり勝ちです。

山一つ南へ越えました。夏秋ならば放牧の牛が一ぱいで、お嬢さんは恐がりなさるだろうと宿の主が言う峡に囲まれた平な原をしばらく歩いて行きますと、小沼に着きました。大沼の三分の一ほどの湖ですが、まわりは直ぐ山が匍《は》い立ち、鉛色の水の面に白樺の老い晒した幹が白く抜けて、蛇骨のように見えます。霧が少しあって、うす陽のさす日でした。鉛の沼、白い山全体がほのかな桔梗色の燐光を放っていますので、霊性で作った風光のような気がいたします。

先生は、この湖に胚胎《はいたい》する伝説によってはたから一生苛めつけられなさった。そして次には必死とその伝説を逆に使ってはたへ逆襲しなさった。ゆうべの先生の話は、まだ半で、どううねり廻るやら判らないけれども、結局は、その余波はここに立つ私たちにまで及ぼしているのは間違いない事実です。何という悲運の人々なのだろう。ても恨めしい雪の湖ではあると、わたくしはいつまでも眺め入っています。渚に朽《く》ちた重箱の殻が一つ目にとまりました。沼に身を投げた竜女を弔うため、麓の村では毎年、命日に赤飯を蒸してこの沼に投げ込んでやるのですが、赤飯は失せて、容器の殻だけが渚に漂い寄る、それがこれですという案内人の説明でした。

根が恐がりやの癖に、恐いもの好きな都会娘のわたくしは、尚いつまでも物凄い氷湖にじっと眺め入ります。たとえ嘘にしろ、この湖底に見えるという銀の鱗のことを考えて、心ゆくばかり身うちの血を氷らせていますと、「何にもない、つまらない景色」と葛岡に急き立てられ、わたくしはやっと惜しい湖辺を離れました。

道は一まず元へ戻り、長七郎山、小地蔵ケ岳をめぐりまして、足尾線の水沼口へ出る道の途中の利平茶屋とかいう辺まで遊び歩きました。この辺の渓には箱根山椒魚がいると言います。薪のように山独活をつけ、その上に石楠花《しゃくなげ》の花をさした馬を曳いた山人が里へ売りに下るのを見かけました。

夜が来ました。この夜のことを先生は、「祈禱の夜」と名付けましょうと言いまして、また私たちと炉辺で向い合い、パイプの煙草に香水をミックスして、おいしそうに燻《くゆ》らしながら次のように語り出しました。

「死の意識も弛むと共に生の意識も緩んで、私は素人の貼り損じた紙障子のように、私は知性や自我もろ共、べそりとした平衡状態になってしまったことを昨夜話しましたね。それから、その開いてしまった心の皮膚の毛根を狙い、私の内部から私自身消し残した女の本能が、外部の蝶子さん、あなたの性格の影響に呼応し出して、自我の落城まえのような私をうろたえ始めましたことも話しましたね。さて、今夜は、その先からですね。

私はそのとき実際うろたえました。家の大黒柱に白蟻がついてるのを見付けた時のように周章《うろた》えました。堤の切れるのは何を措《お》いても早く埋めなければならない。質《たち》の悪い肉の癒着は荒療治でも容赦なく截り分けなければならない。

私は、私の堤の決潰《けつかい》を埋めるために葛岡さんを土俵として持って来ました。私は、私と蝶子さんあなたとの肉の癒着を防ぐために葛岡さんを鋭いメスとして使いました。こういった丈けでは判りますまい。事実の経過によって説明してみましょう。

なぜ、私は葛岡さんに結婚を強いたのでしょうか。私みたような人間は、男に対する愛も、夫婦慾もあるものではありません。ただ性のスポーツの相手にだけには葛岡さんが入用でしたけれども、それを今更、なぜ葛岡さんを結婚に強要したのでしょうか。ああ、蝶子さん。

あなたはなつかしくも恨めしい方です。私が生血を絞り捨てて作り上げた銑鉄の身体から、すいすいと容易く同型の母性だけをあなたは牽き出さすのです。ひとり、髪を梳《す》く窓の夕まぐれ、あなたが私の娘に感じられたり、私が却ってあなたの頑是《がんぜ》ない娘で、お乳を呑まして貰い度かったり、恥しいことながら、蝶子さん、あなたはこれをどうして呉れますか。だが、この心を本能を、そのまま打ち出してあなたと充してしまえば、私は、私自身に向って敗北します。私はそんな弱い人間じゃなかった筈でした。誰に向っても感情の塵《ちり》っ葉《ぱ》一つ貰い受けるような弱味のある筈はない人間でした。葛岡さんは幸い、あなたを愛しています。あなたは葛岡を愛し切らぬまでも自分に没頭して来る男には背《そむ》き切れない女です。私はそこを利用しました。

手っ取り早く言えば、私は葛岡に理不尽な註文を持ち出して、葛岡を困らせ、その困るところを見ることによって義憤を起して来る蝶子さんに、私を憎ませようとしたのです。そして、のっぴきならぬあなたと私との本能の好みの繋がりを断ち割ろうとしました。もし、つまらない事情であなたと私と喧嘩したぐらいでは、なかなかあなたのこの影響は私から除け切れるものではありません。生れ付き、本能の同型という深刻な原因を壊すには、やはりそれに相応《ふさ》わしい深刻な度の本能の葛藤を斧《おの》に持って打たせなければ断ち割れないのです。私はそれを決心しました。私は自分が折角、今までの一生を費《つか》って作り上げて来た理想の自分を護るためには、従来、内へ向っては如何なることも仕兼ねなかった人間です。今度こそ私は、外に向って力を揮《ふる》いました。

　私は、もし、この術であなたと敵味方となり憎み合う効果が挙らないなら、私はもう一つ辛辣《しんらつ》な手段を用意していました。蝶子さん愕いてはいけません。私はあなたの素性まで調べて用意してあります。こういうだけで、それ、蝶子さん、あなたは蒼くなって震えなさるでしょう。でも、関いません。すべては祈禱の前の懺悔《ざんげ》のときです。私ははっきり言います。私は、あなたがもし葛岡と深い関係に陥ちたり、または、あなたが池上さんとかいう下町の大家へ嫁入りする機会に、私はあなたが乞食の素性の子であることを言い触らして、あなたから生涯の恨みを買い、きれいに私はあなたに対する本能の執着から脱れようとさえ準備していたのでした。

　どうしてそんな秘密なことが判ったかと疑うのですか。用心おしなさい。あなたの家の島というばあやは口はしたない老女ですよ。少し鼻薬を飼えば何でも喋ります。私は去年の盆にあなたの代りに、あの老女中が中元を届けに来た以来、買収して、あなたのことなら現在まで私には筒抜けです。蝶子さん、あなたは泣きますか、たんと泣きなさい。私も少女時代から娘時代までそのように泣き続けていました。念のため言っときますが女が決心して女を離れたくらい、自分にも人にも平気で残忍を行える人間はないのですから。

　あなたは私の葛岡さんに対する暴戻《ぼうれい》を聞き、すっかり怒って、私に挑戦的になったようです。あなたは、私を憎み切り、場合によっては葛岡さんを生活まで庇い取る決意にまで運んだことを、私はばあやの島の牒報《（ママ）》やら葛岡さんの手紙の様子で、実家にいながら感じ取りました。

私もあなたを、何を小癪な小娘と、片腹痛く思い出しました。苦心の結果はこれで上々と思いました。私は、いまこそ私の女の腐骨を健全に劇薬で消毒して、再び体内へ納め込み、又、蝶子さん、あなたの影響からも立派に脱れられたと思いました。其の時私は自分の中でぺちんと破裂したような音を感じ、ハテ面妖なとは思いましたが、私はこの作業から立戻って、再び私のふる郷の、立上る力の泉の、死の世界を顧る段取りになりました。落ちて弛《ゆる》んだ死の弓竹を拾い上げようとしました。だが、もう、そこらにそれは見当りません。それに張られてある、生の弦も見当らないのは当然です。

見廻せば西欧風の知性も自我も、東洋風の渾沌未分も、みな消え失せてしまいました。在るものはちりぢりばらばらの自分の精神だけでした。幾歳の不自然、幾歳の強気、幾歳の逆手は、遂に私をして、こうも身の破滅を招かしめてしまったのでしょうか。だが待って下さい。これをただの身の破滅と思い取るのも早合点のようです。なぜというのに、いま私は私の身や心として意識しているこのちりぢりばらばらの髑髏《どくろ》、背骨、肋骨、腰骨、肢骨は、ちりぢりばらばらではありながら、どれもみな水晶のように透き通り、万更《（ママ）》、そこらに朽《く》ち果てた野晒《のざら》しとも違うようです。女一人の力で人生如意に晒し抜かれたお蔭なのでしょうか。そして面白いことは、このばらばらの五体は、峰の白雪に向えば白雪がそのまま映り、なつかしい人が来ればなつかしいままに映ります。おかしいですね。

さあ、今夜もだいぶ遅くなりました。やすみましょう。妙な話になってお気の毒さまでしたわね。」

第三日、第三夜。

先生の話は、太古の哲人の箴言《しんげん》風なおもかげがあって、聴いているうちは、その間だけそれに充たされている感じがし、聴いてしまったあとは何も気にもならず、話は私たち三人の身の上に関係していることながら、旧い伝説の話を聞くようでもあり、それ故、一夜眠ってしまった暁は、殆ど心に残るものもなく、きょうも先生に勧められるまま私たちは宿の主に連れられて、銚子の伽藍の方へ見物に行きました。「とても、そこまでは行けまい、しかしお嬢さんの足もだいぶ山に慣れて来たようだから、試しに」という前触れで出かけたのでした。果たしてわたくしはそこまでは行けませんでした。外輪山の頂上を外部へ越えてから、牧場の柵に捉ってだらだら下りに、長七郎山の晴れた眺めを見渡しながら、水楢《みずなら》や白樺の林のある尾根道を過ぎて朋不知《ともしらず》坂という坂へ一足かかると、わたくしはもう帰ると言い出しました。宿の主も、その方がよいでしょうと無理に勧めませず、道端の雪にマントを敷き、少しお昼には早いお弁当を使いながら、主はこの方面の名所旧蹟のことをいろいろ口で話して呉れました。この道先きは行者たちが拓《ひら》いたもので、名所旧蹟がそのまま難所になっているところが沢山あるそうです。弁天窟、鳴竜滝、天狗の御庭、薬師岩、胎内潜り、不動滝、——名前を聴いただけでも宗教と自然とを結びつけ、そこに神秘な世界を現実に見ようとする人間不可避の慾望が現れている気がします。国定忠次が追われて、その中に病を養ったと伝えられる忠次の窟も、この道の下の滝不動の近くで、他の窟同様、もとは行者の修道の場に使われていたそうです。「うちに泊っている行者さんね、あの人は滝不動で一週間の断食をして、いま断食のあとの食養《しよくやしな》いをしているところです。人間が人間でいればいざこざは無いのに、より以上の慾望を持たして、さまざまに物好きな目に遭わせもする造物主というものは、とかく退屈なことが嫌いと見えますね」と、宿の主は明治時代らしい詩人の口振りを持出して冷淡に語りました。私たちはそれから平易な道を廻って血の池を見物して帰りました。

夜、先生は炉辺で、とても打ち沈んだ顔をしながら、今夜のことを「昇天の夜」と名付けましょうねと言って、話を語り出すまえに、低い、しかし清らかな声で唄いました。唄の文句は外国語で全く判りません。けれども、そのメロデーには、たとえ人間の持つあらゆる節廻しは浮世の暴風雨の音声に吹き消されても、これだけは一脈残ってどうしても人々の心に徹《とお》り響くという人間最後の哀音の抑揚がありました。これを聴いていると、遣る瀬ないあまりに却って思わず異常な力を湧かして来る悲絶の韻がありました。

先生は唄ったあと、「これは芬蘭《フインランド》の農民たちが唄う郷土詩典カレワラの民謡詩の一つですよ」と言いました。芬蘭は、先生が体育研究にしばらく留学されていた北欧の国です。住民のフィン人はもと東洋人だったのが北欧の自然に馴化《じゆんか》され、灰色の青味がかった眼や、栗毛の髪を持ってはいるが、何か東洋風の純朴と一本気な情熱があると先生は兼て私たちに話していました。

陸の上に丸い波型に起伏する土丘のサルポセルカ、それに湛えられる大小無数の沼湖、雪原と大森林と渓谷と瀑流。そこに先生は異境の赤城を見出したのでした。

先生は話しつぎます。

「いま唄ったカレワラは、幾つもの神話や物語を含んでいるのですが、その中で特に私の心に染みついて離れない神話があります。手短かに話しましょう。

それは子を喪った母の話です。母はたったひとり児の英雄青年レミンカイネンの姿を見失いました。方々探して見当らず、太陽の許へ泣き込みました。太陽は見透す瞳を八方に向けてレミンカイネンが冥府《よみ》の中に黒く流れる河底に白骨となって横わっているのを照し出してやりました。母は悲しみましたけれど、決して諦めません。すぐさま鍛冶の名工の許へ行って大きな鉄の熊手を慥え《(ママ)》て貰いました。母はそれでわが子の骨を冥府の河底から一つ一つ拾い上げ、河原の小石の上で根気よく接ぎ合せました。わが子の姿に似た形に骨は接ぎ合さりました。けれども、その姿は「おっかさん」と呼びかけては呉れない。母は、なお諦めません。骨の姿のままのわが子を、赤子のときのように抱いて揺りながら、折しも通りかかった蜜蜂に歎いて唄いかけます。

蜜蜂よ、蜜蜂よ、
月をも日をも飛び越え、
奥の奥なる空に往《い》ゆき通い
神のいぶきを汝が背に
いのちの香油《あぶら》を、蜜蜂よ、やよ、
いとしき、わが子に。

蜜蜂も動かされて、いのちの香油《あぶら》を持って来ます。母は丹精籠めて息子の骨の身体に香油を塗り籠めます。前より美しく勇ましい英雄青年レミンカイネンが再誕して来ます。」

先生は、これを話したのち、こう言いました。

「この物語をただ北の雪空の下に生れた美しい虚妄の譚《はなし》とばかり思っていたのは間違いでした。思い返してみれば、この頃の私のために作られた譚でした。こどもを生んだことのない、ひとり身の私は、私自身、母であって、また子であります。母なる私は、子なる私のちりぢりばらばらになった晶玉の骨をみて、傷《いた》ましい思いに胸は潰れますが、決して諦めはしません。縋《すが》れるなら太陽にも、頼めるなら鍛冶の名工にも駆けつけて、その骨を元の形に仕直そうと意気込みます。幸いそれは、私自身の精神胎内の出来事ですから、レミンカイネンの骨を母親が冥府の河底より掬《すく》い纏《まと》めたよりも遥に纏め易くあります。ただ、この美しい晶玉になって、照らしよくなった骨も、それ自体、氷よりも冷たく鉄よりも硬くなっているのに、いのちの息吹き返さすその香油が何物であるか何処にあるのか、私の中なる母は、いま一生懸命考えているところです。蜜蜂よ、蜜蜂よ、おお教えてお呉れ――

ただ、私にいま気がついておることは、私は元来、山の性です。岳山重畳の果、山道崎嶇《きく》の奥に、それが見付け出されそうな気がします。

それにつけても蝶子さん、あなたは水の性、このさき恐らく格別の戯曲的な喜憂をも見ず、蘆手絵《あしでえ》のように、なよなよと淀み流れることも、引き結ぶことも、自ら図らわずして描き現われ、書き示して、生となし死となし、人々の見果てぬ夢をも流し入れて、だんだん太りまさりながら、流れそれ自体のあなたは、うつつともなく、やがて無窮の海に入るでしょう。これも一つのいのちの姿で浦山しいとは思いますが、性格の違った私の望むことではありません。

ただ一つ、こういうことは私の大好きだった蝶子さんに対して言って置きましょう。水の性のものは土を離れてはいけません。水の性のものはそれ自体、無性格です。性格は土によって規定されるのです。

あなたは乞食の素性のことをまだ怯えているようですが、何を怯えることがありますか。あなたは一度は土に親しく臥してみて、それから何事かを学ばねばなりません。性格を規定されて来ねばなりません。あなたが乞食の素性であり、一度はその経験に戻る運命に在ることを、私は何となく、この晶玉のように透しみる私のカンによって感じております。結構です。一度は土に流れてごらんなさい。きっと新鮮なものがあなたに見出されて来ますから。さあ、今夜は、まだ少し早いけれど、あなた方明日は出発でしょう。身体を休めに臥《ね》ることにしましょう。」

その夜、わたくしは枕には就きましたが、御宮の川の雪解の水音が妙に二重に縺《もつ》れて耳について眠られません。首を擡《もた》げ、聞耳を立てていると普通のなだらかな一重の音です。枕に就くとまた二重に縺れます。わたくしはふと気が付きました。先生がわたくしに気付かれないよう泣いていなされるのだ。どういうわけだか知らないけれど、泣かしといて上げましょう。涙はひえっとした先生の仰っしゃるばらばらになった氷のような骨の潤いになるのかも知れないから——

二重に縺れる水音を聞きながら、眠るともなく覚るともなく夜中の時刻を過すうち、また、ふと気がついてみると、部屋の中へ霧が忍び込み、ランプは夏蜜柑の切口を見るような円光を放っています。

襖を距てた宿の家族の居間で、「南が吹いて来たな、氷が割れるぞ」と呟く声が聞えます。先生が二度ほど起きて壁の小窓へ、外を覗きに行ったのまで覚えていますが、それから先は、さすがに昼の疲れが出まして、わたくしも眠りに入りました。

先生に起されて私たちは、急いで湖辺へ出て見ました。夜もしらじら明けです。南の外輪山を越したり峡間を抜けて吹いて来る風は、一吹き毎に無形の拳となり、霧の塊を湖面へ向けて投げつけます。霧と霧と打当って大きく巴《ともえ》を巻くもの、霧に霧が呑み込まれるもの、霧と霧が、間の霧を引伸して摑み崩してしまうもの、しかし白濁全体としては真珠色の光を含み、私たちは巨きな鮑貝《あわび》の中に在るようにも感じられます。霧の薄れ目から、二三十間先には氷の解けたあとの湖水の水が生々しく顔を出し、頻りに浪立っております。卒爾《そつじ》に見ていると判りませんが、こまかく気をつけると、湖心から風上へ揺り戻る浪のはためきで渚の結氷は二寸三寸ずつ壊れて欠けて、湖心へ向け散って行きます。

風は一層つよくなりました。壊れて浮く湖岸の一つ一つの氷片もだんだん寄り集って大きな塊になって来ました。今や氷は、柔い雪をかぶったまま二坪三坪ほどの面積となって湖心へ向け漂い始めます。寝起きの事ではあり、あまり珍しい事ではあり、風も凄しいので、私も葛岡も、ただ「まあ」とか「ふーむ」とか、感歎の言葉だけ放っていました。

先生は一言も物を言いません。ただ壊れて欠けて行く氷塊の一つ一つを思い深そうに見詰めていました。またひと塊が、ゆらゆらと揺るぎ出しました。すると先生は、刀身の除いてあるスケート靴を軽く跳ねて、その上へ乗りました。私は思わず手を拍いて、勇ましいことをしなさる。脚幅で跳ねて戻れる距りまで氷塊が漂い出したら先生はまた岸へ帰るだろうと見ていま

すると、それも過ぎましたので、私はひやりとしました。すると先生はそこで手を振られて、

「さようなら、蝶子さん」

わたくしはその顔を見て、真面目なのを知り、胸から血が頭へ衝き上げるほども驚いて、泣き声を立てて叫びました。

「先生！　先生！」

「葛岡さんもお達者でね」葛岡は、ただ呆気《あっけ》に取られています。わたくしは、渚の氷を踏み壊し、地団太踏んで、

「先生、帰ってよ――」と叫びました。

もう先生の顔は霧に薄れて眼鼻の在所しか見えない距離です。その模糊《もこ》の中で、先生は着ていた裏毛附の冬外套をさっと脱がれました。雲母色《きららいろ》の霧の中に均勢《（ママ）》の取れたうす薔薇色の女の裸体がしずしずと影を淡めて遠ざかります。

わたくしは息を呑んだとも、手に空《くう》を摑んだとも形容し切れない気持で、ただ追い眺めていますと、霧の中から先生の声が聞えて来ました。

「どう、この私、真珠貝の中から生れたヴィーナスの像に見えない⁉」

もう一声、

「死の果てから生れる、美の戯れ。生命《いのち》がけで一度だけ蝶子さんに見せるのよ。じゃさようなら、いつまでも、さようなら」

わたくしは思わず「いやよ、いやよ」と叫びました。それから雪の渚によよと泣き伏しました。

すぐに宿の主にわけを話して、湖畔を探し廻りましたが先生は見付かりません。計画はもう昨日あたりから整えられていたと見え、検めてみると古屏風のうちの先生の持物は、大体取片付けられていました。書きさしの「死の書」の原稿は破り捨てられていました。

二日ばかり葛岡と私は懊悩《おうのう》のうちに宿に先生を待ち受けましたが、消息は判りません。そのうち、先生はあらかじめ湖畔の氷小屋へ衣服と共に手廻りの必要な品は、リュクサックに詰めて隠して置き、漂う氷塊がよい塩梅に岸についたので、そこから氷小屋で支度をしてどこかへ行ってしまわれたのが判りました。宿の主は術《すべ》なげに言います。

「やっぱり先生は山姫になりに行かれた」

赤城の山を降りながら、葛岡は、しおしおと言います。

「ああいう訣《わか》れをするなんて、いくら何でも僕は諦め切れないよ」

わたくしは、その背を子供をなだめるように撫でてやりながら、

「いいからいいから人間が入って出て来られないほど魅力のある奥山なんて、何処にもありゃしないから——先生には、またきっと会えるわ——」

山の麓は春から初夏の爽かさに進んでいます。葛岡が、これからどうすると言いますから、

わたくしは答えました。

「真剣なお芝居を見て、身体がくたくたになったわ。いますぐ東京へ怒られに帰る勇気なぞありやしない。お金があるうち、どっかのんびりした田舎を遊んで帰りましょうよ」

山を野へ下り立つ人は山を振り返るに、惜しき訣れとらくらくした気持とで、こころ小鼓の調べの緒の綾《あや》にうち返すといいます。

ましてその山は安宅先生が一期の演出として死の果てよ、美の戯れよと呼びながら湖水《みずうみ》の霧がくれに、行きすがら、うす紅色の裸体活人画を見せて私たちから遁れ失せた山であります。いかにまことのさまであったとて、その奇矯な振舞いは人を白痴《こけ》にするにも程があると先生を失せさした山まで加担人《かとうど》のように憎まれ、一たんは山におもてを背けます。けれどもその憎みの下から、待て、さばかりでもあるまい、せめて私たちだけにでも、ああして心のよすがを結ばなかったら、生涯、先生は孤高の志の寂しさを遂に人に訴える機会がなかったかも知れない。こう思って来ますと先生にまたうかび寄る夕雲の哀れさがあって再び山をも顧る私たちでありました。

私たちは足を麓のほとりにたゆたわす程の序に、大間々《おおまま》という駅近くのお角《すみ》桜という名木を見物いたします。月は五月に入って見事なこの枝垂桜《しだれざくら》はすっかり葉桜になっておりました。くろがねの根元は牛をも隠すほどの太さで、聳え立つ樹幹も空に雄々しくすさまじきものに仰がれます。けれども梢の枝から四方八面に吹き垂れる若葉のしたたりは嫋々と風にもつれ簾《すだれ》の雨となって、さすが巨岳の赤城の山も水浅黄色に降り埋むばかりであります。

「狐、狸、畜生——」

わたくしはこのさみどりの簾雨を浴びながら碧羅《へきら》の山影を望むにつけてもなお執拗にこう呟かずにはいられませんです。あの山は、あの先生は、まだ私たちを化し続けている。哀切極まる名残の尾を私たちのこころの上に覆い冠せてなお幾日か山の記憶は、先生の記憶は、私たちを奇妙な憂愁へとたぶらかし続けることでありましょう。

いつの昔か——傍の農家の老人は樹齢から察して多分六百年以上は経っていると言いますが——お角《すみ》という少女があって、桜の苗木を手植にしました。その苗木が思わぬ星霜を越してかかる巨木になったのだといいます。老人の語る桜の由来はたったこれだけに過ぎませんですけれども、わたくしの胸には、先生から想い聯ね、かいなでのこの桜の主の少女にも何かいみじき仔細の身の上を想い繫ぎます。その往昔《かみ》のこのお角という女の童も、うつそみの世にはいのちを阻まれる節があり末の世を頼みに、そのいのちをせめて非情の草木に向けて生い移した不幸な女性群の一人ではなかったのでしょうか。六百年の久しき後にまで人の肩になまめかしくしなだれかかる老木の桜の一念を見るにつけ、手植の主の少女の、否、なべての女の永劫に見果てぬいのちの夢が今更に想い遣られます。

上州野州の平野には汽車電車の利便が蜘蛛手のように張り亘っております。私たちは山に離《さか》ろうとするこころと、山に牽かれるこころと纏《もつ》れるさまをこれ等の蜘蛛手の線路の上へ形さながらに現して彷徨いたしました。いくらかずつは東京へ近づいて行きますもののわれながら気だるげな様子であります。急いで帰ったとて破綻の外、何一つ待受けている東京でもありませんから。

雨の降る旅館の欄干に凭れています。粗末な昼飯を仕出屋が道の上に岡持で運んで来ます。所在なくてそれをしも待侘《まちわ》びるものの一つにする籔塚鉱泉の二日泊り。山一つ彼方へ越します。三階の部屋から、丘の松、小山田の早苗《さなえ》の風、嶺越しの青獎《せいけい》の麦野が眺められます。ここはまた、それだけのもので、やはり所在なくて、宵寝をします。枕の下に湯を落す合図の拍子木を聞く西長岡鉱泉の一夜泊り。

音に聞く太田の呑竜《どんりゅう》さまへお詣りしました。門前町には茶屋、旅籠が軒を並べ、客をひく婢《おんな》の声は鄙《ひな》びております。広い境内はいま人が出盛りで、人むれの多くは鐘楼の方へ牽かれてゆく様子です。口々に鐘供養ぞと言っております。鐘楼の洪鐘《おおがね》のまわりに仕組まれた足場の上を白く塗った稚児《ちご》たちが練り出しました。何事をも弁《わきま》えぬさまにただ晴れがましく練り行く稚児たち。わたくしにも踊屋台の上でただ咲くほかに思いは無かった昔の日がありました。読経のだみ声は一しお高く響きます。芋の葉の形をした錦の帽子《もうす》を冠った僧正が列の中に出て来て、紙の蓮華《れんげ》を足場の上から右へ左へと撒きます。須臾《しゅゆ》の間、昼の陽を銀や紅の面に煌《きらめ》かして忽ち人々の手に拾われる紙の蓮華、煩悩菩提を愛の両面に煌かして忽ちに無可有に入る人の子、女のいのち。

人ごみを危ながる老女に率いられた幼ない子たちは、小動物園の金網の前で小猿の餌のビスケットを分け与えられています。ひと本の短かい幹から五十間四方に蔓っているという臥竜《がりゅう》ノ松。

唄に名高い太田の金山は青々と若木の松に覆われています。この山頂からは関八州の地景が望まれると言います。わたくしは久し振りにやや伸びやかな気持になって両手を肩の附根から前後へ揺り動かします。振り出した手先の見当にあたって右のは利根川、左のは渡良瀬川、憂いも辛さも無いさまでただくねくねと流れています。わたくしはこれを眺めていると久し振りに自分の血の脈が通い出した気持に蘇ります。はしなく思い出されるのは安宅先生の山上の言葉でした。「蝶子さん、あなたは無性格な水の性、土によってのみ性格を規定されます」と。土によってのみ規定される水とは取りも直さず川ではありませんか。山上での安宅先生の人間の言葉は、環境の大がかりな自然に支配されてか、浄瑠璃の忍三重《しのびさんじゅう》を聴くようで、ただ美しいメロデイとだけにしかわたくしはこころに留めてはおりませんけれども、ここで川を見た眼は山での言葉をいま生けるものにして身の感覚に突き付けます。先生はまた言いました。「なにも乞食の裔《すえ》を惧れることはないでしょう。一度は土に流れてごらんなさい。きっとそこから新鮮な魂が見出されて来ますから」と。あ、あ、身にしみじみと染み入る、この平野と川のなつかしさよ。先生の言葉は伊達《だて》ではなかった。ひょっとかしたらわたくしはこのまま落魄《おちぶ》れて、川のほとりに乞食女となってしまおうかしらん。父の遺言では中年近くになったら土に憩えと言ったが、この分ではその年を待つまでもなさそうです。

わたくしを取り巻く幾つかの奇矯ないのちは、わたくしに気附かない蝕《むしば》みをわたくしの身心に食入らせてわたくしを意外に疲労さしたようです。わたくしはいま直ぐにも土の上の菰《こも》に臥して大地の慈しみに掻き抱かれ、流水の愍《あわれ》みに慰められたい。それが娘の若い身空にしては早過ぎると思うこころは一つも無くなっています。われながら老けたと思いながらも、矢張り好もしく思い做されて来た川のほとりの女乞食。

葛岡はというと、殆ど性根の脱けた藁人形になって、ときどき時雨るるように少しずつ泣きます。わたくしが、

「ご自慢の蟇哲学はどうしたのよ」

と刺激してやりましても、

「僕の人生の箱の鏡は、一面が壊れた。それに照り返されて見出していた僕の、悲痛による自我の存在はもう無い」

と、難しいことは言っても刺激を押し返す工夫をするだけの知性に弾力はないようです。

「なにも、あんたは先生に泣くほど情を立てるには及ばないじゃないの、先生はあんたのことは、ただスポーツの相手だけのものだったと言ったじゃないの」

と軽蔑して見せましても、

「相手はそうでも、こっちはそうは行かないのだ。やっぱり先生の身のまわりに可哀そうでやり切れないものが附き纏って、今だにこっちにその糸の端を曳いて悲しみが伝わって来るのだ」

それから、

「先生は、僕を単に、先生が蝶子さんの性格に魅着して困るのを断ち切るために中に挟んだ楔《くさび》か斧だと言ったが、一体全体、そんなことが世の中にあり得るだろうか――」

葛岡は精力を消耗した眼を大きく瞠《みは》ってわたくしの顔を見詰めました。その様子は、何か他に、もっとなつかしい実のある理由でもあるなら、わたくしから聞かして欲しいと切ない望に燃えています。

「先生が独り合点で奥山へ求めに入ったものは何なのだろうか」

その解説はありそうでもあります。だが、はっきりあるとも言えはしません。人のこころの縒総《よりふさ》、まことと嘘、芝居と生地、その中のたった一筋を取出してこれぞそのしんと保証してみたところで総《ふさ》の正体の説明になるわけのものではありません。狡い先生は、これを芬蘭の「カレワラ」の詩に持って行き、生きの身のいのちの総《ふさ》もとに就ては、「いのちの香油《あぶら》を、蜜蜂よ、やよ」といっただけで、あっさり謡《うた》に唄って片付けてしまわれました。いのちこそもしも何ものかの策略でありとするなら策略するその何ものかの所在は、あの野を自由に飛び廻る蜜蜂のようなものしか知らないのでしょう。そしてその蜜蜂に訊ねたら、今度は盥廻《たらいまわ》しにまた飛廻る他のものに、その在所をやよといって持ち廻るでしょう。わたくしの母は「言い現さないでは言い現せず、言い現そうとすれば言い現し切れない千万無量の想い」のことを昔からの文句でいい伝えて「真下の灯のもとの文書きみたようで」と言いました。灯の真下で文を書こうとすれば紙面は手暗がりになります。手暗がりにしない為その手を除けば文は書けません。とつおいつ、結局焦《じ》れったいことを「真下の灯のもとの文書き」とも言うのでした。人間が緊《きつ》く意識して摑もうとすればそこには摑まえられず、摑まえる意識を解き放つとき、ふと在所だけは見せて来る。いのちの所在というものもざっとそんなものではありますまいか。

それ故、わたくしは、

「先生は、蜜蜂よ、やよ、と言っただけだが、――何だか知らないが、山にしろ川にしろ結局じれったいところに在るものを先生は欲しがりに行ったのじゃない」

と、苦笑いしますと、葛岡はおそくも反射的に呟き返し、

「先生は、じれったいところに在るそんなものを取りに行ったのかなあ――そうかしら」

と言いましたが、次いで「こっちはじれったくもあるがそれより寂しくなって遣り切れないじゃないか」と悲しげな顔を挙げて、ここからはだいぶ離れて来た赤城の山かげに眼をやりました。

二人はなお一気には山かげに遠ざかり兼ね、太田の町外れからバスがあるのを幸い、下野の

平野を山の遠輪に沿うて横へ利根川べりの妻沼《めぬま》の聖天まで走らせました。手頃の距離に霞んで望まれる地蔵、鍋割、鈴ケ岳などいう馴染の外輪山。大沼小沼の在所もほぼ目路《めじ》に辿《たど》られ、あの辺から奥へ、いま私たちが憎みを起すほど勝気にまかせて一人で姿を隠して行った独身の中年女の哀れさ寂しさが美しい霧越しの裸体の俤《おもかげ》のままに眼の宙に浮びます。こう恋々と山を眺め続けるうち、わたくしはなる程、先生が赤城の山を好くのも道理だと思って来ます。地殻に阻《はば》まれた地球の情熱が僅かに必死と噴き出したものがこれらの山である以上、先生が同気相求めてこの山に結ぶのは、当然ではありますまいか。

妻沼の聖天から取って返し、今度は反対の渡良瀬川を越して、足利町に泊りました。機織たちの市日が賑って女の眼につく縞柄が無雑作に車に投げ積まれています。

次いで、最早や安蘇山群の青嵐《せいらん》が家々の軒に吹き寄せている佐野の町にも行きました。綿織《めんおり》ものの糸を撚るという小川の水車の数。蠟燭《ろうそく》を点して出流山《いずるさん》の観音堂の洞にもお詣りします。

道々の青葉若葉の家村には五月の鯉幟《こいのぼり》がへんぽんと翻《ひるがえ》っていましたが、館林に来た頃は躑躅もぽつぽつ咲きかけたという噂を聞きます。

赤い毛布を敷いた軽く扁たい小舟に世俗の客と乗合って真菰《まこも》の岸を躑躅の花山に向うときには、葛岡もわたくしも幾分かこころの膨らみを取戻して参りました。

「仕方のないことだ」

「仕様もないわね」

葦雀《よしきり》が鳴きます。町家や工場の眺めに遠ざかるほど沼は広くなって来ます。水鳥のかいつむりが舳《みよし》の方に、暢達な水の世界からのご機嫌伺いのように潜っては水面に小さな黒い頭を擡げます。「いいのう、糸の値が出るまで別嬪《べつぴん》さんを連れて名所を遊び廻るなんて」「は、は、下手な相場張るよりはこの方が結局、損毛《(ママ)》が少いだからね」、「それに違いねえだよ」芸者を連れた地方の乗合客の浮世ばなしであります。

沼越しに躑躅の丘山が見渡せる料亭の二階で、この沼で漁れるという鮒、うなぎ、蓴菜《じゆんさい》が主品の昼の膳に向っていますと、どこからか鄙びた三味線が聞えて来ます。

躑躅の灌木の群は丘の円味を一面に鳶色《とびいろ》に覆うているその上へ蕾の花と嫩芽《わかめ》との萌しが色のうす葛をかけたように見えます。初夏の陽が照り出して紅白だんだらの休憩場のテントが光って眼につきます。

藻の間の明い水面を小魚がさも何かから追われたように背波を立てて鋭く游ぎ過ぎます。まわりの藻に小波を浴せて空の色を石油色に映す水の渦紋はそこここで圏を拡げています。あたり万遍なくぽちんぽちんと雨滴のように水面に弾ける沼気《しようき》の気泡。

身やこころが落ち付くと、わたくしには却って内部からざわざわとしようもない悔のようなものが騒ぎ出して来るのでした。もちろん今までわたくしが意識して故意にしたつもりのものとては一つもありませんですけれども、東京で池上と交際《つきあ》えばその青年を妙な神秘憧憬病患者のようなことにしてしまうし、それをそのまま置いて、こんな風に旅出の日数を重ねたら、一層彼は拗《こじ》れるに決まっているのに、ついと旅出をしてしまったのです。安宅先生に馴染んで来れば、しまいにはあんな雲隠れのようなことをさせてしまいます。先生はわたくしとは親身の肉縁になりたがって、恥かしそうに私のお乳を飲まして欲しいなぞとわたくしに面と向って言うほど牽付《ひきつ》けられるものを感じていながら、その反対の所作に堕ちてしまうなぞ、みなむこうの性質に種子はあることでしょうけれども、わたくしにも生れながらに何かそういう人からそういう異事を掴み出すわたくしの身に禍津日神《まがつびのかみ》を潜ましているのではありますまいか。そう思って来ると、わが身ながら愛想が尽きます。

眼の前にただ、もさもさと味もないようにご飯を食べているこの葛岡という青年も、また考えてみれば、このわたくしの禍津日神が安宅先生のつむじ曲りに手伝ってこんな中途半端な人間にしてしまったものらしくあります。わたくしがこの青年と東京を発った動機は、安宅先生に咎められていると信じたこの男の考えを矯《た》め直すために安宅先生と一談判するつもりであったに違いありません。若い男に対する娘の母性とか女のヒューマニチイとかを起しかけたらしくあります。それがどうでしょうか、山上で安宅先生が、この男には何の魅着もなく、却って先生が悩まれた魅着の相手はわたくしであると聞かされたたった一言によって、わたくしは忽ちすーっと気を良くしてしまいました。

以来、この男がどうなろうと、あまり心配でなくなりました。この男がわたくしから逃げ出さない以上、性根の脱けているのは却って強情がなく連立ち易い男友達とも感じられています。

若い男がしん底から弱ったらしい姿に、ユーモアを帯びた愛感さえ感ぜずにはいられません。何という手前勝手で横着な母性やらヒューマニチイでしょう。わたくしはここにもわたくしの中なる性悪《しょうわる》な禍津日神を見出します。したが、その葛岡も、ここへ来てからは矢張り変り出しました。妙に昂奮の気分を見せ始めたのです。少し落付いた為め、今まで払底《ふってい》していた身体の気力が、いびつに補われ始めたからでしょうか。彼は食事の半頃から焦れ焦れして鮒の甘露煮《かんろに》の頭を捥《も》いで異様に沼へ投げ入れてみたり、暑くもないのにワイシャツのボタンを外ずして掌で胸毛をやけに擦ってみたり、舌打ちして終りの箸を膳に荒く投げ付けたり、もしわたくしに僻《ひが》みがあって邪推するなら、今度の先生の出来事をこの青年はわたくしのせいにしてわたくしに当て擦《こす》りをしている振舞いとも取ったでしょう。わたくしはただ「おやおや」と思いながら、まだ疲労しているらしいわたくしの神経にその粗暴な振舞いだけが不快に響くものですから、

「ちと静かにしてよ」

と言いますと、葛岡は何だか余計にそれをする気が致します。で、

「うるさいのね、何て真似をするの、男らしくもない」

ときめつけてやりますと、自分でも持てあぐねていた癇癪玉の投げつけ相手を直ぐ眼の前に見付けたように得たりや応と、葛岡は鎌首を擡《もた》げて来まして、

「男らしくないとは何だ」

と言います。

「男らしくないから男らしくないと言ったのよ。わけも言わずに拗ねるなんて」

「誰が拗ねたか」

「あら、それが拗ねてないなんて誰に言えるの。いくら名人の振附師だって素直な気持であんたの今やったそんな断末魔の所作はとても振り附けられやしないことよ」

「断末魔の所作とは何だ。人を莫迦にして」

「それでお気に召さなかったら、お給金が上らないので膳椀にあたり散らす雇人みたいだと言ってあげたらいいの。兎も角も下品ね」

わたくしは、以前聞き馴染んだ母の許に集まって盛んに遣り取りした下町の人達の揶揄《やゆ》の言葉の調子を、われ知らず茲《ここ》に真似し出して来て、薬が強過ぎるとは知りながら、なおも止めどがありませんでした。

葛岡はしょうさい河豚《ふぐ》のように黄ろく膨れて来まして、

「擦れっ枯らし――君がこんな擦れっ枯らしとは思わなかった。僕はもう交際《つきあ》えんよ」

「交際えなかったらどうする気」

葛岡は皆も裂けんほどにわたくしを睨めていましたが、

「どうすることがあるか。ひとりで何処かへ行ってしまうまでだ」

と怒鳴りました。わたくしは男の相当な手答えに残忍な愛感が湧きながら、しかし葛岡の一挙手一投足には注意深く眼を離しません。

「えー、えー行き度いなら勝手に行っちまいなさいとも、安宅先生といいこの頃は勝手に一人で行くことが流行《はや》るらしいわ」

「よし、行く」

葛岡は上衣を持って立上りかけました。この段階になるとまた東京の下町の女には、相手を手もなく阻み止める慣用手段の言葉があります。

「いらっしゃいとも、どうせ安宅先生に未練がおありでしょうから。いいわね、十歳も年上の女のあとを追って、山又山の奥へ、手鍋を提げる助手に行くなんて、とんだ色気のある園芸手だわ」

案の定、葛岡は「なに、安宅先生へいろ気」と振返り、わたくしのわざとする勘違いを真正面に取って受け、その無理解の口惜しさに殆ど力も脱かれたらしく、逡巡《しゅんじゅん》して、はー、と息を吐きました。

「これだからな。女は仕末に悪いや」と熱寒の咬み合うべそ掻き笑いをして俯《うつむ》きます。時刻はよしと、わたくしは止めを刺します。

「まあ、いいからいいから下に坐って落付きなさいってば、ほんとに大きな身体をしている癖に子供っぽいったらありゃしない、この人」

片眉を挙げて慈しみ深く、ころころと笑ってやります。「宿屋で呉れたこの手拭でその汗でもお拭きなさいったら」

すると葛岡は、どたりと坐って、腕で眼を擦りながら、しばらくして、

「僕もなあ、実は東京へ残して置いたことが気になり出したものだから、つい——」

と、正音を洩しました。

葛岡の言う東京へ残して置いた気にかかることとは勿論、家族のことでした。葛岡は旅先から自宅へ葉書で一片のしらせだけはして置いたものの、年老いた祖母も母も、半月以上帰らない息子を案じ暮しているに決っていると言います。

「学園から呉れた退職金で二月や三月は食い継ぎは出来るようなものの、さて、その先をどうするか、二人ともさんざん気を揉《も》んでるに違いないんだ。殊にこの頃の僕は、家の者には得体《えたい》の判らない人間になっていたから」

わたくしは、これを聞いては、行末、見定められぬ自分ではありますが、やっぱり、

「東京へ帰ったら、あたしが何とかするわ」

と慰めてやらないわけには行きませんでした。彼は半信半疑の眼ざしで、しかし現在生活に自信を失っている彼は、ちょっと頭を下げても、多少は力になって欲しいという意味の事をわたくしに頼みました。

旅寝を重ねてここまで来る間に、葛岡はもう安宅先生指導の二河白道の距てのバンドも横《よこた》えず、それから宿帳に夫婦と名乗ってつけることもしなくなりました。すべては物憂い気だるさがさす業です。それこれに頓着なく、私たち二人はみょうとに似たような間柄に、いつか堕ち

ていました。人は愛や情熱の熾烈《しれつ》なときばかり、これに堕ちるとは限りません。若い身空が性根をスポイルされて、青い倦怠の気が精神肉体に充ちたとき、男女はなかなかに危うくあります。その青い倦怠の中からわれ知らず罪咎《つみとが》の魔神の力を藉《か》りても生き上ろうとするわが身の内の必死の青春こそ、あなや、危うくあります。

わたくしには、また、池上があれほど依怙地にも自慢気に振り廻す「童貞、童貞」という言葉がむかしから嫌味でなりませんでしたし、安宅先生が逆手によって強調した性の本能に就ても故々《ゆえゆえ》し過ぎるように思われました。その反感もあって、わたくしは試しにこの関門を手軽に越えてみただけのものでした。

旅寝を重ねて行くうち私たち二人のみょうとに似た関係もいつか水無川の流れのように断えてしまいました。もとからこの種の縁は水無川の水のように二人の間には源からは湧き切れなかったのでしょうか。わたくしに言わすれば、私たち二人の身の上に深くも眼覚めて来た諸行無常の苦しみを、かかる耳搔きで耳の垢搔くほどの人事では滅多に忘れ得るものではなかったのだと思います。

青麦と蚕豆の畦《あぜ》を通って茂林寺の文福茶釜を見物いたします。青竹の欄干の上へ案内の僧は古釜を持出します。むかし狢《むじな》の化身と噂された守鶴という老僧が千人の茶会のとき、汲めども尽きぬ妙術を使った由緒の物語を節をつけて喋ります。言葉の合の手のように、その紫金銅とやらいう釜の胴を撥いてみせます。寂しく澄み渡った釜の音いろ。これぞ最後の名残りのように、私たちを化し続けている安宅先生の自覚しない哀れな芝居気を思い起します。芝居気を透して響く寂しく澄み渡った女の正音を思い出します。

盛りの頃は地にまで咲き垂れるという粕壁《かすかべ》名物の藤の花は、いま指尖で襷を摘んで垂らしたほどの花房でした。けれども傍の農家では床几《しょうぎ》などをしつらえて客を待っております。こどもの頃から塩煎餅の好きなわたくしは粕壁のおしおせんという名は身に染みてなつかしい声でした。わたくしはたまたま近所からそれを土産に貰って食べるとき、歯を宛てて煎餅の片れが潔よく嚙み破られる音を、何か無限なものの韻に触れるような期待で聴き惚れるのでした。大事そうに眼を瞑《つむ》って食むのでした。いま考え事の傍、むざむざと食べて嚥《の》み下してしまったあとで、ふと気がつく自分や塩煎餅に、わたくしは塩煎餅それ自体も粗悪になってるのでしょうが、自分も粗悪になったものだと軽蔑しないではいられませんでした。

だが、私たちは東武電鉄に乗って、越谷、草加、竹塚、西新井とおいおい大都に近付いて参りますと、わたくしの血は控えても渦巻き上り、うつろと思っていた身体のしんに何か生活廻転のダイナモの震動が地響して感ぜられて来るのでした。わたくしは自分で醜いと思うほど落付きを失って、「まあ、いよいよ東京」と言って、車の窓から乗出さんばかりに眺めます。するとおかしなことに葛岡もにこにこしてわたくしに遅れまいとするように窓を向いて眺めます。

人家の櫛比《しっぴ》と煤煙が近づき、車はその中へ突入します。北千住駅で私たちは降ります。鮒の雀焼の匂いの中を通り、橋詰の青柳を見返り、いそいそとさしかかる千住の大橋、蓊匌《おうこう》として川気の黄いろなさみだれ月のすみだ川。その水はわたくしの生れた日本橋の家の裏手に在る濠割にも続いているのです。うれしい、うれしい。葛岡も爆発しそうな悦びを笑顔に含めて、あたりをきょろきょろ見廻します。こうなると二人は殆ど物も言わないで、円タクを拾い、銀座へと急がせました。

「何はさし措いても先ず銀座で苺のシアーベでも食べ度いじゃないの」

たった半月ほどとは言いながら、わたくしにとっては大旅行だった田舎の旅から帰って来ての東京は、銀座は、幾年振りかでふる郷へ戻ったようで而《し》かも眼新しく、殊に都の初夏の光りは、風は、それをひと浴びしただけで、今まで知らず知らず自分の身体に灰を塗り山河の荒い空気を凌《しの》いでいた垢粗《こうそ》の皮膚であることを感じさせました。

わたくしは急いでそれを洗い落すように派手な色、瀟洒《しょうしゃ》な縞柄、軽敏な足取りの行人の群の中へ身体を擦り合わすように紛れ込み、縫い歩くにつけ、嘗ての快い酔いを取り戻したか、あるいは鮮かに今までの悪酔が醒めて来るのか、その何れとも判らぬ気分の昂揚に、まるで莫迦のようになり、周りを見廻わして、「は、は、あ、は、は」と笑いが止め度もなく口に出ます。「よしなさい、人が見るから」と肘で小突く葛岡自身もわたくしと並んで歩く足取りが、まるで行進曲の譜の上を踏んでいるような弾み方です。わたくしは自分で少し気恥しくなりましても、しかし、自分で自分に言って聞かせます——所詮私たちはこどもです。諸行無常のメリーゴーラウンドに乗っているこどもです。ご免なさい。どうか調子のいいときだけは少し軽躁《はしゃ》がしといて下さい。いずれは落馬しましょうから、そのとき差引勘定をして下さい。

僧院風の竪狭い窓に粗い滝縞の日よけが掛かっている蔭のテーブルで、苺のシアーベを食べ終ると急に食慾が出だしまして、生パンの粉のころもがかりかりと小気味のよい犢《こうし》のカツレツを取寄せます。すると、そのあとは急に良き醤油に山椒《さんしょう》の芽の匂う鯛の兜焼《かぶとやき》が食べたくなり、洋間の中に青竹の欄干の小座敷がしつらえてある和食の料理店へ河岸《かし》を替えます。そのあとまた甘気が欲しなるまま、細い路地を入って中二階に土足で上れるおしる粉屋で、上京中の宝塚少女歌劇の少女たちと背中合せに腰掛けて蜜豆を食べます。

日頃、倹約家《しまつや》の葛岡も、きょうは何とも言わない許《ばか》りか、自分の使い残した僅かの所持金まで全部私に手渡したのでした。彼も人生を諸行無常のメリーゴーラウンドと感じて、楽みを恣《ほしいまま》にするときの人間の哀れさを胸に覚え出したためでしょうか。

両手を拡げて撫でて歩き度いような馴染の両側の店の建築の列は、二階三階は襲いかかるよう道へ乗り出していても、季節の装飾で和められ、色紙で造った葉牡丹のように爽かに軽く眺められます。指の尖二三本で流行色の藤紫を布地と模様と一緒に検められる呉服屋の店頭の飾りつけ。水槽に上から投網《とあみ》を垂れ冠せて、その中で初鮎を跳ねさせている食料品店。柳の下にしなやかに繊細《かぼそ》く涼し気な絹糸草の鉢を売る露店。

私たちはかなり潤いと勇気とを取戻した頃、東側の喫茶店の再建築の足場の頂上に西日が射して路面はたそがれ、ネオンがちらほら煌《きら》めき出して来ました。わたくしは今後の合図を約束して中野へ帰る葛岡に、地下鉄の入口で訣れました。わたくしはそのときわたくしのハンドバッグの中に残っていた僅かの銀貨と銅貨を葛岡の、失業以来水漬けのように白く柔く膨れて来た掌へ撒き移してやります。「さあ、これで、ありったけ」すると、葛岡は、その掌の中のものを、じっと見詰めていましたが、他の手でわたくしの手を執り、一つ振り動かして、

「ロマンチックだね」

と言って帽子を振り振り階段を降りて行きました。

「でん、いや、でん、つるんでん、ちんでん、いや、ちんちんちんでん――」

夕月の三日月の下の河岸の家から地太い男の声で浄瑠璃の口三味線が聞えています。千本格子の表格子をそっと開けて、さすがわたくしは敷居の端の方から片足を玄関の土間へ忍びやかに踏入れました。それでも思い切って「ただいま」という私の声に応じて障子を開けて顔を出したのは池上の番頭の嘉六でした。わたくしの「おっかさんは」という言葉と嘉六の「蝶子さんですな、こりゃ驚いた」という言葉と鉢合せします。

家の中へ上ってみると、誰もいないようで、母の居間の長火鉢の前の客座布団の傍には夕刊新聞の上に浄瑠璃本が散らばっています。火鉢の鉄瓶には酒徳利がつけてあります。わたくし

は嘉六が着ている丹前が母のものであると気付くと「成程ね」と、わたくしが半ヵ月ほど留守中のわが家の沿革をほぼ覚りました。

「ま、そこへ、お坐りなさいまし」

嘉六は自分は客座布団へ、わたくしを母の座布団の上へ長火鉢を距てて坐らせ、落付くとすぐさま、

「一たい、今まで何処へいってらしたんです。随分探しましたぜ」

わたくしはなおも母の事を聞きますと、母はわたくしの無断の家出から気狂いのようになって毎日神信心やら占やらで、きょうも、わたくしの旧学園友達の赤坂の吉良の家へ何事か手蔓《てづる》を探り出すべく訪ねた帰りに豊川稲荷へお百度を踏みに行ったのだと言いました。

老女中の島はと訊きますと、わたくしが家出後二三日目に誤って河へ滑り込み溺死をしてしまったということです。

「どうしてよ」とわたくしは畳みかけて訊きますと、嘉六は、

「それも話しますけれど、まず、あんたの方の事情から話して下さいまし」

と話しませんでした。

わたくしは自分の方も変り果てたが東京の家もいよいよ変っていると歴劫《りやくごう》不思議の感じがしながら、わたくしの無断家出に就ては、常識にも判るよう、嘉六も粗筋だけは知っている安宅という女教師の郷里への引退に就ては、その実、ひどい神経衰弱であったことや、その神経衰

弱が嵩《こう》じて、先生は実家から出奔《しゅっぽん》し、自殺の惧《おそ》れがあるため、兼《かね》て恩顧《おんこ》の自分と葛岡はこれを取押えに行ったのだということをまことしやかに話しました。

「相手は死もの狂いで次から次へと田舎を逃げ廻るんでしょ。急がなかったら追付きやしません。家へ断ったり途中から知らしたり、そんなことまるで思いつく頭に余裕がないのは判ってるでしょうに」

すると嘉六は、はっ、はっ、はっ、と笑って、

「申開きは、ざっと、そのくらいのことに承って置きましょうかね」

と言って、鉄瓶の徳利の燗の具合を見て、

「なにしろこっちは、また探すにしても瀬戸物町の店へ知らしたら、御縁談は破却でしょう。探す人を使うのも店へ内緒なのですからずいぶん窮屈しました」

嘉六は手をさし伸べて長火鉢の抽出しから猪口《ちょこ》を二つ取出します。

「まあ、お一つ」

わたくしは好むものでもないので「さあ」と渋面作っていますと、

「旅のお疲れ直しに、また、ひと口ぐらい、いいものですよ」

と押し勧めました。

わたくしが二つ三つ盃の相手をするうち嘉六は、母親の心配もさる事ながら、池上の気の揉《も》みようは見ていられぬほどだと言いました。

「やけ酒を飲みなさるんだが、それも焦れ焦れして落付けないらしく、しょっちゅう飲む場所を寮の中の部屋中に変えなさる。その上、おきみ！　貴様の見張りようが悪かったと言って、おきみをうち打擲《ちょうちゃく》なさるんです。いくらご主人でもあれじゃなんぼなんでも——」

嘉六は口を噤《つぐ》みました。

「じゃ、あたしは随分あんたの娘さんに御厄介をかけたということになるのね」

「早い話が、まあ、そういったわけです」

わたくしは池上に就てはさもありなんと思うだけでした。しかしおきみに就ては妙な感想が浮びます。あのおきみという小間使は前から若主人の池上に対して内実、想いを寄せてるようにわたくしには思われていましたし、そうとするならおきみは若主人の池上に、たとえわたくしのことによってうち打擲されるにしろ、直ちに肉体に交渉して来る池上のその拳は、以前の離れて優しく使われたときよりおきみにとっては満足されるものかも知れない。というわけは、忍従と被虐の中で巧みに情感を生かして行く術に知らず知らず伝統的な教養を受けているお店《たな》の人間の娘であるおきみは、そういう辛い目からして甘い幸福の汁を吸いとる心術にかけても、なかなか隅に置けないところがあるのをわたくしは見て取っていたからでした。これを思って来ると、おきみも陰険でいやらしい女と思いますが、そんなことを知らないで坊っちゃん気質に任せ手近かで腹癒《はらい》せしたがる池上も随分浅墓なものだと思われて来ます。

わたくしは、自宅の敷居を跨《また》いでから今が今まで出来ることなら破綻も小さい範囲にとどめ、自他共になるべく手負い人を出さないことにして先へ生活を流して行き度いと心がけていたのですけれど、さすが半月あまり吹き曝されて来た山河の広い風は、わたくしの心の戸障子を吹き外ずさしたものと見えます。番頭の話から寮の中のそういう男女の感情生活を察し返すと今更けち臭くも小骨の折れる気がして、再仲間に入るのが億劫になって来ました。わたくしは投出すように言います。

「寮では相変らずやってるのね。それにつけても、あたし、池上さんとの縁談のはなしはどうかと思って来るのよ。あたしあんな人の機嫌気褄《きづま》を取れる自信はなくなったわ」

嘉六ははじめ怪訝《けげん》な顔をしてわたくしを眺めていましたが、それがだんだん微笑に変って来て、

「いや、あんたがそう仰しゃるなら、実は私も正直なところを言いますと、私の見込みもまずその辺のところですな。失礼ですが、あんたは私の逃げた嬶《かかあ》に似てなさって、とても尋常では一人の亭主を護ってる柄でないようにおありなさる」

「いやあね、そんな予言は。しかし、ともかくあたし、いっそ、やめちまおうかしらとおもう――」

「もし、おやめになるなら、なんじゃござんせんか、今度の事件が丁度よいきっかけじゃござんせんか。この機会なら私が間に立って壊すにも穏に壊し易《やす》うござんすし――」

彼はここへ来て、俄《にわか》に座を立ち、台所へ行って彼のいわゆるおすんこを酒の肴に運んで来ま

した。元の席に即くと、置き注ぎにわたくしの盃へ酒を充し、自分も新しく一杯のんで、そのとき掌に零《こぼ》れた酒の雫を両手で平手に擦り拡げました。それから彼は、「ちょっと、ご免下さい」と言って、その両手の掌で彼の狭い額から濃い眉が憂《うれ》たげに迫った眉根の皺や、豊かに弛《ゆる》んでいる両頬へかけて丹念にマッサージを始めました。

「一日に一ぺんはこれをやりませんと、皮膚があらびましてな」

わたくしは釣り込まれて、見物しながら、

「お酒の美容術ね。女の化粧下地よりも丁寧だわ」

「米の脂は鶯の糞より私には肌に合いますな」

それが終ると、彼は今度は両手の指で両耳の朶《たぶ》を引張り上げる所作を繰返し始めました。わたくしはゴムのように伸び縮みする赭《あか》い耳朶を異様に眺めながら、

「おかしなことをするのね。なによ。それ、耳のラヂオ体操」

すると彼は、ちっ、ちっ、ちっ、と笑って、

「違いない。耳のラヂオ体操」

つまり、こうやって耳朶の形を大黒さまのように福々しくして、将来、お金が出来るような耳相にするのだと彼は真面目な顔をして言いました。わたくしは声を挙げて笑ってしまいましたが、ふと、この番頭のすることを考えると、わたくし始め、少くとも二三人の生涯に影響する相談事の最中を、途中で差控えて、悠々、この所作をする平気さには不審を起さずにはいら

れませんでした。

この番頭は鈍感なのだろうか横着なのだろうか。そういえば嘗てわたくしと池上の縁談を取纏める方向に入れていた力の入れ方も、いま急にへんに代えして破却に向けて入れようとする力も同じく従容《しようよう》としたものであります。こう見て来ますと、この中老の番頭には危機が危機でなく安泰が安泰でなく、何事も両極が磅礴《ほうはく》して、それでどっかに中心を取って行く、妙に粘りのある渾沌が見出されて来ます。わたくしはこの番頭にはじめて興味ある関心を持ち出しまして、試に、

「いくら耳だけ、福耳にしたって、眼尻に泣黒子《ほくろ》があっちゃあ駄目じゃないの」

と突き崩してみます。すると彼は、

「人の福の為めに犬骨ばかり折って、自分の為にはまず福運のある方じゃござんせんな」

と苦笑して、漸く耳朶のラヂオ体操の手を収めました。

彼は台所から飯櫃《めしびつ》を持出して来て、茶漬を食べながら老女中の島の急死のことを話すのにも一向調子を変えませんでした。

六十七になるこの老女は、わたくしが無断家出したのを矢張り心配して、近くの社寺へ祈禱を頼みに行ったりしていたそうです。そのうち少し気がおかしくなり、彼女がこの家へ来立てに飼いつけて二三年で姿を見失った赤砂糖色の小猫のことを頻りに言い出しました。「赤が帰って来たようだ」「赤の鈴の音が聞える」そう呟いてまるで小猫の姿が見えでもしたように呼

び声を立てて追い廻す所作などもあったと言います。母も嘉六もなるべく部屋に閉じ籠めて静にするよう気を配っていました。

彼女が水に嵌《はま》ったのは、そのとき誰も見たものはなかったけれども察するところ、赤の鈴の音が台所の芥《ごみ》掃《は》き口の開いている河岸の石畳の方にでも聞えたのではあるまいかということです。彼女は「そのまぼろしを追ってでも河水に踏み込んでしまったのでしょう」と。

「それから、ばあさんの溺死の死骸がですな、大川へ流れ出て、潮の加減で向う側の深川の竪川堀へ流れ込みそこで発見されたんです。その竪川河岸にはあの婆さんが若いとき一時一緒になって喧嘩して訣れた男が今は錺職《かざりしょく》の老人になって住んでるそうです、あんたのお母さんの談によりますとね。そこで引上げられた縁ですから、あの婆さんもふだんは、さっぱりした風を見せながら、内心、男に引かされる色気と未練があったのだろうと、お通夜の晩に寄ったみんなで話して大笑いでした」

この島は、はじめ本邸の夫人から妾宅のわたくしの家へ女中として間者に入り込ませられた女でした。時の経つに従って本邸に対する忠実を失いながら、さりとて全部わたくしの家の者ともなり切れませんでした。わたくしはいま、この老女の身の上に就て考えないではいられません。

こどものとき小学校へ送り迎えをして呉れたり、わたくしの好きな鯔《いな》のお臍《へそ》を焼いて呉れたり、母がわたくしを乞食の裔《すえ》と罵るのを庇って呉れたり、想い出せば親切だったと思うことも沢山あります。別けても、父の死の前、目黒の本邸で人目を潜ってわたくしに父を会わさして呉れ、父のそのとき言った言葉をよく覚えていて、遺言のようにわたくしが大きくなるまで度び度びお復習《さらい》をして呉れた所行は、ただの親切以上に何かあるように思います。そうかと思えば、山での安宅先生の話によれば僅かの金で彼女は先生に買収され、わたくしの恥の秘密すら売るような所業も致します。

しかし、不思議なことに彼女の追憶に向うとその親切と思うような事柄も格別有難いとも思えず、わたくしの秘密を売った所行に対してもたいして憎みを感じないのでした。何だか自然の衝動で動いている罪のない虫のようで。

最後にいまわたくしの心に残るのは、老耄《ろうもう》して十二三年も以前に見失った小猫の幻を追ったり、偶然にしろ、その亡軀《なきがら》は嘗ての良人の住む岸の川へ漂って行ったという、そのことでした。これだけは総ての虫らしいところを素掻いて彼女の哀れさが暴露されたように思います。

それをしも通夜の席の笑いばなしの種子にされるというのは何という果敢《はか》なくも薄手で安直な老女のいのちでしょう。

「島の部屋にお位牌が置いてあるの、お線香でも上げてやりましょう」

わたくしが立ちかけると、嘉六はとめて、

「あなたのおふくろさん不機嫌でしてな、ここのところ家出人だの急死人だのろくでもないことばかり続く、島の位牌もせめて初七日のうちだけは家へ置いてあげるから、それから先はうち、の不縁起のものまでみんな背負ってとっとと出てお呉れと言って、持ものはその竪川河岸の錺屋にやり、位牌はお経料をつけて寺へ預けてしまいました。あなた、行って見てもいいですが、ばあさんの部屋はきれいに片付けられていま魔除けの鍾馗《しょうき》さまの人形が一つ赤鬼をひっ摑んで八方を睨んでるだけでさ」

夜の八時過ぎになるのに母はなかなか戻って来ませんでした。旅の疲れもあり、その上、酒のほろ酔いが出て、わたくしは眠くなって来ました。そこでわたくしは、一通りのことなら誰人の調法にも親切に身を入れて加担人《かとうど》になるこの番頭が頼み易く思われるので、いまからわたくしのためにお風呂を沸して呉れるよう頼みました。

嘉六は、またも、ちっ、ちっ、ちっ、と笑って、

「早速、御用命を仰せ付かりましたな。いや、よく似てなさる、私の逃げた嬶も、あっさり人をよく使う女でした」

わたくしはその湯の沸く間、二階の自分の部屋で一寝入りして来ると立上りました。すると嘉六はわたくしを呼び止めて振返えらせ、

「始めにお話しとくのを忘れましたが、あなたの捜索のことやら、それにばあさんが歿《な》くなって家が寂しいことになるので、自分はこちらのおふくろさんのお勧めにより、当分、こちらに引移ることになりました。どうぞよろしく」

と言いました。

「あなたのお部屋を拝借して荷物なぞ置いてありますが、決してお気兼ねなく、大事なものなぞは一つもござんせんから――」

ではおやすみなさいと言う嘉六の言葉を後にしてわたくしは自分の部屋だった二階へ上って来ました。

なるほど古トランクが一つ、旅館のペーパーがところどころ貼ってあるスーツケースが大小二つ、電灯の下に見出されました。それらが座敷に敷いてある往時《むかし》父が眠くなるとその端を取って葉巻虫のように身体に巻きつけて寝たという紺の毛氈《もうせん》の端の上に載っています。床の違い棚に置いてある父の遺物の二三冊の法令書は片隅へ寄せられ、そこには浄瑠璃本と娯楽雑誌が散らばっています。白耳義製のウイスキーのセットはあらぬ座敷の片隅に下されて、私が見覚えてから十年あまりの歳月、少しずつ蒸発しながらまだ半ば近く残っていた父の飲み残しの懐かしい粟色の液体はすっかり空になっていました。長押《なげし》に衣紋《えもん》かけで釣り下げられている下町風な柄の洋服と商人風の羽織。「穢《けが》されたものだ」わたくしは怒りに眠たさも覚めてしまいます。家の間都合から自然と父の部屋が自分の部屋になったとのみ思っていたこの棲家も、今、思ってみれば内心、物の置きどころ一つ替えず、娘ごころに護り続けていたのでありました。いじらしいわが心。わたくしは父よりもわたくし自身穢されたような気がして、スーツケースの横腹を白足袋の趾尖《あしさき》で蹴りつけます。それからせめてこの穢すものの置きどころでも片隅へ違えてやりましょうとスーツケースに手をかけます。小さい方のはどうやら運べましたが、大きいのは重くて貧乏揺ぎもしません。いたずらに肩の腕の附根から口惜しい痛みが滲み出します。すると、その重たさと口惜しい痛みが、父が生前、腹の中に持っていた不如意の気持にも通うようで、わたくしは涙を零《こぼ》します。

「おとうさま、おとうさま、蝶子は判ります」と、口に含んで叫びました。泣く音が高くなって階下に悟られるといけません。そこに突き伏し、二の腕を袖の上から噛み詰めます。その痛みからまた父が深く懐われて来まして、しばらくは天も地も揉み扭《よじ》れよとばかり身悶《みもだ》えしました。

父よ、いまあなたは何処にいらっしゃる。遠い遠い川のほとりの土の上にか。どうしたらお会いできるの。ふと耳に響く声がある。

ひと匙、食べては父のため、

ひと匙、食べては母のため、

おお、その文句は、わたくしが病気のとき朦朧とした意識で呟くように唄って、池上を神秘憧憬病患者にしてしまった、あの唄の文句ではありませんか。それを唄えばお会いできるの。いや、会えないけれども猫柳の花の蕚はほろほろと落とすことが出来る。おとうさま、それじゃあんまり詰らないわ。いや、そうでない、そこにおまえのほんとの父母はいます、ほろほろと花の蕚の落つるその事の上に——

じゃぼり、ぎーっこん、じゃぼり、ぎーっこん、――

浪の揺る音と、艫《(ママ)》の音が聞えて、わたくしは眼を覚ましました。わたくしは腕を嚙んだまま、うたた寝をしてしまっていました。上げ潮の頃と見え、家の裏手の堀川に荷船が頻りに通っています。

母が帰ったと見え、階下で話し声が聞えます。わたくしは階段の上り口まで行って、そっと聞きます。

「だめですったら、いくら話を纏めようったって、当人にその気が無くなってるのだから、そりゃ無駄ですよ」嘉六の声、

「でも、あたしから、もう一ぺん、呉れぐれも頼んでみたら」と母の声、

「それで出来ることなら、やってごらんなさいだが、僕はあの娘さんを始めて見たときから直ぐ判ったのだが、あの娘さんは牛の性と匕口《あいくち》の性とを持ってる女ですよ。ぐずに見えるが一たん腹に決めたらそりゃ凄い女ですよ」

「そりゃ、どういうわけさ」

「めすという字にも此《この》偏にフルトリと書く字もあれば牛偏に匕首《ひしゅ》の匕の字を書くのもある。このフルトリの方の女は、はたからどうでもなるが、牛と匕口の方はとても手に終《(ママ)》えない。そりゃおっかさんでも手に終《(ママ)》えない」

母親は「また、お決まりの漢字教訓かい」とけなしましたが、その次は、しおしおした声で、

「だけどねえ、嘉六さん。お店からはこの六月で手当は貰えなくなるし、その上、あの娘にこの先き気随気儘にされてうっちゃられたら、あたしゃ喰べられなくなるよ。冗談じゃない」

「だから、わたしが生活費は持ってあげると言ってるじゃないか」

「そりゃ結構な話にゃ違いないが、だが断って置きますよ。お囲《かこ》いとか夫婦とかそんな因縁つきの関係はご免だよ。ただ、これからさき、頼みになり合うだけのさっぱりした交際にして貰いますよ。浄瑠璃の三味線ぐらいは幾らでも弾いてあげるがね」

するると嘉六は笑って、

「念を押すまでもないじゃないか。お互いこの歳まで苦労し、今更なまなましい交際《つきあ》いの何処がいいと言うんだ。あっさりした証拠には、さよう、何ならもう一人ぐらいこの茶飲み倶楽部の仲間に入れてもいいじゃないか」

と答えています。

わたくしは、またもや茲《ここ》に、歴劫《りゃくごう》不思議な世の中を見せつけられます。わたくしのような若いものが日頃、理想にしていた、うるさいことを抜きにしてただ頼み合うだけの男女の友だのグループを作ろうと必死に骨折ったものは、手負人や患者を出してしまいました。だのに、この年上の男女たちは、汝自の言葉の間にさっさとこの虹を実現してしまいます。そのあまりの飽気《あっけ》なさにわたくしは却って世の苦労人というものに憎みさえ持つのでした。

階下から母親の声で、お風呂が沸いたと知らせています。わたくしは梯子段を降りて、館林で買って来た花山うどんの包を前に置き、澄まして母親に挨拶しました。

「ただいま、これおみやげよ」

それから少し申訳に何か言いかけますと、母親は押しとどめました。

「もう判った判った。そして総ての始末は明日からこのおじさんがつけて呉れるから任せてお置き。ただこれだけは言っとくから、おまえさん、よく聞いてお置きよ」

母親は、これからは自分は貧乏でわたくしの面倒は見られないから、わたくしに自分でご飯を食べる工夫をしなさいと言いました。

「そのくらい勝手をおしのおまえさんなら、また、そのくらいの工夫の出来ないおまえさんでもあるまいじゃないか」

わたくしが湯に入っていると、各所の停車場へわたくしを捉える張番に行ってたらしい近所の出入りの若者たちがぽつぽつ戻って来て、嘉六に犒《ねぎら》われ御祝儀包を貰って帰って行きました。

番頭の嘉六が急ぐでもなく怠るでもなく時計の振子のようにわたくしの家と瀬戸物町の店とを往来し、また、ときどきは浜町の寮へも立寄って来る間に池上とわたくしの結婚談は氷へ湯をさすように解消されて来ました。嘉六は結果を報告して、

「一ばんごてると思った若旦那が案外あっさりしてなさったので救《たすか》りました」

嘉六が池上から持出されたただ一つの条件は、この事件の有る無しに係らず、今後も蝶ちゃ

んとの交際は続けさして貰い度いという希望だったそうです。嘉六はここで例のちっちっちっという笑いを笑いまして、

「どちらも我儘もの同志だから、これ以上、はたから墨縄《すみなわ》をひいても無理でしょう。お二人は一対一の自由な資格で、これからはお交際なさいまし。そしてこれからの交際《つきあ》いは近頃でいう言葉のアミでございますかな。そういえば僕とこちらのお母さんもアミでございますかな」

またもちっちっちっと笑って、嘉六にしてはこれが燥《（ママ）》いでいる様子らしいのは、人間は大概な破局な道を辿りながらもどうやら虫の好く筋だけは通して行くという、番頭一流の持論に叶っていたためでもございましょうか。

母は、

「損得の判らない人間くらい、世の中に恐ろしいものはないね」

と、わたくしを睨んでまだ当てこすりを言っています。

嘉六の報告のあった翌日、池上家から公式に結婚解消の挨拶がありまして、二番番頭が揉手《もみで》をしながら「この度は、何とも、はや」と悔みのようなことを言って絹一匹金一封を添えたものを置いて帰りました。

わたくしはなお母の家に在って、心の底の流れは河沿の菰《こも》の上の、土に憩う乞食の安けさに惹かれながら、まわりの都会生活の営々の気に煽《あお》られると、その流れを堰く網代木《あじろぎ》のように女の腕一つで見事自分の糊口《くちすぎ》をしてみようという意地も張りも逆立って参ります。そうかと思え

ばもう少し池上をあやなし返し、また自分の背負い荷になっている葛岡の生活も保証させ自分も楽々と栄耀栄華に飽こうかなど思う捨鉢な慾も出て参ります。毎日迷ったり気が散ったりまるで取りとめがありません。けれども迷っても気が散ってもくさくさするというようなことはございません。そういうことでくさくさするのはまだ自分を纏めて行き度い我《が》という一筋の著《しる》きものがあるうちのことでもございましょう。娘の若い身空で要領の得ない苦労をしてしまって、安宅先生がなってしまわれたとは別様の意味での骨身がばらばらになり、旅路の憂さに処女性まであっさり抛《なげう》った今では、迷えば迷いっぱなし、気が散れば気が散りっぱなしで、そうなった自分を、人が揉み捨てた懐紙の風に煽られているのを眺めているように軽く自分で眺め遣るだけでございます。安宅先生はこれに就きましては、いのちの手綱を求めるなぞというようなことを言って、自分は奥山に入りわたくしには川のほとりを示されたりしましたが、わたくしはそんなものを強いて求めたくもありません。世の言葉にすら五日目の風、十日目の雨、めぐり来ればその月日には変化の捌《さば》きが振り向いて来るのが順当、巡って来なかったらおてんとさまが暫時《ざんじ》怠業《たいぎょう》してるのだと思えと言っております。結局、大ようにたかを括《くく》りながら、気取ったニヒリストにもならず、安易なエピキュリアンにもならずお御籤《みくじ》の筒のように自分の中に在る何物にまれ、摑まれて振り動かされ、偶然の穴の口から出る卦《け》を必然のものとして次に動こうと待ち構えているだけでございます。

家では老婢の島が歿くなってから女中は置きません。それでわたくしは母に代ってエプロンをかけて炊事もすれば洗濯もいたします。朝は人より先きに起き、飯櫃の蓋の罅から炊《た》き立ての御飯の親密な匂いをさせ、丸盆を取って母や嘉六に給仕もいたします。

「朝顔屋から朝顔鉢を買って、朝ご飯を食べるチャブ台から見えるようなところに置いとくなぞとは、蝶子さんもだいぶ世帯を仕済して来たね」

と嘉六が言いますと、母は母で、

「この子はどうかおしだよ。あんまり変ってしまって気味が悪いよ」

と怪訝《けげん》がりますのをわたくしは、

「だって、まだ、外で働いてご飯が食べられない以上、こうでもしなくちゃ家にいても恰好がつかないじゃないの。それともお母さんが分のいい女給の口か芸妓の口でも見付て下さるの。すればわたくしどこへでもさっさと出て行くけれども」

と逆襲して、われながら綻《ほころ》びた笑い声だと思う笑いをあはあはあはと立てます。それがどうやら没くなった老婢の島の声に似ているようでうそ寂しい気はいたしますが。

まだ、池上にも葛岡にも逢いません。世帯染《じ》みたことに没頭しているいま、池上にしろ葛岡にしろ、また逢って最初に切出す皮切りのひと皮の挨拶が妙に億劫な気がいたします。うす墨を流しているような気分のこの頃、男というものに逢えばそれでも多少は心に弾みか工夫の色つやをつけなければなりません。

それが割合に女には億劫なのです。ただときどき人なつかしい気持の湧くときがございます。

そんなときは誰に宛てよう相手もございませんから、やはり池上なり葛岡なりに向けて楽書のような手紙を書きます。すると向うからも中心の気持には刻み込まない冗談のような返事を寄越します。どんな事情があったにしろ、女にとって馴染の男というものは、その馴染ということだけでなかなか気持が抜けられないものでございます。

こうした人達とは違った意味の馴染ではありますが、わたくしは学園の旧級友の吉良や、義光や、八重子にもときどき旅先で買って来た絵葉書なぞなつかしく書いて出すのでした。これらの人たちには文句の端に必要あって職業に就き度いから、もし、めいめいの父親を通じて、自分に向きそうな職業でもあれば知らせて欲しいとも書き添えたのでした。三人は親切な返事を呉れて、わたくしの求めは必ず探して知らせて呉れるといって来ました。わたくしはそれを見て、まだ無邪気の垣の内に残っている子供たちを瞞《だま》して木の実を拾わせ自分はその圏外にいて受取る狡い大人になったような気がして幾分心は痛みます。

夏も盛りになり、両国の川開きが催される頃になりました。こどものときから毎夏、川沿いの知合の家のどこからかで屹度《きっと》、招いて呉れ、毎夏見物を欠かしたことのない川開きの花火でした。もっとも歳の長けるにつれあの襲われるような賑かな魅力は失って来ましたものの、ひと歳見なければ揃ったものの中を抜かしたような物足りない感じがする都会の年中行事の一つでした。それで池上から当夜は船一艘仕立てるほどに一人か二人女友だちでも連れて来なさいという案内を受けたに対し、わたくしは喜んでそれに応じながら、女友だちなぞというよりは近附の緒口に葛岡を連れて行くと申込んで置きました。

柳橋河岸の船宿へ行くとすぐ導びかれて、あゆび板を渡り、船に送り込まれます。わたくしが屋根船の庇《ひさし》から髪をかばいながら船の中に滑り込もうとすると、船の胴の間から、

「いらっしゃいまし、お危うございますよ」

と、手を取って呉れたのは、丸髷《まるまげ》姿のおきみでした。おきみは渋い着附に赤いものを丸髷の手絡と帯上げにだけ覗かせています。わたくしは、刹那に、ははあ、とは感付きながらも「丸髷、よく、お似合い」と挨拶しました。

船の中で待受けていた池上は、上機嫌で、

「きょうは呉越同舟の船かね、それとも一蓮託生《いちれん(ママ)しよう》の船かね」

と言いまして、それから私が紹介する初対面の葛岡に向っては、

「よく来て下さいました。どうぞ、寛いで――」

と何気ない様子を見せています。

船は舫《もやい》を解きます。船宿の女将が船の舳に手を添えて何の力草にはならなくとも、「いってらっしゃいまし」と押し出す所作のあるのは、旧幕の頃、この辺から猪牙《ちよき》で山谷堀や深川へ遊客が通った時分の名残りの風習だということです。

もう見物の船はすみだ川へ向け神田川を競って下っています。私たちの船も中に混ります。明治の初期の俤《おもかげ》を見せている鉄の柳橋の下を潜ります。ここを詠んだ昔の江戸っ児詩人の詩だ

といって池上は、

竹枝影在水楼間　春入嬌波洗碧湾
柳線織成鶯羽色　雲鱗畳得鯉魚斑

こんな詩を口誦《くちずさ》んで聞かせます。角の柳光亭の楼上《ろうじょう》、楼下は雛壇《ひなだん》のような綺羅《きら》びやかさを軒提灯の下に映し出しています。間を置いて打ち揚げる花火の音を聴き、空に拡がる光の傘を仰ぎながら、すみだ川へ出ます。池上はまた其角の句だといって、

この人数ふねなればこそ涼かな

と口誦んでみせます。葛岡は判るのか判らないのか畏《かしこま》って聴いています。

いかさま日頃はひろい川づらも、動く舟、とどまる舟で埋っています。それはまるで川の中に都市が出来たようで、町並や往還《おうかん》や、水の上とも思われません。それに一々灯が入り、瞬く煌めきで川は両岸ごとむずむず動いているように見えます。水上署の巡警船が交叉点に立ってメガホンや提灯で、来る船々を整理しています。川一面に低く唸《うな》るような人声の総音《（ママ）》、その上を転がって行く女の癇高い笑い声、夕風に爪を立てて引裂くような怒鳴り声、どこともなく浮かれた鳴物の音。

黄昏《たそがれ》の空に太くどっしり架っている両国橋の橋影、通行整理の提灯に急き立てられ、ざらざら履物の無数の音を引ずって群集の黒い影が鼠の群れの川を渡るように、いつ尽きるとも知らぬさまに欄干から盛り上って見えます。橋のたもとに国技館の満館のネオン。私達の船は浜町

河岸へ出て、福井楼の下の一区劃に船の住居を割当てられました。市街と同じように高低している船には船灯の垣や、高張提灯の藪を隙してうち重なり、そこに織り出される中流の花火打揚の船がやっと覗かれます。

船の胴間でけんどん箱から食品を取り出して膳に配置したり、箱火鉢の銅壺に徳利を浸したりしていたおきみは、あとを船頭に任して表の間へ膳を運んで来ました。あらためて私と葛岡に挨拶して、それから酌の徳利を取上げました。

いけぬ口なのを葛岡は努めて池上の相手をします。わたくしにもときどき池上は盃を廻して来ます。座を取做《とりな》すおきみの様子はすっかり落付きを持ってもはや小間使の気は無くなっています。わたくしが感心してみていると池上は磊落《らいらく》に、

「蝶ちゃん、僕もこの娘をとうとう世話をしなきゃならなくなったよ」

と言って、はっはっと笑いました。おきみはちょっと顔を赭らめましたが、手をつかえて

「どうぞよろしく」と言いました。わたくしは、

「そう、結構ですわ、似合のご夫婦」と褒めそやしてやりますと、池上は苦笑して、

「なに、御台所《みだいどころ》じゃないよ。御側室《ごそくしつ》さまだよ。そのうちには、持参金でもつけてどっかへ片付けてしまうかも知れないよ」

と言いました。わたくしは、いかに何んでも女をあまりに勝手に扱い過ぎる言い草だと義憤を起しましたが、また、こういうことを望みに妾奉公を承知する娘もあることですから、抗議

を差し控えています。おきみは池上の言葉は聞えぬ振りをして丸髷へちょっと手をやり、

「若旦那が今日はぜひとも髷に結えと仰しゃるものですから――でも何んだか」

と話の気配いを外《そ》らしています。

「蝶ちゃんを驚かすつもりだったのさ」と池上。

あたりはとっぷりと暮れて、川づらの景気はまわりから墨の闇で圧し縮めただけにきらきら華やかに浮上り、空に爆ける花傘も間を近くして、ときどきは二輪三輪の重ね咲きも見せます。

「玉や――鍵や――」

船や河岸から花火を囃《はや》す子供の声。広告の船でしょうか見物船の中に混って白い光を扇形にマグネシュームを燃しております。

わたくしは、これからさきどんな幸福でも見舞って来るかのような楽しさが胸ににじみ湧いて来ますのを、なに、後先きに関係もない、ただ刹那の子供のうちからの習慣と、軽蔑しながら、別にその楽しさを消す気もございません。

池上はあたりの景気など格別面白くもなさそうに、しかも酒が少し廻って来たせいか、やや感傷的な声になって、

「実をいうと、蝶ちゃんが旅さきで、どういう身状《みじょう》をしているか、連の相手の葛岡さんという青年が、こんな律儀な方と思わないものだから、誘惑されてしまったのじゃないか、それが心配で、地団太を踏んだものだ。――焦燥の遣り場に困って、手近のおきみには当り散らす、お

きみをお側室さまにして身の上の面倒を見なけりゃならなくなる機会を作ったのも、当り散らす弾みの一つが変形したものに過ぎないのだった——蝶ちゃんが勝手な真似をしているのに、こっち一人、お膝に行儀よくお手々をついているのは業腹《ごうはら》だという妙な意地もあった——」

それから改めたように盃を盃洗で灌いで葛岡に差し、

「ねえ葛岡さん、そう言っちゃ何んだが、あんたのような、ちっとも臭味のない植物性の青年なら、蝶ちゃんの肉体ぐらい任せても口惜くないね」

ここでまた磊落そうに笑いました。

わたくしは、ふふんと鼻で笑って見せ、

「もう、わたしはそんなところに滞っちゃいないのだから」

と、池上の思惑を切りすてましたが、ちょうどよい機会だと思って、

「ですがねえ、あんた、あたしが寮を出るまえ、一人の男の身の上を頼んだことを覚ていらっしゃる。それとも、あれは今度の事件でご破算なの」

すると池上はしばらく黙っていましたが、

「解消したのは結婚のことばかりだ。あとの事は僕の意志継続と共に、君と契約したものは何んでも履行《りこう》するさ」

わざと難かしい言葉を使い、はたに対して照れ臭いのを紛らかしています。わたくしは透《すか》さず、

「では、お願いするわ。この葛岡さんを学園で勤めていた額のお給金で、寮の植木屋さんにでも雇ってあげて下さらない。この人いま失業で実際困っているのだから、もしそうして下さるなら、わたしもどんなに肩の荷が下りるかしれないわ」

池上は案外気さくに、

「何だ、そのくらいの強請《ねだ》りごとか。僕が骨折って儲けた金じゃなし、金で役に立つなら、いくらでも御用命仰せつけ下さいだが、その代価というわけじゃないが、僕が嘗て蝶ちゃんに需《もと》めた一期の望みなるものも蝶ちゃんは忘れないで欲しいな」

お天気やの坊ちゃんの癖に物によるといやに執念深く意地を張る池上のいう声を聞いていますと、わたくしは寮にいた或る日のこと、池上が悲痛な面持で、自分には未だ真のいのちの緒口が見付からない。蝶ちゃんにはそれがある。自分は蝶ちゃんによってその蓮の糸を抽き出して貰い度い。蝶ちゃんのそれにしっかりと結びつけて永遠に生かして貰い度い——こんなことを言ったのを思い出して、まだ坊ちゃんは執拗くそれを追求しているのかと呆れながら、

「どうせ、あんたの欲しがるようなものは、始めからあたしにはないのだから、上げたって減りやあしない。お望みならえーえー、いくらでも差上げますよ」

と茶化してかかりますと、池上は爆発しそうな顔をしてわたくしを睨めます。傍でおきみがおろおろして、

「何の事か、わたくしには判りませんが、この事を仰しゃり出すと、若旦那さまはお人がお違

いになったように気が荒くおなりなのです。わたくしには御機嫌を取る見当がさっぱりわかりません。出来ますことなら、お嬢さまから叶えて上げて下さいますなら、わたくしまでどんなに救かりますか知れないのでございます。どうぞお願いいたします」

おきみの傍からのこの哀願は、この難かしい問題に対して無智の持つ強味を露骨に現し、通俗に扱う、その扱い方が、自覚しないで自然とこの問題の一つの軽妙な扱い方になっていますので、池上もわたくしも、ひょんな顔をしておきみがお叩頭《じぎ》をする度びに揺れて上下する赤い手絡の丸髷を船ぼんぼりの仄かな光の中で不思議そうに見詰めるのでした。

左隣の船は運送会社のマークの付いた高提灯を立て、紅白の幕で飾った会社の社員や関係者の家族の乗込んだ伝馬船《てんません》で、シャツの上衣の良人が舷からガーゼの簡単着を着たこどもにおしっこをさせていますと、その妻は「酔ってるから、あなた、坊や落っことしちゃいけませんよ」と後から危がっています。良人は「特別貴重品取扱い注意と来たかな、はははなに大丈夫大丈夫」と眼を据えています。坊やは水面の上に両股を攌んで架け出されたまま梨の一片を悠々と食べています。おしっこはなかなか出そうにありません。

右隣はモーターボートに学生風の男ばかり乗り、ビールを飲みながら近所の船の女を品藻してわいわい騒いでいます。向島の漕艇《そうてい》の選手達でもあるのでしょうか、みんな立派な体格をしています。その先の船一つ距てて、屋形船が着いています。そこから船頭の小僧に間の船を渡らせて大阪鮨の箱を一つ届けて寄越しました。おきみが「芳町の芸妓や幇間《ほうかん》の連中でございますよ。こっちからも、ご祝儀でも届けさせましょうか」と言出すのに、池上は「遣るな遣るな、遣ると、また、御挨拶だとかなんとかいって、やって来て、うるさいから」と顔を顰《しか》めました。

花火にも船の賑いにも慣れて来て、私たちはそれを片手間に眺めながら暫らく船の中は男同志、女同志の話に分れています。葛岡はすっかり池上の抱えの植木職の気になって、「旦那の仰っしゃるそれは――」と相手の呼名まで敬って夏の庭木の手入のことか何かを仕方話で説明しています。わたくしは、白々しくもあり忠実でもある丸髷姿のおきみを、いつか気の置けない一家族の中の青女房のような気がして来ましたので、いろいろ自分の身近の経験のことなど親しく話し交わします。

「あたし、この頃、うちでご炊事をするのよ。ご覧なさい、この手」

と差し出して見せますと、おきみは、その指を撫でて、

「まあまあ、お気の毒なことですわ。女中衆でもお使いになればいいのに」

「そんな贅沢なことを言ってられる身分じゃないと思って来ましたわ。この頃ではあんたのおとうさまのご飯のお給仕でもなんでもしますのよ」

「まあ、ほんとに恐れ入りますのね」

男同志で語りながら私たち女二人の話にも神経質に聴耳を立てているらしい池上は、このときわたくしの方を向いて、ふと言います。

「物好きなことをするもんだ。僕にささすことをささしさえすれば、そんな目をせずとも済むのに。第一蝶ちゃんの炊事なんて板につかないじゃないか」

それから、

「だが、仕方がない。めいめい自分ですらどうしようもない虫が腹の中にいて、勝手な筋へ引っ張って行くのだから」

酔いと共にがっくり首を前に落しました。

夜も更けて花火は川上、川下の船から競って続けさまに打ち揚げられるようになりました。闇に乱輪の花弁を弾きかけるとそのまま、空に浮き、五彩七彩と意表の外に面貌を改める妖変自在な天華。美しきものは命短しというをモットーとするように豪奢《ごうしゃ》と絢爛《けんらん》が極まると直ぐ色褪《あ》せてあの世の星の色と清涼に消え流れて行きます。すると、美しきもの必ずしも命短からずと抗議をして消え行くまぼろしをうつし身に取戻そうとするかのように、消え行く淡い影に向って再び弾きかける濃厚重弁な色と光の早咲き。花中にいくつかの分身が秘められていて、花体危しと見れば弁尖は花を吹き出し、その花からまた噴水を咲かせます。かなたにも、こなたにも分身また分身、消えれば塗り、失えば生ずる。綴《つづ》る糸のように流星は入れ違って飛びます。浴せ下ろす星降り、地上の火から空への火の伝騎のように、また、火勢を管《くだ》で伸して注ぎかけるホースのように、数条の登り竜は、くきくきと天上に昇っては花影の余抹《よまつ》を劈《きざ》んで満口の火粉を吹き、衰えては降り、また登って行きます。

虚無の闇に、むなしい空に、人間の果敢ない夢を切に押花にしようとしてしばらくは火は力を集中します。が、やがて力も尽きて、うるんだ空に正ものの星一つが残るだけとなります。しばらくの火の努力はわたくしをしてわれを忘れさせて、美しさの中に身も心も溶け込ましていました。精一ぱい張り切って華やぐ限りを尽したあとは、未練気もなく憧憬の中に溶け去ってしまう空の花火。だが溶け去ったあとにこそ、スリルと忘我の隙から私たちは何やら光と悦びの世界の種を植込まれているのに気付きます。心の種。花火は永遠に消えない。

わたくしたちは少し寒くなった夜風に両袖を掻き合せながら、

「ああとても面白かったわ」と言いますと、

池上は「寂しかった」と言いました。

俗な仕掛花火が始って、ナイヤガラ瀑布《ばくふ》は数十間の火の崖となって川中へ一せいに火粉を流しています。その前の小舟の上に黒い影で花火師の跳ねているのが見えます。

池上はすっかり酔って、何で僕たちは、こんな変体の男女二組の形を世の中に造らなければならないのだ。もっといのちの赴くままに、単的《（ママ）》な男女の組合せがありそうなものじゃないかと、近所の船の者が見返るほど暴れて騒ぎ出しました。

「旦那、まあ、お静に」

といって葛岡は、持前の腕力で、じいわり締めて抱え、すっかり旦那の抱えの植木職の務めになり切って、他事なく池上を寮へ送り込みました。

吉良と義光と八重子から、いずれも女としてのわたくしに適当な仕事を自分たちの父親に訊ね合せ、手紙で知らせて来て呉れました。よかったら父親から紹介させるとも言って寄越しました。相変らず無垢で親切な旧学友たちです。八重子なぞはさぞ鼻を鳴らしてわたくしのため父親にせがんだことでしょう。

わたくしはこの中から選んで頭脳的な仕事より手で働く仕事に就きました。吉良の父親は関係会社の一つに製菓会社があって、そこの包装部の特別室では思い付きのある娘たちに自由な意匠で製品を箱詰めさせ、豪華版の贈答品に売出すのを特色としていました。わたくしは他の旧友二人の紹介を丁寧に断って、吉良の父親から紹介して貰いこの特別室へ雇《やとい》入《い》れて貰ったのでした。

女子美術の卒業生も混って、さち子、松枝、涌子、逸子、それにわたくしが加えられて娘五人、朝の七時半から午後の四時まで勤めて、みんなで、およそ百二三十箱ほど詰めればよろしいのです。

箱よ、箱。海のように青い箱、漂える箱、海藻の模様が潮の香を立てて貼りついてる箱。わたくしはその一つを採ります。逆にかんと台の上で叩いて中を試しにはたきます。白いリボンの結び目が鷗《かもめ》のように跳ねます。きらきら銀色の冴えが瞳に浸みる箱の座を圧し隠すように、傍の別箱の中から蠟引《ろうびき》の白紙截断紙を摑み出して来て敷き述《(ママ)》べます。その上にそっと褐色の段ボール紙を戴《(ママ)》せます。数知れぬ砂丘を狭め集めて快いバウンドをつけた夢の軽さの絨毯《じゅうたん》、お菓子の国の絨毯。花のしんにはプリマ・ビスケットを積み上げる。また、コメット・ビスケットを積み上げる。十枚対十枚。すでに想念に浮ぶ厚手の花の形と薄手の花の形と、輪違いに紙の中での狂い咲き。乱るる蕋よ。バター・フィンガー。伸びる蕋よ。レデース・フィンガー。ここを押えていらっしゃい。仕切ボール。こっちをも、仕切りボール。

浪の音、恋えば聞ゆる、聞こゆればその音の忍び入るお菓子の花の形に。三稜のビスケットが花の弁となり。中継ぎに一つ捩《よじ》れて、ああ揺れる。コリーンとコリーン・クリーム。揺れるなよ。中継ぎに捩れて海潮音に酔うて、うつつなき形に、三稜の弁の形のビスケットが八枚と八枚を積み重ねる。おや、この儘では立っていないらしい、ここも押えていらっしゃい、仕切ボール。

沖の島山は鳶色のヘレンとヘレン・クリームのビスケット。洞窟に中世紀風の鉄格子を嵌めましょう。ビスケット・ルイ九世、第六次十字軍を起したり、エヂプト遠征で捕虜となり自分の身体を自分で買い戻して、お国へ帰ると第七次十字軍を起し、ローマ教会から聖者の位を贈られたその王様の名のビスケット。

半島の岩礁はメトロポール、白砂はクラッカー・クリーム。白砂の上にお嬢様のルビー入りの胸留が落ちていますよ。カロル・ビスケット。白砂から山にかかって、果樹畑は暮れ染めにけり。乾葡萄入りのランチョン。

カップに入れてブーケ・ジャムサンドウィッチを下さい、岬の灯台。

輝くアルミホイルに包んだチョコレートを五つ六つ抛って下さいな。ぱらぱらと煌めき出した星にしましょう。

さあ、一箱の詰めは出来上りました。じゃ、もう一枚段ボールを掛け布団にして、雪のよう軟かい截断紙も冠せて、蓋をしますよ。ビスケットさん方静におやすみなさい。

まず第一に詰めた箱をわたくしは、吉良と義光と八重子に贈って三人に食べて貰いましょう。わたくしの働きを祝福して貰いましょう。

わたくしは、しばらくは何もかも忘れて製菓会社の包装室で、ビスケットを化粧箱に詰める仕事を働きました。白いブラウスとキャップを身につけて。

二十七八を頭にわたくしが最年少者で十九の娘、五人、欧洲婦人の服飾史や、押花の帙や図案集が挿し込まれている書棚。フランス人形や希臘《ギリシヤ》のタナグラ人形や造花や、中世紀の婦人携帯品が並べてある陳列棚に囲まれ、浮世離れた包装室の雰囲気の中で、美しいものを産むことに身を委ねていればよいのです。

わたくしは小学校でも女学校でも科学や数学めいたことはとても得意でした。けれども趣味性に係る学課、習字とか手芸とか図画とかの才能はまるでゼロでした。それがどうしてこんな職業を選ぶようになったのでしょうか。

わたくしに取って理詰めの世界は見え過ぎて来ました。どっちへ転んだところでその落ちつきどころを覚悟してしまえば、人生は、こんな紋切形のものはございますまい。これに反して、美しさの世界というものは、もちろんそれには陰をもつ苦悩が伴いますけれども、念々に意表に出て、新しく生まれて、落ちつきどこの定めようもありません。動きに動く物憎い抽象の恋人、わたくしはいつの間にかこの割りきれない落ちつきどころのない恋人の手管《てくだ》に翻弄《ほんろう》され始め、翻弄されるのを心ゆくばかり楽しい思いがして来たのでありました。この恋人を創造するわたくしの相変らず不器用な手先は却っていじらしい感じがいたします。

美しさを産む材料が、筆や紙でもなく、絵の具や画布でもなく、また金属や板木の楽器でもなく、歯に当てればぽろりと崩れて、咀嚼の間に咽喉に流れてしまう。砂糖と、穀粉そしてわたくしの意匠は血と肉とになって人々に融け入る。何と心も躍る業でしょう。どうか、おじいちゃんやおばあちゃんには食べられたくない。あまりによく筋肉が締り過ぎたが故に厳しい縄目のあとのように憂愁の隈《くま》さえ見える、あの青白く逞しいミケラアンゼロの若きダビデの像に似た肩と胸と腕を持つ若人に食べて貰いたいものです。すればわたくしはその若人の体内のヴイタミンのようにでもなってその人の生涯に生きて行くであろう。いくら、うつし身の若い男でも、池上や葛岡と共に生きて行くことは此方が負担になって懲々します。

同僚の娘たちにこの私の希求を話しますとみな大賛成です。午後三時のお茶、娘たちはおいしいチョコレートのナンバーをよく知っています。それを選び取って食べながら窓から見張らす東京郊外の田園の景色、蝉が丘を揺がすばかりに鳴立てております。見廻りに来た包装部主任のSさんに若きダビデを顧客に持ちたい話をしますと、事務家風に考えていましたが、めきめきと顔に若い色が漲《みなぎ》って来て、

「そうですね、この豪華箱だけは、そういった青年か美しいお嬢さんに開けて食べて貰いたいですね。よろしゅうございます。一つ広告課へそういって、宣伝文にそう書いて貰いましょう。この会社だって儲かっているんだから、一方このくらいのロマンチックな商売はしてもいいでさ」

娘たちは自分たちの青春が主任の気分を誘惑し去ったのがおかしいと手と手を打ち合ってきゃっきゃっと笑います。

この娘たちは、時日の長さや事件の軽重では大したこととも思われませんが、それだけに経験に於てすら何か人生全般にわたって頼むべからざる果敢無さを感得したほどの繊鋭なカンを持ち、しかも、自らの若さに就ては惚々《ほれぼれ》するほどの信頼と愛着とを持つ人たちばかりでした。ですから過去や将来に対しては何の興味もつながず、ただ現在の刻々を露のように惜しんで何かの価値で充たそうと努める傾向のあるのは止むを得ません。

「結婚は――」と訊きますと、「さあ」と答えます。「独身――」と訊きますと、「さあ」と答

えます。「恋人は――」と訊きますと、眼を輝やかして「いいわね、けども」と答えます。「けども」と訊き返しますと、「けどもねえ」と寂しく笑います。

恋人というものは永遠にいいものには違いないが、また永遠に「けども」に終るものというわけでもございますか。四人ともみな若草のような体臭を持った美しい娘たちばかりでありました。

寄宿舎の一室は娘五人のために宛がわれて、四時に作業を終りますと、湯に入り、軽くお化粧して食事がてら東京市内へ出かけて行きます。二人、三人と別れて、文楽の浄瑠璃を聴いたり、洋画の映画を見たり、新舞踊の披露会を覗《のぞ》いたり、それが二三夜続く中には「あまり外へ出歩いてセンスの肌理が粗くなったわ」と引籠る組も出来て、その娘たちは室内でアコーディオンを弾いたり、古謡集「松の葉」の投節を拾い読みしたり、マラルメの詩を読んだり、――

雄蘂の花粉なくして雌蘂だけで自らのいのちを育んで行くこの若い女たちとの同室生活を夏秋から師走へかけて、正月も過し、梅も咲く頃までも続けて、わたくしはどんなにか楽しい月日に思い、なおも続くかぎりは続けようと五人腕を組み合せて独身の女を護るダイヤナの三日月に向って誓いさえもしたものでしたが、母が病気というので、わたくしは家へ呼び戻されました。しばらくもいい目を見たあとは、どうせこんなことでしょう。同僚の娘たちは誰一人、「早くまた帰ってらっしゃい」というような月並なことをいうものはなく、いずれ誰の身の上にも来るべき不如意のものがこの人には少し早く来過ぎたという表情で「仕方ないわ」と、ただ、そういって寂しく笑って手を握って訣れたのでした。

　母は三十五歳の時私を生みましたあとで、産後の腎盂炎をやったそうですが、しかし、これは産婦でままある慣しとかで癒ったあとはその病歴を忘れてしまったほど、その気もありませんでしたが、やはり寄る年並《（ママ）》と見え、わたくしが家を出たあとたまに家へ寄って見ると母は家事を取りながら、顔が腫れぼったく脚が浮腫《むく》むなぞと気にして申してました。しかし母は一たい病気には神経質な性質で、滅多にひかない感冒でもたまにこれにかかって熱でも出すと、もうこれで死ぬのじゃないかとあわて惑うような大袈裟なところがあります。その癖に医者は嫌いで、薬は廉《やす》いで有名な八丁堀の薬屋というのへ容態を話して売薬を買って来るという下町の旧弊女《きゅうへいおんな》その儘の遣り方でした。

　ですから、今度も、はたでは当人のいうほど心配もせず、心配したところで医者を呼ばせないのですからなんとも仕方がありません。するうち、いつか癒ってしまうのが例でした。

　ところが今度は、病気の様子がおかしいので、わたくしと嘉六とは母を叱るようにして嘉六のかかりつけの医者を呼んで来て見て貰いますと、むかし腎盂炎に罹《かか》ったあとが全く癒り切らないで残っていて、それが急に重り出して、やや尿毒症さえ併発していると申します。

「薬は上げますが、食餌の注意が第一です」

医者はこう申して帰って行きました。

「済まないがね、蝶子さん、しばらく家へ来ていて、お母さんの面倒を見てあげて呉れないかね」

いま急に人手を入れて見たところで、看護婦などは嫌がるお母さんのことだから、馴染のない人間なら一層辛がりなさるだろう、「やはり、あんたが世話してあげるのが一ばんだ」と嘉六は申しました。

わたくしは「もちろんですとも」と答えますと、母はこれを聞き、すこし腫れぼったくなりおどんで血走った眼を私たちの方へ向けて、

「看護婦――たのむ」

と呟くように言いました。

「蝶ちゃん、お襁褓《むつ》の世話は、勿体ない」

そういって苦しい中からわたくしに向けて無理な愛想笑いをいたしました。

嘉六は案に相違した顔で、しかし勢づき、看護婦会から看護婦を呼び寄せました。

わたくしは母の心を深くは察し兼ねながら暗澹《あんたん》とした気持にならないわけにはゆきませんでした。遠慮か負惜しみか判りませんけれども、母は私が発病直後、身体を動かしては悪いというままに、急拵《ごしら》えの襁褓を作っておしもの世話をしようと布団の裾へ手をかけますと、いくらか朦朧とした意識にもそれを感じて、痺れたような手で布団を叩き、

「しっ、しっ」

と、猫を追うようにわたくしを追うのでした。わたくしが病気のことだから、強情を張らないでと宥《なだ》め賺《すか》して、その始末をしてやりますと、母は「あー、あ」と嗄《しゃが》れ声を挙げまして、それから絶望したようにくたりとなってわたくしの做す儘に任すのでした。

その続きだものですから、わたくしは、母がわたくしの手にかかるより職業人の看護婦にして貰うのを望むのは、やはり身うちといっても女同志の憚《はばか》りからか、つい先頃まで口汚なく罵しっていたわたくしに世話をされることが業腹なのかと、そのどれかであろうと思われ、それにしても斯くまで無力な身体になっていながら、まだ、わが子に毛嫌いをつける母を疎ましく思われないわけにはゆきませんでした。今更、わが子を勿体ないと言ったところで、愛想笑いをしたところで、いかにそれが寂しく憐れなものに感じられるものにせよ、やはり疎ましいものに思わずにはいられませんでした。

派出して来た看護婦は、嫌味のない機械的な女で、まめまめしく働いて呉れ、その暇には黙って婦人雑誌の小説を読み続けています。

わたくしは、この看護婦の食事に少し気をつけてやる外、昼間、その女を寝かして置く間、母に附添って氷嚢ぐらい替えてやればよいのでした。

経過はだいぶよろしくて、意識もはっきりして熱も下って来ました。すると母は、家の中の自分の持ちものの簞笥だの茶簞笥だの、衣桁だの、それから例の買い集めた古道具の常什物を

ぐるりと見廻して、安き色を現し、

「今度こそ、ほんとにあたしゃ死んじまうかと思ったよ」

それから、床の下に押込んである鍵の環を取り出し、その鍵の一つ一つをわたくしに渡して、いろいろのものを取り出さすのでした。

中では、わたくしに向って、

「あたしの身体は臭いだろ、しばらくあっちへ行っててもいいよ」

と暗に、わたくしに遠慮することを慫慂《しょうよう》して、その間に信玄袋の中に何か出し入れして仕末したり、感慨にふけったりする所作もありました。


わたくしは、ひょっとしたら、病気の気弱さから歿きわたくしの父の記憶のものでも検めなつかしんでいるのではないかと、

「おとうさまが歿くなってから、十二年経つのね」

と言いますと、

「歿くなったおとうさまは、何一つあたしたちのことを親身に考えて下さらないで、お酒のことばかり言って歿くなりなすった。だからあたしだって、おとうさまのことなんか、一度だって考えてあげたことなんかありゃしないよ」


もしかしてこれで死んだって、二度とおとうさまのところへなぞ行く気はないと、母はつっけんどんに言いました。

嘉六は朝早く勤めに出て、夜食は蝶子さんに手数をかけるのも気の毒だと、どこかで食べては帰って来ますものの宴会でもない限り、たいして遅くもならず、母の枕元へ来て、町の噂、素人に判る程度の商取引の話などして聞かせます。新旧の食いもの屋の話など、母は聞耳を立てるものの一つです。

「南鍋町の風月堂の二階の洋食といえば、もとはお店の手代衆が前垂れかけで皿を運んで来たもんだが、へえ、そうかねえ、いつからそんなボーイ姿になったのかねえ、あれも旧舗らしくてよかったものだがねえ」

むかしの話も初老前後の男女たちには何かと心慰むよすがになると見えます。

それで病がやや癒るにつれ、臭気止めの香水など床の枕元に撒いて、嘉六の帰りを待ちます。嘉六の話は弾みます。

嘉六が一人前の番頭になった時分、瘠我慢を張って大店の旦那衆の遊び仲間に入ったことがあった。

「柳橋の一流の芸妓の時太郎、梅竜、ぼたんなどという連中も混って餓鬼大将の会というのを慥《(ママ)》えて東京中を押し廻したものさ」

月に一度日を定めて、連中は集り、月番に当る餓鬼大将に率いられて市中所定めず遊び歩くのであった。費用は餓鬼大将の持ちの代りに会員は進退悉《ことごと》く彼の命令に従う規約だった。梅竜が隊長に当る月であった。十台ほどずらりと俥《くるま》を並べて二三軒粋な料理屋で軽く飲んだ揚句、餓鬼大将の梅竜は吉原へ一同を引率したのであった。角海老楼という名代の青楼へ上って餓鬼大将は会員の一人々々にあいかたを宛がった。大広間に車座でひと騒ぎ、さて、めいめいあいかたの部屋へおひけということになる途端に餓鬼大将は「出発！」と命令したのだった。

「あんな皮肉な遊びの仕方はないね。みんなぶつぶつ言いながら出発したよ」

「おまいさんもその時分には身体に色気があったろうから、そりゃ辛かったろう」

「その通り」

嘉六はここで例のちっちっちっという笑いを笑いました。

母も若い気分をそそられるように自分の雛妓時代に宝探しということが流行って、或る豪奢な旦那が下谷の名雛妓十人ほどを集め、伊予紋の庭でそれをさせた。旦那はダイヤモンド入の指輪を謎の地点に埋めた。

「それを掘り当てようため、十人の雛妓が懸命に穿《ほじ》る箸の尖で、あの結構なお庭が一とき菊石《あばた》面《づら》になったわけ」

二人はまるで病気なぞそっちのけで賑かな笑い声を合わせました。そのとき、ちらりとわたくしの方を見る母の眼には、ふだん母がわたくしへ口癖に言う、わたくしの性質に母からみれば兎角、楽に捌《さば》けないところのあるのを咎める様子です。嘉六はそれから、気がついたように、洋服のポケットから状袋を取出し、「はい、配当」と言って母に渡します。「有難う」と母は受取ってそれを開き、二つ三つ不審の廉《かど》を訊していいます。それを聴いていますと、瀬戸物町の店で大きな商取引がある傍に、そのこぼれのような微細な商取引があり、番頭格にもなれば少しの資金を都合して来ればこれを引受けて自分の利得にするのを店でも大様に黙許している。その資金仲間に母も嘉六の好意で組入れて貰っているのでした。

「勘定間違なし、それでと――」

と言って、母はその金の中から少しを分ち何やら立替えられてあるその自分が払うべきだから取っといて貰いたいと嘉六に差出します。嘉六は「まあ、いいやね」と押返しても母がそれじゃきめしきにならないからと尚《なお》強いますと、嘉六は「じゃ貰って置くが、おっかさんもだいぶよくなったことだから、これで一つおっかさんも食べられそうなものを取って、僕も一ぱいやるとしようか」と、白身の刺身なぞを取り寄せて寝酒の酒の燗をつけるのでした。すると、母は寝ながら誂《あつら》えものの来たのを食べて、嘉六をふり仰ぎ、

「おまえさん、相変らず気前がいいね」

と褒めそやすのでした。

小ざかなを両方の箸尖でほぜり合って食べるような親密の間柄の中に、経済は経済として互に独立していますす。結局のところ母はこうした仲間が生きて行く上に欲しかったのではありますまいか。これが勤まらずに、女の内のものを求めたため、ついに母から何の情も得ず、空しく死んで行った父を、わたくしは可哀相に思います。人は落ち付くところに落ち付くと言いますが、わたくしは母が父を離れて独身になってから下品になりながら、母の自前の柄らしい、

いきいきした母を見、一層卑賤に陥った今、全く母の地金に還った母を見てしまったのでした。

「何か、おいしいものが喰べたいね」

少し病気がよくなると母はこう言い出しまして看護婦の眉を顰《ひそ》めさしました。

嘉六という男は他のことは分別のある癖に自分がしたことのないせいか、病気のことにかけては乱暴な男でして、母がそう言うと、

「ちと食わにゃ、力もつくまい」

なにかかにか取寄せたり、土産を持って来たりして母に食べさします。看護婦は自分の力では禁じ切れないので医者に告げ、医者からそう言って貰うと、嘉六はその場合は承知した顔をしていても、

「なに、医者のいうことばかり正直に聴いていても、学理だけでは生身の身体は扱えんものだ。こっちは経験があるんだから――」

そう言って母の不摂生に加担人《かとうど》をいたします。それで母の病気は少しよくなると、またぶり返すのでした。ぶり返す度に母は愈々《いよいよ》こどものように頑是《がんぜ》なくなって極度に死を惧れながら、食慾は慎《つつし》めないのでした。

身体の加減のよいときは、わたくしを木の端か竹の端かのようにあしらいながら、病気が重って来ますとどういうものかまた周章《あわ》ててわたくしを重んじて来まして、

「神様からの預りものを、今まで粗末にして勿体ない〳〵」

と言って、ときには震える手を合せて、わたくしを拝むような真似をすることがあります。

「こんなにも、親切にして呉れるのかねえ、うれしいよ」

と言って、それからわたくしの顔を見て媚びた笑いに眼を細め、力無い声を無理に、ほ、ほ、ほ、ほ、と愛想笑いをするときがあります。わたくしは、これが大ぜいの若者たちを自由自在に操縦もし叱咤もしたあの気嵩《きかさ》で美しく張のあった母かと、呆れもし暗涙《あんるい》に噎《むせ》びながら、身震いが出るほど嫌味なものを感じますが、粗末にはできません。顔をそむけて、

「あんまり無理をしないでね」

と言って涙を隠して拭くのでした。

ついに尿毒症の烈しいのが来て、注射で一時は軽くなったものの医者はこの家では手当が覚束ないと病院入りを勧告しました。その患者運搬自動車が来るまでの暁方、ついに事切れてしまいました。

事切れる断末魔のまえ、母はひと声、雛妓時代のような若い媚びた声で「蝶ちゃんや」と叫びました。

母には、四谷の津の守で芸妓屋の参謀をしているふだんは音信不通の弟が一人ありますが、リョウマチで臥ているとかで、その妻と娘が来ました。花柳界に住む女らしい服装をしていました。ほとんど縁切同様になっていたので、わたくしに取って、伯母《(マヽ)》と従姉妹に当るその女たちにも初対面だけの親しみで、彼女等も形式的にお通夜をするだけのものでした。

嘉六はそれでも、紋付の羽織袴の姿をして、万事わたくしを補佐します。台所方面の指図役に池上の寮から娘のおきみを呼び寄せました。おきみは女中を連れて来て、いよいよ御側室の落付がつくと共に何の悪びれたところもなく、わたくしには女同志として、しんに心から同情した悔《くや》みを述べ「若旦那も、あなたさまがなにかとお心忙しないでしょうと仰言ってでございました」と律儀に一礼しました。妾になっても妻同様な貞操を旦那に運べる女もあるのです。葛岡が来て何かと手伝おうかと言いましたが、わたくしはそれには及ばないと言って返しました。葛岡は、そのとき、こんな場合にいう事ではないが、まあ早い方がいいからと言って、自分も母や祖母はすっかり老い込み、一人どうしても家の事の面倒をみる女が必要なので仕方なく、勧められるまま詰らん女を女房に貰った。僕等はどうせ平凡に終る人間だ。だが蝶子さん、あんたには生涯力になって貰わねば自分はやっぱり立ち行かない気がするとしおしお言いました。わたくしは、どうともご勝手にと答えたのでした。

嘉六は物慣れた態度で、近所の悔み客の挨拶をしています。「こちらのおかみさんも、慾をいえば切りもありませんが食べたいものは大概食べさしたし、まあ、いい御往生の方で」また嘉六は物慣れた調子で「親類縁者が、横槍を入れるということもある。念のため、おっかさんの持ものを一応調べときなさい」と言って、鍵の環を指しました。集めてみますと、ひとり女の老後の身過ぎが出来るほどのものは母は持っていました。わたくしはいまそれに就いての興味はありません。用箪笥の戸棚を開けた中に「蝶子さんへ」と書いた信玄袋がありました。わたくしはそれを持って二階へ上り、今はすっかり嘉六の居間になっているもとのわたくしの部屋で、それを開きました。

軽い葛籠《つづら》を背負った舌切雀の噺の中のおじいさんが、雀たちに送られて竹林を出て来る模様が古びている信玄袋です。中を開けると、母が下谷で雛妓をしていたのを父に受出された時分の身じまいの証文、その披露に仲間のお雛妓さんたちを都鳥という鳥料理へ招いて饗応したその勘定の受取書、花柳界へ披露に配った配りものの勘定受取書、お雛妓時代の写真、これらが一包になっていました。これを何でわたくしに残したのでしょう。もう一包の中に臍《へそ》の緒をくるんだ紙包にわたくしの生まれた年月日が書いてあり、その上を更に包んである一枚の紙には幼ない筆つきで朝顔の絵が描いてあり、その肩には甲上と評点がついています。絵の紙の端に書いてある名前は紛れもしないわたくしの幼字で、その肩書には尋常三年生乙組としてありました。

もう一つの包は、兼ねて乞食の祖父からわたくしの父へ伝えられたと話では聞いていたが始めて見る、丸に鷹の羽のうち違いの紋のついている赤羅紗《あかラシヤ》の巾着に、戸籍の謄本でした。

通夜の晩の夜更け、町も、堀川の水も静まって、犬の遠声だけが聞えます。階下では嘉六が母の弟の妻や娘を相手に冗談ばなしでもしているのでしょう。ときどき例のちっちっちっという笑い声が聞えます。

凝り澄して放心したように照り下す夜更けの電灯の下で、これ等の母の遺物を眺めておりますと、遊び半分のように暮してしまった母の生涯にもいくつかの女の本能が貫いて流れているのが胸に映ります。

自分のいのちを子に持ち伝えさせようとする本能、その家のものになり切って家を子に持ち伝えさせようとする本能。ですがわたくしには、母が何でわたくしに臍の緒を包む包紙にわたくしの幼ない時分の学校の成績を取って遺して置いたか不審がられます。もう一度取上げると、小さな紙片が出ました。

蝶子さん、あたしの一番うれしかったのは、おまえさんが生れて、学校の成績もよく、いいところの奥さんになれそうな見込みがあったことでした。めかけ風情は人に知られない苦労があって、あたしは何度か蔭で泣いたか知れない。あたしはどうかして、生涯に一度、上品なれっきとした奥様になりたかったのだよ。あたしの気持をよく汲んでお呉れね。何といっても、親一人、子一人、頼りになるのはおまえさん一人なのだからね。

母より

蝶子さんへ

もしこの気持が本当なら、わたくしに対する母の態度は半分は嘘になります。わたくしに対する母の態度が本当なら、この気持が半分嘘になります。おそらく嘘も本当も両方混っていて、自分でそれと気がつかない。奥山へ入った安宅先生とは違った意味で、違った形を取っても、結局女の真身なお芝居ではありますまいか。だが、その中で最後に自分の気持をわたくしの中に浸み込ませ、通し貫いて、わたくしの中に生きて行こうとする、親として憐れな女の本性を感ぜずにはおられません。わたくしは、物ごころついて以来、はじめて母に対する心からなる声を出して噎び泣くのでした。

「おっかさん、おっかさん、判りました。あんたも哀れな女の一人でしたね」

そういうとき、また、わたくしは、どさりとまた一つ自分の心に重荷を被《かず》けられる気がしました。あ、あ、わたくしは一体いくつの人のいのちの重荷を背負えば窮屈から許されるのでしょうか。わたくしとは別仕立ての人間のように思っていた母から、こんな重荷を背負わせられようとは夢にも思い設けませんでしたのに。折角、何が来ても驚かないつもりに仕向けた心構えも崩れてしまい、今度こそまったく精も根も尽き果てました。父よ、いまこそ、あなたの言い遺して下さった――一たんの人生の休憩の幕に入ります。水のほとりと、落ぶれ果てた孤上と、土の香と。父よ、あなたがうつし身でついに叶い得られなかったその数寄《すき》な望みを、女だてら、娘なるが故に、受け継いで叶えて上げます。ただ心配なのは、この休憩の幕間に相応しいあの愚昧とも渾沌とも名のつけようもない謎の心情と謎の表情とがわたくしに出来るでしょうか。若い身空で乞食に成り切れるでしょうか。

母の遺骸は、他に埋める墓所もないので、母の弟が家を受け継いでいる染井の墓地へ葬りました。母の弟は不承々々にそれに承知しました。父は十二年前に豊島家の、墓所に葬られています。こうなるとわたくしは一体どこの家の子でしょうか。三界無住というような気がいたします。嘉六に家も遺産も預け、わたくしの決意を池上と葛岡とが必死と止めるのもきかずに、わたくしはさすらいの旅に出ます。

遁れて都を出ました。鉄道線路のガードの下を潜り橋を渡りました。わたくしは尚それまで、振り払うようにして来たわたくしの袂の端を摑む二本の重い男の腕を感じておりましたが、ガードを抜けて急に泥のにおいのする水っぽい闇に向うころからその袂はだんだん軽くなりました。代りに自分で自分の体重を支えなくてはならない妙な気怠《けだる》さを感じ出しました。馴染みといえばやっぱり男たちには女として無意識に縋り頼っていたところがあったものとみえます。いま、それが判って来ます。これが物事に醒めるとか冷静になったとかいうことでしょうか。道は闇の中に一筋西に通っております。両側は田圃らしく泥の臭に混じった青くさい匂いがします。蛙が頻りに鳴いております。フェルト草履の裏の土のあたる音を自分で聞きながら、わたくしは足に任せて歩いて行きました。わたくしの眼にだんだん闇が慣れて来ますと道の両側に几帳面な間隔で電柱の並んで立っているのや、青田のところどころに蓮池のあるのや、おぼろに判って来ました。もう一層慣れて来ますと青田の苗の株と株との間に微かに水光りしていることや、そういえばわたくしの行手の街道の路面も電信柱も、わたくしの背後の空から遠い都の灯の光の反射があるので僅かに認められるのです。おお、都の灯——

わたくしは振り返るのを何度、我慢したか知れません。それを、なお背後に近い電車の交叉点でポールを外しでもするのでしょうか、まるでわたくしを誘惑するようにちらちらとあのマグネシューム性の光りが闇の前景に反射します。では口惜しい東京ながら一度だけゆっくり見納めて置こう――わたくしは哀しい太々しい気持を取出して道端の草の上に草履を並べ、その上へハンカチを敷き、白足袋の足を路面に投げ出しました。膝がしらに肘を突き、頬杖の掌の間に挟んで東北の方、東京の夜空に振り向かしたわたくしの顔には、左様――娘時代のモナ・リザの表情でも浮んでいたことでしょう。

三月越《みつき》の母の看病で、月も五月の末やら六月の始めに入ったのやらまるで夢中に過しました。けれども兎に角夏の始めの闇の夜空です。墨の中に艶やかな紺が溶かし込れています。その表に雨気のあるきららが浮いています。星は河豚の皮の斑紋《はんもん》のように大きくうるんで、その一々の周囲の空を毒っぽく黄ばんで見せています。下の方は横一文字に鉄道線路の土手で遮られているから見えません。それを熔鉱炉の手前の縁にして、その向うに炉中の火気と見えるほど都の空は燃えています。心臓がむず痒くなるような白熱の明るさです。ああ、また、其処を見る眼が身に伝えて来て袂の端に重たく感ずる訣れて来た男の二本の腕の重み。それを振り切ったときの微かな眩暈《めま》い。いやになる――またしても。そして扇形に空に拡がる火気の中にちろちろと煌めくネオン。捲けども捲けども尾が頭に届かない蛔虫のような広告塔の灯。そうだ都はまだ宵なのだ。前景の闇に向っては深夜のつもりでいたわたくしの気持がまた、ぱっと華やいで来たとは何という頼もしくない自分の気持でしょう。

訣れに池上は昼、霞ケ関茶寮で会席料理を御馳走して呉れました。葛岡は晩、下谷の腰掛茶屋で厚揚のカツレツを御馳走して呉れました。いずれも身分相応です。そして母は一昨日の朝、嫌な人生のお芝居を遺身に残して呉れました。実は母は一昨日死んだのですけれども、どうしても死んだとは思えません。この世界の何処かにいて、またペロリと舌を出しているような気がしてなりません。

わたくしは不承不承立ち上ります。あとへひかるる力を外して捨てるように肩ごと、きつく、首を揺り、思い切って都の夜空に背中を向けます。また、とぼとぼと踏み入って行く、奥底の知れない闇と青田の泥のにおい、あ——あ、ほんとに女の独りぼっちというのは、こんなひどい気持のものでしょうか。だが、わたくしは試みねばならない。分別にまれ、人情にまれ、判るという浅墓なものは、一時、切り捨てなければならない。そこにこそ真に底に徹した人間の憩いが在り、深く吸い上られて来る生きの身の力というものが若しも世に在りとするなら、その憩いに於てこそ見出さるべきものでありましょう。

わたくしは幾許《いくばく》の道を歩んで来たことでありましょうか。東の夜空の横雲に明るみがさし、うるんだ大きな月が出だしました。わたくしは池上が憧憬してときどき口誦《くちずさ》み、その癖、自分の気持は全然それに当嵌《あては》め切れなかった芭蕉の「野ざらし紀行」の書き出しの文句の耳についてるのを、ふと思い出しまして、口に呟いてみます。

千里に旅立て路糧をつつまず。三更月下無何入。

二度び三度び呟き返し、身に味わいしめてから、わたくしはこれが何で人が憧憬するほどの境涯であろうと不審《いぶか》ります。取りも直さず今の自力の気持ではありますまいか。人は憧憬してこの境涯に入ります。わたくしは追い迫まられて止むなくこの境涯に入ります。動機こそ違っていましても、入ることは一つであります。そして、そこに更に差があります——枯淡《こたん》と青春と。そうです。わたくしは女、女にして若き娘にして、いまや、三更月下無何に入ります。これはいかなる造化の戯れでしょうか。作者、評して曰《いわ》く「錯を将《も》って錯に就く」

これは人々の前に現れると必ず、「一銭頂戴な」とねだる夫婦乞食であります。夫婦乞食は霙《みぞれ》の降る中を寒さに赤さつま芋色になった手をつなぎ合って、町の表通りから溝の橋を渡って遊郭へ入って行きます。着物の裾を二人とも、だらしなく薄ぬかるみの路面に引摺り、とぼとぼ歩いて行きます。足の運びの途中にぴょんと弾ね上げる腰付や、威張ったように踏み出す細脛の所作なぞも見せて行きます。生理的の欠陥者が、その不自然な動作ゆえに却って名優が大まかに工《たく》んだ芸をしてるようにも受取れるあの様子を、男女、二人、しかも手つなぎで揃って行くものですから、もちまえ芝居がかって見える遊郭風景に加えて、大歌舞伎の道行姿《みちゆきすがた》を切抜いて貼付けたような、際立たしさで浮きます。それで行き違う郭《くるわ》の芸人なぞは、

「いよう。ご両人」

と揶揄《からか》い声をかけますけれども、二人の姿は、つゆ乱れるところもなく同じリズムを霙の中に、しくりかえし、とくりかえしして行きます。その平静さは、どのくらい自信のある所作か判り兼ねるほどあたりを払って、落ち付き済しているようにも感じられます。眺め送るうち人間の所作としては向うが本当で、揶揄いかけるこっちが嘘のような気持に引き込まれるらしく、郭の芸人は自分の身が寂しく詰らなくなったように暗澹とした口を開けたまま いつまでもわれを忘れて見送っております。この夫婦乞食には派手なものを思い切ってよごしてみたという、それが危く魅力になりそうな痛烈な極度にまで届いた汚さがありました。

人の話によると、乞食は二人とも見かけよりは若い四十ほどの男女で、男は根からの白痴、女は嘗てこの遊里に郭勤めをしていた遊女が花柳病で頭を壊したその成れの果てということです。

赤の他人の二人に手をつなぎ出さしたのは、始め誰かがふと思い付きの悪戯だったそうですけれども、二人は手をつないで物乞いしてみると、人は愛嬌にして物も容易く呉れ、夫婦乞食と呼ばれて世間からやや暖くも待遇されるので二人の手は離し難くなったのでありました。その間に、拍子木《ひようしぎ》は木ではあるが二本は互に必要といったような情合も生れ出たのでございましょう。

二人は町外れの藍染橋の下を住居にして、そこからこの郭のうちを縄張りに、日々、常得意や、物色した行人から一銭ずつを乞い集めるのでした。

乞う金の額を一銭に限るということも誰教えねど自ずと経験から、慾無しと呼ばれることが却って取得の多いのを白痴の一本調子に覚え込み、永年それを金科玉条《きんかぎょくじょう》にして護り通して来たのでした。

二人は手をつないだまま霙の中を進んで行きます。もし行人で二人の姿を見て佇む様子に動くこころがあるらしいと見て取れば彼等は、乞食のカンで察して猶予なく歩み寄り、「一銭頂戴な」と掌を差出すのでした。男の客には男乞食が、女の客には女乞食が、ここにも何か自然の躾けがあるらしく見えました。そして一人が恵み手から銭を乞い受ける間、一人はあとに退っていて尋常に待っているのでした。けれども繋いだ手はどんな場合にも絶対に離しません。確と握り合うそのことが生活の看板でもあるように、また、継ぎ合わして一人前のいのちとなるその大事な結び目のように。

都を遁《のが》れ出ましてから指折り数えると、もはや五月あまりにもなりましょうか。土に置く霜は白く、風に鋭い刃の冷たさを感ずる頃には、わたくしもどうやら一人前の女乞食に成り終《おお》せました。

日々の馴れとて、わたくしは、われと黒髪をよもぎに撒き散らし、箸に野菜を挟む術《て》も、焚火の熾《おき》を河泥に混ぜて顔を隈かき絵取る術も、わざとらしいものには思わなくなりました。化粧の相手は、恥も悲しみも忽ち流し送って、そ知らぬ顔に新しく澄む水鏡です。この鏡を相手ならこんと鳴真似して女の質の中なる野狐《やこ》の性を出しさえしたらわれとわれを誑《たぶらか》すことくらいは、そんなに難しい仕事ではございません。まして他人を化す化粧など朝飯まえでございます。ひとの身慥《(ママ)》えか自分の身慥《(ママ)》えか膚でも抓《つね》ってみなければ判らないほど茫々とした気持で、重ね剝ぎに置き継ぎのしてある長襦袢を裾長にどうやら身に纏いつけます。伊達巻《だてまき》が軋《きし》み込んで胴の上下にはじけ出る肉のふくよかさが、いくら汚くつくっても身の若さを証拠立てはしないかと心配です。人々もそれを気付くらしく、わたくしを顧る顧り見方に、花ならば饐《す》え腐った蕾《つぼみ》の滓《かす》、葉ならば霜に朽《く》ち侘《わ》びた葛の裏葉の、返して春に、よも逢う女ではあるまいと、不憫がる眼の眇《すが》め方をするのはあまり面白いものではありません。中には指で殻を割ってみたら、まだおいしそうな果肉が案外、秘まっている女かも知れないと、蔓さきの木通《あけび》の実を見付けたような笑いを泛べて近寄って来る男どももあります。

若さを気付かれては危しと、わたくしはそういうとき、

「あー　あー」「ううん」

と唖《おし》の真似をいたします。しあわせにも唖の所作は物狂いの所作にも似通って受取られ、男どもはひた呆れに呆れた顔をして飛び退きます。人呼んで唖狂いのお蝶。今のわたくしに取って何とうれしい呼名ですこと。

人が口を開いて始めて出す声、「あーあ」人が最後に口を閉じて呻く声「ううん」それは生

の象徴にもとれ、死の象徴にもとれる声です。今のわたくしにあとさきの生涯はございません。一声毎に生を味わい死を味わいます。もし寄せ重ねたら幾十百の生死——それはさて置き、この二声さえあればわたくしの身の上に取って何不自由ない表現の言葉になることはおかしいほどでございます。わが欲するものはすべて「あーあ」わが欲せざるものはすべて「ううん」です。飯を与えられれば「あーあ」棒で打たれようとするときは「ううん」です。

人に対して若さを覆うために、われならなくに、ふと思い付いた唖の所作が、わたくし自身のためにも勿怪《もっけ》の幸《さいわい》となって、わたくしは深くも自分を唖とも物狂いとも思い込むのでした。謎をこころの住家となし、この住家に於て太古の湖の静けさにも通ずるほどの憩いを希うわたくしに取って、感覚的にも外界への交通を遮断することは表戸を卸《おろ》すと共に四方の窓の戸をも閉めるほどの細心緻密な心使いです。それをいまゆくりなく事情から強いられて致します。わたくしは歓んで唖になります。唖のそのわたくしを人々は人外の生物に扱って呉れるのみならず、わたくしは唖の無感覚に於て環境を風馬牛《ふうばぎゅう》に眺め過せるのでした。嘗《かつ》てあれほどわたくしの身にひしひしと食い入った諸行無常の小夜嵐も松の音とのみ上の空に聴き澄まして通し過せるのでした。

都を西南の方へさすらい出て、ここの村外れにひと月、かしこの橋下にふた月と、わたくしは旧東京の市区と、大東京とは名のみの郡部とのすれすれの境界線に沿うて、彼方に多那川の流れを心頼みにしながら南へ移って来たのでした。旧東京市区の繁華な町には既に乞食の縄張りやら、専門々々の貰いの掟があってうるさいままに、多くは田畑や雑木林のある郡部に住み、折を見ては町中へ紛れ入ります。野中の遊郭を中心に小さな町を形造っているT——町附近もこの条件に叶うのでわたくしは暫らくこの界隈に滞ります。町の東側を多那川から東京方面へ引いた運河が殆ど多那川と直角に南から北へ向って流れています。そしてこの東側に在る村から町へ入るところでこの枝川に架かるのが藍染橋。町中や遊郭は既に縄張りがあります。わたくしはその手の及ばない村中の地蔵堂にしばらくの仮りの住宅を定めました。ときどき町の乞食の親方の眼を掠めて町中へあくがれ入ります。

地に臥し、土の香を嗅ぎ誰れ憚《はばか》らずひろびろとした大空に月一つ仰ぎ渡すとき、謎になり唖になりしたわが身にも、何か心の底にうずくものがあります。歿《な》き父をまことの父のいのちに生き蘇らせ、歿き母をまことの母のいのちに浮び上らせ、そのほか、わたくしの前身で、わたくしに順逆共に慕い寄りながら、その屈まれるいのちを伸ばし生かして欲しいとせがみ付いた男女もろもろの縁者たちに対する悲愍《ひびん》の気持であります。だが、わたくしは、いま休息に踏出した第一歩のときです。まことの休息には、この期を休息と定めてかかることすら、安らかな心の障《さわ》りとなるのを知って、努めてその悲愍の気持を投げ捨てます。そして若しその気持が捨て去ったまま再び後になって戻って来るものなら戻っても来よ、戻らざれば、それも是非なしと、暗涙を催しながら思い切って徳の外に抛ってしまうのでした。

かほどまでに外《と》のものからの影響を瑕瑾《かきん》として戒《いまし》めているわたくしのこころには、もはや、わたくしというものは無くなって、そこに環境の客観の世界のみがきびきびと肉附きも逞しく盛り上って眼に映って来るのでした。しかし、またそれに捉われ込むのも疲れの種子と、わたくしは淡々とした興味を以て眼の前に行き過ぐる風物を送迎するのでした。したが、夫婦乞食は、わたくしには淡さにやや甘酸い味を混えた風物でした。それを無理に消し薄めることも亦疲れの種子の一つになりましょう。それゆえわたくしはただ運任せに眺めて行こうといたします。

霙は雪になりかけて、凝る雲も暗く北の空から地へ頭を競って巻き下ろうとしております。険しい天に支え柱をするかのよう幾本かの塔がぬいぬいとここ遊女屋の楼閣から突き出ていますその形には、市庁の時計台のようなのもあれば、鐘だけ失ったカソリックの寺院のようなのもあり、閣寺の重塔のようなのもあれば気象台の観測塔のようなのもあります。そしてその塔々には昼日中にも係らず菜種いろの電灯がほのかにつき、窓々には尾籠《びろう》なほど濃い色彩の嵌《はめ》硝子《ガラス》が唇で嘗め濡したように光っています。塔から塔へ架け廊の朱塗の欄干に干し忘れた夜着布団のいぎたないメリンス模様。瓦屋根に落ちている紙人形の亡骸《なきがら》。三階から二階へかけては、塔同様洋式建築のもありますけれども、接木《つぎき》の古株を見るように、むかし、うまや路で見かけたとでもいう青楼の、面影をいま茲《ここ》に顧られるかのような店附を遺した家もございます。その店は、重畳の浪を葺き並べた甍。錆びた紋どころに緑青《ろくしょう》の噴いている銅板の表羽目、長煙管を持った花魁《おいらん》の二の腕までは差出されるが顔は出ない狭間に作られてある連子格子《れんじごうし》。格子の内側にはいま黒繻子《じゅす》のカーテンが垂れて塞がれ、格子の前の土には縁起を祝って植えたらしい松竹梅の中の竹だけはどうも根附かないらしく、諦めた枯竿だけが他の二木に配されて駒寄せの中に黄ろく立っております。こういう遊女屋の間に混って真面目な表造りの医院があったり、とてつもなく大きい赤提灯を軒先に垂らした煙草屋があったり、この郭中で唯一の引手茶屋があったり、しょっちゅう真魚板《まないた》を叩く音の絶えない蒲鉾屋があったり、だいぶ馴れては来ましたものの、まだわたくしには珍しい世界です。暗い空の雲は、いまこの世界にすっかり巻き下って、郭の天地を呑み終せたらしく、あたりは一様に混沌とした土気いろに染み付き、気象は目的を遂げて調和点に達したらしく、混沌として土気いろにも薄い暢《の》びやかな光が大ように路面から反射し上げるようになりました。雪脂《ふけ》を掻くような粉雪が、天候を全く雪の日と定めたらしく引緊って感じられて来たあたり四面の凸所に白く積ってまいります。

十字路があります。ここまで一筋に落付き払って運んで来た夫婦乞食は、漁師が定めの漁場に来たように、歩調を緩めると、いくらかずつ右へ左へと漁り歩きをし出します。

鼻唄をうたいながら青楼の暖簾《のれん》を潜って洋服姿の中年男が足駄穿きで出て来ました。

連子《れんじ》、日がさしゃ、仲どん、内しょで起きる。もう帰るのかい。別れが辛い。いつ来なますえ、え、え、晩に来るよ。

「濡れますわ〳〵」と追って客に傘をさしかける郭の芸者が現れます。二人の足先は夫婦乞食がにじり歩く方向に一致したので、夫婦乞食は二人を見上げ、まず男乞食の方が客に向って

「一銭頂戴な」と子供のような高調子の声をかけて掌を差出します。女乞食の方は芸者の方へ手を差し出します。

乞食の所作が突然にも見えたので客は、

「何だ、何だ、こいつ」

と眼を丸くして二人を見ました。芸者は承知していて、

「いえね、夫婦乞食なんですよ。土地じゃ有名な」

そして、帯の間から紙入れを出して女乞食の掌へ一銭入れてやります。客はこれを見て、

「おい、こっちの男の方へもやっといて呉れ」

と顎で芸者に指図しましたが、芸者は笑って、

「女から貰うのは女房《おかみ》さんに義理が立たないって、あたしなんかからは、決して貰やしません。旦那の手からおやんなさい」

と言って、一銭銅貨を旦那の手に渡しました。旦那はこれを受取ると、犬にパンでも揶揄《からか》い投げるように「そうれ」と言って、空へ向って投げます。銭は抛物線を描いて二三間先の路面へ落ちました。

男乞食は急いでこれを拾おうと片手は女乞食と繋いだままに足を踏み出します。芸者から貰った一銭を首にかけた袋の中に大事そうに仕舞い込むのに気を取られていた女乞食は、咄嗟の勢で引き倒されました。女乞食は泥濘《でいねい》の上の横倒しから藻き上ろうと試みながらも立ち上るに

使えば便利な右手を男乞食と摑り合ったまま離しません。男乞食はまた、女乞食の異変にびっくりした表情は見せながら救け起す作略はなくただ「おうおう」言いながら、離してやれば楽な手を握り繋いでいます。歪み傾いた形の二人は、ぎこちなく不器用に暫らく縺れ合っていましたが、やがてどうやら元通りの道行きの形に立ち揃いました。恨めしそうに二人で身体の泥をこすりながら客と同じ平行の方角へ歩いて行きます。

「罪な冗談は、およしなさいよ。いくら乞食だって可哀そうじゃありませんか」

と芸者はたしなめました。客は、

「どうも、珍だったよ、今の形は――」

と大口開いて笑いました。けれども何となく気が済まないらしく、

「おい、御夫婦の災害見舞に、五十銭銀貨でも一つはずんで遣りな」

と芸者に命じました。芸者は一人の恵み手からは一日一回一銭しか受取らないきめしきの乞食である旨を客に説明します。

「そいつは不思議に感心だ」

客は少し心を動かしたようでした。

「したら、どうすりゃ、やっこさんたちを宥《なだ》めてやれるんだい」

と芸者に訊きます。芸者もこれにはちょっと当惑した様子でしたが、

「まあ、何とか、声でもかけておやんなすったら」

と智恵を宛がいました。そこで客は、道行きの姿に向って、

「おい、女房を可愛がってやんな」

と叫びました。男乞食は聞えたものか、こくりこくりと首で諾《うなず》きました。

「女房を可愛がるなんて、自分じゃ出来もしない芸の癖に」

と芸者は客を小突いて笑いました。「違いねえ」と客も苦笑しましたが、一件落着に及んだような元通りの顔になって、

「教わった唄は、それから何とかいったな――」

と思い出し〳〵唄い続けます。

「ぬしはたいそう髪が乱れてじゃ、つい撫でつけて上ぎょう、あれ羽織が片ゆきじゃ、ええ、え――え、ええ　ええ　え――え、え――ええ、どうすりゃ、こんなに可愛ゆかろ」

その唄う唄の声は何となくわざとらしく性が抜けていました。そして眼はときどき道行き姿の乞食の上に注がれます。

芸者は気敏く感付いたらしく、ちょっと旦那の肩をつき、

「意気地がないねえ、こちらは、あんなお手々繋ぎに気持を腐らせるなんて、あたしなざ、一々こちらのようじゃ、毎日の商売は出来ませんさ。あんなもの蜻蛉《とんぼ》のお繋《つな》がりだと思やあいいわ」

するると客は「それでも、ああいうのは根からわしの性に合わんね」と言い、それから付け元

気のように唄声を張り拡げました。

「おまはんたいそうお痩だね。やっぱりいつものお粥かえ、たまにゃ牛肉でもおあ――がり――なあ」

ふらふら引手茶屋へ送り込まれました。

生花の稽古帰りの娘です。「一銭頂戴な」と声も嗄れた女乞食に掌を出され、猿ん坊のような着附をした男女がちょこなんと手を繋いでいるのに顔から頸筋まで赧《あか》くしてテレながら、「いや――ねえ、さ、早く持ってらっしゃい」と、帯の間から蟇口を抜き出し、一銭銅貨を見付け出すと、急いで掌に落し込み、左右の手の傘と花とで駆ける身体の調子を取る間もなく乱れ腰でその場を逃れ去って行きます。けれども十間ほども離れると、今度は再び、そっと振り返ってみる娘の表情には秘密な魅惑を盗み視るような狡さを泛べております。いくらよごれていても緊密に結ばれた男女の形には、若い身空の肉情に疼《うず》き入る何物かがあるのでございましょう。

夫婦乞食がめいめいに一銭を墨守する規律に就てはいろいろの逸話があります。ある人が生物学者が生物の習性を調べるように試しに男乞食の掌の中に一銭銅貨を二個入れてやってみたそうです。すると男乞食は欲しくはあるし受け取り兼ねるという風で、ぶつぶつ言いながら女乞食の眼の前にも差出して二人でしばらく眺めていましたが、やがて残念そうにその人に押し返したそうです。そこでその人はこれを二つに分け二人の乞食の掌に落してやりますと、はじめて納得が行ったように二人はにやりと笑ったそうです。

食べものに就ても二人は仲好くしていました。一人が自分の貰い銭の中から何か買い求めて来ますと、半分は必ずベターハーフに分けます。けれども貪り食うのに逸《はや》って、ときどきは分ち与えるのを忘れることがあります。すると、呉れるとばかり思って眼をまじまじと待受けていた片方は遂に辛抱し兼ね、一方が食い進んでちょうど食物が半分になった時分それからは自分の分だと手から食ものを横取って食べるのでした。取り上げられた方は、そこで始めて気が付き是非もないという顔で見過ごします。

さて、夫婦乞食は雪の中を店先や行人から一銭ずつ貰い集めて、夕近い頃、さすがに寒さに堪え兼ねてか、ふだん馴染で彼等に目をかける壺焼芋屋の軒先に入り、火の熾《おき》を貰っていつものように暖《あたたま》ろうとしました。壺焼芋屋の隣はおでん屋です。縄暖簾を掻分けて一人の酔漢がよろめき出ながら、眼に当った夫婦乞食の女の方に向って揶揄いかけます。

「おめいみたいな貞女が女房になるなら、おいらも乞食になるぜ、なあ、おい、およごれの別嬪さん、様子のいいの」

このときの男乞食の周章《あわ》て方はありませんでした。矢庭《やにわ》に女乞食をしょぴいて一目散に遁げ出しました。そして酔漢が追い付けない距離まで遠のきますと、そこで男乞食は口惜しい声で仕返すのでした。

「奪れるものなら、奪ってみろ。わたいのおかみさんだい。莫迦、酔っぱらい。やーい、ざまあみろ」

男乞食は相手に聞えなくなる距離へ来ても相手が見えなくなっても尚、言い続けるのでした。それで、道行く人は自分に喰ってかかられているのかと妙な顔をして振り返ります。男乞食がこういきり立つ傍で女乞食はどうしているのかと見ますと、ただ普通に無表情で、牡鶏《おんどり》に護られるのが当然として蹴合いの傍でも余念なく餌を啄んでいる牝鶏のような澄ました態度を見せております。

わたくしも寒さに急き立てられ、夫婦乞食より一足先に郭を出て、藍染橋を渡り、棲家の地蔵堂へ帰りました。

牽かれるほどとは思わない眼の相手ではありますが、さりとて外所々々しくも見過せぬ乞食夫婦の存在でございます。わたくしは町への出入りに二人の姿を見かけると、知らず知らず和やかな眼ざしを差向け、少しの距離を置いて同じ方向に歩み進んで行くのでございました。

はじめはわたくしを渡り鳥の新参者と、ただ見下げる態度だけでいた女乞食が日を経るに従ってだんだん険悪な相を現して参りました。女乞食は痩せた両肩をぐいぐいと上げ下げし、唇を片頰へ釣り寄せて、わたくしを小莫迦にした表情を見せたのが最初でした。それからは、わたくしの姿を見るや必ず額越しに据えた眼でじーっとわたくしを睨みつけ、口角から牙のように、犬歯を露き出して見せるのです。彼女は遂々そうせずにはいられない彼女の意趣を次の言葉で表白しました。

「あっちへ行け。唖気狂い。あたいの旦那を狙うと承知しないよ」

拳を振上げて脅す真似をしたり、果ては石を拾って投げたりいたします。彼女は嫉妬しているのです。このとき、廃石のように感じられていた乞食女のこちこちした身体から優にやさしい体気がほのめくように感じます。わたくしは久し振りに匂い入りの湯にでも浸ったような寛《くつろ》ぎを覚え、鼻から息を吸って口からゆるやかにふ――っとそれを吐き出すのでした。土に匍ってばかりいて、しばらく人間から離れている身は、こんな粗野な理不尽な感情の発露からも情慾の暖味を吸収するほど人愛の餓で、感管《(ママ)》が敏感になっているのでございましょうか。わたくしは、ならば女乞食の背でも撫でて弁疏《べんそ》してやり度い気になります。しかしこんなことに係り合うのも疲れの因縁を呼ぶ種子と思い返したばかりでなく、人蛸《ひとだか》りもうるさいし、石が危なくて仕方ありません。結局わたくしは夫婦乞食には、出会わないよう心掛けるようになって参りました。

夫婦乞食は藍染橋の下に住み、郭は夜明けの午前十一時頃まで寝ていて、それからのこのこ起き出し、郭へ物乞いに出かけます。わたくしはそれを知っているものですから、寝ているうちなら仔細あるまいと、朝のうちに藍染橋の橋板の霜を板草履で踏んで渡るのでした。橋にはわたくしのあと先に車や人も渡ります。だのに、いつか女乞食はわたくしの足音を雑音の中から聞分けるようになり、橋詰の土手へ躍り出て、狂乱の態で石を投げるのでした。わたくしは自分では悉く乞食の足取りになったつもりでいるものの、やはりどこかに素人の足取りの調子が残っていて、乞食ともつかず素人ともつかない異様な板草履の音をば、カンのよい白痴の、まして輪をかけてカンの鋭い女乞食のうす眠りの耳に、三度に一度は容易く聴分けられるのでございましょう。わたくしはうるさくなって、もう一つ北の方に在る土橋へ廻って町へ通うようになりました。

土橋近くの川の流れに木材の筏《いかだ》を浸し、軒先にも木材や竹材を立てかけた小さな店構えの材木店があります。わたくしは土橋を渡ってその店の前を行き過ぎようとすると、橋詰からは斜に当る材木店の勝手口から顔を出して川を眺めていたご新造さんが「ちょいとちょいと」と手招きして呼んで呉れました。わたくしは、

「あーあー」

と言って呼ばれて行きます。

ご新造さんは一たん引込んでまた出て来た手には宴会の折詰のまだ紐で縛ったままのを持っていました。鯛の尻尾が蓋の外にぴんと跳ね出しています。

「こんなもの、たまにあたしの鼻薬に持って帰って、宛がうなんて、うちの人もあんまりすることが見え過ぎているじゃないかねえ――」

ご新造さんは溜息をつきます。

「と言ったっておまえさんにゃ聞えも判りもしやしないだろうけれど――さあ、これをおまえさんにあげますよ。持ってってお食べよ」

わたくしは、その折を受け取って、栗のきんとんがどっしり入っているらしい折の重味が掌に堪えますと、われ知らず不覚にもにーっと熱いものが胸に滲み出ます。歿くなったわたくしの父が宴会へ行った帰りには無愛想な顔をしながらもきんとんの折を忘れずにわたくしに持って来て呉れたのをつい思い出しましたので。

わたくしは、気持を紛らすため、また啞言葉を吐きます。

「あーあー」

ご新造さんは、自分のためやら、わたくしのためやら判らない溜息を再び深くついたのみか、袖口で眼がしらをちょっと押えさえしまして、

「こうやって傍でみると、まだお前さん、娘のようだね。眼鼻立ちだって、万更《(ママ)》、不揃いでもないのに、どうして、こんな不仕合せな片輪者に生れついたのかねえ――と言ったところで聞えもしまいが」

「あーあー」

「酷《むご》いことを言うようだが、あたしゃおまえさんを見かけてから、これで、いくらか世の中が諦め易くなったのだよ。世の中にはこれほど不仕合せに運《めぐ》り合せた女の子もいるのだ。そう思えばあたしなんかまだまだ贅沢な慾を出してる部かも知れないとね。——どうもじれったいね、おまえさん全く判らないのかよ」

「あーあー」

もう、ご新造さんは話すのを諦めたらしく布施《ふせ》ものの追加に鼻紙を一帖持って来て、「女は紙を断やしたら不自由だから」とわたくしの萎《しな》びた袖へ入れて呉れました。それから今度は、手つきの会話で、かしげた首に手枕をして臥し眠る形をしたのは、今日の夜が来たその意味。瞑った眼をぱっちり開けて顔を洗う真似をしてみせるのは一夜あけて明日の朝が来たその意味。それから現在わたくしが立っている台所口の土を指して、

「また、ここへお出で、よね。いいかい、判ったかい」

わたくしは諒承した旨《むね》を覚らせるべく笑顔を作って「あー　あー」と言いました。

わたくしは地蔵堂へ帰り、折詰を開けて見ると、栗と思ったのは隠元豆のきんとんだったのでやや拍子外れしましたが田舎の料理屋のものならさもそうずと諾いてそれを食べながら、自分が前身の五感具足な娘のままを世にさらしてるときは思わぬ曲った影響を人々に与え、こうして不具者の唖を真似していると材木屋のご新造さんのように人は却ってそれを慰めに息づいている不思議な現象を、ただ妙なことだと思いながら、一夜を明しまして、翌日同じ時刻に材

木店の勝手口に立ちました。

するとご新造さんは待受けてたように勝手の障子を開けて、

「おうおうよく忘れずにね」と言って、わたくしを敷居に腰かけさせ、待たしている間に台所で握飯を握り、野菜の煮ものと一緒に竹の皮に包んで呉れました。

ご新造さんはきょうは何にも言わないで、これだけの恵みでわたくしを悦ばせて帰そうと思っていたらしいのですが、わたくしが感謝の気持を現すために例の唖言葉の、

「あー　あー」

を言ってお叩頭《じぎ》をしますと、もう堪らなくなったらしく、

「もうもうそんなにお礼を言わなくてもいいのだよ。あたしこそおまえさんに諦めを教えて貰ってるんだから――」と愍《あわれ》みに堪えないように言いました。

「けど、諦めと言っても、やっぱり諦めというものは無理慥《（ママ）》えのところがあるね」

ご新造は感慨深く溜息をしたのち、わたくしに明日の日をまた約束して呉れました。

翌日行くと、食ものの外に、

「いよいよ冬だよ。おまえさんもその服装では」

といって、久留米の紺絣を持出してわたくしに呉れました。

「姉の遺身《かたみ》のものだがね。あたしより何だかおまえさんに着て貰った方が――」

と言いました。

わたくしは地蔵堂へ帰り、その紺絣の着物を拡げてみながら考えるともなく考えます。あの女がわたくしを不運の手本にして諦めようとしながら、なかなか諦め切れない彼女の不幸というのはどういうことであろうか。相当な不幸に違いない。わたくしも諸行無常に疲れて、回避の半年ほども謎に住するうち、おかしなことに諸行無常が少しは恋しくなって来ました。胃酸過多の人間も老境に入ると自然と胃液の分泌が減るにつれ進んで酢の気を好もしくなると言います。わたくしは老いたとは思わず、まだ愁いには毒とは知りつつ、その酢の気に慕い寄る気持が出て来ました。

その夜は木枯しの風が野を吹き晒して寒月が高く天に照り凍っておりました。たんとはいけない。ひと雫、ふた雫ほどの諸行無常は現在やや乾き気味になった心の謎の境涯を持ち続けるためにも湿し薬になるかも知れない。わたくしは、材木店のご新造の身の上の不幸な事情をいくらかでも窺い知りたくて土橋の方へ向いました。

伝馬船なら漸く二艘だけすり違えられる枝川であります。川は冬涸れて、ところどころに蘆荻を腐らした泥洲の影を刀身の錆に見せながら、残りの水は月光そのままの色を射返して、田畑の中をほとんど一本筋に南から北へ貫いております。もとこの枝川は染物を晒したばかりでなく北に当る東京から南の多那川への曳船の河筋にも使ったので、両側の堤は、平に踏み慣らされ、満潮にやっと溢れを防ぐだけの高さで川に沿うております。それゆえ、川に架け渡した小橋は洪水のときを慮《おもんばか》って橋礎から別誂えに高く築いたその上にも水の届かないよう高く聳えさして架け渡してあるので、そこだけ海亀の背でも蟠っているかのように平野の景色の中に眼立ちます。橋には、多那川から水を引いて来る川上に当って夫婦乞食の住む藍染橋が一つ。それよりは川下に当る材木店前の土橋が一つ。あとは用の都度架けたり外したりする板橋だけに眼に止まりません。

極月の月光は曖昧の朧気《おぼろげ》を潔癖性のように排斥《はいせき》するので、天地は真空ほどにも浄まっています。けれどもこの辺の田野の名物である榛《はん》の木立が畦道《あぜみち》の碁盤目や綾菱形の上に立ち並び、その梢には乾びた実が房になって懸かり、吹きすさぶ夜風に絶えず鳴るのでその音からしてだけでも、微塵《みじん》の玉屑が空に立ち昇るように感じられるそのためにか月下の世界は白檀の燻気ほどにはほのかな色に染められているように思われます。

まわりを見廻しますと、木枯の中に誰一人いず、地平線を取巻いて多那川の遠堤から榛の木の影の海の中に村落のやや黝んだのが混ってぐるりと見渡せます。北の方の空にだけ都会の灯のオーロラが眺められます。この夜景の中に藍染橋と土橋の袂《たもと》へ二口の片側町の口がつき、それが町中へ入るに従ってだんだん家数の影は濃くなり、町家の群から抽《ぬき》んでて聳え立つ西隅の遊郭は煌々した灯を鏤《ちりば》めて怪物の棲む城のようです。

わたくしは眺めのおもしろさに暫くあたりを徘徊したのち、どうやら土橋に近づきました。材木店の勝手口や窓の灯も真近かに見えた途端に、わたくしは身を橋の勾配の蔭に伏せました。橋の向うの袂の堤の上に女一人の姿を見当てましたので。

堤の道は中天に差しかかった月の光りを受けて、砥石の面のように滑かに照り返しております。細身の若い女は殆ど足音もなくその面の上を行きつ戻りつしております。片手に抱えている女の衣裳らしいものをときどき月に翳しては見あらため、くしゃくしゃと揉み畳んで元のように手に抱え、また首を垂れて同じ路面を行きつ戻りついたします。歩調のせいでしょうか、それとも浴びる光の加減でしょうか、その身体の揺らぐ度に女の影は一重に見えたり二重に見えたりします。一重のときは単弁の花が咲いているように寂しく便り無く、二重になるときは重弁の花が弁の形ちを少しずつずらして咲いているように乱れごころを誘います。

そう見えるのは立ちかけて来た河霧のためでしょうか、風も止み加減になり、気温も急に暖かくなりました。わたくしは見咎《みとが》められまいと橋の勾配の蔭に身を伏せたときから、女は材木店のご新造とは承知しましたが、女に何か嘆きの美しい姿があるままに、材木店のご新造さんとして眺めるより月下の嘆きの女としてもう暫らく眺めたく、そこですぐには現れ出ないで、窈眇《ようびょう》とした夜気の中にその姿を覗いていました。考えて見れば美しさというものにも、製菓会社のビスケット包装室で働いた時以来しばらくお訣れでした。

月光に弄《もてあそ》ばれ河霧に揺られて細身の若い女の身体は、白紗を敷いたような堤の上を行きつ戻りついたします。影を一重にしたり、二重ににじませたりして。その姿の幽婉な揺れ方は、白燃の火焔《ほのお》だけを薪から離して水の上に放ったようでもございます。

ゆらめきの中からすすり泣きの声が聞こえて来ました。女はときどき立止って衣裳を拡げて見ます。月光に大柄な模様がきらめきます。

わたくしは時分はよしと思って伸び上り、「あー　あー」と言いました。

ご新造はびっくりしたようですが、すぐわたくしと認めて、ちょっとわが家の障子の灯を見返り、それから、なつかしそうにわたくしの方へ歩いて来ました。

風はすっかり止み、あたりには靄が立ち籠めてしまって、遊郭の灯りなどは海を距てた山上の竜灯のように潤んでいます。二人は材木店からは見透かされない橋の蔭の堤の道へ下り、その捨石に腰かけて肩を並べました。ご新造さんはまず、

「おまえさん、寒くはないのかい」

と、そういって、わたくしの着物を撫で、襟を捻ってきょう日中与えられた紺絣を下にわたくしがちゃんと着込んでるのを見て、

「そうそうお利巧〳〵」

とほほ笑みました。

わたくしは、手付仕方でご新造さんが堤上を行きつ戻りつしたそのわけ、衣裳を拡げて検めたり、すすり泣きをしたわけを訊ねました。

「あー　あー」

するとご新造は苦笑して、張合のない手を振りましたが、わたくしが更にねつく訊ね進むのに動かされ、

「おまえさん、耳の方はいくらか通じるのかい。――よし聞えないにしろ、お互いに女同志のことだから、親身の話なら何かしら通じないこともあるまい。とにかく話してみるから」

と言って、啞のつもりでいるわたくしに向って次のように語りました。

一年ほど前、この材木店の先妻は歿くなりました。歿くなった先妻はご新造の姉でありました。主人とご新造さんの姉とは永らく恋仲であった後結婚したのでした。ご新造さんの姉はこの主人と結婚後三年足らずの月日を過した一年ほど前、肺病で歿くなったのでした。そのとき姉は妹に遺言して、自分のあとに直って主人の妻となり、添い果てなかった自分のあとを代って添い遂げて貰いたいと望んだのでした。折角の旦那を赤の他人の女に添わせるよりはと。ご新造さんは姉の遺言通り主人と結婚しました。妹は主人を憎からず思っております。妹は心が冷静なときは自分に強いて冷たくするわけでもないと判っているのでした。しかし何かのひょうしで主人が歿き姉のおもい出から脱けてないと知った場合は嫉妬と落胆とで心は散々に搔き乱されるのでした。

「主人は頼むんだよ、自分もおまえの姉の思い出を捨てるから、おまえも自分というものを捨てて、すっかり姉の気持になり代って呉れ」

歿き人の思い出を捨てるのも骨が折れるだろうが、自分を捨てて姉の気持になり代ることは一層むずかしい骨折りだとご新造は言います。ご新造さんは姉の霊に祈るようになりました。

どうか自分を姉さんそっくりのものにして呉れと。また妹は姉の気質から身振り言葉つきまで真似ようと務めました。その甲斐があって主人はときどき自分の上に姉の面影を見るようになったと言います。そこで自分は一たん歓びます。だが、それが女として何の手柄になることでしょう。自分の心の手堪えになることでしょう。主人の愛は矢張り姉に対する愛で、妹の自分に対するのではないではありませんか。さればと言って、妹は自分の力だけで主人の愛を自分に向けて新らしく催し出さす見込はありません。

妹の心は乱れながら、その乱れを主人に隠しています。主人はこの頃はかなり妹に対して姉に向っていたと同じ気持になれて来たと言って、姉の遺身として大事に取って置いた持ちものをぽつぽつ妹に取り出して譲って呉れるようになりました。妹は、表面はとにかく、内実の乱れ心に於て、どうして姉の着物を肌身につけることが出来ましょうか。「おまえさんにやった紺絣もそういう意味からやったのだった」と、ご新造さんは言いました。

今夜はまたますます姉に肖《に》て来たと主人に褒められて妹のご新造はこの姉の晴着の遺身を貰ったのでした。

「しかし、この晴着もおまえさんにあげます。あたしゃ、主人がそうなって来るほど自分というものはどこかへ追い寄せられる口惜い切なさは、どうしていいか判らなくなるんだよ」

わたくしは、この悩みの女に向って、こういう一言を思い付きました。

「自分が姉になるのが嫌いだったら、姉をこそ、自分に生れ更《かわ》らしたら、どう」

だがわたくしは遂に唖を護り通しました。今のところそんな小癪な言葉は、たとえ思いつけても、口から出ません。ただ俯向いていますとご新造はわたくしの手を取って言いました。

「あら、おまえさん泣いているのね。物狂も思う筋目のありと申すてことが謡の文句にあるが、――それでは、ちっとわたしの言ったこともおまえさんの胸に響いたのかえ」

もしわたくしがここで「あー　あー」と返事してしまえば、物事は応《う》け答えに纏ってご新造さんの気は済みもしましょうが、わたくしの求める諸行無常にはなりません。わたくしは心を鬼にして「ううん」と言いました。

これを聴き「やれやれ是非もない」とご新造さんの果敢なく力を落した姿かたちは美しくありました。それが如何にわたくしの乾いた謎のこころに潤い深く浸み込んだことでしょう。わたくしは無感覚を装うて、ふらりと立去りました。美しい不如意の恨を尚も二人の女の間にこの末永く残そうために――

人のなさけはあだにはなりません。わたくしは慣れぬ土の上の生活に、この程から、とかく足腰に神経痛が起って、この先き、寒さの増す厳冬が思いやられたのでしたが、乞食衣の下に着た材木店のご新造の呉れた紺絣晴着のかさね着は、内緒の親切のように、倍にもあたたかくわたくしから湿寒を防いで呉れ、たとえ何かの具合で痛み出すにしても、その局部だけが熱いぐらいの程度で納って呉れます。わたくしはこの恩をしも唖で済ますのは忍びなくて、地蔵堂のまわりの野地を探し、寂しいけれども冬でも白い漏斗形の花をつけている苗代茱萸《なわしろぐみ》の枝をひと束ほどに折り集め、材木店の勝手口にそっと置いて来ました。花が代りに礼をいって呉れることでしょう。わたくしはその足で町の方へ廻りました。久し振りに遊郭へも入ってみようと町の表通りから溝の橋にかかりました。そこで生憎《あいにく》と出会ったのが夫婦乞食でした。わたくしを見るや女乞食は早速、子供のやる、いーをしました。

「お洒落しゃれても惚れ手がないよ。なんだい、いい着物を貰って着て、おいらの旦那を惚れかそうなんて、——てめえは、いろ気狂いだぞ」

彼女のしどろもどろの悪罵《あくば》の言葉の中からも、わたくしが汚い着物の下に美衣を着覆《ちゃくふく》しているのをこの女は嗅ぎ付け、それによって嫉妬の火《ほ》むらを一層高めているのを知りました。わたくしは夫婦乞食から距離を離れて遊郭の中へ廻り入ろうとしますと、女乞食は珍しく男乞食の手を離してわたくしに飛びかかって来ました。

「いい着物よこせ」

わたくしの伊達巻へ手をかけて、ずるずる引きほどしました。馬鹿力です。

わたくしもあまりの執拗さについ、

「よしてよ」

と怒鳴ってしまい、これは、失敗ったと思いましたが既に取り返しがつきません。ええ、ままよと思いますと、すぐその思いの下から、ままよ三度笠横ちょに冠り破れかぶれの三度笠という小唄が口誦《くちずさ》まれて来ます乞食の気散じな身の上。わたくしはそのまま女乞食の腕を逆に捩じ上げ、橋の上に打ち倒して置いて急いで郭の中へ駆け込みました。騒ぎの中の事ですからよくは判りませんが、女乞食はわアわア泣いていたようですし、男乞食はわたくしが口を利いたのに呆れ、びっくりした顔でわたくしの逃げる姿を見送っていたようです。

その翌日、わたくしは贋唖《にせおし》がばれてしまう懸念の方はとにかくとして、女乞食に腕立てしてしまったことがにちゃにちゃ心に粘って鬱陶しく、貰いに出る気にもなりません。地蔵堂の軒下でひたすら心持を謎にうち消す工夫をしております。

すると、冬田の畦道を女乞食がひとり来ます。ふだんからいびつな足取りが今日はときどき宙に泼われて顔を真っ赭にしているところを見ると酒に酔っているらしいです。わたくしは「おや」と思います。

女乞食はわたくしが地蔵堂の縁にいるのを見定めると、食ってかかるようにしてわたくしの手前一間ほどまで詰め寄りましたが、昨日わたくしの手並に懲《こ》りてかそこで止まって、そこから異様な所作をいたします。

襲われたように劇しい足踏みをしたのち唾を吐いて大きく足を踏張り、胴体を気取って反り返らせると、顔の皮を唇で引きつめて人を莫迦にする骸骨のような顔付きをして見せます。そうかと思うと、急にわめいて霜の土の上へ蟻につかれた芋虫のようにごろんごろんと転げ廻ります。また立ち上り何やら判らぬ叫声を挙げて両手で自分の頭を打ったり髪の毛をむしり散らしたり、いよいよ所作を激しくして胸をはだけて萎《しな》びた乳房を邪魔なように両手の爪でばら掻きに掻きさばきます。今度は裾を捲って両足を交る交る蹴り上げ、くるりと廻って腰を二三遍振ると、隠すべき部分までわたくしに剝き出して見せようとします。

わたくしは、それをただ昨日の意趣《いしゅ》返しとばかり思ってひたすら無関心の工夫をしていますと、彼女はしまいに、

「へん、どうせ、あたいは、てめえには適わねえよう」

と泣きながら言った一言で、わたくしはこの白痴も女であることを感じました。

白痴の女乞食は白痴なるがゆえに嘗て一度も、他の女から女の腕にかけては仕負されたという憾《うら》みは持たなかったのでしょう。あってもすぐ忘れるのでしょう。それを昨日わたくしによって敗北させられた。而かも腕力沙汰にまでして思い知らしめられたのでした。女が女として最も恃《たの》むべきものを敗られ自信を失うときどうなりましょうか。あらゆる自嘲自罵をわが身に加えみずから責め虐むことの力の上に移り立つことに於てのみ自分を保つ道しかありません。女が心から「どうせ、あたしゃあ――」と言うときは、もはや他からの如何なる力も抗し難い。そして自分に対して残虐極まりない自分の逞ましさの上に恃みを見出して来るときであります。

わたくしは安宅先生が指摘したように水の性とみえて、未だ嘗て、まともに他の女と闘った覚えはありませんでした。闘うべくばなよなよと相手のまわりを蘆手絵《あしでえ》の模様に流れ周って、末遂げて来ました。どこかに狡いいのちがあるのでしょう。しかし若しまことに闘い、そして

最後のものが敗れるとしたら、恐らくこの眼の前に見る女乞食の仕方に於てにだけわれを保ちわれを慰めるにきまっています。いま眼前に見る女乞食の醜い狂いざまは、他人事とは思えなくなりました。

わたくしは、

「後生だから、その真似よしてね、その代りこれ上げるから」

と、材木屋のご新造の呉れた着物二枚を脱いで女乞食に投げ与えました。

したが女乞食は、

「いらねえよ」

と、さも憎々しげに言って、それからしばらくして、しくしく泣きながら去って行きます。いよいよこの白痴にも最後までも同性に負け度くない女の性の残存するのを感ずるとわたくしは妙に膚寒くなりました。

天地の謎の環に番《つが》い合わそうと努めている自分の謎の心もいまや危く嵌《は》め外しそうになります。

女乞食は町うちから郭へかけてわたくしを贋啞と懸命に触れ廻っているらしく、わたくしを見返る人々の眼付にも詰る角《つの》の光が目立って感じられるようになりました。その癖、出会えば

女乞食は今は全く態度を革《あらた》めて、わたくしに阿《おも》ねるような媚びるような、また煽《おだ》て上げるような所作をして、

「お嬢さまや、まあ、何というお可愛らしい方なの」

と覚束なくもせいぜい親しさを出してわたくしの手を取り上げようといたします。その気持の悪さ。負けたとなったら、今度はもろになぞえに凭れ込んで、内側から小股を掬い倒すつもりでもございましょうか。見え透かれるその蛇の性や狐の性は、もはや白痴とも気狂いとも思えないかなり一人前の女であります。それが、ただ幼稚に浅墓に演出されるだけでございましょう。

このところ暫らく謎に住し、殆ど自分なるものを留守にして生きて来ているつもりのわたくしには、女乞食のする性根が空家へ賊の入ったように、のこのことわたくしの中に入り込み、わたくしの中なる蛇の性、狐の性に慣れ合うと見え、その所作をしているのは女乞食でありされているのはわたくしと判っていても、その所作が幼稚は幼稚ながら、浅墓は浅墓ながらに、ときどき女らしさの壺に嵌《はま》るときは、ふとわたくしは女乞食諸共に一体となり、ただ、女臭いことを仕済ましているいしくも巧んでしているという感じだけが頻りに宙に味われて来て、女なるものに対する極度な愍《あわ》れみと厭わしさと面白さは、もちゃもちゃと頭の中で絡み合い杵搗《きねつ》かれ、痛痒《かゆ》いとも、哀れになつかしいとも何とも言いようのない妙な感じに捉われるのでした。

酒呑みのわたくしの父は、酒の肴に佐賀の名産のガン漬けというのをよく取り寄せて食べて

いました。有明の海の泥に匍う小蟹を生けるまま臼で搗《つ》き潰し、強い塩とたくさんの唐辛子を加えて馴れさす一種の塩辛です。わたくしは老女中のお島からその作り方を聞き、何という残忍な料理法だろう。またその一箸を嘗めさせられてみて、何という切なくまずい味だろうと吐出したことがあります。だが、ほんとの味はうまいのだと島は言いました。いま、ふとそれを思い起し、わたくしの脳味噌がこれ等の感情の杵搗き合いで、ガン漬けになり、それを自分の心が味い〆《し》めているように思えてなりません。

食品のガン漬を指して島は、この味を一たん知ったら、おとうさまのように口から離されなくなるのですよと言いました。いま、わたくしは自分の胸の中のガン漬の味を知り出して来そうなので、これが癖になったら胸の想いから離されなくなるのではないかと危うい気がいたします。わたくしはそれを控えるためには女乞食から手を没義道《もぎどう》に振り離して逃れ去るの一手でした。

女乞食がやけ酒をのみ独りで酔っぱらって町中をおめき歩くのもしばしば見受けるようになりました。そういうときわたくしを見かける場合には、いつか地蔵堂へ襲って来てわたくしの眼の前で演じたと同様な破れかぶれの捨鉢な所作を繰返します。わたくしは顔をそむけながらも蔑すみ果てるわけには参りませんでした。

冬は余寒に極まって梅咲く春に向いました。殷々《いんいん》と響く初午の太鼓。かなたに多那川の堤を焼く煙。野地の籔鶯《やぶうぐいす》。畑に麦踏む頰冠りの人。藍染橋を渡る野良猫と町の猫との恋。

水がぬるんで来て、枝川にのっ込みの鮒を釣ろうと竿さきを立てて動き歩く釣人の影が見えます。彼岸ざくら、鳧鐘《ふしょう》を頸に六阿弥陀詣りの善男善女。燕が風切羽と尾羽とを打ち交わす度に白い腹が翻《ひるがえ》ります。

桜、野地に角組《つのぐ》む萩、泥洲に蘆の角。すみれ、野蒜《のびる》摘み。野菜畑に茫々と花茎が立ち、藤、牡丹のはつ夏。

贋唖と知られて一時、町や郭の人々の眼はわたくしに対して詰《なじ》る色が角立ちましたものの、乞食仲間は案外平気です。そんな術《て》で貰いものが多いのなら、まあ、やってみるがいいのさという顔をしています。しかし、町の乞食の親分が村方へも縄張りを拡げるのだといって、その乾分という男が毎日古自転車に乗って見廻りに来るようになりました。

その男は、

「おい、貰いを見せな」

と手軽に言って、わたくしが差出す袋の中の金を掌の中へうち撒いて、その中からいくらかの粒を拾い、すでにじゃらじゃら鳴っている腹掛の丼に納めると、

「せいぜい稼ぎな」

と言って、また古自転車に乗って忙しそうに馳せ去って行きます。自転車に乗ってビジネス

ライクに見えるところがお可笑くあります。眼が窪んで、尖り鼻が鳶のように見える男ですが、ただせかせかとしているだけで猛悪なところはありません。始終額に汗を光らしていて、乾分として年貢集めを勤めるのを精一ぱいにしている若者です。

この男がわたくしに馴染がついて来ますと、いくらかゆっくりして、他の乞食のことを話して呉れた中に、案外乞食が貯蓄家であることから、

「夫婦乞食のかみさんの方が昨日死んだよ。臍繰りに二百円近くの金を溜めていた。それでも近頃は酒飲になってだいぶ溜めた金を使い崩したということだが」

と話しました。さてはあの女乞食も死んだのか。わたくしは何となく呆気ない思がして、

「可哀そうねえ。で、ご亭主の方はどうしているの」

「あいつは全くの白痴だ。かみさんの死骸に向って、おい起きねえかよ、起きねえかよというだけよ」

その日の夕べ、西の方に夕焼雲が赤くさして、郭の塔々は金字に輝き、枝川の水も空の色を映して臙脂《えんじ》の色に流れています。藍染橋の袂から白包の棺桶が担ぎ出されて堤の上を南へ川に沿って行きます。担いでいるのは年貢を取りに来る乾分の男ともう一人屈強な乞食です。その後について親分らしい男と巡査一人です。後れがちなのを親分に叱られながら、亭主の男乞食がときどきぴょんと弾上る腰付や威張ったように細脛を踏み出す例の歩き方を、しくりかえし、とくりかえしてついて行きます。

東京へ売出すのを目的に栽培された草花の畑には今、芍薬《しやくやく》やら擬宝珠やら罌粟《けし》、矢車草などの花が咲き敷き、それに夕陽栄えがさして五色の雲のようです。その中を行く女乞食の葬列は寂しいようでもあり、華かなようでもあります。女乞食はいま、楽しく送られているでしょう。わたくしは貰い米を選り分ける中に見付けた赤ちゃけ背中の穀象虫《こくぞう》を掌の中に餇わしながら、わたくしも、もう何処かへ移ってもいい頃だと考えています。

郭の見納めに郭の中へ入って見ました。男乞食は娘人形を負うて、ひとりで貰い歩いていました。また誰か、作者好きである人間の一人が、後添えの代りだといってあれを男乞食に負わせたのでしょう。人が訊いたら「わたいの今度のおかみさんだい」と答えるセリフまでこの白痴に教えて。

だがわたくしはそこまで細工した人生を見たくありません。偶然目に止った諸行無常のひょうきんな一つの姿とだけみて流れて行きましょう。わたくしのこころは最早や謎を謎として今更勿体《もつたい》振ったり幽玄振ったりすることすら無駄な足掻きに感ぜられています。スフィンクスの謎、モナ・リザの謎、共にまだまだ持って廻った臭味があります。ただ子供の口ずさみにいう。

「謎々、なあに、照る日にからかさ」

この文句の句調から出る無邪気とも単的ともいいようのない謎々の謎なるものが自分が将来生みもしようこどもほどにもいじらしく可愛らしく感じられて来ました。

わたくしの中でわたくしはいよいよ空しくなり、それだけ余計に環境の風物は、自然の持つ持味だけで眼前に浮上って来るようです。季節と水の流れはわたくしを笹舟のように川下の夏へ移して今度はわたくしは多那川べりの鷺町の女乞食になりました。

川の中に人が立っています。麦藁帽子を冠って着物の裾は水に垂らしたままです。水は夏の夕映の空をうつして灼《や》けた緑色に展びています。風が吹くと川の中に立つ人の袂がはためきます。すると立つ人の無雑作な姿は煙りっぽい影と共に水の表面を歩いて行くようにも見えます。

橋の欄干から子供が三四人覗いていました。

「文公――、バカ――」

「そんなに河のまん中へ出ちゃ、洲から外れて深いところへ落っこっちゃうぞ」

川の中の人は欄干の方を振り向いて、愛想らしく麦藁帽子を冠った首を上下に揺り、また、前へ向き直るとゆさりゆさり裾を水にひき拡げながら一間ほど進み出ました。素早く右手が水を撃つ。摑んだ手に閃めくものを懐へ入れます。魚を捉えたのであります。再び凝然として水中に立っています。

きょうの大潮を目ざして町外れの漁師たちはこの大洲のまわりへ立て網を張りました。昼の三時頃には洲の水は浅くなって足の踝《くるぶし》ほどになりました。漁師たちは手網や手摑みで四斗樽《だる》に一ぱい半ほどの魚を漁り、網を外ずして去りました。しかしそのあとでも藻の中の泥土にまみれて漁師の眼から逃れた魚が上げ潮に誘われて半死半生のからだを浮き上らせないことはありません。橋の下の乞食の文吉は、このことをよく知っていました。彼の懐には口をあえいでいる鮒やうぐいがもう六七匹も入っています。懐の魚の跳ねる響を肉体に感ずると彼は腹を引込め、眠いような眼つきで薄笑いをしました。

文吉は魚を狙いつつ、あんなところまでも洲があるかと思う辺まで河心へ乗出しています。そこはもう対岸に近く、葭《よし》のまばらな岸の根に食込んで、土手の投影の中に河の本流が上げ潮の早い流勢を見せています。

橋の欄干に大人の影も混って人の数が増しました。子供は怒鳴りくたびれて声を嗄《か》らしています。

「どうだろう。文公は泳ぎを知ってるか知らん」

「なに、トックリさ」

「あすこで一つ滑ったら土左衛門だぜ」

「もっとも、あいつは土左衛門には前に一度なりかかったことがある。試験済みだ」

大人も子供も混ってどっと声を立てて笑いました。

「土左衛門じゃない。心中の仕損こないよ」

「心中じゃない。救けに入って自分もぶくぶくになったのよ」

網シャツに白ズボンを穿いた年配の男がバットの灰を欄干にはたきながら言いました。

「面白そうに言うな。どっちにしても、また手数のかかるのはおいらだ」

それは町会の小使の金さんでした。また、どっと笑声が起ります。

橋の上は今東京から鷺町附近の村へ帰って行く人や車でやや往来が激しくなりました。河はとっぷり暮れて一面に青錆びた水光を湛えています。その中に姿を滲じませてまだ魚を狙っている文吉の姿は古杭《ふるくい》のようにしか見えなくなりました。

氷の塊を手に提げて自転車に乗ったまま欄干に凭れて見ていた青年が言いました。

「これ子供たち、誰か貸船屋のお秀のところへ行って、そう言ってやれ、文公が川へ入ってるって」

「うん、そう言ってやろ」

子供が二三人駈け出しました。氷屋の青年は、そのままはやり歌を口笛で吹きながら対岸の方へ自転車を走り出さしました。これをきっかけに人蛸りの大部分は去って行きます。あとに残っている小数の大人と子供は、みな鷺町の者で、貸船屋のお秀が不断乞食の文吉の面倒を見ている娘だということも知っているし、その娘が文吉の無茶な行為を見るとどんなに怒るだろうかも知っています。それでまだ欄干に凭れて興味を湧かして待っています。

子供の声が河づらに響いて、子供を乗せた船が橋の下から娘に櫓を漕がれて滑り出して来ました。船は薄闇の水に腰から上だけ浮かした文吉に近寄ると、子供も手伝って文吉は無理やり船へ引き上げられました。鋭い女の声と同時に乞食がうたれている姿が朧《おぼろ》に見えます。船で子供の笑声が聞えます。声を合わすように橋の欄干の子供も笑いました。

左岸の橋詰に一かたまり屯《たむろ》している鷺町の屋根の上に高く抽《ぬき》ん出て、この辺での名刹清光寺の本堂の屋根が聳えています。それから少し川とは反対側に傾いて箒《ほうき》のような木が空に突出しています。一本で森のように見えます。地響きするような夕の寺の太鼓が鳴ると、空中の箒のような木の中から無数の鳥の影が周囲に撒き散らされ、ミシンの糸の端屑のような細く短い声を吐いて姿を入り混らせていましたが、太鼓が止むとすぐ又元の様に中空の箒の中に吸い込まれて行きます。

このとき子供はもう橋の上にはいなくなって、荷車の提灯のぼんやりした灯と、自転車の南京玉ほどの灯と、たまにトラックの扇形に開いた灯影が闇の中を互い違いに過ぎて行くだけになりました。

やがて橋の上流がぱっと明るくなって河容の一部は硝子絵のように滑っこく照し出されて来ました。わたくしが多那川について南へ下り鷺町の川べりの女乞食になってから二月ほど後の見聞です。

桟橋にアセチレンの照明器を灯し、またその近くに僅かばかりの炭火を貸船用の莨《たばこ》の火鉢に熾《おこ》して、お秀は文吉の着物の裾を着たままで乾してやっています。河の中では猫背の老人のように見えた乞食も、ここでは童顔をとどめている若者として立ちはだかっています。襤褸《ぼろ》にはなっているが兎に角、麻の着物であります。お秀が簡単服の前にかけたエプロンの端で額の汗を拭き拭き乞食の着物の裾を火の上へかざしてやっているうち、着物はどうやらごわごわに乾きかかって来ました。乞食は一方の手で懐の魚を押さえ、一方の手で腰を押さえて、お秀が火に当てる都合で裾をずっと捲くり上げかかると「あ」と言って掌で押えて撫で下げます。お秀はいまいましがって、

「なにをそんなにきまり悪がるのさ。乞食になってもまだ見栄や外聞を構っているのかい」

お秀は、綻《ほころ》びたように笑い、裾をぐいと捲り上げてやります。すると文吉はそれを急いで掌で伸し下ろします。捲くった刹那に真新しい下穿きの藍白のスコッチ縞がちらとお秀の眼に入ります。

文吉は乞食にしては奇妙なところがあって、表面のものは兎も角も、直接肌につけるものは綺麗に洗濯したものでないと着ません。食べものも菓子以外は自分で煮炊きをしたものでなければ口にしません。町の医者は「それは潔癖症といって一種の精神病患者です」というが、病的というほどの痙攣《ひきつ》って棘々《とげとげ》した感じのものは持っていません。ただ均《なら》しに低能の中に、この癖が底根のように横わっています。だから時には贅沢に見えることもあって、町の人で剰りものをやって受け取らないときなぞは「生意気な乞食だ。これでも食え」といって水をかけたりするものもありました。お秀はいつの頃からかこの乞食の面倒をみだして迷惑をさせられることが多く、時には憎みも覚えますがこの癖だけにはいじらしいものを感じています。桑の葉以

外には食べない虫に他の草を持って行って宛てがっても見向きもせずに痩せ細って行く。本能の倨傲《きょごう》。それに似た癖であります。

お秀は、文吉の帯の結び目をちょっと直してやって、

「さあ、すっかり乾いた。お邸へ引取りなさい。蚊がひどいから、うちへ寄っておっかさんに蚊遣線香を貰って行くのよ」

文吉の帯の結び目をぽんと一つ叩いてやります。このときお秀にちらりと女らしい気持が湧きます。二十八の齢にまでなって夫もなく子供もない独身の身が顧みられました。乞食によってこんな気持が運び出されたことにお秀はひどく憤りを感じます。懐の魚を両手でしっかと押え、警戒するような横着そうな眼つきでお秀の顔を見ながらお秀の側を廻り過ぎて行く文吉を、お秀は誰も乞食の魚を取り上げようともしはしないのに、いつになったら相手の気持が判るだろう、そこが莫迦なところなのだなと、少しおかしくなりながら、知らん顔をして、もう彼も行ってしまっただろうと思う時分に、お秀は簡易服の裾を急に後から捲り上げられました。お秀は「きゃっ」といって桟橋へぺたりと坐りました。途端にぱたぱたと土手の上へ逃げ上る文吉の足音が聞えます。お秀はこの足音を聞きながら眼をぱちぱちさして怯えが薄らぐ下からは、今まで異性に対して孩子《あかご》のように無心だった文吉に今や何かの色彩が点ぜられ出したのではないかと懸念されました。しかしその懸念は何となく賑かなものでした。お秀は立上って振り返りざま手を振り上げてみせます。

「なんていうことするの。よし、あした警察へ言ってこの土地を追っ払ってやるから――」

土手の上から文吉が首を伸して顔を振り振り言いました。

「さっきの仇打だよ」

お秀はそのいたずらっぽいだけの文吉の声音にまた今の自分の感性が独り合点だったことを知って詰らなく思いながら、川の方へ向き直りました。

土手の後の店の前で文吉が鈍い声で怒鳴っています。

「ばばあ、ばばあ」

お秀の母親が、

「また、ばばあかい。困ったものだね。人さまの母親はばばあと言うんじゃない。おふくろ様と言うのだよ。言ってごらん」

お秀はまた相通ぜぬ二人の問答が始まったと思いながら手をあてて、アセチレンの灯で照し出される川面を見ていました。西北から流れて来る多那川の流勢が対岸の東の岸に突き当り急角度に西南の岸へ折れ曲って来る水の、しばらく淵になっている岸にお秀の貸船宿が在ります。この淵とさっき文吉が魚を拾っていた大洲との境の上に多那川橋が掛かっているわけでありまず。

お秀の船宿は父親が生きている七八年前、素人の間に釣が流行り出した時分が全盛で、田舟十五六ぱいの外に荷足《にたり》が三艘、それに中古のモーター船もその時代に買入れました。雇人の船頭も二人ばかりいました。しかし素人の釣客もだんだん巧者になり、鮒釣りの本場としてはこういう都会近くの荒し廻った川筋より、遠くの小利根の枝川から成田附近へ移って行きました。お秀の家ではだんだん持船を人に譲って、残した小綺麗な船だけにオールのクラッチを取付け女子供でも漕げるような遊山船にしました。夏の夜は舳にほおずき提灯を立てたこれ等の船が川面を賑かしました。

ペンキの剝げたモーターボートなぞ誰も借りに来る客はありません。それでふだんガソリンの用意なぞはなくガソリンを自分で持って来た客だけにモーターボートを貸すことにしています。

すでにこの辺でこんな商売は時勢に合わないと悟ったお秀は思い切って引越しをするか、それともこの商売を時勢に合うよう振り向けるかこの夏を限って決断することにきめています。

それでもまだ、この川に馴染んだ竿味を忘れかねる東京の下町の釣人や近所の工場に出ていて遠出の時間を持たない職工たちが毎日三四人ずつは船を借りに来ます。きょうも三ばいほど出て、その船は日没頃に帰って来ました。しかし久し振りに貸手（ママ）のあったモーターボートは今だに帰って来ません。七月はじめの大水のとき以来、使わなかったアセチレンの照光器を灯してお秀は待っているのでした。

その客は妙な客でした。自分の娘らしい女を連れた紳士でした。河岸に繋いであるモーターボートを見ると、急に思い立ったものと見え、運転手に町のスタンドからガソリンを買わして来てまでして、ボートを借りて出船して行きました。娘らしいのがエンジンを受持ちましたが扱いは慣れていました。父親らしいのは少し酔っているようでしたが、お秀の店から鯊《はぜ》釣りの道具と餌を買入れて、船が岸を離れるとき運転手がまた迎えに来ますかと訊いたのに対して、不要の旨を答えたあとで、こう言いました。

「胡麻油を買って天ぷらの用意をしときなさい。鯊をうんと釣って土産に持って帰るから」

すると運転手は苦り切った顔で、

「あんまり、見え透いた冗談は言わないことにして下さい。こっちはいらいらするのを我慢してるのですから」

ぷんとするように車を出して土手から折れ曲って橋へかかりました。はじめから運転手がこの父親らしい紳士に対する態度には何か穏かならぬものがありました。それを紳士は威猛高《いたけだか》なところをみせたり下手から煽てたり、磊落《らいらく》な風を装ったりして使っている様子がちらちら見えていました。娘の方は知らん顔をしていました。

アセチレンの焔の勢が抜けて蠟燭火ほどになります。お秀は鑵筒の底を押えて挙げて、鑵の肩をたんたんと叩きます。焔は急に唸って吹き出します。これで一度暗くなりかかった河原の景色は、ぱっと光彩を取り戻します。対岸の原の中でよしきりがじゅくじゅく呟きます。アセチレンの焔はまたすぐに蠟燭火ほどになりましたのでお秀は鑵筒の側に耳を持って行ってみると滴《したた》る雫の音は切れていました。お秀はさっきから二三度も土手を越し家と桟橋との間を往復して帰り舟を待ったのですが、とうとうモーターボートの客は帰って来ません。紳士親娘の様子を考えると、船の持ち逃げでもあるまい。まさか親子心中ではなかろう。潮はすっかり満ち飽きて、たぶりだぶり淵岸に泡を浮かしています。きょう働いて貸賃を取った三艘の田舟はお秀の母親の手で綺麗に洗われ、涼しそうに横わっています。あとの四艘は杭に繋がれたまま乾き切って熱苦しそうです。町から聞えて来るラヂオは九時三十分のニュースが入っています。お秀は待ちあぐねて兎も角、船を貸すときに客につけさしてある身元帳でも調べてみようと気付いたらしく消えたアセチレンの鑵筒を抱え、ちょっと橋の方を見て家へ入ってしまいました。

わたくしは、多那川橋の下の近くへ戻り、そっと文吉はどうしているかと様子を覗きます。文吉は橋の下の闇の中に豆シンのランプを点して魚の肉を焼きながら焼酎の盃をまだ嘗めていました。酒は好きではないのですが、大人のすることを真似たく思って五勺ほどずつ町の酒屋から廉《やす》く売って貰うのでした。右手の指で網の上の魚の肉を裏返したり食べたりしながら、不味《まず》そうに左の手の紅ぶちの硝子の盃を含みます。それから仰向いたり俯向いたりしながら呟きます。

「ともかく」

「で」

「それで」

「それでよろしい」

「まず、それでよろしい」

「つまり」

こういう言葉がぽつりぽつりと、しかし止め度もなく文吉の口から零《こぼ》れ出ます。文吉は大人がうらやましい。大人の喋る言葉で、いかにも大人らしく聞える言葉がうらやましい。いまそれを自分の唇の触管（ママ）に触れさして、その触れ味を味わうことは身に沁みるほどうれしいのでした。それらの言葉を自分の耳に聴き入れるために言っている自分は、そっくり大人になった気がしています。肩を窄《すぼ》めて嬉しそうな表情が豆ランプに淡く照し出されて見えます。彼はまた苦しそうに盃を嘗めて、今度は、

「××××」と言いました。

それから、は は は と声を河に響かして頓狂に笑いました。彼はひとには何を云っているか判らないような流行語を言った直ぐそのあとは誰かが必ず高笑いをするものだということを、大人を観察して知っていたのでした。

彼は酒をやめて飯にしかけました。土釜で炊いた飯は頃加減に冷めていました。彼はそれを几帳面に小さな船頭持ちの飯櫃《めしびつ》に移し、それから茶碗によそって、鉢の中の魚の肉を豆ランプの灯影で透してみました。山椒の葉を刻み込んだ醤油に浸してある鮒の身はまだ沢山残っていました。彼は北側をびっしり塞いである真菰《まこも》の莚《むしろ》の間からそっと川上を覗いてみます。今度は

首を低めて開け放しの南側の闇を透して川下を窺いました。それから、如何にも勿体ないという様子で魚肉を金網の上へ乗せ拡げて飯を食べ始めました。夏の鮒で脂は落ちていますが身は新しいので燻る山椒と醬油の香ばしい匂と共にあまい滋味の湯気が周りに立ち拡がりました。彼はそれを菜にしてうまそうに飯を何杯も食べながら、ときどきまた川下の方を鋭い眼で窺いました。

この多那川橋の附近に定住の乞食は文公の外に新参のわたくしを入れて六人いますが、文吉が始終関心を持つのはタガメと通称されるタカリ専門の乞食と、ヅケを貫って歩くお三という母子乞食でした。文吉の住む多那川橋からは川の屈折の都合で対岸の出崎が左右に見えます。川下のは長門といってそこに毘沙門堂があってタガメが住んでいます。船員上りだという話で、相手にねだっていうことを聴容れないと矢庭に相手を抱えて水中に飛び込み、さんざん水をのまして相手を悩ますというので仲間に怖れられています。文吉は一度もその所業を受けたことはないが「ぐずぐず言うと水雑炊を喰わすぞ」という言葉はタガメの口からよく聞いています。おもに対岸の予田町の乞食にタカっていますが、ときどき川を泳ぎ上って来て、文吉のところへ来ます。「てめえみてえな、青二才にタカっても、張り合いねえが、何かあったら出しな」と言います。そう言われると文吉は口惜しくなって銭でも飯でも威張ってやってしまいます。するとタガメは「ふう、感心なやつだ。お礼だよ」というと、手首をちゃっと握り、鉈豆のような親指と人差指とでぐりぐりと捻ります。すると文吉は擽《くすぐ》ったさが鼻へ抜け、痛さが身体中の要処々《ようしょ》の力を引抜き、ただ「あーあー」と口を開けて全身は空に捥《もが》くだけであります。あんまり息が詰る苦しさに小用を洩してしまうこともあります。するとタガメは手を離して、「はあ、ばか面がちっとは緊ったようだ。へへへへ」と嘲笑って河へどんぶり飛び込んで行きます。文吉はまるで旋風に見舞われたあとのようにぼんやりするだけですが、タガメは人間の思わぬ急所を知っている怪物のようで、出来ることなら避けたがっています。

川上の出崎は曲り久手といって小さな煉瓦工場が在ります。お三は三十七八の乞食で、始終子供を抱えて予田町の料理屋やカフェの剰《あま》りものを貰っています。土手と川との間に砂地があり、その先に河の中へキリップが延びていて、この辺に船積みする前の煉瓦や瓦がいつも堆積しています。お三はそれ等の煉瓦で巧に住家を積み上げ、屋根は古トタン板で覆って住みついています。片足はちんばの乞食で醜婦だが農家出らしいがっしりした骨格で何もかも諦め切ったような放心状態でいます。子供持ちだというを可哀そうがって鷺町の旧家の百瀬《ももせ》の老妻が橋を渡らせ、鷺町へ連れて来て自分の家をも貰い先の常得意にさしたのでしたが、そのとき、他町の乞食が而も東京市と神奈川県との境を越して町を侵したというので鷺町の貰い専門の二人の乞食はいきり立ちました。そしてそれを宥《なだ》めた眼鏡の花田と呼ばれる乞食との間に大喧嘩があってのち百瀬の家の剰りものだけは鷺町でも別扱いということになってお三に与えられることになったのでした。

お三は体格に似合わず乳がほとんど出ません。牛乳屋で剰った乳を買ったり貰ったりして育てていますが、子供はよく泣きます。乳房をあてがっても、子供は出ないのを知っているものですから、含ませても苦《にが》そうに舌の先で乳房を押出してしまいます。そういうときにはお三は袂の中から小さな紙包にした赤砂糖を取出して指で乳房に塗ります。子供はしばらく吸いついていますが赤砂糖の気が無くなると、むぐんむぐんと鼻を鳴し、それでも出ないので乳房を口から垂らしてしまい、母乞食の顔を見上げます。母乞食は眼を眠そうにうとうとしています。子供の顔は歪んで来て、小さな桃色の口を開けて泣き出すという段取でした。

文吉はこれを覗き込んで見ているのが好きです。可愛ゆくて〳〵仕方がない。乳房をぺろんと前へ垂らして顔が歪みかかり桃色の口が開きかかるところまで見ているのが好きです。けれども子供が泣声を立て始めると周章《あわ》てるのでした。何か探すように忙しくあっちへ歩き、こっちへ歩きします。両方の脇腹を頻りに掻いたり。その声を聞いていると身体中に難かしい感覚がざわざわ匍い上るのに堪えないからでした。

文吉は物を食べるときにはきっと二つの感情が起るようです。一つは警戒の気持で、一つは何となく人をなつかしむ気持であります。逆に、これなくしては食うことの味はこころに止まらないとも言えます。うまいものに有りついたときは一層この感情は深いと言えます。

今も文吉は、また川下の夕ガメを警戒するように密閉した真菰の塀から覗き、川上の母子乞食の方を覗きしながら食事を終えました。彼は食事道具を潮が下げ加減になって来た川の水で洗い、器用に始末してから、何処で貰って来たのかつぎはぎだらけの子供の昼寝の畳蚊帳《かや》を拡げて、うす縁畳の上へころりと寝ました。彼は豆ランプを消すのを忘れたので蚊帳の外へ匍い出しかけたが、また止めて蚊帳の中へ入りました。小さい灯影を曲り久手の母子乞食の方へいつまでも見せて置きたかったのでした。対岸の向うの煉瓦工場の煙突から火気の映る煙が見えます。彼は「どっこいしょ」と大人のように言って仰向けに寝ました。わたくしも数間離れた河上の手製のサブリ小屋の中へ灯もなく横になります。土手が急に高いものに見えました。

朝早く涼しいうちに起きてわたくしは鷺町に入り、清光寺の境内の人の目につかぬところで、寺の仏飯の残りを貰って食べています。ぱんぱんと朝霧の中に銃声が響きます。陽はまだ出ません。

一たいこの町の境内の名木には鷺が沢山巣食っているので田を荒して仕方がないのでした。これを狩るか狩るまいかの問題で、寺の住職と町村との間に一悶着《もんちゃく》あったそうですが、結局、住職が譲歩し、その筋の了解も得て、朝まだきの人の迷惑にならない一時間ほどの間を狩ることになったのだそうです。この役を引受けたのが百瀬の新家の息子の啓司で、ネクタイ無しの半ズボンで下駄を穿き、二連銃を擬して森のような大木の梢に向って頻りに発砲しています。大木の根元の幹は六抱えもある巨木で、肌は粗い亀裂《ひび》破《わ》れがしていながら、ところどころ駱《らく》駝《だ》の膝のような瘤《こぶ》をつけています。葉は栗の木に似ているところから栗の木の化けものだという人もあるし、榛の木の歳臘《さいろう》を経たものだろうともいいます。叩いてみると軽いすかすかの音がして七五三縄を張るほどの神秘性もなく、寺の本堂の屋根の辺よりも高い空中から急に枝葉を密生さした、ささくれた古箒《ぼうき》のような形でやや南方に傾いています。

啓司は、二連銃の一方の弾機をひいて銃口をたんと言わせます。すると森のような梢から三四十羽の鷺が朝霧の中に飛び出します。それが梢の空をうろたえて鳴き廻りながらもとの梢へ舞い戻らないうちにあとの弾機をひいてたんと射つ。大概一羽か二羽落ちます。

「妙だな、あんなに沢山飛び出すんだから、めった撃ちに撃ってもあたりそうなものだが、やっぱり狙って射つのだな」

乞食の「眼鏡の花田」は巨木の根株の一つに腰をかけて莨を喫いながら見ていましたが、そう言いました。

「全く妙だよ。塊まって飛んでいるから、そこがよかろうと思って大体の見当で射ってみるとあたらんね。それよりか一羽を確実に狙って射つと却って目的の鳥以外のやつにもあたることがあるんだ」啓司は散弾を詰め替えながら応じました。

「何か鳥の飛ぶ軌道には散漫なように見えて一羽と他の鳥との間には定まった確定率があるんじゃないかな。それで弾を漫然と抛り込んだのではどれにもあたらずに、隙を抜けてしまう。一羽を狙えば距離に同率のものがあって他にもあたるちゅう趣向かな」

「それには鳥の飛び方ばかりでなく、散弾の展開度との関係も調べなくちゃ。とにかく何羽も一度にと慾張ったら滅多にあたらないで、一羽ずつと地道に稼ぐつもりだと思わぬ獲ものがある。こりゃ何か処世訓になりそうだね」

啓司は猟銃の台尻を右の靴の先の上に戴《(ママ)》せて笑いました。

「ちがいねえ」眼鏡の花田も笑いました。

「それ　烏《からす》　烏――」

花田は立上って空を指さしました。朝の曇り空が黎明《れいめい》に覗かれてややレモン色に華やいでいます。寺の本堂の屋根棟をむこう側から、ひょっくり烏が跨いで出て、また屋根棟の上へ跳ね上り、屋根棟の歩幅を測りでもするようにこの鳥独特の歩き方をはじめます。

「あれっ、横着なやつ。もう射つ時間が切れると思って帰って来やがったのかしら――啓司君、頼むから射ってくれよ。あいつ〳〵」

「射ってやってもいいが、大丈夫かい。あれほんとうに食える烏かい」

「大丈夫、確に山烏《やまがらす》だ。嘴《くちばし》が華奢で羽色が紫色に光っている」

啓司は花田と牒《しめ》し合わせ、屋根へ花田に枝木を投げさせて、烏が空へ飛び立つところを射とうと身構えをしました。啓司はこのまえ矢張り花田に頼まれ、屋根の烏を射って屋根瓦を弾丸で痛めて寺からさんざん脂を絞られたのに懲り、いまは花田に智恵を授けたのでした。花田が枝木を振り上げ、投げようとするところへ他の一羽の烏が何処からか空中を滑って来て、「カア」と一声鳴きました。すると屋根の烏はその姿を見かけて跳ね上って追いました。銃声が鳴る。落ちた烏は致命傷ではなかったと見え、激しい脚力を出して境内を逃げ走ります。花田は枝木を投げ捨て、懸命になって追う。虚空蔵堂を廻って松の木につっかかって、落葉を捨てる空壕に飛び込んで、上衣を冠せてやっと押えました。

「畜生、世話をやかせるやつだ」

その恰好のおかしさ、わたくしは思わず笑います。

「誰だ笑うのは」

花田はわたくしの方をちょっと見ましたが、「ぼんやりのお蝶か」と言ったなり、それなり自分の事に気を奪られます。

押えたついでに首をひねったと見え、啓司のところへ持って来たときには烏は眼を瞑《つむ》って首を垂れていました。花田が烏を追っかける姿を腹を押えて笑いこけて見ていた啓司は親指で眼がしらの涙をこすりながら言います。

「君の追っかけようは真剣なものだ。ふだん君にない高度の速力が出る」

「ばかにしちゃ困る。食いたい一心だ。乞食が食いものにかけたらそりゃ誰でも凄くなるぜ」

花田が撫で下げている紫っぽい翼に啓司は手を与えながら、

「そんなにうまいかね、これがね。相変らず奇癖を発揮するもんだ。食慾さえ癈物《(ママ)》に結びつけないと君は嗜慾を起して来ない人間なのだね」と言いました。花田は、

「いや、これは違う。僕は永らくの間、信州の上田に住んでいたんだ。あすこに烏でんがくを

名物に食わせる店があってね。廉いもんだから、しょっちゅう食いに行ってるうちに味を覚えてしまったのだ。ちょっとこの灰臭いにおいが何とも言えんね」と説明しております。

「そらその灰臭いにおいを喜ぶというのがやっぱり癈物《(ママ)》趣味さ」

寺で六時の太鼓が鳴り出しました。啓司は花田に手伝って貰って射落した鷺を寺で葬って貰うため庫裡《くり》へ運んでから二人は清光寺門を出ました。わたくしも別に所在がないのであとからついて出ます。左側は湯屋《ゆや》で湯番が表を掃いています。新百瀬の息子が乞食の花田と友達交際をしていることは町中知らぬ人はないので湯番も別に不審がらず、啓司に朝の挨拶をしました。往還《おうかん》を距てた向うは前にちょっと控地が取ってある町役場で、格子縞の硝子窓が並んでおります。

「ゆうべは暑苦しく寝られませんでしたよ」

町役場の小使の金さんが水を撒いた朝顔の鉢を前にしてドーアの石段に腰かけています。左手の一町半ほど先に多那川橋のモダンな橋柱が見え、朝日に光っています。村から東京へ野菜を運ぶ荷車が一かたまりになって行く後姿が見えます。この往還は昔の鎌倉街道の脇道になっていて何度か土盛りをされたには違いありませんが、中高に盛り上っている白茶色の中央の路面から左右の家並の敷地にやや勾配をつけて鼠色に変って行く暈《ぼか》しに何とも言えない染みついた歴史の匂いがあると啓司は人によく言っています。都会で何度か飛躍しようとしては頭をうちつけた啓司が結局、土地へ帰って無理にも焦立つ心を鎮めて貰うのはこういう匂いなのでしょう。

町役場から一町半ほど南へ農家混りの商家が並びます。その中に「畑仕事作業服つくります」と看板を出した裁縫店もあります。それから町の中央に位する百瀬の家の大きな門構えが見えます。車廻しの蘇鉄《そてつ》や刈込んだ松が見え、それに向い合っていま小僧が暖簾をかけている商店造りの新百瀬の店があります。

そこまで来る途中に二人は、横の路地からひょっこり現れて啓司と花田の横を過ぎながら竹の大きなピンセットで路面のものを素早く挟んで背中の籠の中へ投げ込んで行く乞食を見ました。手拭で頬冠りしてその上に麦藁帽子をかぶり、古い印半纏に腰から下は汚れた印度人の腰巻のように腰へ巻いた剰りを股から前へ通して腹で挟んでいます。二人の存在を無視するようにのそのそと行く。花田は呼び止めました。

「たんば、早くから稼ぐな」

するとその男はちょっと首をかしげて見ましたが、まるで紙鳶《たこ》の片尾がとれて木へ傾きかかるように二人の方へ肩を先に寄せて来ました。白い大きな顔の男で、額に苦労皺が罫線《けいせん》のように何本も几帳面に刻まれています。彼は花田の言ったことはちゃんと聞き取ったと見え、愛想よく、

「ああ、稼ぐよ。稼がなくっちゃ」と言いました。そして花田の肩を女のようなしなをして打って行きました。

啓司が気がつくといつの間にかまた一人、往還へ出て佝僂《せむし》のような男がやはり、拾いの服装をして往還の右側を拾って行きます。

「おい瀬戸勘」

花田が声をかけても、これは聞えぬ振りをしてさっさと行きます。ときどきたんばの方を偸視《ぬすみみ》して行程を遅れまいとするように見えるのは、二人が道の左側と右側とに職場を分けて拾って行くのでした。見ていないと権益を犯し易い。それで並ぶようにして行くのだと花田は啓司に説明しました。

鉄砲を店の小僧に渡して、そこでまたちょっと花田と立ち話していますと啓司は文吉が橋の方から来る姿を認めました。啓司が「また、一人、君のお仲間が来た」と言うと、花田は苦り切りながら、

「あいつも早起きの乞食の一人だ。あいつは此頃、小学校へ集団体操をやりに来るのだ」と言いました。花田は文吉が嫌いです。何だか人の意志を弱くする人間だとふだん言っています。

「君と歩いていると、とかく乞食が眼につくね」と啓司が笑って言えば、花田は漸く笑って、

「君も、僕のお陰でルンペン以下の人間層に視野が開かれたのさ」

と言って自分の住んでいる町外れの小橋の方へ歩いて行きました。

啓司が朝飯を食べている頃でしょう。小学校の方からピアノの音混りに体操の掛声が聞えて来ます。夏の始めから町の学務委員と小学校の教員との間の相談で、早起きの保健体操が校庭

で行われることになったのでした。生徒は必ず出席することに課し、町民は大人にも出席を勧誘しました。

秩父の山中から流れ出て、東京湾に流れ入る多那川は上流で早くから山岳地帯から離れ、武蔵相模平野の中を蜒々《えんえん》として東南に向うので鷺町辺では地勢も地質もいろいろな変化を見せています。

町の一里ほど上手まで河はまだ山川の趣を備え、流れは瀬の音を立て、河原には砂利が一面に布《し》かれています。夕暮には月見草などがほのかに咲き、そこでは鮎がとれます。

鷺町から下流はもうすっかり平地の河の姿になって、水は淀み、岸は泥砂をねばらせて、まばらに在る葭の中によしきりが鳴いています。今はもう鮎はとれない季節で、鮒とかうぐいとかがいます。以下一里半ほどの間に葭原がだんだん広く生い茂り、颪の日は褐色の水がしゃぼんのような泡汁を波打たす海近い河の様子となります。

上流で一たん川から遠ざかった山岳地帯は、川を離れながらまだ川を見護るように平行し、やがて裾を拡げて相模の中央へ方向を振り向けて低くなって行きます。この巨大な山岳地帯の尾根は、地質学上、小仏層と称せられる地層で成り立っているそうです。そしてその尾根から川の流域の沖積層までの間の洪積層は一面に雛立つ丘陵をなしています。この地質は多那川を越して高台になっているものだそうです。この丘陵は松の多い雑木山で、その煩瑣《はんさ》な起伏を土地の人は九十九谷なぞと呼んでいます。

小仏層の山岳の尾根はところどころで川の方へ慕い寄るように丘陵群の中へごつごつした山骨を延しかけますが、たいしたことはありません。ただ鷺町の附近では、ややこれが著しく、海盤《ひとで》の一本の触手のように、丘陵帯を貫いて河の下手で河原まで岩層を差し延ばしています。珍しいことにはその水で洗われた肌には中生層の岩質が一部見られるとのことであります。その断層には学者乞食と言われる花田が特に興味を持つ頁岩があるのでした。

つつが虫で有名な越後の――で生れ、新潟で中学教育を受けるうち早熟な花田は花柳界で遊びを覚え、学校を卒業しても七八年ばかりこの風流な市に滞在して、あらゆる道楽を早廻りしました。三十歳前まではもう茶の湯謡曲から書画骨董のような老人染みた道楽に浸っていました。中にも水石は彼が最後に陥ち込んだ道楽で××町に庵風の家を作り、庭に千金の石を陳べて、門に縦覧随意という札をかけて納まったりしました。故郷の村には兄が残っていましたが、この兄は彼に輪をかけた道楽もので、家の有りものを持ち出しては派手な使い方をしました。彼の道楽も、兄ばかりにそう家の物をやみやみと使わせぬという反抗心もあったのですが、彼が享楽の生活にも飽き、少し真面目になりたいと、新潟の地を離れて松本の農学校に入って勉強し出した頃には庵風の家も持ちものも殆んど人手に渡していました。

兄が派手な性質で、同じく家産を蕩尽《とうじん》しました後にもその糧を求むる為めには競馬場の下働きをして満足しているに引き代え、弟の花田は渋いもの渋いものと心を潜ませて行きました。彼は農学校時代にも土とか石とかに興味を持ち、辛うじて学校を卒業すると、信濃川の流域を上下し、甲武信の山中に分け入ったりして十年ほどの無為の年月を過し、秩父の奥からぶらぶら多那川の流域に沿ってこの鷺町に辿りつく頃には完全な乞食として生活している自分を発見して苦笑していたそうです。彼は山中での生活をあまり多く語りません。ただこういうことをよく言います。

「いや、何が骨が折れるといって、ルンペンから乞食に陥ちるこの一線を突破するくらい骨の折れることはない」

そう言って苦笑するだけでした。

彼はわたくしの小屋の在る多那川べりとは正反対の西南の町外れの小橋の側に仲間のうちでサブリといわれる乞食小屋を慥《(ママ)》えて住んでいます。田から多那川へ落ちる小川の際で炊事には便利であります。花田の小屋と並んでもう一つのサブリ小屋があります。町の台ガラ専門の乞食で富の一家が住んでいます。花田は曲り久手のお三のことで富ともう一人、辰巳長屋に住んでいる虎とを相手に大喧嘩をしたそうですが富とはふだんは仲好しでした。富は親の代からの乞食で、何か乞食振りに地についたものがあります。花田はそこを尊敬しているのでしょう。富は何人目かの妻を持ち、先妻の子を一人抱えています。花田が覗くと、かみさんは壁際にゆもじ一つで寝ていました。十三になる女の子に「父親はどうした」と訊くと「お通夜へ貰いに行ったい」と言いました。

わたくしは朝飯を食べたことなり昼飯貰いまでは用がありません。町を逆にとって返し、多那川の川べりの草堤に来てぶらりぶらり逍遥します。

雨気の多い歳には似合わなく晴れた日の朝でした。青く澄み渡った空のその青さを一剝ぎ〱して焼けた熱い地金がむき出されて来るようでした。空と同じ変化の色を見せながら川はぐんぐん水を上げています。木立という木立で蟬が勇ましく鳴き立て、空気に縮緬皺《ちりめんじわ》でも寄るかとさえ思いました。眩しく光る葭原《よしはら》の中からよしきりが皮膚を抓《つね》るような鳴き声を立てて、快活に葭から出たり入ったりしています。雲はすべてそっちへ掻き寄せられたように大山の山脈から秩父の峰へかけて濃く棚引いています。それでもその上へ抽《ぬき》んでている連峰は眼に沁みるほど青いのです。

釣船宿のお秀は稼業柄、戸を早く開けて店つきを整え、定刻に廻って来る餌屋から鯊釣りの餌のごかいだの、鮒釣りの餌のきじだのを少し許《ばか》り買ってから店先で朝刊を見ています。わたくしが「おはよう」というとお秀も「ぼんやりのお蝶かい。相変らず早いのね」といいました。

そこへ常客の鮒釣りの客が一人見えたので、預った竿を出してやり、餌と茶莨盆《たばこぼん》を船に入れて船を送り出しました。

お秀はふと、ゆうべ到頭帰って来なかったモーターボートを思い出したらしく、ゆうべの乗船客の身元控帳を調べ始めます。わたくしも覗いてみます。わたくしはこの土地では毒にも薬にもならないただぼんやり乞食とされているので、お秀は蝿ほどにも思わず「おまえ字が読めるのかい」と言ったまま勝手なことをさせて置きます。乗客の男の方は永松という姓で、娘と思われるのは同さち子としてありました。職業は会社員としてあります。もし乗逃げなら本名を書く気遣いもないし、まあ念の為というくらいのところでお秀は見ただけでしょう。今朝もやはり心中客とはどうしても思わないようでした。お秀はもう一二時間待って何とも消息がなかったら警察へ届けようと心に決めたらしく帳面を閉じましたが、しかしそのあとの表情では船も惜しくはないし、客のこともどうなろうとたいして気がかりにはならない様子でした。それよりも察するところこれから母親をかかえて身の振り方に就て漠然とした不安がある様子です。

父親が生きていて、金廻りも豊かだった時分、釣船屋風情の娘として高等女学校へ上ったのですが今日では却《かえっ》て結婚の邪魔になりました。町の中産階級の息子たちは中学を出ていて家の跡取りとなり嫁には高女卒業程度の娘を欲しがるのですが、客商売の釣船屋の娘を貰うことは躊躇《ちゅうちょ》しました。お秀はときどき思い切って職工でも農家でも関《かま》わない、早く結婚してこの女一人の腕で家一軒を切り盛りして行く苦労と煩わしさから逃れたいと思うのですが、そういう階級の家の男は高等女学校卒業という資格を妙に窮屈がって始めから相談に乗りませんです。それと母親というものの存在が、案外始末の悪いものでした。母親は「なに船さえあって、お前が近所へ嫁入ってて呉れるなら、自分のあとの生涯はたかだか七八年か十年だ。釣人相手に暮すから遠慮はなしに縁付きなさい」と言っては呉れるのですが、それにしても年寄りのことではあり、なにかと見護っていてやらねばなりません。折角、纏まりかけます縁談もこの附帯条件に入ると、婿の候補者は容易く承知しても、その家の年寄株の経験者から、それはきっと後でうるさいことになると故障が出るのでした。入婿をすることは母は絶対に反対です。母親の実家は、母親の姉に入婿して、一人の母は追い出されたのでした。

「あたしゃ、お前さんとお婿さんに追出されるよりは、お前さんをきれいさっぱり人様にあげた方がどのくらい諦めがいいか知れない」母親はしょっちゅうこう言っています。

附帯条件を充分承知の上でお秀を是非貰いたいと言って来たのは、清光寺の住職と町役場の助役でした。いずれも町の知識階級には違いありませんが、初老の男で、死んだ先妻の子供もありました。こういう話が出る度毎に、

「どうもあたしにはどこか後妻染みたところがあるのね」

お秀は母親にそういって泣き笑いのような顔を見せていました。母親は「ふーむ」といって黙っていました。

何かしみじみと悲しく思い入りながら、しかし一方へぐんぐん込み上げて来る若さがあって何か面白いことが先に待っていそうな気もお秀にはするらしいのです。その気分に任せていますと刻々はさほど辛くもないようです。表附きは船宿の愛想のいい娘として町の者やお得意の間に通りものになっていながら、内実は誰もかも親身の相手にはなって呉れないのを知っているものですから、孤独を守ることに慣れて独りで寂しさを慰めるこつを覚えています。ときど

き彼女は岸船のあかを掻い出している途中、ふと釣りがしてみたくなって客の預り竿を持出し、長門の毘沙門堂の下へ船をつけて鮒を釣ってみたりしました。汚くない乞食だと言ってたまにはわたくしをも船に乗せて連れて行って呉れます。一番心慶むのは乞食の文吉を呼んで新聞のコドモページの写真版の説明をしてやったりすることでした。お秀は文吉を見ていると気が軽くなると言っています。

八時頃になって船の借手の釣人がまた一人来ました。お秀は桟橋へ出て船の用意をしていますと川下からエンジンの音が響いて来ました。おやっと思って見ますと、昨日のモーターボートが帰って来ました。ただし乗手は違っていました。若い屈強な男でした。その男は船を巧に桟橋につけて上って来てからこう言いました。

「永松さんはゆうべ、磯子へ上ってあすこの旅館に宿り込んで、もう帰るのは億劫だからわたしに代って船を返して呉れと頼みました。期限を遅らしてさぞ迷惑でしたろう。済まないと伝えて呉れと言ってましたよ」

その男は毛糸の腹巻に挟んだ時間外の料金をお秀に渡しました。お秀はその男に渋茶など出してしばらく犒《ねぎら》っていました。その男は旅館の貸船を監督していると言いました。お秀の訊くままに、

「なに、あの辺の遊び宿はこの夏でも別に不景気ということはありません。随分客が来ます」

と言いました。お秀に世間は案外広いものだと思わせました。それから昨日の乗客に就ては、

「親娘じゃありませんよ。あの娘はあれで永松さんの第二夫人でさ。ああ見えてあれで二十八ですよ」

お秀は娘が妾であったことから、その妾の年がちょうど自分と同じ二十八なのを聞かされたときに、どういうわけか胸がどきりとしたようでした。その男が、陸の乗もので帰って行くといって立ち去った後までも胸騒ぎがしているらしいのです。たぶん自分のような境遇の娘が生活を求めるには妾という道も一筋ある。頭に出しては考え悪《にく》かった潜在した思いを摘発《てきはつ》されたように感じた為めでありましょう。相手が無心で言った言葉だけに、それが悪い占の卦を突きつけられたように後の気持がまずいのでしょう。それで彼女は文吉とでも遊ぼうと思い立ったらしく、「お蝶、おまえも行かない」と誘って、橋の方へ土手の上をぶらぶら歩いて行きました。そのとき、ふとわたくしは、さっき文吉が小学校へ行くのを見たことを思い出し、今時分は学校の運動場で生徒や町の人と一緒に朝の体操をしているだろうと想像しましたので、そのことをお秀に話し、

「文ちゃんの体操、そりゃ面白い。見に行こう」

とお秀を誘いました。だがお秀は、

「そうねえ、でも、あたしゃ、土手でぶらぶらしている方が好きだから、見に行きたけれゃおまえ一人で行っといで」

と言いますので、わたくしはお秀に別れて小学校へ行き、垣の外から覗いて見ました。

文吉は案の定、小学校の運動場で体操をしていました。台の上で若い体操の教師が、校舎の教員室の窓から拡声して響くラヂオ体操の号令に合わせて模範を示しています。

小さい子供からだんだん上級の子供になって、次に青年団の男女が並んでいます。最後の列は全くの大人で、その中にはこの催しの発起者である手前として学務委員も参加しています。

文吉はこの一隊より二三間離れたところにぽつりと一人で立っていて、手足をリズムに合わせています。仕草は全体の人々と違いはありませんが、四肢を動かすとその弾動で頸や腰が、くたくた動きます。それは孩児《あかご》のように柔です。

文吉がはじめ運動場の垣の外で体操を真似ているのを見附けた教師は、感心だから中へ入れてやったらと提議したのでした。大人の連中は賛成しませんでしたが、青年たちは教師の提議を支持して、両派の間にいろいろの押問答があり、乞食も国民の一人だなぞと激しく言い出すものもありましたので、遂に大人の連中も承知したそうです。はじめの日に文吉の位置は前の一年生の端に立たされていました。智能が一年生以下だからという判定によるのでしょう。しかし体操を始めると例の孩児の身体のように、くたくたする様子がみんなを笑わしました。これでは困るというので次の日は隊の後列の端に並ばしましたところ後でその隣りの青年から、いくらなんでも、という苦情が出て、結局数歩後の外に立たせることになったのです。

文吉は最前端に並ばせられたときは、子供の列であっても得々としていました。それで余計に頸がくたくたしました。後の大人の列に下げられると俄かに浮かぬ顔になり、それから全体とはすっかり離された孤独の位置に立たされた最初の日は、歪んだ泣顔をしていました。彼は全体の団結から疎外されているのが口惜しいのでしょう。しかしそれも間もなく気持が馴れたらしく、文吉は毎朝いそいそとして自分の位置につくようになりました。今朝は体操が終ると、町医から流行病の予防の注意がありまして解散となりました。

文吉は毎朝の習慣通り、町の中の、ところどころの家の門に立ちます。そこはみな馴染みの家で、米や銭を用意して置いて文吉に快よく呉れます。

文吉はわたくしの姿を見かけると、

「やあ、ぼんやりのお蝶」

と呼びかけます。わたくしはまたやっと気が付いた振りをして鈍い眼ざしを挙げて文吉を眺めます。文吉はつかつかとわたくしの前へ来てわたくしの姿を見上げ見下し、さも笑止に堪えないように首を縮めて、ち　ひ　ひ　と笑います。それから、そろそろと蚤に向って差出すような人差指を一本出します。指尖がわたくしの額に届くと、

「こいつ低能だな、大きな癖に」

と言って、わたくしの額のまん中をぐいと押します。自分が多分、人からされつけている仕方をそのままわたくしの上に移したのでもございましょう。

わたくしは額を押されてよろめく風を大げさに見せながら「ひどいわ」といった流眄《ながしめ》をこの少年期から青年期へかけて育ち盛りの白痴の乞食に浴せます。それは相当色っぽい電気でもあります。

すると文吉は面白いように電気に感染し、かすかな身震いと共に相好を崩し、機械的にへらへらと笑います。わたくしのかけた色っぽい電気は普通の性根の男なら、なおも相手の胸の中に浸み入って、そこで好悪の心秤《しんしょう》にかかり、粘り返すなり蔑み除けるなりとにかく心理的な手応えがあるほか、人によっては性の相対の火花を所作の上にまで撥いて何等かこっちに手応えを得さすものですが、文吉はそれっ放しでございます。電気は機械的影響以外、体内を素通りして大地へでも散電してしまうのでございましょうか。女学校の生理の実験に死んだ蛙の神経に電気をかけると一時、蛙の手足は生けるもののようにぴくぴく動きます。けれども電気を外ずせばまた元の静寂な蛙に戻るように、わたくしの投げかける流眄の色っぽい電気は、浴びせている間は機械的に彼の神経筋肉に影響を与えていますけれども流眄を止めれば何の事も無い元の白痴の文吉に還るのでした。彼は心なしの男なのでしょうか、それとも心は生れるき、あの茫漠とした大地にそのまま置き忘れて来たのでしょうか。

彼はへらへらと笑ったあとは、寂しくぽかんとした平常の少年に還り、ただ始終、誰かより立優り度い白痴《こけ》の一念通りに動いて行きます。

「おとなしくおれに縋《つ》いて来いよ。まごまごするんじゃないぞ」

わたくしに命令するのでした。

二月ほどまえ、わたくしは遊廓のある川上のT――町附近から、川下のこの鷺町へ移りました。それは嘗て聴いた乞食の老人の証《あか》しに照応するものでございます。一昨年の暮でしたか、まだその頃はわたくしは学園の女生徒だった前身時代でございます。安宅先生のところへ御歳暮を届けに行き、ヴィラにいない安宅先生を探しに先生の猟銃らしい音の聞える学園の川上の丘の櫟林に入りました。それを抜けて川近くの野地で乞食の老人に呼止められました。小柄な人の好いその乞食の老人は、単なる人なつかしさの好意からわたくしに焚火で唐の薯を焼いて呉れたりしました。乞食の老人は安宅先生や園芸手の葛岡の消息に悉《くわ》しくそれをわたくしに告げ知らせて呉れましたほか、わたくしに面白そうな自然の現象や乞食自体の生活に就ても話して呉れました。その中に川に近く住む乞食たちは洪水の出るのを自然の動物のように本能で窺い知り逸早《いちはや》く避難してしまうことや、また、川沿いの乞食たちがおよそ居を移す場合は、流れになぞえに川下へ川下へと、しなやかな水に誘われ、落鮎のようによろぼい下ることなどがございました。そのときわたくしに安宅先生や葛岡に対する心がかりがあって、これ等はほとんど耳に入らなかった事柄の話でありましたが、いまそれを思い出すところをみると潜かにわたくしの乞食の性に浸みていて執拗《しつこ》く覚えていたらしくあります。そしてわたくし自身の動きがその通りになって行くのでございました。どう考えてみても、この先ともに川上へ溯る気はございません。それは逆毛を撫でるように人間の気分に骨を折らします。

わたくしが二月ほどまえの夕方、この辺に辿りつき、多那川橋の上をとぼとぼと渡っていますとき、はじめて文吉に出会ったのでした。彼は新米の乞食のわたくしを見て、女と侮り矢庭に「擲るぞ」と拳を振上げて、威嚇《いかく》しました。わたくしはこういう対手や場合にも、もう数々と慣れて来ているものですから躊躇なく「ご免なさい、ご免なさい」と泣き真似の手を出して叫び続けました。

すると彼は周章《うろたえ》まして、今更粗相をして手も付けようがない失火といったようにわたくしの身のまわりをこま鼠のように廻っていましたが、やがてわたくしが鳴りを静めると、ほっとした面持ののちにやりと笑いまして、「低能なんだな、こいつ」と、わたくしの顔を覗き込みながら近寄って来ました。

彼は両脇腹へ勿体振った手を置き、わたくしに何処から来たのか、名前は何んというなど仔細らしく問い糺《ただ》しました。わたくしが擬態で示す愚かしい返事に、われ指導するに堪ゆというような特別な好感を持ったらしく「おとなしくするんだぞ、こっちへ来い」と言って彼は棲家の橋の下へ連れ込み、そこで先ず物を食べさせて呉れました。以来すっかり兄貴振ってしまって、「お蝶、お蝶」とわたくしの面倒をみだし、わたくしのサブリ小屋も自分の橋下の棲家から十間とは距てない河上の堤下に位置を選んで呉れました。建築材料もなにかと運んで来て小屋を構えるのに手伝って呉れました。貰いには一緒に連れて歩き、お得意を分けて呉れたり乞食仲間にも白痴ながらにワタリをつける仲間の労を取って呉れました。

けれども、彼はときどき全く痴呆してしまう場合があります。それは自分ひとりの中へ潜み入って外界との交渉を全く断ってしまうようにも見え、彼自身は空しくなりながら、代って大地に置き忘れた茫漠とした心がせり上り、彼を支配するようにも思われます。それは虚脱した人間のようにも見え、超越の神の子のようにも見えます。外形はうすぼんやり寂しくて、離れてあとで考えると、窺い知ることの出来ない充ち足った気配を感じさせます。そういうときわたくしが彼の眼の前に立っても彼は杭のように突き当ってしまったり、見ず知らずの人のように邪魔そうに身体を交《(ママ)》わして行き過ぎてしまうのでした。

わたくしとて、憩いのためには出来るだけぼんやりを装い、他人のみならず自分自身に向ってさえ現実の存在感を暈《ぼか》すように仕向けて来ておりますから、文吉とわたくしは、こうした間柄でありながら割合に引立たない交際振りでありました。

そこでわたくし自身の様子はどうなのでございましょう。

ああ、わたくしの人並ならぬ生の憩い、それは生活に於ては河沿いの土に起き臥し、こころに於ては謎の性質のいく重ねの層を経潜って、この程では、ただ「謎々なあに、照る日にからかさ」というような稚純極まる心田の素地に朝夕をあくがれ遊ぶ身の上になってまいりました。

説明解説というものくらい生き身のものから匂いも香も振り捨て、物事を薬品臭く押花に乾燥してしまうものはありません。けれども、何の把手《とって》も足がかりのない心歴の記録も亦、意味ないものでございましょう。そこで一口だけ後の思い出の緒口にするよすがになるものを述べて置いて見ましょうか。

　諸行無常を、人世の矛盾を、生の疲れを、突き詰めてみたり離して眺めてみたり、中にぽっこり嵌り込んでみたり、時によっては全く抛って忘れてみたり、わたくしは心を謎に任せしめているつもりでもわれ知らぬ求覓《きゆうべき》の歯はわたくしの止息の努力如何に係らず昼夜休まず働いてこれ等の対象の事実を噛み進み行く事は折返して歯尖を観照する謎の心へも噛み込まして行く作業をいたします。かくてわたくしはいつの間にか一つの心田の素地に行当っていたのでした。

　ああ、歿き父のかずけたいのち、歿き母のかずけたいのち、うつし身のまま霞を距てて負担を負わされている感じの安宅先生や池上、葛岡の不如意のいのちも、この心田に入る場合には自他を無みし不如意も如意もございません。滔々《とうとう》として天地と共に流れている卓犖《たくらく》不羈《ふき》の大河の流れと知られ、歪めば歪んだなりに直く、切ない痛苦は痛苦のままにして、息詰まるほどの快楽でもございましょう。趣あるかな水中の河、その河身を超越の筏《いかだ》に乗り同死同生の水棹で掻き探るとき、掻き寄すれば歿き父以下数脈のいのちの流れは、わたくしの一筋のいのちに入り、放つとき、わが一筋のいのちの流れは彼等の数脈の中に融け入ります。

「謎々なあに、照る日にからかさ」

この子供の唇に弄ばれる短い文句を、わたくしはただ嫌味のない言葉としてなおざりにT——町の路傍の子供の口から拾い上げ、明け暮れ胸の中でチュウインガムのように粘弄《ねんろう》していたのでしたが、噛めば噛むほどその滋味はわたくしの心田を鋤き下げ、呼吸も忘れるほど濃やかな眠りに似た憩いへわたくしを、目覚めながらに融かし沈めるのでした。

永劫の昔から、それ自ら疑問し来り、永劫の未来へ向けてそれ自ら疑問し去る謎の天地、謎の人生。解決と完成は人間の習性のみに在って、むこうに在るのではございますまい。解決や完成は、人間が局部の限界で墨縄を張るのでもございましょう。遂に終りということを知らない人間の歴史は、未完成は完成の始まりで完成は未完成の発足点であるという連鎖の不分明を教えているようでございます。

人間と自然は、照る日に傘をさすような矛盾を、とっ繰り返し、ひっ繰り返しやっております。また、照日が出て、次にから傘が出て次に照る日が出て次にから傘が出てという互い違いに追っかけっこの形を繰返してもおります。

これを運命という狭い眼界から諸行無常と観ずるなら、その諸行無常にこそ次に向けた運命への勇歩驀進《ばくしん》の力点があるのでもございましょう。諸行無常ならずしてどうして次へ動歩のバウンドがつきましょうか。諸行無常それ自身、人生の花鳥風月の装いに外なりません。

これを理想という短い尺度から矛盾と執《と》るなら、この矛盾は双刃《もろは》の剣で、腐朽《ふきゅう》の常套《じょうとう》を斬り、固着の錆苔を剝ぎます。未解決や未完成を恐れて何で解決や完成に旅立たれましょうか。

人生、それぞ掻き立てては点《とも》し、掻き立てては点しするいのち時雨の誰也行灯《たそや》。もとより灯心草に細し短しはございますまい。さす油は未来永劫《えいごう》尽くる期はございますまい。照る日にから傘の謎に口慣れてしまえば、雨の日のから傘が却って魅力ある不安な謎となり、雨の日のから傘にしばらく住してしまえば茲《ここ》にまた照る日のから傘の眼新しい謎に躍り出し度くなります。

まことさかしらに、かく喋々しますけれども、その喋々しているわたくしの人生のいどころは、笑止にも地下三尺の韜晦《とうかい》の穴で、解脱の長刀を揮ってみてもそれは現実の戦場へは刃尖の届かない盾裏の蔭弁慶でございます。

呼吸の音も聞えぬほど静かな憩いの席から活潑潑地の現実へ向けて、こういう註解は本質にまだ不熟の素が在って、向うに消化の力が行届かない憾《うらみ》があります。感得したものは主観の圏内にとどまるものを客観の事象に当嵌めようとするのは押付けがましくあります。こういう訳からわたくしは尚しばらくわたくしの周囲の印象に主観の手綱をつけますまい。飽くまで悟得のおのれの謎の地に伏せて、外界との和へは自然の調熟に待ちましょう。

ただ若さは、青春は、娘は、かくおのれを謎の地に伏せる間も、謎の地に伏せるほど身のうちをうす紅梅色に華やがし、醸し出す艶冶《つや》な電気は、相対の性に向って逸奔《いっぽん》し度《た》がって仕方がありません。けれどもこの電気でうっかりした人を撃つわけにも参りません。その揺り返しは必ずや、仮りの乞食のマスクを奪い、折角の憩いも空しくされるでしょう。文吉だけは、大地そのもののように茫漠として、わたくしの与える電気も畳に針のように痛みも反撥もございません。それでわたくしは彼にだけ流眄を試みます。身のうちの電気を散電させます。若さをせめて浪費いたします。

わたくしの流眄の影響を過して元の文吉に戻った彼は、

「おれに縋いて来るんだぞ」

と威張って歩き出しました。

わたくしも、ふと、もとの女乞食に返ります。見る眼に今や鷺町の家も路面も真夏の午前の陽の光りにじゅくじゅくと油で揚げられかけております。

文吉はわたくしを従えてだんだん門並を貰って行き、百瀬の本家の門を入って行きます。植え込みのところで、車廻しのついている表玄関から子持乞食のお三が入るのをちらりと見かけます。台所は一つ小門を潜った右側の中になっていますが、わたくしたちはそっちへは行かないで、左側の方の垣の枝折戸《しおりど》まで来て文吉だけ戸を開け庭へ入って行きます。そこに客のあるときは別ですが、客の無いときは半身不随の老主人が寝椅子に横たわって眼をまじまじさしているのを見かけます。文吉には、いつもこの老人が不思議に見えて仕方がないのでした。ふわふわ言って口もよく利けないのに、何となく威張っていますし、それを妻のおばあさんが子供のように扱って宥《なだ》めたり賺《すか》したりしていますのに、子供かと思えば白髪ではありますが立派な髭を生やしているからでしょう。

文吉の姿を見ると、老人は神経質の眼をぎろぎろと光らして睨むが、直ぐ笑み崩れて、

「ぶんちか、よく来た」

それから、利く方の左の手で呼鈴を鳴らして老妻を呼び、文吉にあれも食わせろ、これも食わせろと、意固地なおせっかいを焼きます。

老妻は、大柄で健康な老女であります。何事もあまり神経に触らない様子で聞き流していますが、文吉が飯類は手料理のもの以外食べないのを知ってるものですから、やがて菓子だけを両手に一ぱい山盛りに持って来て呉れます。

文吉は、枝折戸の外に待たしてあるわたくしに菓子を少し頒《わ》けて呉れますが、ほとんど大部分をその場でぽりぽり食べてしまいます。それを楽しそうに眺めている老人は、文吉が食べ終ると、腕を出して見ろとか肩を出して見せろとか註文いたします。

それが済むと、今度は、粘土打《ねんどぶ》ち——土手普請の真似をしろと言います。わたくしはまた老人の文吉いじりが始まったと思いながら枝折戸の口を通して眺めています。

文吉は「いやになっちゃうなあ」と言いますが、何だか、してやらないのも気の毒な気がするらしく、気軽るに立上って、土を叩き固め、棒を片手で支える恰好をして身体に拍子をとって揺り動かしながら、粘土打ちの唄をうたうのでした。

坊さまよ、

お山の道は、
おけさが擦れるよ、
ほい。

彼の声は少し濁《だ》みていますが、ところどころに葉蘭の葉の縁のように慄えがあって、暖かく寂しくあります。老人は眼をまじまじさせて聞いていますが大きな眼から涙をぽろりぽろりと零します。老人の心にはこどもの時分から聞き慣れた唄によって、たぶん生涯この町の発展に尽して来た熱意が想い出されるらしくあります。

それから文吉が「したこらよいしょ」と掛声して、土手の土に棒を打ち下ろす振りをすると、「ほい、ほい」と合の手を入れます。

老いた眼からは涙はいよいよぽろりぽろり零れています。いつまで繰返していても老人は止めろと言いません。文吉は汗だらけになって、「もう、やだ」と言いました。

その間、老妻は眼鏡をかけて着物に霧を吹いて畳んでいますが、ときどき唇を伸して眼鏡越しに二人の模様を眺めます。しかし何の感想も起らぬらしい。ただ稀に大きな口を開けて、屈托のない笑い方をして「莫迦にしてるね」と言うぐらいであります。

文吉が帰りかけると老人は利く方の手を挙げて人差指を振り、

「ぶんち、向う新家へ行くか。そしたらな、狸おやじに、俺は丈夫でぴんぴんしてるとそう言ってやれ。いいか」

老人が言うまでもなく文吉は本家を出た足でわたくしを急き立てて新家の百瀬の店へ行くのでした。

ここの奥座敷にも一人の老人が病気をして寝ています。それが何だか文吉には本家とお揃いのようで、珍しいのでした。

人々の話を綜合し、多少はわたくしの観察も加えました本家と新家との関係はざっと次のようでございます。維新の騒ぎの後に江戸で禄や職業に離れた人間の幾人かがこの町に入り込んだが、その中に盲人が一人あった。忠一という子供を連れていた。盲と言っても、うすく人影ぐらいは見えるので百瀬の本家の先代は、多那川橋の橋番に世話してやって橋銭を取らしていた。理財に長けた盲人なので、橋銭を朝から取り集めて夕方、役場へ納める間の七八時間ほどの間を、急場の金の入用者に融通して利金を取った。その他それに似たような機敏な振舞いをして小金を溜めた。

百瀬の本家の先代は、どういうものかこの盲人にひどく気をとられて、盲人の不評を庇護した許《ばか》りでなく、一人の子供の乳母で子供が乳離れしてからまだ家にいた女を盲人に娶《め》合《あわ》せて本家の向う側に小さな雑貨店を出させた。百瀬の姓をも与えて親戚関係を結んだ。それというのがこの盲人には負けぬ気の痩我慢があった。本家の先代はよくこの盲人を相手にして碁だの将棋だのをさす。盲人は負けると世にも口惜しそうな顔になるのを強いて笑い歪めて、

「旦那には何かと恩があるので思い切って刃向えないんだ。遠慮さえしなけりゃ、なに」と、そう言って、また戦いを挑む。また負ける。また同じことを言う。決して負けたとは言わない。

本家の先代には、盲人がそういうときの白眼を剝《む》いた歪んだ顔は、急に油臭いものになって見るに堪えない気持がすると同時に、世の中に嘗て見たこともない生々しい感じに撃たれる。そしてどうかしてこの盲人の不逞《ふてい》なものを取り挫いて、心から自分に向ってお叩頭《じぎ》をさせたい願望に充たされるのであった。

これは碁将棋のような遊び事ばかりでなく、如何なる好意に対してもこの盲人から素直な感謝は見られないのであった。しかも、どうかしてそれを見ようとして恩に恩を加えて行き、乳母を娶合せて店を持たしたり、親戚の中に加えたりするのも結局彼の不逞を取挫ぎたい気持の焦慮が嵩《こう》じたのに過ぎなかった。

盲人は「旦那がそう言うなら、ま、そうしてもいいが――」という煮え切らない様子を見せながら結局世話に預る。店を持ってから盲人の家はめきめき資産を増した。

盲人の連れ子の忠一と本家の一人息子の弥太郎とは、いわば乳兄弟である。二人とも当時、寺子屋式の小学校に上ってほぼ同じ教育のコースを執った。

小学校を出ると弥太郎は年若くして町の郵便局長の心得みたようなことをした。忠一は役場の吏員の手伝いをした。これを公務への関係の振出しにして二人は町の為めに尽した。弥太郎が村長をしたときには忠一は助役を勤め、鷺町が町とは名のみでまだ村政だったのを二人は協力して町政に引上げた。

そういうことの運動には弥太郎は何かと金がかかった。また弥太郎は地方政党にも関係し出した。百瀬の本家の資産は主に土地の不動産だったので土地は次々に典物に出された。始めは見っともないというので川上のF——町の素封家のO——家に融通を頼んでいた。しかし、如何に好意を持つO——家でも、そう遠方の土地を沢山引取り兼ねた。ついに弥太郎は露骨にあらゆる手蔓に向けて土地を金に代える算段をとった。

耕作人は少く新に税が賦課《ふか》される時代で東京近在の田畑の中には酒一升つけて無価で貰ってもらうというところさえ出来た頃のことだから弥太郎のこの算段は骨が折れた。

一方、忠一の方は兼業の金貸しを発展させて金融業の事務所を作り、小さな地方銀行まで設立させていた。忠一は実直な男で酒も飲まず煙草も喫わず、ただ一途に働いていた。ときどき「おれのような無趣味な男は全く損だ」とこぼしたりした。彼は弥太郎を敬愛していた。弥太郎の颯爽《さつそう》として失敗を物ともせず、次々と希望を湧かして来るような性質をほれぼれと眺めた。遊びも気が利き、宴席などの濶達自在な振舞いを口を極めて讃美した。

弥太郎は遂に忠一に向って、田畑を引取って金を融通して呉れるよう言い出すようになった。

そのときも、

「金の事は引受けたが、なにも他人行儀に田畑なぞよこさなくても——」

と忠一は断るのだが、気前を見せたい弥太郎は強いて抵当価値以上の多くの田畑を証文に書き込んだ。こういうことが二三度あって遂々百瀬家は財産整理の運命に立致った。最後の致命傷は多那川橋の改架事業だった。整理に二年余りかかったが「古川に水絶えず」で家屋敷と食べるだけのものは残って、その他に川下の尾根の岩山が一個所残った。それはまずよかったけれど流石の元気男の弥太郎も苦労したと見え、また永年の酒の祟りもあって中気を惹き起してしまった。

一方、忠一にも思いがけない生涯の変化があった。ふと、この町に流れ込んで来た年増女があった。僅かな縁を頼って尾根の岩山の裾を流れている渓川の水車小屋に寝泊りしていた。前身は甲府の酌婦《しやくふ》だというものもあれば、遊女もしたことがあるという噂だった。性格に把手の無い女だった。いつも手拭を姉さん冠りにして帯を引っかけに結んだ服装を田圃の中に現して、みそ萩を折ったり蝗を捕えたりしていた。ときには町の集会の宴席などに手伝いに出て、あだけた冗談を言った。

いつの間にか忠一がこれに係わってしまった。忠一にしてみれば酒も飲まず煙草も喫わず、ただ働いている自分のような無趣味な男は全く損だとこぼしていた生涯の損をここに一度に取戻したつもりかも知れない。

忠一には、息子が三人あって、総領の繁司は忠一の流儀に従って小学校を出ると役場の吏員の手伝いからだんだん公務の実習をして行って、瞬く間に助役を勤めるようになった。政党方面にも関係して若い癖に地方政界のボスのような形になっていた。訴訟沙汰が常に絶えなかった。繁司は背が低いが肩幅の広い敏感で肚の太いところがあった。本家の弥太郎翁の社会的勢力はこの新家の総領息子に移りかけていた。

次男の啓司はインテリ風の青年で主に東京にいて学校生活の経路に入っていた。三男の常司は何処か平凡の非凡というような点がありつつ無邪気な子供で村の農民の子供たちの中に入って遊ぶのを喜んでいた。

実際は何もかも繁司の時代になっていた。で老年の忠一が女に費う金ぐらいは新百瀬の家の身上に何の影響もなかったし、周囲の連中も、あの律義まっとうの忠一にそういう仕業があるのを彼に人間味でも見付け出したように軽蔑しながら一種の親しみを持った。

忠一は女の言うままに東京の場末の繁華地に小料理屋を出さしてみたりF——町の遊廓の店で空いた家の譲受けを交渉したりしていた。そのうち彼は病気にかかった。何の病気とも判らないが足腰が不自由になった。町の噂では女から悪い病を伝染されたのだと言っていた。忠一は医者廻りをしたり温泉場へ行ったりして、足腰は不自由のまま固まってしまったが、女は小料理屋の店を居抜きで人に売渡してしまって料理人と駆け落ちしてしまった。

忠一は新百瀬の奥座敷へ不自由な身体を横えるようになった。

弥太郎翁は忠一が女狂いを始めた頃から、何となく忠一に反感を持つようになった。自分が幼年から認めていた忠一は、皮を冠っていた狸で、今になって正体を現したように思った。自分がその律義を、その不粋を、いつも軽蔑の的にしてそれを嘲笑することによって一種の優越感が持てていたのを、もうそれも失わせられたような気がした。彼はソレ者になったのだ。もう以前のように自分弥太郎一人を英雄にして莫迦正直に崇拝する忠一のあの気質は無くなってしまっただろうと思うのである。

もう一つの理由は結局、勢力の推移に対する嫉妬だった。

資産が整理されて一たん他人の手に落ちた山林でも田畑でも、地方的事情から、経済力もあり社会的にいろいろ便利の手蔓を持つ新百瀬の家へ転落せねばならなかった。これなぞも僻《ひが》んでとれば向う新家が秘かに世間に手を廻して、当てつけがましく自家に取り込んだようにしか思われなかった。

文吉は荷車が沢山着いている新百瀬の店の横の別門から入ります。そこは三つ四つ蔵の囲んでいるちょっとした広場になっていて、店員や荷方が雑貨の荷を解いていました。文吉は声をかけられても知らん顔をして奥へ通って行きます。井戸端に桐の木があるその根元へ彼はわたくしを蹲《しやが》ませて置いてから奥座敷の縁へつかつか進んで行きました。庭に向いたこの奥座敷には老隠居の忠一が寝ています。ずんぐりむっくりした身体で赭《あか》ちゃけた色をして、首から上が麻布団の上に向うむきに見えます。

文吉は「やあ、ここでも寝ていら」と言って、同じ身体の動けない老人が道を距てて両家の奥座敷に臥せっている不思議さに対する白痴相応の感想を洩しました。

こっちを向きざま周章てた形で起き上ろうとして老人は「お、いたたたた」と言って、また身体を元に下ろしました。充血した出眼を神経質にくりくりさして、

「文公か、なにしに来た」と言いました。

文吉は「おまえの臥てるの見に来たんだよ」とあどけなく言います。

「ばか、人が臥てるのを見になんぞ来るもんじゃない」

と忠一は叱りましたが、それよりも文吉だけによって聞かれる本家の消息を期待する気持の方が勝ったのでしょう。彼は文吉を縁の側へ呼び寄せて、家の者には聞えぬような小声で、

「本家のじいさん、どうしてる」と訊くのでした。文吉は自分に粘土打ちの真似をさせたことなぞ覚束なく話しました。

文吉の語る話によって、本家の老主がどういう気持に在るかを探りながら「それから」「それから」と次を催促していた忠一は、しまいに文吉が、

「本家のおじいさんは、こっちは丈夫だからなかなか死なぬ。狸おやじにそう言えと言った」

と言うのを聞くと、忠一は何もかも力が抜けたように息を吐きました。

「やっぱり、弥太さんはおれが憎くって堪らんのかな。それで弱味を見せまいとするのかな。こっちは何も本家に悪いことをした覚えはないんだがなあ」と呟きました。

「何だか知らんが、おまえのことを狸おやじと言ったぞ」

と文吉は面白そうに言いました。忠一の顔の血管は膨れ上って来ました。

「そっちがその気なら、こっちもこっちだ」

と言ってまた溜息を吐きました。これは新百瀬の一家の中で啓司を除いた以外は、本家の理由もなしと見られる憎しみに対する反抗の言葉でありました。

「今度、本家へ行ったら、じいさんにそう言ってやれ、新百瀬の狸じじいは丈夫だって。本家のじいさんなんかよりも先に死ぬもんかって」

文吉は、もう老隠居を見ているのに飽きたらしくあっさり「さよなら」と言って飄然《ひょうぜん》と去ります。今度はわたくしを連れて来たのを忘れたと見え、わたくしは置いてけぼりです。わたくしは一人で河ぷちへ戻り、一たん自分のサブリ小屋へ入りました。陽に照され出して、やや噎《むせ》っぽく眼の覚めるような匂いを立て始めた夏草の香をしばらく嗅いでいます。お秀が橋の下の文吉を尋ねて来ました。しかし文吉はいないで、この乞食独特の小ぢんまりして綺麗に片付いた住居には鮮かな朝日が射し込んでいます。お秀は「ほい、そうだっけ」と言いました。お秀は文吉が今時分は町へ貰いものに行く時間であるのは判り切っている癖に、尋ねて来た自分を鈍いものというより、何か違った心理状態に在る自分とでも思ったらしく、ひょんな表情をしました。

次いでお秀は自分がそう思わないときは文吉の存在にたいした関心を持ちもせず、自分にその気が起って尋ねるときには必ず文吉がいるように思えるのはこれは自分のわが儘なのか知らん、それとも文吉はそういった性質の相手であるのかしらんとでも考えている様子を想像させる姿でお秀はぼんやり佇んでいます。

まわりにはいよいよ草いきれが立ちかけて、露で粘っていた葉と葉とが、ぴんぴんはね弾けます。叢の根元に潜った虫の声が聞えます。陽が半《なかば》さしている新しい藁の菰は何となく親しげな陽炎《かげろう》を立てています。お秀はその菰の上に横坐りに坐って眩しそうに川上の河面を見渡しました。満潮で大洲は隠れてみえません。展びて石油色をしている水はやや下げ加減で大きな面積のまま静かに川下の方へ移っています。その洋々としたさまはどんな大河かのようにも見えます。これでいてこの先、川上へ十町も行けば石河原の多い瀬川になってどんな山国へでも行ったかのような感じになるのがわたくしにはおかしく思えて、お秀とは別に、サブリ小屋の中で眺めています。対岸は、葭《よし》の上に横たえられた青い土手が見え、橋詰にごちゃごちゃしている予田町の人家の裏が土手の上に塊まって覗いています。それから上手へ人家はまばらになって、突然、煉瓦焼きの竈《かま》が高い煙突を持って斜めに見えます。その土手の附近は煉瓦やら瓦やら一ぱい積まれていまして、その渚からキリップが河中へ伸びて白く光っています。鯉釣りが太い竿を下ろしています。何という平凡で長閑《のどか》な景色でしょう。でもその平凡がまた何という身に染みてしまって今は逃れられない景色でしょう。

わたくしは人々から聞き集めてこの平凡な景色を控えているこの鷺町にも由緒めいたものやロマンスが伝えられているのを思い出しました。

むかし秩父から山を下りて来た畠山の子孫が、武蔵野に拠住《きよじゆう》して江戸氏を唱えましたが、その中で有名なのは、頼朝が石橋山の合戦に破れて安房から上総に入って軍勢を催したときに馳せつけた江戸太郎重長であります。彼はこの功労によって戦後頼朝から武蔵の中心地の沙汰を許された。

その一族でこの界隈に住みつき、土豪となったものがこの多那川沿岸にも三四軒ある。川上のF――町のO――家がその筆頭で、川下の旧東海道の駅路に当るM――町のM――家もそれである。

鷺町の百瀬もその一つであった。

江戸は太田道灌の時代、上杉の時代、北条の時代と変ったが、これ等の土豪は土にへばり付いた苔のように残った。徳川家康の旧家保護主義はこれ等の家々をその土地の権威として苗字帯刀を許し、屋敷地は貢税を許された。

この川ともう一つ川を越した東京寄りのE――郡内に女塚というのが七つある。新田義興が敗れて越後から武蔵に入り、再挙を図りつつあったとき、鎌倉の足利氏では佐京某というのを義興に接近させ討ち取ろうとした。佐京はまた少将という都下りの女をつけてスパイにした。ところが少将は義興公の情に絆《ほだ》されて公の方へ心を寄せてしまった。月見の宴に事よせて討取るつもりの計画も少将がこれを諷して危険に近寄らせなかったので、佐京は怒って少将を殺した。その侍女の七人の女も殺した。里人が憐んで少将と共にその遺骸を葬ったのが女塚だということになっている。

　だが少将を入れれば八つ塚でなければならないのに七つしかないのに就てはまた一つ伝説がある。侍女の中に美人の女が一人あって、それに百瀬の家の若殿が恋していた。それで秘かに逃れさせて宿の妻にしたのであると。

　お秀の家も昔は百瀬家の家臣筋で、天文の時分に北条氏康が関東席捲《せっけん》の際には上杉方に味方した百瀬の主人と共に大師河原に立籠って戦ったことなどあると言い伝えられていた。そういう関係からか、お秀の家も百瀬を名乗っていた。

　百瀬の弥太郎翁が丈夫の時代に、例の催しもの好きから、この界隈で百瀬を名乗るものばかり集まる百瀬会というのを作ったことがあった。この町から近村に散らばっているものばかりで十二三軒あった。変り種は地方廻りのオペラコミックの女役者と乞食が一人あった。どうしようかと幹事が会長の弥太郎翁に尋ねると、かまわないから連れて来いと言うので連れて来たことがあった。女役者はルイ子といって、その座中では花形だそうである。乞食は兵庫島と呼ばれていて、とても汚い乞食であった。

　わたくしが川やお秀の姿を眺めながらうとうとと取り留めもないことを考えていますと、橋の上から女の声がしました。

「文ちゃん。うちの餓鬼に歯が生えた」

それは女乞食のお三らしくあります。橋の下でお秀が黙っていますと、橋詰から土手の上へ子供を抱いて石油鑵を下げ、跛足《びっこ》をひいて来るお三の姿が現れました。

「あれっ、貸船屋のお嬢さんかね。おらまた文ちゃんいるかと思ったよ」

お三は手束ねのぼやぼやした頭を覗き込まして言いました。

「いいから、その赤ちゃんの歯が生えたところ見せて呉れない」

お秀は、何だか身体のしんからむず痒《がゆ》いものを感じたように自分の乳房が蠢《うご》めくらしいのを掌で押えました。

「そうですか、見て下さいますか」

さすがに悦ばしそうに跛足の足で堤を下りかけたが覚束なさそうなので、お秀の方から登って行ってやりました。

「どれどれ」

お三は破れた着物の袖口で道具のようにこどもの顔を拭いてから突き出しました。

「汚のうございますよ」

平べったくて眼鼻のつけどころが大まかな、そして顎だけしゃくれている顔が母親そっくりですが、こどもの顔にすると愛嬌がありました。丸々と肥っていて、どこで貰ったか七つ八つぐらいの子供の着物を着せられていますのに異様な魅力がありました。

お秀は「まあ、可愛らしい」と言いました。お三は農家出らしい太い人差指で赤子の唇を捲り上げました。歯茎の間にちらりと白いものが見えます。

「ろくに乳も出ませんが、あんまり泣くので乳首を含ましてやると、この歯で噛むんでごぜえます。はあ」

「歯の生え際には歯茎が痒ゆいんだって言うことよ」

こどもは母親の指をうるさがって、意固地のように歯を食いしばる。するとお三は何か道具でも扱うようにこどもの鼻を抓《つま》みました。こどもははあと息をひいて口を開けます。

「まあ大きいのね、驚いた」

お秀には何か冒険のような気持が起りましたのでしょう。

「あたし、ためしに含ましてみたいわ」

お三は「汚のうござえますよ」と言いましたが、強いて止めさせる様子もなく、また赤子の顔の煤けを二三度掌で擦ってから言いました。

「仕合せだの、この餓鬼は、お嬢さんのおっぺえさ、銜《くわ》えさして貰って」

お秀はまわりを見廻しました。わたくしがサブリ小屋に寝転んでいるには気が付かず外にあたりに誰も人はいませんでした。お秀は胸を開けて締っている乳房へこどもを宛てがいました。むくんむくんといってこどもは乳房に吸い着きました。お秀は身体中を大きな蛭《ひる》に取り巻かれたような薄気味の悪いらしい顔をしましたが、それを我慢していると、直ぐに何かこどもと一緒に融けてしまいたい、みずみずした愛が湧き上って来るらしい表情を見せて来ました。しかし、その恍惚の気持に在りながら、いつ乳房を嚙み付かれるか危険を待ち設けている不安の恐れが生々した緊張になってお秀を充したと見え、融けた顔はまた緊しく締って来ます。

お秀は天地が破れでもしたような刺激を感じたのでしょう。思わず「いた!」と、顔を歪める刹那にお三は例の扱い慣れた手つきで赤子の鼻を抓みました。そしてはあと言って口を開けた赤子を抱き取りました。

「は　は　は。やっぱり嚙み付くでごぜえましょう」と言って、お秀と一緒に乳首を覗きました。少し赤みがかった筋が入っただけで傷にはなりませんでした。

憎んでいいか憐れんでいいか判らない興奮がお秀を通過しているらしい間にお秀は、ふと新しい希望が計画のようなものになって胸に浮んだらしく乳房を見詰めたまま考え込んでいます。どういう考えなのでしょうか。一つ、わたくしが想像を逞しくして大胆に当推量を述べてみましょうか。彼女は結婚なんて面倒なことをせずに、こども一人得て育てようかというのではございますまいか。しかし、その子は自分が生むのか、人から貰うのか今、お秀の内へ想い入る眼ざしを見るとそこまでは考え分けていそうもない様子です。

眼鏡の花田は烏の羽毛を毟《む》しってしまって俎の上で肉を叩きにかけていました。そばを小川が流れています。西北の丘陵から水を落して、小合溜《こあいため》という貯水池が作ってあります。それが田畑を灌漑《かんがい》して、また集って多那川に落ちるその小さな流れでありまする。ゆるい流れの渚から水へかけて黒い羽根が飛び散っています。

ふだんの彼の言葉から察するのに彼は鉈《なた》庖丁で肉を叩きながら尾根山の岩膚が多那川へ露き出しになっている瀞《とろ》の頁岩のことでも考えているのでしょう。それは天然のセメントに使えるのはすぐ判りましたが、それだけでなく、何か砕き詰めたら味なものが出そうな感じがして仕方がないと彼はしょっちゅう言うのだそうです。ひょっとかしたらベントナイトとかいうものが出るかも知れないなぞと小川の向う側の無花果の葉の茂みの蔭に、わたくしは茣蓙《ござ》を敷き、肘枕をして流水の涼しい気を受けながら見るともなく見ております。

花田の後には隣のサブリ小屋の小娘が立って見ています。小娘はときどき話しかけますが花田は「黙って黙って」といって止めさせます。小娘は性懲りもなく直ぐ話しかけます。花田は自分の考えを擾されるというよりも、衝動のままずばずばやってのけたり言ってのけたりする子供が妙に癇に触るのでした。

「どうも子供という奴はエゴイズムなものだ。やり切れたものじゃない」

彼は土気色《つちけいろ》で瘠せた顔に顎だけ角ばっているのへ咬筋の動きを見せながら懸命に叩いています。

彼はおよそ生きてるもの、動いてるものに何か浅薄で生臭いものを感ずる性質でした。それで彼はだんだん廃物や死物に近づいて来たのですが、それ等に近づくのはただそれだけの理由ではありませんでした。そういった死滅の中に秘されている生命を人間の意志というようなもので見付けて使う。その事に異様な魅力を感じるのでした。始めから生きたり動いたりしているものはもう自然の手が先鞭をつけているのである。自然が匙を投げ、そのもの自らも永遠に休息に就いているようなものに向って生命を誘惑し出したい。そういう野心に於て始めて彼は自分の生の意識が運び出されるという妙な男でありました。

鳶のような鼻の根元に、迫って付いている丸い粒のようで意固地そうな眼は、普通のときは怖しい光を放っていますが、また何か現実の力に対《むか》っては弱いものがありました。

彼は肉が叩き上ったので、その中へ混ぜる山椒の粒を取りに自分のサブリ小屋へ入って行きました。その袋は棚から落ちて破れていました。彼は叫びます。

「おやっ、鼠が山椒のような辛いものを食うかな」

すると後から覗いていた女の子が言いました。

「この頃、野鼠が河を渡って来たんだとよ。野鼠は唐辛子でも食うとよ」

「仕方がない、山椒の葉を摘んで来よう」

花田は女の子に鳥の叩き肉の番をしておれと命じて、山椒の葉を摘みに出かけました。

わたくしは外に所在もありませんから、学者乞食が野鼠に、当にしていた山椒の実を食われたということにちょっとした愛嬌を感じ、この先もう少し事件は続かないものかと、少し離れながらあとから縋《すが》って行きました。

香辛料の好きな花田は、そういう種類の草木が在るところをよく知っています。一番近くて山椒の木の在るのは、ここの町外れより小一町ほど町中へ戻って、町の本通へ折れ曲る角の鷺町劇場がある。そこの楽屋口の大塵芥箱の傍でありました。

もとその劇場のある所は町の助役を勤めている脇百瀬の家の庭で四窓庵という茶室があったそうです。欧洲大戦時代の好況に脇百瀬の主人の新五郎は、この界隈に娯楽場が一つもないのに目をつけ貸席兼、色もの寄席を思い立ちました。そして、こういうことには何事でも力を借りなければならない新百瀬の繁司に相談しました。太腹の繁司は、いっそ株式組織にして活動でもレヴューでもやれる劇場にするさと勧めました。

広い前庭の一角が片付けられ、四窓庵は庭の他の側に移されました。水屋口に山椒の木が在りましたがあまりの老木なので葉は僅か許りしか出ませんでした。山椒はこの土地では植え替えて枯らしでもすると縁起が悪いと言う慣わしで、移さずそのままにして劇場は建てられました。山椒は楽屋裏の羽目外に当って残されました。誰もそんなことは忘れてしまって、その傍に大塵芥溜など据えました。

花田は山椒の木のところへ行ってみて「おや」といって驚きました。新芽はもうきれいに摘まれていました。食いものが思うようにならないと気狂いのようになって怒る花田は憤慨のあまり塵芥箱の脇腹をいやというほどゴム靴で蹴りつけました。わたくしは思わずくすくすと笑うと、花田は振返ってじろりと睨めました。そこへ兵庫島が来合わせて鬚面《ひげづら》を出しました。

「やあ、眼鏡の花田か」

「折角、当てにしていた山椒の芽を誰かにきれいに摘まれてしまった」

花田は指しました。

「山椒かね」と、兵庫島は覗いて、「きにょう夕方、橋下の文公がとって行った。鮒の甲焼をするだって言ってた」

花田は「えっ」とたまげた顔をしていましたが、「あいつ知っとるのかなあ」と呟きました。それから花田が兵庫島に対してなおぶつぶつ愚痴を並べているのを聴きますと——この町には山椒の木は少ない方だがそれでも町裏の製紙工場の社宅の傍にもあれば清光寺の卵塔場《らんとうば》にもある。そしていずれも文吉のいる多那川橋には近い。ただそれ等の山椒の木は若木であるから、葉は灰汁《あく》が強くて辛味も生々しい。それに引きかえこの劇場わきの老木の新芽というものは脆弱《ぜいじゃく》で辛味もこっくりしているのだ。文吉が山椒の葉を採るのに橋に近い清光寺の卵塔場にも行かず、製紙工場の社宅にも行かず、遥かに遠いこの劇場まで来るのは老木の山椒の葉のうまさを知ってのこととしか思われない。しかし、あんな白痴がそんな微妙なことを知ってそうにはどうしても思われぬ。

「文吉の奴、何だってこんな遠いところまで山椒の葉を採りに来るんだろう。橋に近いところにはまだあるのになあ」

と眼鏡の花田は思わず嘆声を上げます。すると兵庫島は、

「文公は、きにょうの晩、始めて来たんだが、一ばん柔かくてうまいこの山椒の葉をこないだ見つけといたのだと言ってた。あいつ変な奴でね——」

兵庫島は文吉が自然に対して不思議な感性を持っていることを語りました。——楓はお洒落で、幹を裸で天日に曝しとくのを嫌う。それでだんだん葉の茂りを下におろす。赤松は裸が好きで枝葉をだんだん梢の方へこき上げて行く。牛が向い風を嫌い、追風を好く——こんな観察を文吉がしていることを語りました。

「木の寿命なんかほんとに文公はよく当てるんだ」

劇場では楽屋番が起きたらしく窓の戸を開ける音がします。

「仕方がない。製紙場の社宅の方へ行こう」

「俺らも行こう。楽屋番のおっさんに見つかると、また、どやされるから」

「なにしろ、腹が減ってしょうがない」

「腹か、そうか、ちょっと待ちな」

兵庫島は、爪の長い手を熊手のようにして塵芥箱の中の屑を掻き廻しながら、

「なにしろ、劇場は不景気で、ろくなものも捨てないから」と言っていましたが、紙にくるまって鮨が五つ六つ塊まっているのを拾い上げました。花田は「有難い」と言って紙を剝がして食べながら、二人は大通りへ向います。

わたくしはなおこの山椒事件に発展の見込みがありそうなので、矢張り縋いて行きますと、

花田はまた振り返り、苦い顔をして「乞食が乞食に緡くもんじゃない。一文にもなりやせんぞ」と言いましたが、わたくしは意に介しません。水が豊富で土地に楮《こうぞ》が植えられる関係から昔からこの界隈には手工業の和紙工場が在りました。それ等を改めて近代的な設備の洋紙工場にしたのが百瀬の本家の弥太郎翁の功績の一つでした。七八十人の人間が従事している小さい工場ですが、機械工業になってもまだ手練の業の必要な製紙業に対して、代々、紙漉《かみす》きに慣れて来た土地の子弟たちには何か持前の熟練がありました。相当に高級品が作れました。

何度か大会社から合併の申込みがありましたけれど弥太郎翁は頑張って応じませんでした。大会社も反対に立たれて恐ろしいほどの相手でもないので、そのままにして原料を供給しては製品を引き取る下受負いの工場にしていました。為替相場の変動で邦貨低落の為めアメリカから輸入する製紙用の糊がとても高価くなりました。この糊は最高級品の紙の剝ぎ合せ《(ママ)》には是非必要でした。そしてこういう加工用剤は工場の持ちだったのでとても輸入相場が高価くて使い切れないようになりました。親元の大会社の研究室でいまその代用品の研究中だというのですが、直ぐ発明されるわけのものではなく従って工場ではしばらく最高級品の製造は止めて、防湿紙の製造に力を注いでいるとの事です。

防湿紙の完全なものを作って貰うのは需要者側の商売上重要な問題で、そして今まで使っている蠟引紙にしてもハトロン紙にしても完全とは言えないそうです。工場の技師長の今井田はここに目をつけて必死に苦心しているそうです。

今井田は子福者で十八を頭に七八人の子供と一緒にいま社宅の茶の間のチャブ台を取巻いて朝飯を食べているのが見えます。彼は飯茶碗の鳴る音や、子供たちが泣いたり笑ったりする賑かな騒音の中で物を考えて行くのが好きらしいのです。

茶の間の前に庭があり、垣根を越して左側に工場が見えます。右側に社員の社宅が並んでいます。その間に西北方から小合溜《こあいため》の流れの下流が工場の敷地に流れ込むのが見えます。これは雑用に使う水で、浄水としては尾根山に沿うて流れる渓流を引いてあるのが左斜めより来るのが見えます。今井田は都会近くの工場にしては水は相当に贅沢に取込んであると、いつもこれを得意にするのでした。

ふと見ると、社宅の二番目の竹垣の外から学者乞食の花田が、髭だらけの乞食と話しながら山椒の葉を摘んでいるのを茶の間から今井田は覗いて見ました。

今井田はわたくしの姿も眼に入れてこの町には何でこんなに乞食が多いのかと非難するらしい皺を眉に寄せながら、しかし防湿紙の発明に就いては不断から研究の話し相手である花田と話し合いたい気持が起ったのらしく、ただ花田は子供が大ぜいいるところは嫌いなことは知っているし、また呼び込んでもあの有名な汚ない髭の乞食が一緒に来ては迷惑なので躊躇していますと、社宅の角を曲って不意に貰い袋を背負った文吉が現れました。それを見て花田が腕を摑え何か二言三言いったかと思うと、打つやら叩くやら始めました。髭の乞食は止めにかかりましたが一緒に打たれました。今井田は立上って外へ見に出ようとする子供たちを叱って止めています。文吉はわあわあ泣いて悪態を放ちながら逃げて行きました。髭の乞食もどこかへ消えてしまいました。

興醒めた気持になって今井田は服に着替えて出勤の支度をし始めました。花田は残りの山椒の葉を毟《むし》っています。と、また不意に社宅の蔭から文吉が現れました。その後から貸船屋のお秀が現れました。

不思議なことにお秀の姿を見ると花田は山椒の葉を毟る手を止めて、そのまま鋳《い》固められたかのように立竦《たちすく》んでしまいました。花田は若い女殊にお秀は苦手です。お秀に何か詰られるのに対して、彼はもじもじして頭を掻いてみたり、耳を擦ってみたり、ふだん傲岸《ごうがん》な彼に似合わしからぬ様子を見せました。花田はお秀に肩を摑えられて緊く揺られると、文吉に向ってお叩頭《じぎ》をしました。すると文吉もお叩頭をしました。

今井田はこれを見て何か愉快なものを感じあはあは笑いました。子供たちまで縁で眺めて一斉に笑いました。お秀は文吉とわたくしを連れて歩き出しました。振り返りますと花田はもう山椒を摘む勇気も無いようにすごすごと反対の方へ去って行きました。

新百瀬の啓司は朝飯を食べますと、早起きの鷺撃ちの疲れが出て一睡する癖があります。わたくしが貰いのため中庭へ入って行きますと、彼は丁度眼が醒めたとみえ腫れぼったい顔で目醒しの煙草を喫っています。弟の常司は葬式から帰り、この中兄の傍でカーキー色の服に着換えて外出の支度をしています。中兄に訊かれて小合い溜めの家々を廻って、午後の土手普請の女子青年団の狩出しに行くのだと答えました。

中兄の啓司はこの弟が好きでした。無口で快活でときどき瓢軽《ひょうきん》なことを言います。薄桃色にやや青味のさしているいい身体をして胸の筋肉なぞは希臘《ギリシヤ》彫刻のように括《くび》れています。小さいときから村の子供の中に混って遊ぶのが好きで啓司のいつもの話に彼が高等小学へ通う時分、小川の掻い掘りをしている泥だらけの子供を見て、中に似たような子供がいると思って気をつけてみるとそれは大概常司だったそうです。

長兄の繁司も中兄の啓司も今では末弟の常司に何一つ立ち入った話をしない風があります。兄等がそういう話をしようとすると、する方が却ってどきまぎしてしまうような常司に生まれつき籠ったり蟠《わだかま》ったりした話しつきを弾ねつける性質があります。ただ常司々々と言って二兄は彼を愛しました。

彼は中学校を出て私立大学の予科へ入り、相撲だの水泳だのの選手をしていましたが、ふいと止めてしまって村へ帰って郷土語を語り、郷土に馴染んでその日を暮し出しました。町にはいろいろの出来事があって権勢家の長兄の繁司の手を煩わしました。繁司は主に東京にいる関係もあり、大概の事はこの末弟に代理を頼みました。

「常司、頼むぜ」長兄が言うと、常司は「いやだいやだ」と言ってながら、それでも世話を焼きました。羽織袴をつけて兄の代理に宴席の上座に坐っているのを料理店の窓横を通りがかりに覗きますと、眉の濃いがっしりした眼鼻立ちの美男子ですが、彼はいつも立上って何か行動的な生活に自分をなずませて置きたいような青年でした。表面無口でも行動へ行動へと心がいつも急いでいるらしくありました。

土地の娘たちにはあまりに彼の性格が明確と行動に透き抜けるので、情緒の対象にはならないらしくあります。彼の親切は普遍で独占しにくいものに見えました。彼は月日と共にだんだん公式的な青年に見えて来る種類の人物のようです。彼が町のカフェに出入りしても嫉妬する女たちは一人もないようです。カフェ入りもやはり何かの役目を勤めるための行動生活の義務の一つだろうと女たちには感じられるものですから。彼は女子青年団の世話人もやっていました。彼女等は集団的に纏って常司を頼母《たのも》しがっていました。皆が揃って常司に向っては何か張り合いが出ました。そういう意味で常司は彼女等に人気がありました。

わたくしが貰いのため町を出て小合溜へ行く道を歩いてますと、あとから啓司は常司と自転車を並べて夏の日の午前の村道を走って来ました。がっちりした顎を青々と剃って黒い瞳をちろりちろりと動かしながらペタルを踏んで行く二十二の弟を見て、啓司はこいつ馬鹿なのか利口なのかと見定めるよう更めて見詰めました。

町外れまで砂気の多い土で、桃林だの桑畑が多くあります。それが過ぎると真土になって田圃が見晴せます。丘陵近くになると黒土で蔬菜畑になっています。フレームも見えます。極めて緩くうねをうっているこの平地に幾つかの小さい字《あざ》があります。字々の部落は立木に囲まれながら処々に塊まっています。

小合い溜めの水が彼方に光っています。

突き当りに見える丘陵は石灰質の白い膚を現しているところもありますが、大部分雑木に覆われ、丘陵の背にはその後の九十九谷を埋めている赤松の林が波打って来て、その波頭を現すように丘陵の背に柔かい緑の並列の姿を現しています。里の人は松ケ丘と呼んでいます。

松ケ丘からT字形に多那川に向って尾根山の象の鼻が突出ているのが左手に見えます。尾根山の根本のところは松ケ丘と同じく雑木に赤松を加えて覆われていますが、先に近づくほど丘陵の岩膚を現わしています。水楊だのアカシヤだのが一列に並んでいるのはそこに渓川の在ることを示しています。水車小屋が見えます。

稲田はいま伸びる盛りで、昼前の日光に青臭く晴々した匂いを立てています。三番目の田草取りの男女がその中を匐い廻っています。

田草取り連中は常司の姿を見ると、何とか言って声をかけます。常司も声をかけます。若い娘を見かけると常司は、

「昼から粘土打ち出てくれろよ」

と怒鳴ります。娘は、

「うん、出るよ。うん」

常司は自転車の上に伸び上って、

「返事ばかりじゃなかろうな——」

「あはははは大丈夫」

快さそうな笑い声が稲の青葉の中に隠れます。小合溜の近くになって道はまっ直ぐに畑地の部落と左へ尾根山へと岐《わか》れるところへ来て、啓司は常司と別れました。別れ際に常司は、啓司を呼び止めて、

「繁司兄さんもこの頃、いらいらしてるらしいぜ。会社の方はまるで喰い違ってるし、砂利は世間が不景気でコンクリ建築が少ねえから売れねえし、乗車賃が高価過ぎるといってバスは客が乗らねえし——」

「そんなことになってるのか」

啓司は吃驚《びっくり》して弟の方を見ました。

「俺ほんとによくは知らねえけどまあ大体にはな」

そこで畑地の道へペタルを踏んで分れて行きました。啓司はハンドルを尾根山道の方へ取りながら、ふとわたくしを見つけて「おお、ぼんやりのお蝶か。一緒に象ケ鼻まで遊びに行ってみないか」あっさり言いっ放しで強いて勧めるでもなく首は畑越しに弟の後姿の方に向けて眺めやりました。その弟の姿には何の気がかりがありそうにも見えません。啓司は再びこの末弟が馬鹿か利口なのかと考えて見ずにはいられない様子です。

わたくしはまたこの青年に誘われたまま、小合溜方面の貰いを打ち捨てて、自転車の横に附

いて黙って歩いて行きました。

啓司は水車小屋に自転車を預けて、尾根の象鼻に上って行きました。わたくしも登ります。尾根山の象鼻は萱に覆われて小高く丸味があり、なるほどそう思えばちょっと象の頭から鼻へかけての形に見えなくもありません。尾根山の根元から象の頭へかけては本家の百瀬が持主であります。百瀬家に言い伝えがあって、尾根の象鼻は百瀬の家に取ってはなにかの場合には救いになる山だ。決して手離してはいけないというのだそうです。事実二度ほど百瀬家のみならず、この界隈を救ったという言い伝えがあります。一度は天保の饑饉《ききん》のときにこの尾根一ぱいに野老《ところ》芋が蔓延《はびこ》って、村民はこれを掘って餓えを凌ぐことが出来たという。また、餅に混ぜて食えば食われる土が岩層の間から採れたともいう。もう一度は明治初期の或年の大雨のときに多那川は堤を切ってこの界隈の人家を没したことがありました。そのとき避難所としてこの山がなかったなら、恐らくこの平地の土民は全滅したであろうということです。明治中期の文明開化人である弥太郎翁もこの言い伝えだけは迷信とくさすことをせず、家財整理のときも最後の苦しみをしてこの山だけは取り止めたのでした。

象の頭の上にちょっとした見晴亭があるのが風雨に朽ちて僅かな屋根と柱ばかりになっています。弥太郎翁の全盛時代、芸妓など連れて来て桃林の見晴らしの莚を張った名残りだそうです。

啓司は、風雨に洗い晒されて舟板のようになっている床の上に寝転んで、懐の中から本を二冊頭の辺に投げ出しました。わたくしは少し離れて床の敷居の端に腰かけました。

しばらく景色を眺めていた啓司はわたくしの方を振り向いて徐ろに、

「蝶子さん」

と呼びました。言葉は親しみ深くその上、敬称で呼ばれたのでわたくしはおや、と思いました。うっかり返事もしかねて啓司の顔を用心深く見返します。啓司の顔は幾分得意気に笑っています。

「蝶子さん、もういい加減マスクを脱いでもいいでしょう」

陽は午前の十一時に近く、川も町の甍《いらか》も、野菜畑や稲田も、上皮を白熱の光に少しずつ剝がされ、微塵の雲母《きらら》となって立騰《たちのぼ》ってるように見えます。たとえわたくしのいる庇の蔭の光線は、外光の反射だけにしろわたくしの乞食の燻ぼらした醜い顔をこの陽で照明させ、相手の青年の眼に曝すことは、どういう筋道からにしろもはや自分の素性を嗅ぎ知られて見えるこの場合、とても恥ずかしくて仕方がありません。わたくしは矢庭に顔を袂で覆いまして、

「あら恥ずかしいわ、どうして判って」

と言いました。

啓司はわたくしの憶気を察し、わたくしを見ない空の他の方角へ煙草の煙を吹き上げながら、

「どうしてって――あの学者乞食の花田は乞食仲間の身元素性を詮索《せんさく》するのに妙を得た男ですよ。あなたが贋乞食であることくらい、あなたがここへ来て十日も経たないうちに彼は嗅ぎ出

しましたさ」

学者乞食の花田は廃朽の自然物から何か価値を取出すことに魅惑を持ち、偏執狂的にその在所を究めずには措《お》かない。人間の廃朽品である乞食に就ても同様で、一たんこれと目ざした乞食に向けては執拗に詮索を追躡《ついじょう》して行く性分である。

「その探偵犬にかかったあなただから、あなたが乞食の血筋出の大学教授の妾の子であることも、生くることの迷いから女だてら親譲りの乞食の体験を積むことも、花田はすっかり調べ上げて僕に話して呉れました。二人だけはこの町でもあなたの本性を知っていたのです」

わたしはもう仕方がないと思います。

「嫌だわ、知ってたの。じゃ、かなりおかしかったでしょう」

「そりゃおかしかった」

啓司は、ともかく、自分と顔を向き合わして話が出来るように、水ででも顔を洗ってらっしゃいと言います。

合歓《ねむ》の木が緑の影を浸している小丘の裾のささ川。わたくしは顔や手足を洗うほどに今ぞ剝ぎ出す乞食の下の、菰の下の、女の本性。静かな流れに向って、にっこり笑えばにっこり笑い返して来る天真独露の生娘のおもかげ。水底とこの世と、一つものを二つに映す水鏡こそ、今は世の触りにも類いてありとやせん、なしとやせん。わたくしはわたくしの映像に向って、

「しばらくね、おなつかしゅう」

と挨拶しました。それから、

「でも、あんたはお初にお目にかかる娘さんかも知れないわね」

とも言いました。

わたくしは何か心の記念のように渚の草の葉を毟《むし》り、流れに一葉舟を泛べてからまた小丘の上へ登って行きました。啓司はそこでなお待っていて呉れました。

わたくしが話す乞食の生活の経験、啓司が話す勉強生活の齟齬《そご》の経験、何の種類にしろ女が一たんおのれの偽装を剝がれたと思う男には、もはや心置きなく又、逃さじと心を相手に身を捨てて心を通わして行くものであります。そうされて憎く思う男はまあ少いでございましょう。

私たちの話はかなりしんみりしながら弾みました。

「僕の今までのすべての失敗の原因は、合理性なるものを人間のいのちに結び付けなかったことだ」

「それぞれその理窟がすでに合理性をいのちに結び付けてない証拠じゃないの」

「違いない。じゃどうすりゃいいんだ」

「しらふで夢中になれたらいいわ」

「ふーむ。君を花田はウール・ムッター（根の母）の性がある女だといったが、体験とカンでそんなことも判《わか》るんだな」

昼近くなって陽がかんかん照り亘って来ます。くの字に曲って来て、お秀の貸船屋の前の淵に突当った水は、その反動でタガメの住む対岸の毘沙門堂の洲を作り、またこちらの岸にうち当てて象の鼻の瀞《とろ》となっています。

郊外の田舎にしては立派な多那川橋がお秀の貸船屋の前の淵から少し上手に燦《きらめ》いて架かっています。その橋から鷺町が、一筋の往還の両側に高低の建物を並べ、特に抜き出て清光寺の堂棟と散木と渾名される巨木とが目につきます。

啓司がふと見ると、足下の象の鼻の途中から下、瀞の渚近くまで岩層が露出していて、学者乞食の花田が頁岩のあると言って頻りに研究の材料にしている地点へ、運転手風の男が試掘用のハンマーで岩石を打ち壊しては堤の上の自動車の中へ運び入れています。

啓司は降りて行って「なにしているのだ」と訊いてみました。すると運転手風の男は不機嫌に、

「旦那の工場で試験に使うんだ」と言いました。啓司はまた「何の工場だ」と訊くと「君たちに言ったって判らん」と答えました。啓司は生意気なという気持から、わざと諄《くど》く訊ねます。

「ふーむ。なんていう工場だ」

すると男は怒った顔を振り上げて啓司を睨みましたが、癇癪を噛み殺してしまって、ただ気の無い声で答えました。

「永松というんだよ」

啓司は、ここでちょっと後につき従っているわたくしの方を振り向き、高等学校時代に永松という秀才の友人があったが、その家が工業家であることを思い出しそれじゃないかなと告げました。

「永松、ふーむ。君は永松のとこの運転手か」

運転手はもう面倒臭がって作業の方に向い何とも返事しません。

わたくしは、また、この運転手が昨日旦那とその第二夫人をお秀の船宿まで車で送りつけ、その旦那と女はお秀のとこのモーターボートに乗って無断で横浜の磯子まで海を渡って泊り、ボートを返しには磯子の旅館の男が来たことを啓司に語りました。

運転手が丘の根の頁岩から幾塊かの岩塊を壊し、車に積んで運び去るのを見て啓司は苦笑しながら言いました。

「事業家という奴は目のつけ方が早いな。殊にこの不景気で四苦八苦している際には。他人の持土地の見境なく、泥棒根性まで出す」

それから、これじゃ、この町の者もうかうかしていられないと語りました。

尾根山の象ケ鼻の瀞の頁岩へ、東京の事業家が目をつけ出したという報せを啓司から町のスタフ達は聞いて、彼等は今まで兎に角煮え切らないでいた町全体の人間と資力を挙げて製紙工場を中心に拡大強化し、積極的に各種の事業を経営して行こうという議は捗《はかど》りました。勿論、両百瀬家とその一族が中心です。
頁岩からは天然のセメントが出るし、もう少しの研究でベントナイトが得られるとかどうかとかで、そのベントナイトから防湿紙が作り出せるなど、その他いろいろ話に、研究に、この町は活気を呈して参りました。わたくしは素人ゆえこの方面のことはよく判りません。これらはいま鷺町物産会社の技師長となった乞食花田と副技師長の啓司の説によるものでございます。尾根山の岩膚の富源からもし社会に需要さえあるなら、新科学の威力により岩を砕《くだ》き詰めて食料代用品さえも取出せるそうです。かくてこの経営の進行中に四年は経ちます。

その起点を多那川と共に秩父の峰から起し、川の上流で一たん川から遠ざかった山岳地帯は、川を離れながらまだ川を見護るように平行し、やがて裾を拡げて相模の中央部へ方向を振り向け低くなって行きます。この巨大な山岳地帯の尾根は、地質学上、小仏層と称せられる地層で成立ち、そしてその尾根から川の流域の沖積層までの間の洪積層は一面に皺立つ丘陵をなしています。この地質は多那川を越して東京の中まで延び、東京の山の手の高台にもなっているものだそうです。この丘陵は松の多い雑木山で、その煩瑣な起伏を土地の人は九十九谷なぞと呼んでいます。小仏層の山岳の尾根は、ところどころで川の方へ慕い寄るように丘陵群の中へ、ごつごつした山骨を伸しかけますが、たいしたことはありません。ただ鷺町の附近ではややこれが著しく、海盤《ひとで》の一本の触手のように丘陵地帯を貫いて町の下手で河原まで岩層を差し伸しています。珍しいことにはその水に洗われた肌に中生層の岩質が一部見られるとのことであります。百瀬本家の持つこの断層こそ、鷺町が富源として新しく出発する無尽蔵の宝庫でありました。

かくて四年前には、この尾根を背景にして田圃のなかに寂しく時代から置き去られていた鷺町は、今は、煙突の林立と、絃歌の声と――いずこいかなる僻地でも既に工場と三業組合が出来たところに生活の単純性はございません。鷺町の殷賑《いんしん》のさまは、空に漲《みなぎ》る煤煙と、障子の外に響く歓声嬌声とに説明を任せまして、わたくしの身の上に就て関係のあることだけを述べて行きましょう。

わたくしは花田や啓司に勧められて、今は市政を布いて鷺市であるその市設の倶楽部式会館の女経営者《マネーヂヤー》となりました。はじめ啓司はわたくしに結婚を求めましたが、わたくしは花田の説により、相手をお秀に譲りました。花田の説によると、わたくしはウール・ムッターの女だそうです。その母性的の博愛を誰も男一人で独占することは出来ません。わたくしがもしそれを肯《がえ》んじても、直ぐ相手の男に飽きられるか、自らあくがれ出て、その博愛を多くの男に振り撒く性だと言います。わたくしは自ら探ってこの性を悲しく受肯《じゆこう》します。日々に多くの市民の男たちを送り迎えして、その一々に心からなる親切で応待し、心を和めさせ、元気づける倶楽部の娘こそ、わたくしに相応しいものでありましょう。廃物の乞食の中から花田は、わたくしを倶楽部の娘に拾い上げたように、この町の乞食の、子持ちのお三も、タガメも、たんばも、瀬戸勘も、髭の兵庫島も——みな、それぞれ拾い上げて花田と啓司の指図の何かしらの職持ちになったのは、二人の慈善心より、より多く市に人手払底《ふってい》のためでしょう。文吉だけは相変らず可愛いがるだけで市中に遊ばしてあります。

本家と新家との両百瀬は資力合糅の関係から仲よくなりました。わたくしはここに於て世間の通俗小説の大団円というものに敬意を表します。事実、事件の纏まりというものが世の中にないこともないからであります。

何か人力以上大きなモチーフさえ出て来たなら、人間を木の葉のように一つに吹き寄せることは易々たるものでございましょう。

しかし遺憾ながらここまで鷺町の出来事は纏って来て、通俗小説でないこの叙述では事件がまた纏りから喰み出して行くのでありました。

今や市設の興行館、鷺市劇場へ以前から度々出演を頼んでいたお艶という東都の歌曲の名手がありました。出演の都度、休憩や食事の関係からわたくしの経営する鷺市会館へ寄って行きました。童女のような無邪気な女、それでいて、濃艶な魅力を含んだ女。ちんと澄して控えると上品で美しい古代人形になっても見える中年女でした。わたくしを一目見たときから「あらいいね、この方好き」と、わたくしを抱きかかえ「まるであたしの姪の気持がする」といって、それからかの女はその気持を持ち続け東京の自宅へも招ぶようになりました。わたくしもはじめてこの世で慕わしいこころが結ばれる性情の分厚な同性に出会ったと覚りました。しかしそのあまりに情熱の豊さで男の人気をぐいぐい攫《さら》って行くところは、まるでわたくしの分まで持って行かれるようで一方に鋭い反感も持ちました。

お艶のような人気者が、忙しい中からこの鷺市のような郊外市の演芸場へ度々聘《よ》ばれて来るのに就いては、脇百瀬の新五郎氏の邸内に古い茶室の四窓庵というのがあって、そこへお艶のおじさんと呼ばれる中年過ぎの俳人が度々運座をやりに来るので、新五郎始め市内の長老連は彼と親しくなり、彼を介してお艶をここの演芸場へ出演するよう懇望したのがきっかけでありました。このおじさんは市塵庵春雄と号して、日本橋に在るその庵は、嘗て江戸派の元老俳人で市塵庵四季雄という老人が住まっていたそうですが、歿くなり、その後嗣者となってこのおじさんはお艶と共に彼の弟分の秋雄という弟子を連れて移り住んだのでした。

わたくしが鷺市会館の賄の買い出しの事などで東京に出るときお艶に悦ばれるままちょくちょくこの市塵庵に立ち寄りましたが、そのお艶も遂に数年前に歿くなってしまいました。その葬儀の盛大なこと、芸界の敵味方ともにその天分を惜んだこと、近年芸界の語り草でございましょう。ところで、お艶の生前は殆んどお艶とばかり交際っていたのでしたが、その死後、彼女の遺志から交際が付きましたこのお艶のおじさんである市塵庵春雄は、わたくしとの間に妙な情緒の縺《もつ》れをつくって来ました。それはわたくしの前半生中で比較的長く定住した鷺市で一ばん大きく心を動かした出来事でした。そのおじさんなるものの人物とそのいきさつは――いや、わたくしが述べるよりも、そのときのおじさん自身の書いて呉れた手紙がわたくしの手元にまだ残っていますから、すべてそれに語らせましょう。

おじさんより

蝶子

川の渡りは無事だったか、家の首尾は。

別に心配もしないが、おまえとわたしがこうなってからの最初の手紙をいま書き出そうとして、その書き出しを何と書こうか、とつおいつ思案の末、却ってあっさりこう書き出した。いかに思いを籠めようかと千々に心惑った揚句、白紙にただ「なつかしさのあまり」と書いて封じ遣ったむかしの人の心遣りのように。

別に心配もしない事柄を普通の手紙の問候のようにわたしは冒頭に書く。だが選み出したこのあっさりした言葉によって尋ねかけるわたくしの胸の中の愛の厚みや拡ごりを、——ああ——その無限を、おまえは知るか。

おまえを自動車で送って、わざと鷺市の中まで入らず多那川橋のずっと手前で別れてわたしは庵へ帰って来た。庵の茶の間は弟弟子の秋雄によって珍しく綺麗に掃除され、電灯も明るいように感じられた。その下で二人は番茶を飲みながら少しばかり語った。

わたしは秋雄に「心が通じたという安心はどんなに人を落ち付かせるか知れないね。こうなったら逢う逢わないはたいした問題じゃない」と言った。秋雄は「その落ち付きはまず今夜か明日の昼ぐらいまでは続くでしょう。けれども、明日の晩あたりからはまた危ないね」と笑った。彼は、わたしの非常識極まる決心を聞き、側杖の決心を彼もしなければならなかった今朝の暁の雨を思い出で、それに較べる今夜の虫の音の静けさを味って流石にほっとした容子である。二人は男世帯の気さんじな庵の中に敷き放しにされている北窓の下と南窓の下の寝床に、分れて寝に就いた。

　蝶子、おまえはきょう昼過ぎわたしの庵へ出て、わたしから突然乱暴なわたしの決心を聞き、「まあ恐ろしい」と言った。その決心というのは、是が非でもわたしはおまえの肉体を一度は自分のものにしたい、その望みの実行だった。その無礼に対しておまえが謝罪を要求するなら貞操蹂躙《じゆうりん》の裁きの下に牢獄に下ることと、わたしは自分で生命を断つことと、この二つの何れの代価をも差出すことを用意していることを語った。

　さらでだに悶々の情に堪えないで来たわたしのおまえに対する情熱は、ゆうべの夜中頃からいよいよ張り膨らまり、もはや最後の手段を取らないでは居ても立ってもいられない気持になった。やり切れないこの気持でいるのにわたしはちょうど向島の三囲《みめぐり》稲荷に献額《けんがく》する現代江戸派の俳諧の揮毫《きごう》を頼まれて、これを書き上げるのに式日まで四五日の期日を剰《あま》しているだけだ。この献額は私たち江戸派の俳人に取ってかなり重要な企てだった。わたしはやり切れない気持を押えて揮毫を続けねばならない。それでもわたしは、この額を書き上げたときこそ、わたしがこの世の終り、身の終り、その代りわたしがこの世で心から得たいと望んで来た唯一のものを得られるのだと心に言い聞かして揮毫に取りかかろうとした。だが、心というものはそう言い聞かされたくらいで一念に集中するものではない。心は筆から逸れて、とかくにおまえに向って焦立つ。仕方がないから薬嫌いのわたしが、ふだん医者から貰ってある持病の胃痙攣止めの麻痺薬を四五日間は飲み続けることにした。その薬を飲み、薬の作用が現れ出し、わたしを何もかもを一念に似る揺蕩《ようとう》とした薬効の世界へ融し漂わして呉れる気分に乗じてきょうやっとわたしは揮毫し始めた。そのとき忙しいおまえが思いもかけず庵へ尋ねて来たのだ。わたしはおまえの声を聞いただけでもう苔松に花桔梗の根締めを添えたように和められ、脆くなってしまっている自分に向って不覚にも憐れみを施す涙が零れた。秋雄がわたしの状態の粗筋を病歴のようにおまえに話し聴かして呉れたのち、わたしはいよいよおまえに会って話を切り出した。

わたしはまだそれほど打ち融けたがらないおまえに市塵庵の茶室の壁に肩を並べて凭れ、肩に手をかけさして貰った。わたしの肉体に鬱蓄《うつちく》されている情熱の電気は、こんなことでもして徐々に中和させないと、どんな爆発の形を採るか判らない危険性があった。身体を離している方が寧ろ放電の形は激しいものだ。わたしの語るのを聞いておまえは「まあ恐ろしい」と言った。わたしは秋雄がもしわたしが牢獄へ下るのだったら、その出獄を待って共に遠国へ旅立つ支度をするし、死ぬのだったらそのあと始末をしようと側杖の決心までしていることをもおまえに語った。わたしは大事な献額揮毫のためたとえその決心の実行の日を四五日先に宛ててあるとは言え、自分が病的とも言えるほどの状態にあり、チャンスとしてまたとない茶室中の半日のどれかの刻々に何故わたしは決心実行を繰り上げようとしなかったのだろうか。繰り上げようとはしないで却って実行には妨げとなる行動の事情を予告のようにおまえに話したのだろうか。

蝶子、わたしはおまえに対してそれはわたしの芸人の躾けに在るのだという。わたしはわたし自身に対し相変らず可哀相な躾けの身だなと喞《かこ》つ。

蝶子おまえは知ってるかどうか知らないが、わたしの前身は幇間であって、その幇間の師匠というのは死んだが、滝廼家鯉丈という大師匠だった。日本ばし数寄屋町の花柳街に住み当時東京中で名うての幇間だった。普通のしもた家造りに住み、普通市民の服装をしてどこを探しても幇間という風はなかった。客と見れば妙な手つきをして妙な声を張り上げるあの輩《やから》の幇間とは較べものにならなかった。表通りの堅気な大店の旦那が一通りならない浮世の苦労をしたのち無事に隠居をして晩年の余技にいささか風流を弄んでいるという風格の人物以下には見えなかった。彼は客の旦那衆に対し物しずかに普通に話した。それでいて旦那衆は馥郁《ふくいく》とした滋味《じみ》と馥郁とした曖昧とに包まれるばかりでなく、心の底から世間の用心の鐉《かけがね》を外ずして打ち解けられた。株屋の旦那が株の話で打ち解けようとして来るときには株の話で相手をし、弁護士が職業上の訴訟の話で打ち解けようとするときにはまたその方面の話で相手をした。その他、違った職業の人々がおのおのその望んで来る話題に於て満足ゆくよう応酬した。これ等を彼は何も専門的や具体的智識があって受け答えするのではない。但《ただし》、彼には永年多くの種類の人間との接触から得た経験的智識があり、それと練磨した現実を見破る犀利《さいり》な眼光が備えられていて、客から与えられる話題のテーマに就て底の底を語り、コツの中のコツを摑み出して、返し与えるのに何の手間暇は要らなかった。客たちは彼から骨身も融けるほど打ち解けさせられた中に人情の機微を学ばせられ、世路に勇み立つ底力を与えられた。彼はこうして客の旦那衆とは普通対等の位で向き合うけれども、利目々々にはひそかに身分を守った。

客がふと便所へでも立つらしい場合は、彼は「おはばかりですか、はいはい」と言って伴って行き、便所の戸を開けて客を中へ送り込むところから客の出て来るのを待ち、一杓の水と懐から新しい切り立ての手拭とを用意して戸の外に立っている身のこなしには、無雑作と思えるほど嫌味のない中に気をつけてみれば五分の隙も見出せなかった。それでダンスに浮身を俏《やつ》すほどの若い芸者たちさえ「大師匠にはどこということも無いが、ああいうところはやっぱり惚れぼれするわね」と言った。

そういう褒《ほめ》言葉の噂を聞くと鯉丈は肩を落して溜息をつき「そりゃそうだろうよ、おれはあのときいつでも客のために命がけで立って番をしているのだからな」と言った。

彼は言う——すでに買われた幇間である、聘ばれている間は客の弄びもの許りではなく客が唯一の主である以上、客の生命さえ護る心得がなくてはならない。幇間といえばなに一つこれを売りものとして出せるほどの纏った芸はない。それを買って下すってご飯が頂戴できる買い主には、せめて買われている間だけでも相手の身体を命をもって護らねばならない。これこそ男芸者の勤めと共に誇りでもあるのだ。これ位の情操と誇りを持たずして、どうして人に爪弾《つまはじ》きされる男芸者という職におのれの良心に許されて身が勤まろうか。自分は客と伴って座敷から廊下へ出るとき、既に、仮りにも客に対する刺客の潜んでいることを予想している。そしてその刺客が打ちかかった場合にあらゆる方面から盾《たて》となり客の身代りに立つ身構えと心用意を怠らない。「命がけの姿形というものは誰だって隙がなくて惚々するものよ」――蝶子、わたしは父親に命ぜられてこういう気質の幇間のところへ内弟子に遣られた。わたしの父は日本橋界隈でいくらか名の通った踊の師匠だ。けれどもその名の通ることに於て到底滝廼家鯉丈とは較べものにならない。吉原洲崎を除いた都下花柳街の男芸者は大概鯉丈の一門なのを誇りとし、滝廼家を名乗っていた。滝廼家の大師匠といえば東京のみならず三都の芸人間にも江戸幇間の明治中興の祖のようにも敬われてその名は鳴り響いていた。

大概の芸人はそうなのだがわたしの父は特に名誉餓鬼だった。理由を訊けばもと伊勢藩の儒家の出で、その兄弟には発明に凝って乞食に成り下ったものもある代りに二十歳台で当時大阪の学界で碩学の誉れ高かった夭死の人物もいたという。わたしの父は流浪の末その器用さから芸が身を救けて東都の一部間の踊の師匠にはなったが、天才的の家系とのみ信じ切っている彼は、自分の卑賤に陥った身の上を運命にとのみかずけて、つねづね世を恨み人を恨みながら家名挽回の志は妙な方に持って行った。「何でもいいから日本一になれ」と言ってわたしを十三の歳に父が崇拝している鯉丈のところへ強いて弟子入りさした。

蝶子、わたしは子供の時自分が心底から嫌いな芸人風情にならされることにどんなに歎きを感じたか。師匠の家から小学や中学に通うのだが級友たちがいつかわたしの身柄を知って「やい、小狸」と呼びかけるのをどんなに侮蔑と感じたことか。すでにならされた以上、出来るだけそれに没頭しようとしてどんなに自分自身の好みを殺すのに骨を折ったか、多少はいつかおまえに話したつもりだから今更書くまい。わたしは内弟子として師匠の飯の給仕や使い走りの暇をみて、師匠の言い付け通り、そこに在り合うお飯櫃のようなものに向い、それを客と見立てて、扇を片手におべんちゃらや軽口を稽古しながら眼に涙は絶えなかったことだけを聞いて置いて貰う。

師匠の鯉丈はその時分長命の芸人によく有り勝ちな枯淡厭世の時期に入っていた。聘ばれる座敷は気が向いた客のみにしか行かず、弟子取りも断って、わたし一人だけ幼年の無邪気なのを取得に家に置くことを許した。家の中は老人の師匠の外はこれも老人で聾の飯炊き爺がいるだけだった。夜更けに飯炊き爺は寝てしまい、わたし一人師匠の寝酒の用意をしながら師匠の帰りを待っていると、師匠はお座敷から帰って来て膳の盃を取り上げながらわたしの眼瞼が濡れているのを見つける毎に「春や、てめえ寂しいか。おら、てめえの機嫌を取り直して気を楽にさせる術《て》はいくらでも持っている。だが、それは商売ものの術だ。おら客でもないてめえにそんな商売ものの術を使うのは空々しくて嫌だ。さりとて親身の親切なんていものはもう残り少なで、わが身自身の生き料にしか使えねい。まあ仕方がねえから、そこで存分に泣きな、泣きな」と言って、師匠はわたしにそこで勝手に泣かしてその前で酒を飲み進んで行く。

「泣くだけ泣けば思いが晴れよう、おれは見ていてやる」これが師匠の僅かに少年のわたしに与えて呉れる親身の親切なのだが、思いが晴れるほど泣けただろうか。わたしがやや安心して泣き出す姿形を見て、師匠は「なんてい野暮な泣き方をするんだ」と叱言を言ったり、「下手だなあ、それで芸人の泣き方といえるか」と窘《たしな》めたり、口では終えなくて箸を逆持ちにした太い方で少年のわたしの小腕をぴしりと打つときもあり、自分が代って泣き方の模範を示して呉れるときもある。その躾けを十分受けてから師匠を床に寝かしつけ、「有難うございました。おやすみなさいまし」と自分の寝床へこれからがいざ自分のために本当に泣けるのだと行く時分は、夜明けの烏が鳴き、東の空は白みかかっている。早くちょっと一寝入りしとかないと師匠の朝湯のお伴に間に合わない。鯉丈に於ては芸も生活も躾の上ではけじめがなかった。

世の中に躾けというものがあって、これに較べたら自分の好みなぞというものは物の数でもないのだ。この事実をわたしは少年の日から骨身に厳しく刻み込んだ。修業の甲斐があり、またわたしは私立大学の文科も卒業して——師匠はこれからの幇間は学問がなくちゃ駄目だといってわたしをそこへ入れた——年齢より早く売出し、少しは人気の出た若手幇間になった。そのときもう全くお座敷から離れてただ一個の雑俳を弄ぶ隠居に成り切ってしまっていた鯉丈は、珍しく彼の隠居の部屋にわたしを呼んだ。「春や、学校も卒業し、世間にもだいぶ売出して来て結構だと思っている。それにつけて女の噂もちらほら耳に入るが、幇間の身分としてこれ丈けは心得て置いて貰いたい。」幇間が自分土地の商売女とは関係できないこと、もし止むなく出来ても自分土地では決して遊んではならないこと、よその土地の商売女相手に金で買われた場合や自分が金で買う場合のこと、また相惚れの場合のことなど——こんな事に対して花柳街で伝統的に仕来られている掟は最早や師匠に言われずともわたしはとっくに知っている。今更、何をいうかとわたしは手を閾外につかえて聞いている。師匠は言った「素人衆の女を相手の場合は、これも向うから金で買うような奴なら商売人同様だから何のいざこざも無い、いくらでも金をふんだくれ。しかし若し相手が本手で惚れて来たという場合は、これは大事だ。その弱味につけ込んで相手をおもちゃにしてはならない。はっきりこっちの心持を判らして金で買って呉れるようなご贔負《ひいき》筋に仕替えるか、それともきっぱり断るか、こっちも惚れさせられてしまえば歴とした女房にするか、そのどのみちか一つを取り、決して商売の術であしらうではないぞ。幇間というものは自分から身分を一段堕《おと》した人間だ。素人衆の無垢な惚れ方に対しては神仏のような慎しみを持たなければならない。そうでないといつかは罰が当るのだぞ。それからもし自分が先手に素人衆の女に惚れたのなら」――鯉丈は茲《ここ》で声を厳しくして言った「幇間には素人衆の女のなさけ真ごころに引き宛てにするほどのものは何一つ身の中に持ってないのだ。それを首尾しようとするなら、命を的の仕事と思って、まず商売は捨て、几帳面の素人に還りなさい」と。

蝶子、おまえとわたしは四方締切りの茶室の中に半日以上もいた。ときには肩に手も組んだ。炉に燻る香の匂いと床の間の花の籠った匂いでおまえは頭が痛いといった。

生れて始めてのような恋を感じ、やり切れない切なさを感じ、病的にさえなっているわたしとして、どうして斯かる際に決心を実行に移さなかったか。

わたしの順々に打ち明けて行く心の秘密に撃たれておまえは身体の性さえ抜けたと言った。わたしの肩近くに身体を斜にし、やや髪を乱して靠《もた》れかかった。わたしの庵の小庭にいまサルビヤが群り咲いている。雨後の暁に見出すその艶美で而かも知性的なしどけなさ。そのうまさとそっくりなうまさをわたしの肉感の舌はそのときのおまえの姿に感じていた。けれどもわたしは敬虔《けいけん》と、切情と、涙と、訴えとだけで押し切った。何故だろう。そこにわたしの躾けがあった。だが、攫み出す心には躾けも何もかなぐり捨てて、生れ立ての純情をむき付けた。

花柳の巷にまた一つ諺《ことわざ》がある「玄人が素人に還ったほど生《うぶ》なものはない」と。わたしはこれだ。わたしが話を切出した言葉の冒頭は「蝶子、もうだめだよ。僕は恥も外聞もなく切出すよ」こうであった。そして終りの言葉は男だてらに「どうかね蝶子、済まないとは思うが、いつまでも僕を捨てないでね」というのであった。

女を口説くのに男が涙を見せては将来負けの分で附き合わねばならぬこと、女を口説くのに自分の秘密を握らしては男の急所を握られたも同様なこと、わたしは花柳街の人としてこんな情事のかけ引は朝飯まえに知っていた。それから女を自分に蕩し込むにはまず囮《おとり》の女を立ててそれに競争心を起させ釣り込むこと、周囲にあらぬ噂を立てさせ嘘から出たまことの寸法で破れかぶれになった女を自分の手に入れる。そういう情事の政治外交手段も幾つか知っていた。だがわたしは自分の心のまことがおまえに通じないのをもどかしがり、胸を捌《さば》いて心臓の在所を示すようにこれ等の言葉を吐いた。心を通じさして貰う――この一点の努力以外に何でトリックを考える暇があろうか。技巧や策略などというものはそもそも末の事である。わたしは罷《まか》り間違えば一週間後には縲絏《るいせつ》の辱めを受けているか最早やこの世にはいない人間である。話しつつある間も心はしんとして首の座に直っていた。

おまえはわたしの話の大半を聴いたとき、急にわたしの肩を抱え、涙をさんざんと流して「何という可哀相なおじさまなの」と言った。それからわたしの孤独を揺り華やがそうとでもするように抱えた肩を涙と共に揺った。「あーあ、おじさまってば〳〵」美しく乱れたおまえの額の下に在ってわたしは腕組みをし、薄く眼を瞑っていた。わたしはやっと竹の節を抜いたあとのような気の衰えを感じていた。

わたしの秘密というのはこの間歿くなった古典歌謡曲の名手のお艶との間の事情である。

お艶はもと柳橋で芸者をしていた時分にわたしと恋仲になった。恋仲というよりわたしが吸い込まれたという方が適当であろう。お艶は世上稀にある聖女型と童女型の混った女で、声のみならず人間に一種の魅気を持っていた。彼女に魅せられた男は蛙が蛇に睨まれたように居すくまされたままそろそろと呑まれた。それでなければ相手は彼女の気魄《きはく》を打込まれ、今更別に妻を持っても情人をもってもそれには到底気が移らずして、生涯かの女を忘れられない中途半端の畸形の男にした。わたしがはじめて知った時分の彼女は海のものとも山のものとも判らないぼんやりした無口の若い芸者であった。お座敷へ出ても一ところに座ったきりでじっと畳を見詰めたまま考え込んでいるという風だった。気品ばかり高くて面白くはないのでお座敷は流行らなかった。かの女自身も流行ることは一向に望まなかった。かの女はそのように鬱屈した姿で心を内へ内へと探り入り、持って生まれたままで何と表現すべくもない異常な情熱の魅気を自分で眺めて自分をあわれみ、自分にすすり泣いていたのだった。ただ歌を謡う段になると神秘にまで美しいメロディが咽喉から噎《むせ》び出るのでその点は買われた。

わたしはときどき職業上の関係からかの女と一座した。その無口で陰気さ加減には不思議なものがあった。何かわたしの心を焦立たせ、かの女の内気を掻き廻してしまいたい乱暴な気分をわたしの内に起らした。わたしはそのときむろん気はつかなかったのだが、わたし自身子供のうちから躾けというものによってすっかり取り籠められてしまっている自分に対して限りない恨みと愛惑の情を潜在させていて、それと同じ状態のように見えるかの女を見出し、ヒューマニスチックな義憤を感じたのではあるまいか。

わたしは日本橋の幇間だし、かの女は柳橋の芸者である。逢曳くに何の妨げもなかった。わたしはしばしば鉄の欄干と枝垂れ柳の柳ばしを渡り、また河岸を代えたところへかの女を連れ出した。

一年後にわたしはかの女を身抜きして宿の妻にした。

わたしの潜在的なものは一ばん底にかの女に吸込まれたこと、その次の層は前に述べたようなヒューマニスチックの義憤であったが、普通に意識されるはじめの気持はこの芸者らしくない変った女を一つ手に入れてみようかぐらいな遊びごころであったらしい。なお、傍因となるものは、いくら眼立たない女にしろ潜まっている魅気にかかってこのとき既に二人の若い芸人がかの女に吸い寄せられていた。わたしが遊び心と思うようなものを振り捨ててかの女を宿の妻というような絶対な心を起したのは一つはそれ等の恋敵の鼻を明かしてやり度い若気の競争心もあったらしい。かの女の生れは東京近在の零落《れいらく》した旧家という話で、かの女はその身元を生涯明かさなかったが、かの女は気品と共に意外に頭が高かった。それ故にかの女は自分の好きな客情人が嘗て一人か二人あった外、窮屈な旦那は取らなかったし、勿論金のために待合の客の枕辺へは一度も侍さなかった。それをまたかの女の抱え家も許してかの女を甘やかして置いていたということは、気品とその頭の高さと共にかの女の魅気であった。かの女の魅気というものは特別なもので中には同性の女でそれに引っかかるのもあった。何事もせずして大きな芸妓屋の抱え主の夫婦をも魅了していた。抱え主夫婦は、かの女に目がなく、何様かのように大事に取扱い、子飼いの雛妓時分からお嬢さま〳〵と呼んで侍いていた。従って朋輩《ほうばい》からは随分嫉まれていた。

わたしはそういう家からかの女を抜くためにどのくらい骨を折ったろう。父や師匠の手前も随分無理なところがあった。わたしはかの女と歴とした媒酌人を立て結婚式を挙るまで遂に肉体の交渉はしなかった。これを聞いた人は芸人の癖にと訝《いぶか》るかも知れない。だがわたしは言う。その芸人なるが故に、躾けを尚ぶ芸人の古道なるが故に、却ってこの筋道を濫りはしなかったのだと。何故というのにわたしはかの女の魅気に捉えられたにも違いないが、それにしても、自分から惚れたと思っていた。しかるにかの女のわたしに対する態度は惚れたが如く惚れざるが如く、はっきり判らなかった。わたしはこれをかの女の何等か旧家の躾けのさす業か又はわたし同様、幼時から大きな芸妓家の躾けの下に在って、自分の卒情を打ち出し得ない第二の性格のためなのだと自惚を持ちながら義憤を感じていた。しかし現在確と惚れたと見分けらるべき証拠もない女と肉体的の交渉をするのは手籠めも同様なのだ。これは芸人として最も恥じるものなのだ。なぜならば靡《なび》かす技倆が無いということになるから。わたしはかの女を宿の妻にして満足した。わたしはそのときいよいよ売出して来たインテリ幇間の名と共にまた江戸派の俳人として多少名前を揚げかけて来ていた。

わたしの父はわたしに「何でも日本一になれ」という自分の理想を満足させられそうな希

望を幾分見出し、近いうちに自分の踊り方の名跡《みようせき》を継がし、自分の目がねに叶う妻を宛がって、自分の名を担って日本一の幇間になって貰おうと思っていた。自分の目がねに叶うという妻は少くとも芸人の妻として四方八面へ自在に応酬して、所帯持ちもよく、その上親孝行の嫁に外ならなかった。それを他人の家の猫を借りて来たような変哲もない芸妓を貰い込んでしまったので、わたしに対する熱意は薄らいだが、なお悴《せがれ》に日本一になって貰う事には未練がある。

師匠はまた師匠で自分の名跡《みようせき》を継がし、自分の理想する内容の立派な幇間を仕立上げようと企んでいた。わたしは師匠の方針によって私立大学だけは卒業し、この点インテリ芸人として花柳界の他の幇間は足元にも及ぶものはない。しかし師匠はなお慾を持っている。それはいくらインテリ幇間でも、ただ幇間では高が知れている。この現代に於て元禄の其角、英一蝶を見るほどの風流達道の幇間を自分の後嗣者の上に見たい。つまり真の芸術家としての幇間をわたしの上に望みかけた。彼に言わせると、其角も一蝶も俳人や画人であると共に幇間でもあった。そのためとしてわたしは彼の勧めにより、その時凋落の底にある江戸座の俳人の元老市塵庵四季雄の門人となったものだが、そして師匠がわたしの身の上に望んだ事は、自分同様一生の独身であった。家庭の捉われは芸を磨くのに邪魔であるからと。

わたしが嫁の事に就き彼を裏切ったことによって師匠は大の不服を覚えたが、なおわたしの上に自分の後嗣者として芸術家としての幇間の夢の実現は捨てない。

わたしは宿の妻を得て満足のうちにも、父と師を裏切ったことに対し憫然の情に虐まれ、妻だけは自分の好みを立てたがあとは何物をも犠牲にして努め励み、どうか二人に酬ゆるに足るほどの彼等の満足を得さしめてやり度いと秘に心に期するのであった。わたしはそのとき二十を充分過ぎた一人前の男である。いくら父でも師でも、わたしに対し面と向っては阿《あ》漕《こぎ》なことはもう口に出せない。彼等はわたしが彼等を裏切るようなことを告げてもただ「それもよかろう」「まあ、やるがよい」という大様なポーズを取るだけになっている。だが子供のときから躾けというものによって自分を殺し切り、人の思惑や人の好みを察して酌取《くみと》ることにだけ発達させられて来たわたしの心というものが何でこのポーズを見破らずには置こうぞ。老人がこのポーズを取ったあと、口振りとはおよそちぐはぐの恨めしそうな白眼でちろりとわたしの方を見て、それからもぞもぞと身体をわたしと反対の方へいざり向け、何やら覚束なく手慰みの細工仕事に向うそのうしろ肩の寂しさ。父には諦めに扱《こ》き剝かれた裸鳥の首のような寂しさがあり、師匠には強情な負惜しみから大木の幹を打って空《うつろ》の音のする太味の寂しさがあった。どっちにしろわたしの腸に苦酸く浸み込む。わたしは宿の妻を持って、この二恩人にやや反抗の勝利を感じながら最後には「ええ、もう自分なんかどうでもいい、あの年老いた餓鬼たちの夢の餌食になってやれ」と身を抛つ決心をするのだった。

蝶子、わたしが小娘のおまえに年甲斐もなく縋《すが》り付いても嘆き度かったのは、このわたしの気の弱さだ。わたしはどういうものかおまえを見た最初からこれを訴えたかったのだ。この心を通じさして貰い度い、それが潜在しながら世俗不敏なものが途中いろいろの思わぬ作略をした。あーあ、わたしが外面は洒落の風流人で、江戸気質で、ソレ者、通人と言われ、ときには自分から放埒《ほうらつ》無慙の人間のようにも見せかけていたのは、たった一つ自分に在るこの気の弱さを隠すカムフラーヂュに過ぎないのだ。子供のときから今に至るまで、憐れなもの、その殊に体裁や負け惜しみで隠された人々の自我慾の憐れさ、これに引っかかるとわたしの気の弱さは一堪りもなく前に突きのめるのであった。

わたしは育て上げたお艶を、あまりにも愛のスケールの大きい女にしてしまった。わたしが嘆いてかの女を揺がすとき、かの女の心の中にわたしと同列している幾人かの人への愛をも揺がす恐れがあった。それらからかの女の魅気は、それを運び出したこっちの衷情を無意識のうちにも取り食って自分のいのちの滋養にしてしまう作用をした。それらの危惧からわたしは全部無条件でかの女に嘆き込めはしない。だからわたしはかの女に嘆くときは、奪われても大事ない程度の心をおずおずと運んだ。いまわたしはおまえによってわたしの全てを投げかけても相手に取り食われてしまわずに寧ろより多く酬いられさえする嘆き寄るに頼母しい天地にたった一つの褥《しとね》の壁を見出した。それはわたしへ死のように悠久な憩いを与え、底知れずあたたかく甘い眠りを誘うふだんのわたしから見ればちょろちょろして、ぴんと弾ねて、ころころ笑ってばかりいる何とも目まぐるたくて手に終《(ママ)》えない倶楽部の娘が、一たん胸を据えてわたしを受け止めるとき、またどうしてこんなに深味も厚みもある女になるのであろう。わたしは真のおまえに逢った。いじらしさ限りない女に逢ったのだ。

話は前に戻って、わたしは一方で宿の妻としてお艶を得て幸福を味い、一方おのれを抛って父や師匠の理想の犠牲の道具になろうとしている。わたしは幇間の方はなるべく蕪雑なお座敷は断って、高級な方ばかり勤め、余力を作って俳道を励んだ。収入多かろう筈はない。わたしはお艶に貧乏さした。お艶に当時のこころを訊いてみるとかの女は言った——貧しさはちっとも嫌ではない、ただあなたが専心に自分に向って呉れないのに失望を感じたと。そりゃそうなのだ、いくら選び捨てると言っても幇間はお座敷が商売である。出る夜は多い。わたしに稚気もあって、女房持ちになってから兎角家にこびりつく、つまり野暮だと言われ度くないために仲間の交際《つきあ》いは出来るだけ勤めたい。花婿姿の紋服を着てお茶屋へも行き嘗てわたしと浮名を謡われ、而かもわたしを直ぐ袖にしてしまった商売女にそれを見せつけてもやりたい。

ところがお艶という女は聖女と童女と混った女である上になお魔女のところもあった。かの女が男を得ると、その男の心にまだ安心ならないうちは男に対して二時間でも三時間でも一室中に瞳と瞳と合わして睨み合わさす所為《しょい》を課するような事もする。男の心が須臾も自分より反れないために、その男は魅気に疲れヘトヘトとなり、かの女の愛の薬籠《やくろう》中のものとなる。かの女は得た男ならその男が独りで寝て見る夢の中ですら他の女の現れたのを話すことに嫉妬した。わたしは今でも思う——一人にしてかの女と対等の力で愛し合える男がこの世で在り得るだろうかと。もしあっても、恐らく永い間には愛の気魄に負かされて精神羸弱《るいじゃく》者になってしまっただろうと。かの女の愛には何か相手からいのちの分量を吸取る磁力のようなものがあった。子孫の種を取った後に雌は雄を食ってしまい、それが愛の完成であるあの蟷螂《かまきり》の精のようなものであった。また一方、かの女くらいいじらしく憐れな女はなかった。何故ならば普通の分量の女が如意としているものもかの女に取っては不如意であった、儘ならないのであった。この意味でかの女くらい現実に諸行無常を感じた女は少なく、かの女は人界以上のものを人界に望んでいるのだ。そしてかの女自身は獣身を持ちながら聖なるものをも摑んでいた。わたしはかなり後までそれに気付かなかった。

夫婦となってしまえば素人ですら二三年の後には男女としての間柄の興味は失せてしまう。ましてや垢抜けしている筈の芸人同志である。如何なる恋女房も恬淡で事務的な世話女房として見出して来る筈である。わたしはそうなりつつあった。だが、かの女はそうならない。寧ろかの女の男女的の情熱は結婚後にわたしに向けて累進して来るようである。かの女は宿の妻となってから眼覚めたように恋人的の愛情を鋭い針のようにしてわたしに刺し込み、わたしにもそれを差し違えることを望む。侍くことを知らずして良人を捉え、夫婦的の愛情を運ばずして男を良人にする。この無理に見えるようなことを昆虫の女王蜂は行っている。かの女はまた人間の女として女王蜂であった。

わたしはかの女の情熱の熾烈に煩いを感じ、一方、女王蜂のような威力に惧《おそ》れて、わたしは無意識のうちにかの女の青眼に向けて来るものを右に左にまた八方へ外らすことに骨を折ったらしい。「ちっとは捌けないかい。芸人の女房じゃないか」芸人の女房というものは良人の浮気を大目に見て、良人の世間の働きを自由にする。その代り自分も買食い程度の男を持つのはこりゃ技倆だ。この旧思想は明治末の芸人界の一般の風でもあった。結局のところ良人の世間の人気を挙げるということが協力した夫婦愛の表現である。

「お互いに胸の奥で諾《うなず》き合うものが一つあれば、あとは大概は商売のためと思って見逃し合う。芸人の夫婦はそれでいいのだ。おまえも、ちと渋くなりなさい」かの女は詰らない顔をして聞いていた。まだこのときわたしは良人の優位により男の力でかの女を鞣《なめ》し改造されるものと信じていた。世間にそうされる女は多い。しかし稀にそうされない女がある。わたしはその稀な女をかの女の上に見出して遂に兜を脱がざるを得ない時が来た。

わたしは或る日、遠出の客に誘われ江戸川を渡って秋の紅葉を見に江戸川端の丘にある真間の弘法寺へ行った。客というのはもう遊びも仕飽きた旦那で、連れて行く取巻も老妓を混ぜた男芸者四五人。いずれも俳句はちょっと捻れる手合なので、帰りに市川の河沿いの料理屋でわたしを判者に運座の真似事をした。晩飯になって酒が弾んだ揚句が、一つ洒落に田舎芸妓でも揚げてみようじゃないかということになった。聘《よ》んだ妓の中に美しくもないがただ若くてしなやかな女がわたしに当った。わたしは日頃の世事不如意の鬱屈、それから宿の妻の刺激に疲れていた頭がこの妓によって意外に宥《なだ》められるような気がした。老妓だけを東京へ返し、わたし達はめいめい相手としての芸妓を一人ずつ連れ、その夜から八幡、船橋、行徳というような都人の思い及ばぬ平蕪で牡蠣殻の臭いのする海村を二三日遊び廻った。わたしが結婚後かの女に理由を知らせずに外泊したのはこれが始めてだった。海村漫遊の逃れた気分はそれをするさえ億劫だった。

わたくしがわが家の門へ一歩入ると、そこへ飛出して来た妻のお艶の顔を見てわたしは立《たち》竦《すく》んだ。その顔は狂人のそれのように表情が壊れていた。わたしを見て却って怯えるように後じさりをしつつ涙をぽろぽろ零した。「もう駄目です」かの女はたった一言いった。そしてよよと泣き倒れた。

もっともかの女をこう嘆かせたには智識的幇間のわたしの優越を嫉みながら先輩なるが故に兄貴振りたがり、その上、わたしの妻のお艶に横恋慕していた古参の幇間が、帰京した老妓からわたしの消息を聞き、これはうまい種が出来たと、その消息に辷繞《しんにょう》をかけてお艶に焚《た》きつけたのにもよるが。

芸人の妻の癖に、而かも注進する相手の男の性質を知ったなら、それほど煽られずともよさそうなものをお艶はまともにそれを受けた。お艶は幾つになっても経験というものに教えられない童女のところがあった。わたしが情を動かしてその妓と道行をしたと受け取った。

わたしがお艶と結婚するとき、わたしの過去に於ての情事は律義な素人衆の結婚前のように花嫁お艶に告白してある。お艶はわたしを花柳街の芸人としては負傷の少ない方と思って喜んでいた。それを今度は、わたしに商売女による陥ち込みがあったと取ったのでお艶の打撃は酷かったのだ。

一年ほどの間お艶は精神を壊してただ死に度い死に度いとばかり言っていた。事実死に兼ねまじき所作もあったがお艶は最後のところで思い止まった。わたしたちの間に一人の娘の子が生れていた。この子は十二のときに歿くなったが、お艶が遂に死を果さなかったのはこの娘のためと、当時親師匠のために自分まで名誉餓鬼だったわたしの世間態を憚って呉れたからだった。かの女をもし貞女の妻として育てたなら、また完璧に近い貞女ができたかも知れない。かの女をそうさせなかったのは相手の男の性格の為か職業的環境によるか、とにかくわたくしにも責任がないことはあるまい。次いで二年ほどの間はかの女は強力な薬を用いながらしかし徐々に恢復して来た。

わたしは今まで来た生涯のうちでお艶のために首の座に直った気持をさせられた事は数え切れぬほどである。だがあの三年間ほどあす知れない命と思い続けた日々はなかった。わたしはお艶をこうした原因がわたしに在るのを深く悔いている。お艶の深い懊悩の傍に在って、もしお艶が一口でも「あなた一緒に死んで呉れない」と声をかけられたなら、寧ろ悔が取戻せるように喜んでわたしは死んだであろう。当面の気持としてその方がどのくらい楽かも知れなかった。だが流石にそこはお艶だとわたしは今でも妙な感心の仕方をしている。かの女はその一言を言わなかった。かの女にすればわたしにいつまでも自分の深い懊悩を眺めさして、わたしに幾久しく悔いさせてやるという執念深い復仇の念と、これほどの結果になるとは知らずにこの人はうっかり仕出かした事だのに可哀相にという憐みの心とが組打ちしてかの女の口を開かせなかったという。

お艶という女は「もう取り返しがつかない」という言葉をよく口癖に言う女であった。例えば襦袢の布れ一つ裁ち損ねても、まるで過って処女性を失った人のようにそれを言って悔いに悔いた。玄人出の女にしては珍らしく諦めの悪い女であった。わたしから言うのもおかしいが、かの女の言葉そのままを伝えると、かの女はわたしの他のどこにも魅力を感じない。しかし世間に珍しい美男である点からその心も共にそっくり自分の持ちものとして永く自分のそばに置きたかったと言う。それが一度人手に渡ったのだ。かの女の心にすれば「もう取り返しがつかない」ことになったのだ。

わたしは派手な一座をして踊り狂ったお座敷から帰って来る。すると電灯を暗くした部屋の中でかの女は呻吟いている。わたしはかの女の額を叩いてやりながら疲れてその傍で寝る。既に精神が壊れている病女なのだ。夜中に急に狂って激発し、眠りの中にわたしの息の元がいつ止められるかも知れない。わたしは朝ふと眼覚めて朝湯に行き、湯屋の鏡に向って生きて動く自分の顔に会うのが何だか不思議に思える朝な朝なであった。

蝶子、わたしがおまえにただ一回稀有のことを望み、しかもその謝罪の代価として人間が最も惜しむ生命すら投げ出すという決意を聞いて、おまえはわたしがあまりに易々と生命のことを口にしたり取り扱ったりするのに疑念や嫌味を感じたかも知れない。しかしそれは決して脅しでも気取りでもない。わたしに取ってはそれは身体から離して捨てるのにかなり稽古が積んでいるのだ。お艶の病気中、わたしはそれを稽古したし、それから幕末維新の苦難な芸界を経て来たわたしの父親も師匠も、何ぞといえば難事摑得に支払う貨幣として生命を引宛てることを言った。踊りの立廻りにまた幇間の職業上の強酒の稽古に、両老は口癖に「命がけでやれ」と言って而《し》かもそれは言葉だけではなかった。わたしは事実、無理な強酒の稽古のため一時絶息したことは何遍もある。ぐらぐらと身体に地震が揺れると急な闇は足を掬《すく》ってわたしは絶対の安息のようなところへひょなひょなと萎《しお》れ込む。ふと気付くと眼からは空中にあらゆる星が燦き飛び、身体は懐かしい曖昧に蘇る。やがて眼の前に浴後の新月のような鮮かな世界が展じ出て来る。これで生死の一生涯を越したのだ。わたしは死を覚悟するとき、眼を瞑《つむ》って頭を一つ振れば、曳舟が曳かれて行くあの蒸汽船から曳綱を外ずしたように前途の慾望から直ぐ自分を切り放つことが出来るし、同時に過去に僅かばかりした仕事の量が愛撫の手となって背中を撫でてわたしを送って呉れることに充分の慰めをうけて、まさに入ろうとする烏羽玉の闇の世界も、暗いものではなくなる。わたしの気持では死はただこの儘で失礼するだけだ。そのときちょっと合掌の形を取って念を籠むれば既に失礼の先のほのぼのした世界の潮さきを感ずることが出来る。明治年代の山路愛山という歴史評論家は「一片れの木片に向ってでも精神を集中することに少しく慣れれば、死の恐怖を征服するのは割合に雑作もないことだ」という意味のことを言ったが、わたしもそう思う。死はそう難かしくはない。しかし生は、これはまた何という骨が折れることだろう。殊に愛を得たのちの人に取っては——

蝶子、それゆえ、わたしがおまえの娘時代に於て最も貴しとするものと引き換えにするわたしの死なるものは、実はわたしに取ってそれほど高価なものではないのだ。けれどもわたしが死以上に高価でありとするわたしの生をおまえに支払おうといったところで、おまえの中なる通俗性はそれに道徳的な貨幣価値を認めはしまいし、従ってわたしの誠実を疑いもしよう。止むなくわたしは通俗に準じてわたしの生命を賭けたばかりだ。ところでお艶は三年間ほどの間、死に度い死に度いと言い続けて来た。それも、子供にひかされ、わたしの体面を重んじ、得果てざる間に、むっくり起き上った。そして粛然《しゆくぜん》とした態度で言った。「おまえさん、済まないが、正式に離縁の手続きをとって名義上これからあたしの亭主でなく兄さんになって呉れない。きれいな交際の」お艶は潔癖症のところがあって身肌につけるものは人手にかけず不器用ながらみな自分で縫った。自分と親しいものに人手のかかるのを忌《い》んだ。それで、商売女に結婚後のわたしを穢されたということはかの女の潔癖症がわたしを良人としてこれから肉体上ばかりでなく精神上の伴侶とすることを拒んだ。わたしは充分謝罪の責任を感じている。かの女が蘇ってさえ呉れるのならどんな注文にも嵌《はま》ろう。

かの女はまた言った。「いくら色気抜きの兄さんでも、あたしは兄さんが他の女にとられしもわたしを自由にしてやる代りに、若し日本橋から抜けて彼女の仕事の可能の範囲で生活するとして、そのお品はその頃どうしても贔屓の男の方へ行ってしまうことになる。

だから済まないが身状だけは正しくしといてね。その代りあたしも身状《みじょう》だけは正しくしとくから」

わたしはこれも承知した上、かの女自身の誓いをも信じた。

蝶子、かくてわたしは、さよう、おまえが物ごころつく時分から今の娘になるまでぐらいの歳月の間を、絶対に異性の肌には触れなかった。

蝶子、これればかりでなくわたしという男は花柳界に人となり、芸人の癖に身状の上の女の印跡は案外、寥々たるものなのだ。わたしがもし自分のゲシュレヒツ・レーベンを書いて見たら恐らく相手の異性の数は当時の地方のその点放埒にされている青年よりずっと少ないかも知れない。外部からの理由としては直ちに例の芸人の躾けへ持って行けるが、内部的にはわたし自身の性格に帰する。わたしはこれが江戸っ子気質の通人意識から来るなぞという自惚れは鵜《ママ》の毛ほどもない。ただ苛酷に批判してわたしという男は、何という馬鹿正直な、ヒロイズムを好む、偶像性を多分に持った見栄坊の男だろう。言い換えれば容易く祭り上げられるお目出度い人間に出来てるのだと嘲笑したい。殊に女にかけては。

わたしが嘗て青年で幇間をしながら私立大学に通っていた時分に、日本橋の花柳街にお品という中年の名妓がいた。地方の醸造家を旦那に持ち、当時日本橋に在った魚河岸の魚問屋の若旦那を客情夫にしていて暮しに何の不自由もなかった。このお品がわたしを贔屓にした。その贔屓の仕方が結局はいま言うわたしの性格の弱さをハンドルに握って、わたしを自由自在に自分の好みに叶う装飾品に仕立てるに外ならなかった。彼女はわたしの美貌を利用し、最も都会的で灰汁抜けした書生風の服装や動作を仕込んだ。謙遜を抜きにして言うが事実わたしのその当時は恍として眼も細めたいような美しい青年であったろう。それでいて薩張《さつぱ》りして活潑な書生さんでもあったろう。彼女はその客情人の若旦那や取巻き芸者と共にわたしをも引具して諸処で友だち芸妓の開いているお座敷へ遊びの他流試合に行く。花柳界で行われるお座敷の芸というものは大概たかが知れたものである。勝負は俄に断じ難い。ところがお品はわたしに眼くばせして面布《ヴエール》を脱ぐことを命ずる。今までただ薩張りした書生さんと見えたものが一度び闥を排すれば子飼いから叩き上げた芸人である。唄うほどに踊るほどに、打拳、弄弁、挑みかかる満座の芸人と八面応酬してこれを斬り靡《なび》かすのに何の雑作もなかった。みんなは遂に兜を脱いで「もうもう書生さんには適わない」と言う。お品はほくそ笑む。わたしは力の戦利を感ずる。かくて再び鋒を収むれば恍として眼を細めたいような美しい書生さんである。わたしに幾人かの岡惚れというものが出来た。名妓と言われるほどのものは、その旦那と共に手の者の芸人を集め、花柳街に一つのグループとして勢力を張る。グループとグループは名声を競い合う。その勢力の消長は指導者の名妓の評判の高低にも関した。だから手の者の芸人に猛者を得ることに、彼女等は腐心したのであって、つづまるところわたしはお品のプロパガンダの道具に使われたに過ぎないが、しかし、わたしをそうしたに就て、下町の名妓の好みもあった。始終商人や株屋を相手にしつけている彼女等は、当時の書生というものに新奇な興味を持ち、さりとて野暮やむくつけき書生は彼女等の教養の肌理に合わない。粋な書生。これこそ彼女等の好みの向うところであった。わたしは女のリードには弱い性格に付け込まれ、名妓によって彼女の理想の偶像に作り上げられた。

彼女は訓戒する――「料理屋さんなら独りで行って遊んでもいいが、待合さんへは決して入ってはいけない。あんたの名が悪くなるから。」彼女はわたしにときどき取り代えて若い芸妓の雛妓を愛人としてつけて呉れる。二人は身体に間違いのない逢曳は許されるが、その他はお品の声がかりによって花柳街総がかりで厳重に監視する。止むを得ずわたしたちはその範囲内で果敢無き恋を娯しむ。「なんという、きれいな二人の恋仲だろう」人々は美しい名を立て、お品はまたほくそ笑む。あ、あ、人というものは、何でこう自分に出来ないことを人にさせて傍から見たがるものだろう。そして世にはまた稀に自分を捨てて人の注文に嵌《はま》り、その偶像の役を勤める人間もあるのだ。わたしはその稀な方の人間に生み付けられたのだ。

蝶子、わたしはおまえに何でこんな自分の意気地なしを語り度がるのだろう。わたしがお前にきょうとい望みを起した理由の中の一つになるのだから、わたしはお艶にさせられた多年の禁慾の他、なおこうした他から強いられての禁慾の歴史を持っているのだ。斯くて永らく女から遠ざかっていたわたしは女の肉体なるものに仄かな月明りを感じ、神聖な白い碑を感じ、長生の霊果を感じるのだ。この頃よくよく考えてみるのにわたしは生涯に自分自身のためとして何一つこの世にいのちを彫り止めたものがないということが判った。それがいまわたしはわたしの恋ごころを必死の鑿《のみ》としておまえの肉体の壁にわたしのいのちを彫り止めようと企てさした大きな原因らしい。滅多に死を惧れないと言ったわたしは既にこの世ならざる世界の不朽を認めるものである。だが、この世の上にとて絶対に未練がないというわけではない。われを遺さずして空しくこの世を去るのか。その刹那、わたしはおまえの肉体を素材の大理石のように感じたのだ。

いわゆる人の恩を返すということにかけてはわたしほど恵まれた運の人間は少いだろう。父親のためには彼の理想の踊りの名跡に於て事実上日本一の幇間になり得たし、師匠のためには、この野暮と田舎風の俳句横行の時代に、江戸座の俳諧を再興するほどの業蹟《（ママ）》を挙げ、幇間にして真の芸術家のわたしに成り得たし、こういうのは痴人の類かも知れないが、わたしは父親や師匠が夢に現れて何度もわたしに礼を述べたのを見た。そしてお艶は生前、一度あの頭の高い女が、畳に両手をつかえ「おじさん有難う、もう大丈夫」と言った。わたしは何だかそれがかの女の生涯の果が望まれたような不安な気がしたので、わざと怒りの声を荒らげ「ばか、このくらいのことで満足する奴があるか。きみはこれからだ」と励ました。するとかの女は気を替えて「ああそうなのね」と言った。

蝶子、おまえはわたしがお艶のおじさんとなってお艶のために尽したことはかなり知っている。お艶の望みは自分の中に悶えている人間の心情の最高の美しさと最深の苦悩とが幽に激しくもつれて融けるあの魂の至情を出来るだけ多くの人間に彫り込み度いというのに在った。わたしは当時、世に行われ出した蓄音器を表現舞台とする流行歌謡曲に眼をつけた。わたしは逸早くその世界にかの女を押出した。わたしは人知れず古謡と古曲を漁り、これを現代の好みに向けて再生産した。わたしは彼女に歌謡の章句を嚙み味わせ、自分から三味線を把って歌い巧ませ、大衆の好みの在るところをかの女に差し示した。何でかの女がその社会の名手にならずに置こうぞ。一個の有能の男子がいのちを籠めて息を吹き込むのであるから。しかし、かの女にも偉いところがあった。かの女は自分のいのちの好みを守る場合には磐石のように重くなって動かない女だが、そのために尽して呉れると判った人にはまたおのれの全部を投げ出して与えた。そのときかの女は羽毛のように軽くなってその人に添った。わたしはかの女に「わたしの指図だ。日本橋の橋の上で裸の大の字になりなさい」と言ったところでわたしが傍にさえいたらわたしの方を子供のようにちろちろ頼りに見ながら群立つ人々を人臭いとも思わず、赤子の寝起きのようにやおら裸の大の字になり得る女だった。男としてこの意気を見せられ何で力を籠めずに置かりょうぞ。それはわたし一人ではなかった。かの女を後援する幾人かの男は、この捨身の寄りかかりにかかってみなわれを顧みずに援けにかかった。かの女はまた、ときどき予習して行った既定の歌詞の章句や歌曲から全然離れてその場の思いつきで何事かを唄い出すときがある。これは思いつきなぞという軽いものではない。全く人間の巧みを離れていいのちそのものが嘆き出し唄い出すのだ。その歌や声が人界を離れて優しく神秘に融遊するさまは天界の聖女の俤《おもかげ》があった。人々は誰れでもこれを知っていて、かの女がこの意味でのハメを外ずすのを待受けた。

ラヂオというものが出来てからかの女が名手の名を獲得する舞台は数百倍に拡がった。かの女の本真は芸術の坪をはみ出して生活に情熱を漲《みなぎ》らす女である。かの女がその多量で滾々《こんこん》と湧いて尽きない新鮮な愛情は幾人かの男女をさまざまの意味の愛で愛し取った。肉身の姪《(ママ)》のようにも思えて蝶子、おまえをお艶は愛し取ったし、若さの美味な漿汁を湛えた愛人としていまわたしと庵居を共にしている秋雄をも愛し取った。わたしがかの女と名実共に永く夫婦の縁を遮断してきょうだいの関係へ飛び移ったのを世間は知って、而《し》かもなおわたしがかの女に恋々として世話を焼くのをみて、「愚図な兄さん」というのがわたしの渾名となった。演奏場の楽屋の燥《(ママ)》忙の中でかの女の弟子たちがわたしを見失い、探し出すのに本名を呼ばずして「どっかにいませんか、愚図の兄さん」と声高らかに呼ばる。誰か途中に位置するものがわたしを見付けて「はいはい愚図の兄さんはここにいますよ、ちょいと愚図の兄さん」と取り次ぐ。わたしはまた「はい」と返事をする。そしてその言葉を誰も笑わずわたし自身異とせざるほどの歳月間それを通用さした。

次いでお艶はわたしを「おじさん」と呼び出した。如何にそれがいろ気がないばかりでなく女に対して義務のみで、権利は一つも主張されない都合のよい呼名であることよ。蝶子、おまえもお艶に習ってわたしを「おじさん」と呼ぶ。秋雄もそう呼ぶ。あーあ、やんぬるかな。

お艶は名に於てわたしをおじさんと呼ぶと共に実に於てわたしにおじさんと同じような世話を焼かした。幾人かかの女が生涯で次々と愛し取った男女をわたしはお艶諸共、迷惑にならぬために、わたしは支えたり庇ったりした。わたしが庵に同居し俳道の弟子にする秋雄と俳名する人物もその一人である。もとはその職業界に於ても嘱望されていた一廉の青年紳士だったが、お艶は彼を前途から捥《も》ぎ取って来て、わたしに預けた。わたしはこれを庇った。

お艶はかかる事件を惹起《じやっき》し、それを淩《しの》いで掌裡に収めるまでには何度でも毎回新なる情熱を湧かし、一本気でいのちがけの行動をした。わたしは毎回魂を燃え立たして、それから電火のような紫の焔を放つかに感ぜしめられるかの女に怯えもし、その真摯に頭を下げた。

しかし、最初のほどはまだわたしにかの女に対する未練からの嫉妬があり、臆病からの世間態も考えないことはない。そういう煮え切らないとき、かの女はわたしの胸に取付いて必死に言う。「おじさん、いいでしょう、ねえ、いいでしょう」するとわたしの中で躊躇停滞させていたものが一種の光栄あるやけ力で弾ね飛ばされ、いざというときかの女を小脇に引っ抱えて立退こうとする仄明るい死の世界までが眼前に覗かれて来るのだった。「よし、やりなさい。」けれどもわたしは、なお心の震えが止らないので諦めの言葉でこう勇気付ける。「やり損なったら滅びる許りだ。どうせおれ達は滅びる人種にできている。」するとかの女はそういうわたしの顔を怪訝に見上げながらわたしの襟を揺り「どうしてこれっぽっちの事で、そんな大げさなことを言うの。怖いわ。いいえ、あたしは滅びるのなぞ嫌です。」わたしはこれを聞いて女の本能の強さというか、いのちの逞しさというか、とにかくかの女の奥底知れないものにぶっ突かり、首筋を摑み上げられるように勇気立たされるのであった。

わたしは何回かこういう危機を冒してかの女を庇い通して来た。自分自身に対して根性悪く考えれば、人生に必要なスリルというもの、それをわたしは自分自身の為めに起す力を失ってしまっている。わたしはかの女がいのち賭けで起して呉れるそれのお相伴に与って、僅に人生の無聊《ぶりよう》を消し得たのではあるまいか。それならわたしは相当狡い人間である。やっぱり自分自身に就て愛想が尽きる。実際、かの女が生きていたうちは、しょっちゅう激しい不安の期待にはらはらさせられ、震災の際の夜の帯のように緊張を解く暇はなかった。かの女が死んで全てが嘆きである中にたった一つ天を拝し地を拝しても感謝すべきことがある。それはかの女が狂気することの惧れから逃れたことである。わたしは意識不通になったかの女の傍で看護すべき歳月をも予想して、それにも堪える覚悟さえしていた。

そしてこの惧れが無くなった日に遭遇してみて、あまりに天地がぽかんとしたのにどうしてあの時分のその覚悟が自分の力で出来たものかと不審がられるくらいであった。かの女は元来壊れ易いものに出来ていた。その癖、自分を壊れるか壊れないかの界まで試みてみなければ承知できなかった。かの女の生涯の口癖は「乗《の(ママ)》るか逸《そ(ママ)》るか」であった。中間のものは生甲斐としなかった。これに添ってゆく傍の者は遣り切れないの連続と共に傍目も振れぬ充実の継続であった。

かの女に取り、兄さんからただのおじさんとなったわたしには、かの女を女の生活の総ての方面で成就さすことはまたわたしの成就でもあった。わたしはかの女を世界一幸福な女として花開かしたいものだと希ったのは取りも直さずわたしの世界一の幸福を意味する。他の関係筋ではかの女と精神肉体ともに悉く交渉を打切られてしまったわたしは、ただ親切という管に於て、ただかの女の最上無上の幸福に努力するということだけに於て、わたしの肺臓は満腔《まんこう》の力を吹き込むのを許されるのだった。蝶子よ、おまえがわたしの上に平気で呼び慣れて来たおじさんというものは、そういう果敢無くも似非義人的なものなのだ。

女の幸福には、先立つものはやっぱり金だ。幇間の纏頭《はな》や俳句の選者料ぐらいはタカが知れている。わたしは書画骨董の鑑定を学んで、それ等の仲介のコンミッションを取ったり、自分でも売買する方面へ職業を転出して行った。わたしの物ごとの嗜味に対する鋭さと上部の如才なさとは、この社会に入ってかなり大きな額の金が摑めた。かの女は、金を使うのに螺鈿《らでん》の軸の万年筆で小切手帳に金額とサインをする労力だけ払えばあとは顧ることなしに無尽蔵の資力をうしろに控えていた。

蝶子、お艶が病気で死んだとき、お艶やおまえのいわゆるおじさんは悲嘆は別として、まずかの女に見果てぬ夢はなかったか、気がかりなものは無かったか、それを心の中で探してみたものだ。それがわたしのかの女に対する残った愛の仕事だった。勿論かの女に死ぬ気はない。かの女のような女はいつの間にか精神上から死の世界を拭い去ってしまった女であろう。それ故に遺言というものをしない。わたしはただ平常の言行や素振りで察するだけである。

　わたしの胸に直ぐ来たことは、指折り数えてかの女の十八年間の禁慾生活である。それはかの女がわたしに「二人はお互いよ」と誓ってわたしもそれを守って来たものではあるが、それにしても肉体の均勢《ママ》がとれたかの女の、而かも幾人かの男を次々と愛し取った身の上として、その精神に伴わざる肉体的の克己はどのように辛かったろう。わたしはわが身の体験から推してそのことの苦しみを重々察した。はらはらと涙を零した。さりとて墓に若い男を供えるわけにも行くまい。わたしはこのどうしようもない遺憾の情を、他に思い残されたと見るべきものの上に弔い移そうとした。

　それはかの女が生前、おまえを肉身《ママ》の姪の感じがするといっていろいろ気がかりにしていたことである。「ねえ、おじさん、あれをどうかしてやれよ」と、かの女はわたしにひと言葉晩年に言った。わけは蝶子、おまえの結婚のことだった。自分の仕出来したことは結局わたしに後仕末をさして、わきへ行ってだけはつくづくわたしへの感謝の言葉を放っていたが、わたしに面と向っては頼んだり礼を言ったりは滅多に出来ない生れ付きの性質であるかの女が、こう言うのはよくよくのことなのだと察した。お艶がどうして蝶子、おまえにこれほど念を残したかわたしには判らない。たぶん、かの女は結局は寂しい人間で、姪のように感じられるおまえに唯一肉身《（ママ）》の親しみを覚えたのではあるまいか。

だが、おまえの結婚というものはおまえがたいして望んでいないだけにこれはちょっと骨が折れる。わたしはおまえを庵へ呼んで多分お艶がおまえに向ってこれが気持だったと思うところを述べて、おまえの気を結婚に向けようとした。お艶にしてみれば自分のいのちを燃やし切ること一筋に気を入れ、殆ど他人の世話に力及ばなかったことを顧み、寂しい気がしたのと、それから流石のお艶も、あまりに奇矯な自分の生涯を顧みては切なく、せめて愛する同性のおまえには平凡とするも無事な道を辿らせようとしたのではあるまいか。ただ不思議に思うことはかの女がまたそれの後に言った言葉には「総てのあとでは何でもおじさんに任せる」と言ったことだ。このあとの言葉はそのままにして、わたしはそれからあらゆる術でおまえの結婚の口を探し廻った。

お艶にはなお、これが伯母だとか義姉だとか異母妹だとか、他人を勝手に引張って来て勝手にそう思い込み、そう思い込むが最後、その通り肉身《（ママ）》の気持になれる幾人かの女性がある。わたしは、それ等の女性とかの女の遺志と思われる方向にめいめい附き合って来た。そのとき、おまえ、蝶子なるものに対する交際や気持もこの範囲を出ないで冷静なものである。ただお艶の生前の気持が蝶子には特に重くかかっていたらしいのでわたしの気配りもその範囲内で深かった。

蝶子、何事もお艶によって決断に慣されて来たわたしのすることに後悔はあまり無いとするも、わたしは、無意識にもお艶を失った寂しさのあまり、おまえに世間を見せるつもりで伴れ出し、おまえの好みをタテとして遊楽や行歩した一年あまりの日の数々を深い感慨をもって眺め返さないわけにはゆかない。おまえははじめわたしの洒脱と親切に心置きない父親を得た心地してわたしに親しみ伴って来たと言う。しかし蝶子、おまえもただの娘ではなかったのだ。おまえの親系にはああした故障があり、それ故に、蝕まれた心の口には秘かに同類の痛みのものに向って慈愍となつかしさが絶えず滲み出る性質でないことはなかったのだ。蝶子、おまえの上部は明朗で如才ない。ちょっと狡いのではないかとさえ見える。だが、わたしはいつの間にかそれを透しておまえに寂しいものと、寂しいものを慈しむ厚いあたたかいもののあるのを感じて、だんだん離れ難くなって来た。おまえは「おじさんのお守りをする」と言うし、わたしはまた「おまえのお守りをする」と言った。

一つは結婚の談が数あって、永引いたのもよくなかった。現代に娘が急に結婚を思い立ち、求婚の角笛を無垢瀏喨と吹いたところが直ぐおいそれと世間の男たちがその笛に乗って躍るものではない。彼等は求婚に対しては優位の資格から揣摩憶測《しまおくそく》し、比率較計し、殉情より利益を考える。わたしは見合いという様式によっておまえがデパートの食堂の食品見本のように人前に曝され、相手から目度分別されるのを屡々するに堪えなくなって来た。求婚は千三つだ。「心臓を強くしなさいよ」とはじめは慰め励ましていたわたしが、だんだん屈辱の憤りを感じて来て、「勝手にしやがれ」と気を短くしてしまった。

だが、これにはおまえも悪いところがある。実を言うとそれ等の数ある結婚談を蹴り、または永引かしたのも悉くおまえの方寸のためなのだろう。それでいながらわたしは決してその罪をおまえに帰させ度くない。全くわたしがおまえに代ってもそうするに決まっていたのだ。生涯の男、それはこっちに躊躇心慮する暇を与えないほど、何等かの意味でこっちを根底から揺り動かすものがなければならない。彼等の何れもにそうした因縁愛的な魅力を備えているものは一つもなかった。

わたしが自分を遂にそうと知って悶々の末、決断しておまえに恋を打ち明けたとき、おまえは呆れた。しかしおまえはそれを光栄とした。なぜならば、おまえはわたしの生涯の外面的なるものを知り、洒落の風流人で江戸っ子気質で、ソレ者で通人と言われ、ときには放埒無慙の人物のようにも見えている中年過ぎの俳諧師が脱然、胸を断ち割って動く本心の心臓を見せたからだ。わたしの初恋の人として敬意を運んだからだ。わたしは年甲斐もなくおまえのような小娘に何故それをなしたのだろうか。

おまえは桐の花に花桔梗を混ぜたような声を持っている。この声の耳触りはわたしの永年世俗に従うための克己努力によって殼に殼を重ねてしまった松株のような心に容易く浸透してわたし自身の中なる本質のナイーヴなものをわたし自身に気付かせる。

おまえの姿は可憐にも瑞々《みずみず》しく盛り上っている。そしてどのように置き代えてもちゃんとして格式の見える身体の据りに躾けで鍛えられて来たわたしの趣味の嗜慾は礼拝歓喜する。

おまえの容貌は純真の美そのものであると共に家附の娘のウール・ムッター（根の母）の格が豊かにしっかりした顎の辺の肉附に偲ばれる。わたしに何か言われて詩を想うように嬉しそうな眼で上眼遣いに考える。それは夢の国に通ずる。

これ等はみな、わたしの方がおまえに索《ひ》かれる魅点ばかりを述べたものだ。ところでわたしがおまえに与える魅点の番である。

おお、憐れなるアドルフ・マンジュウよ。ここへ来て、わたしの口は凋《しぼ》む。わたしは蝶子、おまえに恋を語り出たとき、自分の年齢の事も言わなかったし、わたしの容貌のことも言わない。わたしが唯一の頼みとするところは、お艶が死んで、鋭い丸鑿のような痛苦に抉《えぐ》られて一たん絶息した想いを潜ったのち、心の底から新鮮な若さの木地が見え出した意外な事実と、お艶がさすがわたしの永年のおじさん役の忠勤を賞でて、この世では使い剰りの青春をたっぷりわたしに呉れて行ったような気持と、それからわたしの十八年間の禁慾生活から来る精力の蓄積の自信である。わたしはかなり多くの青年と語りつつ、ひそかに彼等と精神の弾力を較べ試みてみるのだが、どうしてもわたしの方に若さの粘りがあって、美しき夢を捉えて現実化する努力と冒険心に於てわたしの方が余程すさまじいものを持っているとよりしか思われなかった。恥かしさと飛びかかり度い気持と捻じ合うあの切ない胸の中のときめきは、紙に染めたらおまえの好きな鳳仙花の花の汁の色にもうつりそうである。

お艶は、死ぬ間際まで、ときどきわたしの髪の毛に指をさし込んで好もしそうに掻き上げて呉れながら「美しいおじさん」と言って呉れたものだが、それをおまえに伝えたとて、嫌味なプロパガンダになるばかりだ。あの恋の打明けばなしの時、わたしはおまえの魅点だけを語って、わたし自身の魅点には一切触れなかった。あのときは実際、それに触れなかった。あのときは実際、それに触れなくてもよかったのだ。わたしはおまえに惚れっ放しで、そしてわたしはおまえから何の返しも要求しなかったのだから、やはりおじさんの恋なのだ。それゆえ負担のないおまえは呆れながらも「光栄ですわ」と言えたのだ。ただわたしはこれだけは言った「最早やこうなったら、わたしの惚れているおまえのために嫁入り口は探せもしないし、相談にも乗れないよ。あんまり空々しくて偽善だよ。だから済まないがそれだけは一人でやってお呉れ。どうせ、わたしのこの恋ははじめから失恋を覚悟してかかってるのだから、それに就ては何の遠慮もわたしに要らないよ」

ところが、その日は訣れてその翌朝、わたしは猛然と立上っておまえに結婚を申込んだ。前夜一晩考えて、わたしがおまえと結婚することはわたしの為めばかりでなく、おまえをも幸福にするその結論に達したものだから。

おまえは困ってしまった。おまえは言った。「あたしがおじさんのお嫁さんになるの。——そんな気持にはとてもなれないわ」と。おまえはまた言った。「あたしは何でも話せるいいパパを見付けたつもりで悦んでいた気持の外は何にもないのだから——」わたしは、嘆きながら温順しく待つ外に道はなかった。わたしはおまえの気が変るまでいつまでも待つと言った。
その夜わたしは、秋雄と愛の肉体的と精神的とに関するいろいろの問題を検討していた。そしてわたしはおまえへの恋の打ち明けから求婚まで何一つ隠さず相談して来た庵の同棲者のこの秋雄からお艶に関して彼とかの女との間柄に就ての意外の打ち明け話から、わたしは天地もひっくり返る想いをし、ここに新なる心理に門出した。

……………………………………

わたしはこれを聴いてから三日の間に三段に心がでんぐり返るのを感じた。まず最初は秋雄の手を取り激しく振って言った。

「よく、そうして呉れた。わたしの最大の苦しみは、わたくしの義理のためにお艶が十八年間も禁慾していたということだった。しかし実はそれが無かったのだ。わたしはこんなに生れてから重荷を卸した気持のしたことはない。おれは君にこのようにお叩頭《じぎ》をしてから、何でも奢るよ」

次の夜が来たときわたしは秋雄を避けてさめざめと一晩中泣いた。それは青年になってからは嘗て零したことのない涙だった。わたしは青年になってから父のため師匠のため、その憐れな心根を察して何遍か泣いたことがある。しかし自分自身の不憫さについては子供のとき以外泣いたことがないではないか。躾けが筋目を言い立てて自分のために泣くということはエゴイズムで自分に甘える嫌味な涙とした。

その夜は心逝くばかり泣いた。われとわが躾けを外ずして、わたくしは自分のために始めて泣いた。その生涯の馬鹿正直さ加減を、おかしな男気を、ヒロイズムを、自分を捨てて人の注文に嵌るその偶像性を、その見栄坊を、嘲りながら泣いた。わたしはその夜、わたしのために一生涯の分量の涙を零した。もうわたしとしてはこれでいいではないか。あとに残る天外孤客の感じ。そんなものはどうでもいい。

わたしの天地を覆えしてしまったほどの大きな偽りを、わたしに構えて世を去ったお艶を、わたしは憎むべき筈なのにどうしても憎み切れないこのもどかしさに、またわたしは翌日の一日を費して考え込んでしまった。心の中に声が聞える。「おじさん、ねえ、それでいいでしょう。」すると、わたしは是も非もなく抗意も何もかも投げ出してしまうのだった。所詮かの女は頑是《がんぜ》ないこどもの大人である。わたしはこの子供に向ってどの手でもっても争う術を知らない。

秋雄は平常通り明朗だ。わたしの七転八倒を傍で愉快そうに見ている。彼はお艶が世を去ってからしばらくこの庵中の空気に絶えていた生死の沙汰のスリルがわたしの今度の恋愛事件で復活したかのように生々としてわたしの相談に与り側杖の覚悟もした。わたしは秋雄にお艶のため礼こそいえ、怒る心はなかった。訊けば、彼とてもお艶に愛し取られるまでに、お艶のため天地も覆えるほどの偽りを構えられた経験が三つもあったという。彼はそれを覚って、怒心頭に発し、一時は激しく争いまでしたが、あとで顧みて、かの女が自分を得たいただ一筋の火のために斯くまで苦心したことを想うといじらしくなったという。彼がお艶のために生涯を棒に振ったということはむかしからわたしに彼を慈ましめていた。彼はお艶との恋愛事件から親の代よりの職業を退いてわたしの市塵庵に入り、わたしの弟分の俳人となり、それから江戸派の俳句をわたしと共に現代に再興するに与って力があった。わたしにもし万一なことがあった場合に市塵庵の当主となり、江戸派の俳句を指揮して行くのは彼であるであろう。わたしがお艶のため専ら古典の歌詞歌曲を漁るに対し、彼はモダンを研究してお艶の芸を培《つちか》った。このモダンを媚薬の如く忍び込まさずして何で古典だけでお艶の歌謡があれほど大衆の心を摑み取れよう。彼ははじめ、わたしを、彼が愛するお艶に尽して呉れるおじさんとして親しみかけたのだが、やがてその架け橋を除ねて直接わたしに親しむようになった。女に生涯を賭ける人間の哀れさが男二人をそうしたのでもあろうか。そもそもお艶という女の異常な魅気の制禦的な親和力がそうさしたのか。二人は兄弟とも叔父、甥とも、何とも名状すべからざる親身の繫りになっている。今、わたしから離縁し去った後のお艶の内実の良人は秋雄であったと知った、わたしに死んだお艶に対する未来永劫の義務と思った一部の権利を放棄する念が萌し始めると共に、その空間へ心の軽さ、また寂しさが襲って来る。それはまたわたしへの欺き手の組合人と知りつつ矢張りわたしを秋雄へ慕い寄らさせずには置かない。

「秋雄、ちょいと三味線を持って来て呉れよ」「珍しいな、おじさん」

わが恋は細谷川の丸木橋、渡るにゃ恐し渡らねば、思うお方にゃ逢えはせぬ。

さっさ、やれこら、

わが恋は荒砥《あらと》にかけし剃刀の、逢いもせなけりゃ切れもせぬ。蛇じゃないぞえ、生殺し。

「いよいよ珍しいなおじさん。三下りなんて」と秋雄は言った。「うむ、だが、おれたちがお座敷を勤めた若い頃は、どんな乱れた席でも芸妓が三味線を執れば、まあ、形だけでもと言って、お座付《ざつき》をつけ、続いてちょっとでもこの三下りに入ったものだな——それからめい客の注文の座興の唄に応じたものだ。今のようにのっけに唱歌調子の流行歌なぞは、芸妓は操にかけてもやらなかった」とわたしは話した。「またおじさんの躾け話かね」わたしは寂しくふ ふ ふ と笑い、「この三下りを前に唄ったのは数えてみると今から二十八年前だ」と、つくづく述懐した。「そのときおじさんは歿くなったあのお艶のために唄ったんだろう」「そうだ」「そして今は蝶子のためにか」「そうだ」「唄は同じだがコンディションは違うね」「相手が煮え切らねえところは同じことよ」秋雄はさすがに大きく笑った。わたしは秋雄に勧めて、巴里の新流行歌「ジュ、ジュの唄」を輸入の楽譜によって唄わして聴いた。唄のこころの哀れさに東西変りはない。

枕に響く夜の雨。一夜まんじりともせず考え明かしてわたしは、更に新しく到達した決意に立った。それはおまえに話して「まあ、恐ろしい」と言われたその決意だ。

わたしの人生に於て、わたしは愛人としてどの女の心も得なかった。おじさんとしてのそれだけを得た。寂しい生涯だった。ただ唯一の暖味は、天下の歌手お艶が、わたしのためにわたし同様禁慾してるということだった。それはわたしに大きな負担を感じさせてはいたが、何となくわたしに艶気のある心情を感じさせた。それはおじさんに対する好意以上のものとしてわたしは永くお艶の死後もなお悦んで禁慾の生涯を続ける力があるように思えた。その努力に於てわたしはお艶をやや色っぽい心も通ずる女性として死後も扱って行けたのだが。

お艶が歿くなったとき、わたしは秋雄と肩に手を支え合いながら言った。「もはや生き支える力もないが、しかし、ともかく生きて行こう」お艶はあんな派手で電力のような女だ。眠ったとて死のような陰気な世界へは行くまい。わたしたちが下手に自殺でもしてその世界へ行きかの女に行き違いでもしたら、取り返しがつかない。何とかお艶と行く先に就ての考えが定まるまで、とにかくおれたちは生き延びて行こう。これがわたしの腹であった。いつのことか判らないが、この世のような苦楽の世界で再びかの女に巡り逢える気がしてしようがなかった。秋雄にもこの事は厳重にいい聴かした。だが、その繋りも除れた。お艶と多少のいろ気に於て繋がれていたと思われるものは除れた。わたしの禁慾はもはや人情上の片務で、意味ない。さればとてこれを今更誰に繋ごうぞ。秋雄はわたしの七転八倒を流石に心配して「身体にいろ気が籠ってるのじゃないですか、試しに金で買えるようなもので放散してみちゃ」と言った。だが、わたしは、これをむざむざ金で買えるようなものに向って捨て散らすのはあまりに勿体ない。欺かれたとはいい条、わたしの十八年間の克己精進の魂が歔欷くであろう。もはやわたしに取ってわたしというものは何の興味も希望もない。わたしは要らなくなった自分の命を熨斗《のし》にして、わたしが今世で純粋に誠実な愛を注げたと信ずる蝶子おまえに無理にも引き取って貰おうかとも思って来たのだった。

なぜ肉体を目ざすか。心を目ざしたら直ぐおじさんとして弾ね返されてしまう。そしてわたしが永い禁慾生活のため異性の身体が抽象に美化され、仄かな月明りに匂い、白い神聖な碑に見え、長生の霊薬に感じられて来たことは前に語った。

わたしの異性に向う感じは形而上に昇華し、一人の美女の肉体は幅としては世界上の美女の肉体に繋り、竪には歴史上の美女に繋がっている。わたしは今世の思い出にこのふくよかな巌にわたしの魂を刻みたい。人間には何か自分を具体のものに刻み込んで遺したい本能がある。支那の寒山という慾無しを自慢の清僧ですら、吾心似秋月などと恬淡《てんたん》そうな句を詠み放しだけでよさそうなものを、未練らしく巌壁に書きつけている。清僧のおさとが知れる。

さて、女の壁はそのような無窮無限の壁なのに何でわたしがおまえ一人を目指すのかとおまえは訝《いぶか》るかも知れない。刻むのには中心がいる。そしておまえはわたしに取っていちばん虫が好く娘なのだ。なぜ虫が好くというのか。虫が好くというのに理由があるか。

わたしの躾けは、この事を決行するまえおまえがわたしから逃れも騙しも出来る余悠《（ママ）》の時日を与えるように、その日より四五日以前の市塵庵の茶の間でわたしはおまえにそれを明かした。躾けとは言いながら、しかし結局それはわたしの悲痛な詩であったであろう。何でわたしがこの世に愛情の極みのおまえを、如何なる理由にしろ壊してよいものか。その底の底の心ではわたしはおまえが巧みに逃れもし騙しもして呉れて、結局わたしはただ一つのまことしやかな美しい思い出をおまえから胸に抱かせて貰って、漂泊の旅に出るか、放蕩無慘な生活に入るか、意識と共に姿形を消え失さすか、どうもそういうことにして貰うに違いないと念じていたことをいま気付いている。恋は心を迷わせる。あのときと今と、ああ、わたしは自分に対して何が何だか判らない。市塵庵の茶室で、わたしはおまえの心の竹の節を抜いた。おまえはわたしを理解して呉れた。これはわたしに取っても思いもよらないことだった。不思議や、そのときからわたしに肉体的の慾はきれいに失くなった。わたしはただしなやかで敬虔な生物に早変りしていた。わたしがおまえに見出したおまえの無限な厚みのある、暖かくふくよかに百合の花の中のように匂って湿気のある胸にリードの儘になる一個の無心の生物になっていた。

　秋雄も茶の間へ来て、一緒にわたし達はお蕎麦を食べた。おまえは言った。「もう少し考えさして頂いてから——あたし、ひょっとしたらおじさんに貰って頂くかも知れませんわ」

　わたしは嬉々として「そいつは有難い」とは言ったが、——もうそのときからわたしは自分を省いて、ただおまえの幸福のみに就て考えるおじさんの躾けを再び取り上げて来たらしい。

わたしはおまえを自動車に乗せて、多那川橋の近くまで送って行って帰った。晩はぐっすり眠った。そしてその翌日からこの手紙を書き出した。書けども書けども尽きない。大事な奉納の俳句の額へ筆を染めたのはちょっとだけで、あとは飯もろくろく食わずにこの手紙を三四日書き続けて来た。たぶん懸額は奉納の式日までには間に合わないだろう。胃痙攣の麻痺薬の連飲計画なぞはどこかへ飛んでしまった。そして手紙の冒頭を書いたときの気持と、この終りを書くときの気持とはもう違っているのだ。わたしはおまえの肉体も諦めるし、わたしの結婚の申込なぞ、おまえがいろいろ探して試みてよいところが見付からず、最悪の場合に転げ込む休息所として、数多い中に一枚加えといて呉れればそれで有難いと思っている。何がわたしをそうさせたか。それはおまえがわたしの話を聴き終って、われ知らず飛びかかり、「おじさん、これからこそ、ほんとにほんとに自分のためによ」と言いつつそこで夢中で与えて呉れた、たった二つの唇のためにだ。わたしはその濡れてしなやかな匂わしい小さな感触を、自分の唇から切抜き、記憶の押花として胸の中に蔵い込んでいる。ときどき出して唇に宛てる。いつも色も香も湿り気も変らない小さな押花である。わたしがそれを唇に宛てるとき、たった二つのこの唇の小さな押花から女の真ごころが身体中に痺れるほども染み亘る。殻だらけのわたしが殻だらけの世の中で、これを得たということは、せめてこれからのわたしを幸福な男と思い込むのに唯一の手がかりになるものだ。
蝶子、おまえはおまえ自身もあの刹那のときのおまえばかりでもあるまい。しかしわたしはこの唇二つによってあの刹那のときのおまえばかりとおまえを思い込むことが出来る。そのお礼にわたしは非望を捨て、わたしを捨てておまえの幸福ばかりを計るおじさんに還ろう。寂しいけれども、やっぱりそれがわたしの地についているような気がする。おまえに義務は負わせない。しかしこれだけは聴かして置きたい。おまえが捧げる相手が見付かるまで、わたしはなお禁慾の生活を続けるであろう。このくらいの秘密の繋りがなくて、ただのおじさんと仮りの姪とではあまりに寂しい。

わたくしはこの長い手紙を、興奮したり、知ってるところの二度書きには退屈したり、心に触れて来るところでは涙を流したりしながら、やっぱり終いまで読まないわけには行きませんでした。読み終ってから、わたくしは、これが今まで自分に交渉して来た男たちとどう違うか、何か新しい見つけどころはあるのかと、手紙を胸に当てて考えてみました。すべてを差引して胸に染み残るものは、何だかこの男はわたくしの胸の中へ荒っぽく手を突き込んで、わたしの女の図星を強引に摑み出したような感じがすることです。わたくしに交渉して来た他の男は、わたくしに縋り寄りわたくしに被負《おぶ》さり、わたくしに何か強請《ねだ》りごとをする乞食臭いところがありました。しかし、このおじさんには、手荒には違いありませんが、結局こっちに何の負担をも感じさせず、感じるのは中年過ぎの分別もあり端的でもある熱い男ごころだけでした。その強引の手の先は、自分の心臓の血を塗ってむんむん腥《なまぐさ》いにおいがするようです。わたくしはこの手紙を読んだあと、危く前へひかれて涙ぐみながら、

「おじさん、もう駄目よ〳〵」と口の中で呟き叫びましたが、やはり、待てしばしと思いました。わたくしはこのおじさんから、わたくしが他の男から取出さなかった純性に燃えたものを引出すほど、わたくしの女なるものは成長したらしいですが、なおこのおじさんがわたくしを独占するには若さと積極性が足りませんでした。わたくしは当時二十三の娘でした。姿形は別としても、このおじさんはなお青春に於てわたくしに均り合いませんでした。このおじさんが運命や因習から染みつけられ、おじさん自身ずいぶん骨折って拭い去ったつもりでもなお染み残っている老醜の気がありました。おじさんがそれを悉く脱ぎ去って、そう、わたくしと同じ二十三の青春に蘇り切れたら、わたくしは彼の恋人にでも結婚の相手にでもなってやろうとそのとき思いました。

だがわたくしはおじさんには何とも返事せず、そのまま白痴の乞食の文吉を連れてこの鷺市を出ました。なぜでしょうか。文吉がふだんしきりに海が見たい〳〵と口癖に言ってるその望みを達しさしてやり度いただその為です。わたくしはこの白痴が口癖に言って而かもまだ遂げないその望みを察するとき、いつも誰にも零れない涙をわれ知らず零すのでした。わたくしはもはや若い母の年齢に達しながら、子というものを持たないためでしょうか。それとももっと

大きな人間的なものが女の身の中に動かされるのでしょうか。文吉にこの慾望を達しさしてやることは、いまわたくしの胸に最新鮮な力となって湧いて来ました。

わたくしは文吉に乞食の服装を脱がして普通の青年らしく慥《（ママ）》えて連れて行きます。しばらく川の両岸はよしきりの頻りに鳴く葦原つづき、その間にところどころ船つき場と漁家が見え、川はだんだん幅を拡めて来ますと、ついに海――。

声をも立て得ずびっくりして青い拡ごりに見向った文吉の眼は、鈍いようにも見え、張り切って冷徹そのものにも見えて来ました。いまその眼球には、寄せては返し、返しては寄する浪が映っています。永劫尽くるなき海の浪の動きにつれて文吉の瞳は張り拡がり、しぼみ縮みます。やがて、文吉はいいました。

「この中に生きたもの沢山いるのかい」

「そうよ、沢山」

「その生きたもの死んだら、どこへ埋めるの」

わたしは、はたとつまりながら「さあ」と言っただけでいると、わたくしに関わず文吉はひとり諾《うなず》き顔で言いました。

「うん、そうだ。海にお墓なんか無いんだね」

墓場のない世界――わたくしが川より海が好きになって女船乗りになったのはそれからです。

P+D BOOKS ラインアップ

人間滅亡の唄　深沢七郎　●〝異彩〟の作家が「独自の生」を語るエッセイ集

アニの夢 私のイノチ　津島佑子　●中上健次の盟友が模索し続けた〝文学の可能性〟

冥府山水図・箱庭　三浦朱門　●〝第三の新人〟三浦朱門の代表的2篇を収録

虚構の家　曽野綾子　●〝家族の断絶〟を鮮やかに描いた筆者の問題作

幼児狩り・蟹　河野多恵子　●芥川賞受賞作「蟹」など初期短篇6作収録

ウホッホ探険隊　干刈あがた　●離婚を機に始まる家族の優しく切ない物語

P+D BOOKS ラインアップ

海市	福永武彦	親友の妻に溺れる画家の退廃と絶望を描く
風土	福永武彦	芸術家の苦悩を描いた著者の処女長編作
夜の三部作	福永武彦	人間の〝暗黒意識〟を主題に描く三部作
黄昏の橋	高橋和巳	全共闘世代を牽引した作家〝最期〟の作品
生々流転	岡本かの子	波乱万丈な女性の生涯を描く耽美妖艶な長篇
長い道	柏原兵三	映画「少年時代」の原作〝疎開文学〟の傑作

P+D BOOKS ラインアップ

居酒屋兆治　山口　瞳
● 高倉健主演映画原作。居酒屋に集う人間愛憎劇

血族　山口　瞳
● 亡き母が隠し続けた私の「出生秘密」

家族　山口　瞳
● 父の実像を凝視する『血族』の続編的長編

江分利満氏の優雅で華麗な生活 《江分利満氏》ベストセレクション　山口　瞳
● 〝昭和サラリーマン〟を描いた名作アンソロジー

血涙十番勝負　山口　瞳
● 将棋真剣勝負十番。将棋ファン必読の名著

続 血涙十番勝負　山口　瞳
● 将棋真剣勝負十番の続編は何と〝角落ち〟

P+D BOOKS ラインアップ

夢の浮橋　倉橋由美子
●両親たちの夫婦交換遊戯を知った二人は…

城の中の城　倉橋由美子
●シリーズ第２弾は家庭内〝宗教戦争〟がテーマ

ソクラテスの妻　佐藤愛子
●若き妻と夫の哀歓を描く筆者初期作３篇収録

山中鹿之助　松本清張
●松本清張、幻の作品が初単行本化！

白と黒の革命　松本清張
●ホメイニ革命直後　緊迫のテヘランを描く

花筐　檀一雄
●大林監督が映画化、青春の記念碑作「花筐」

P+D BOOKS ラインアップ

虫喰仙次　色川武大　●戦後最後の「無頼派」、色川武大の傑作短篇集

小説 阿佐田哲也　色川武大　●虚実入り交じる「阿佐田哲也」の素顔に迫る

ぼうふら漂遊記　色川武大　●色川ワールド満載「世界の賭場巡り」旅行記

親友　川端康成　●川端文学「幻の少女小説」60年ぶりに復刊！

廻廊にて　辻 邦生　●女流画家の生涯を通じ〝魂の内奥〟の旅を描く

夏の砦　辻 邦生　●北欧で消息を絶った日本人女性の過去とは…

P+D BOOKS ラインアップ

眞晝の海への旅　辻邦生
●暴風の中、帆船内で起こる恐るべき事件とは

鞍馬天狗1　鶴見俊輔セレクション
角兵衛獅子　大佛次郎
●〝絶体絶命〟新選組に取り囲まれた鞍馬天狗

鞍馬天狗2　鶴見俊輔セレクション
地獄の門・宗十郎頭巾　大佛次郎
●鞍馬天狗に同志斬りの嫌疑！　裏切り者は誰だ！

鞍馬天狗3　鶴見俊輔セレクション
新東京絵図　大佛次郎
●江戸から東京へ時代に翻弄される人々を描く

鞍馬天狗4　鶴見俊輔セレクション
雁のたより　大佛次郎
●〝鉄砲鍛冶失踪〟の裏に潜む陰謀を探る天狗

鞍馬天狗5　鶴見俊輔セレクション
地獄太平記　大佛次郎
●天狗が追う脱獄囚は横浜から神戸へ上海へ

（お断り）

本書は１９９３年に講談社より発刊された文庫を底本としております。
あきらかに間違いと思われるものについては訂正し、また旧かな使いや略式表記箇所を正しましたが、
基本的には底本にしたがっております。
また、底本にある人種・身分・職業・身体等に関する表現で、現在からみれば、
不当、不適切と思われる箇所がありますが、著者に差別的意図のないこと、
時代背景と作品価値とを鑑み、著者が故人でもあるため、原文のままにしております。

岡本かの子（おかもと かのこ）
1889年（明治22年）3月1日―1939年（昭和14年）2月18日、享年49。東京都出身。旧姓・大貫。漫画家・岡本一平と結婚し、芸術家・岡本太郎を生む。川端康成の知遇を得て、小説家に専心したのは晩年の数年間だった。代表作に『母子叙情』『老妓抄』など。

P+D BOOKS

ピー プラス ディー ブックス

P+Dとはペーパーバックとデジタルの略称です。
後世に受け継がれるべき名作でありながら、現在入手困難となっている作品を、
B6判ペーパーバック書籍と電子書籍で、同時かつ同価格にて発売·配信する、
小学館のまったく新しいスタイルのブックレーベルです。

生々流転《しょうじょうるてん》

2018年5月14日　初版第1刷発行
2024年7月10日　第2刷発行

著者　岡本かの子
発行人　五十嵐佳世
発行所　株式会社　小学館
〒101-8001
東京都千代田区一ツ橋2-3-1
電話　編集　03-3230-9355
販売　03-5281-3555
印刷所　大日本印刷株式会社
製本所　大日本印刷株式会社
装丁　おおうちおさむ（ナノナノグラフィックス）

2018 Printed in Japan
ISBN978-4-09-352337-0

P+D BOOKS